Wilhelm Friedrich   Hoffmann

Die Sebalduskirche in Nürnberg

Wilhelm Friedrich   Hoffmann

Die Sebalduskirche in Nürnberg

ISBN/EAN: 9783337359058

Hergestellt in Europa, USA, Kanada, Australien, Japan

Cover: Foto ©Andreas Hilbeck / pixelio.de

Weitere Bücher finden Sie auf **www.hansebooks.com**

Ansicht des Ostchores.

DIE SEBALDUSKIRCHE IN NÜRNBERG

IHRE BAUGESCHICHTE UND IHRE

KUNSTDENKMALE

VON

FRIEDRICH WILHELM HOFFMANN

ÜBERARBEITET UND ERGÄNZT VON

TH. HAMPE, E. MUMMENHOFF, JOS. SCHMITZ

MIT 15 TAFELN, ZUM TEIL NACH DEN UNTER PROFESSOR Dr. v. HAUBERRISSER GEFERTIGTEN PLANZEICHNUNGEN UND 144 ABBILDUNGEN IM TEXT

MIT
UNTERSTÜTZUNG
DER
STADTGEMEINDE
NÜRNBERG

HERA[

VE]
GES
DE
NÜ

WIEN
VERLAG VON GERLACH & WIEDLING
1912

DRUCK VON FRIEDRICH JASPER IN WIEN.

Vorwort.

Im Frühjahr 1897 faßte der Ausschuß des Vereines für Geschichte der Stadt Nürnberg auf Anregung seines Vorstandes den wichtigen Beschluß, aus Anlaß des herannahenden Abschlusses des großen Unternehmens der Wiederinstandsetzung der St. Sebaldkirche in Nürnberg eine umfassende, reich illustrierte Geschichte dieses herrlichen Bauwerkes gleichsam zum Abschluß des Restaurationswerkes herauszugeben. Es sollte den Mitgliedern des Vereines und allen Freunden Nürnberger Kunst und Geschichte in Wort und Bild die Entstehung und Entwicklung des ehrwürdigen Gotteshauses mit seinen zahllosen Kunstschätzen eingehend geschildert und ein zuverlässiger Bericht über seine Wiedererneuerung durch die lebende Generation gegeben werden, so wie zehn Jahre vorher der Verein aus Anlaß des teilweisen Umbaues und der Erweiterung des Nürnberger Rathauses durch den unvergeßlichen August v. Essenwein und seinen getreuen Mitarbeiter, den städtischen Architekten und jetzigen Baurat Heinrich Wallraff, eine reich illustrierte, vom Stadtarchivar Ernst Mummenhoff verfaßte Geschichte des wichtigsten Profanbauwerkes der Stadt, des Rathauses, mit finanzieller Unterstützung der städtischen Kollegien herausgegeben hatte. Gleichwie diese schöne Publikation dem Verein allenthalben Ehre und Anerkennung eingetragen hatte, hoffte der Ausschuß sich ein Verdienst zu erwerben, wenn er auch das große Unternehmen der Restauration der St. Sebaldkirche nicht unbeachtet vorübergehen lassen, sondern nach besten Kräften zum Ruhme der um sie am meisten verdienten Männer, des vortrefflichen Kirchenrates Friedrich Michahelles und der Restauratoren Prof. Georg v. Hauberrisser und Professor Joseph Schmitz, beitragen würde. In der Tat fand auch dieser Gedanke überall Anklang. Aber niemand ahnte damals, welchen Schwierigkeiten seine Durchführung begegnen und wie viel Zeit vergehen würde, bis diese Geschichte der St. Sebaldkirche das Licht der Welt erblicken würde.

Wohl wissend, daß seine eigenen Kräfte zur Durchführung eines so großen Unternehmens nicht ausreichen würden, bemühte sich der Verein vor allem, sich auch in diesem Falle des Einverständnisses und der materiellen Unterstützung der städtischen Kollegien zu versichern. Bereitwillig und in dankenswerter Liberalität wurde der Bitte des Vereines von seiten der städtischen Kollegien entsprochen. Im Oktober 1897 wurde dem Vorstand die erfreuliche Mitteilung, daß die städtischen Kollegien beschlossen hätten, dem Verein zur Herausgabe eines illustrierten Prachtwerks über die St. Sebaldkirche für jedes der Jahre 1898, 1899 und 1900 einen Zuschuß von 1500 Mark aus der Stadtkasse unter bestimmten Voraussetzungen zu bewilligen.

Eine zur Bearbeitung des Textes geeignete wissenschaftliche Kraft wurde in der Person eines jüngeren Kunsthistorikers gewonnen, der, frei über seine Zeit verfügend, seine ganze Kraft der Aufgabe widmen konnte, des Dr. Friedrich Hoffmann in München. Nach dem mit ihm abgeschlossenen Vertrage sollte das Werk nach drei Jahren im Manuskript druckfertig vorliegen.

Allein durch eine ganze Reihe widriger, hier nicht näher zu erörternder Umstände wurde die programmäßige Fertigstellung des Werkes um Jahre verzögert. Besonders hinderlich stand der Förderung der Arbeit entgegen, daß Dr. H o f f m a n n nicht, wie man doch hätte erwarten müssen, seinen Wohnsitz in Nürnberg nahm, wo er in beständiger Fühlung mit dem Bauwerke selbst und dem bauleitendem Architekten sowie unter der Aufsicht der niedergesetzten

Kommission viel eher seine Aufgabe hätte bewältigen können, sondern in München blieb. Ein weiteres Haupthindernis eines rüstigen Fortschreitens der Arbeit war die Annahme einer Assistentenstelle am bayrischen Nationalmuseum durch Dr. H o ff m a n n im Jahre 1898, infolgedessen er nur einen verhältnismäßig geringen Teil seiner Zeit und Kraft auf die übernommene umfassende Aufgabe verwenden konnte.

Da die Fortführung der Arbeit nach und nach immer mehr ins Stocken geriet und schließlich sogar das Erscheinen des Werkes in Frage gestellt wurde, sah sich der Vereinsausschuß gezwungen, von dem ihm vertraglich eingeräumten Rechte, die Vollendung des Werkes selbst in die Hand zu nehmen, Gebrauch zu machen, und übertrug im September 1909 die Durchführung der erforderlichen Abänderungs- und Ergänzungsarbeiten einer aus den Herren Direktor Dr. H a m p e, Archivrat Dr. M u m m e n h o ff und Professor S c h m i tz bestehenden Subkommission, die schon seither die Arbeit vom kunsthistorischen, historischen und architektonischen Standpunkte aus einer eingehenden und sorgfältigen Prüfung unterzogen hatte.

Das Werk wurde jetzt nochmals durchgeprüft, und es war dann keine geringe Arbeit und Mühe, welche die Abänderung des Textes, die Ausmerzung der Irrtümer und Mängel, die teilweise völlige Umgestaltung ganzer Partien und die mannigfachen Ergänzungen, zumal des Inventars, welch letztere schwierige und zeitraubende Arbeit die Herren Direktor H a m p e und Professor S c h m i tz ausschließlich auf sich nahmen, endlich die gänzliche Umarbeitung des Urkunden- und Regestenteiles erforderten. Gern wären die Überarbeiter in den Änderungen und Ergänzungen noch weiter gegangen, aber sie hielten sich dazu nur im äußersten Notfall für berechtigt und wollten noch tiefere Eingriffe in die Arbeit des eigentlichen Verfassers vermeiden. Vor allem auch mußten sie auf die Beibringung weiteren Quellenmateriales verzichten, und so wird sich denn in Zukunft noch so manches zur Geschichte der Sebalduskirche beischaffen lassen, das der Verfasser nicht gebracht hat. Aber alles zu geben, was oft in ganz versteckten Quellen ruht, ist wohl ein Ding der Unmöglichkeit, zumal bei einem Werke, das auf Jahrhunderte zurückgeht.

Trotz so vieler Hindernisse, die sich dem Werke in den Weg stellten, und trotz aller Widrigkeiten, die oft alle Hoffnung auf das endliche Zustandekommen schwinden ließen, liegt es nun doch, wenn auch erst nach jahrelanger Verzögerung, in einer Gestalt vor, die hohen Anforderungen genügen dürfte. Auch hier darf man wohl sagen, wenn man das Werk und seine schöne, ja glänzende Ausstattung durch die bewährte Firma Gerlach & Wiedling ins Auge faßt: Ende gut, alles gut!

Freuen wir uns deshalb, daß es dem opferwilligen Zusammenwirken einer Reihe von berufenen Kräften endlich gelungen ist, ein der herrlichen St. Sebaldkirche würdiges Buch zustande zu bringen.

In Dankbarkeit sei zunächst der städtischen Kollegien gedacht, die durch Gewährung einer bedeutenden finanziellen Unterstützung erst das Zustandekommen des Werkes ermöglichten. Besonderer Dank gebührt ferner dem ersten Direktor am Germanischen Museum, Herrn Dr. v. B e z o l d, der als Vertreter der Kommission zunächst dem Bearbeiter als sachverständiger Berater beigegeben war, in welcher Funktion er dann durch den damaligen Konservator am Germanischen Museum und nunmehrigen Direktor des Bayrischen Nationalmuseums in München, Herrn Dr. S t e g m a n n, in dankenswerter Weise abgelöst wurde, ferner den Verwaltungen der Archive, Bibliotheken und Anstalten, welche bereitwilligst dem Bearbeiter die einschlägigen Materialien zur Verfügung stellten, und nicht minder der Verwaltung des vereinigten protestantischen Kirchenvermögens wie dem kgl. Pfarramt St. Sebald, welche vielen und oft einschneidenden Wünschen des Vereines, wie z. B. der Bitte um Gestattung von Nachgrabungen in der Kirche, unbedenklich Rechnung trugen und so das Unternehmen ganz wesentlich förderten, endlich all den Gönnern, die durch ihre freiwilligen Beiträge die Kosten der Aufgrabungen deckten. Prof. Dr. Georg Ritter v. H a u b e r r i s s e r in München hat sich das besondere Verdienst erworben, daß er die während der Restaurierung gefertigten Pläne und Werkzeichnungen zur Verfügung stellte, um ihre Vervielfältigung für das Buch zu ermöglichen. Prof. Jos. S c h m i t z hat dem Werke in allen Stadien seines Entstehens sein tatkräftiges Interesse zugewandt, die so wichtigen Ausgrabungen geleitet, den Bearbeiter vielfach beraten und auf die Auswahl und Vervielfältigungsart der Illustrationen Einfluß geübt.

Dem Verein für Geschichte der Stadt Nürnberg ist es endlich auch gelungen, in der Firma G e r l a c h & W i e d l i n g, Buch-, Kunst- und Musikalienverlag in Wien, Verleger zu finden, die bereit waren, dem Druck und der künstlerischen Ausstattung des Werkes diejenige Sorgfalt angedeihen zu lassen, die ihren längst anerkannten Ruf begründet hat.

Noch eines Mannes müssen wir in Wehmut gedenken, der viele Jahre hindurch dem Werke seine Kraft und Fürsorge widmete und dessen unermüdlicher Beharrlichkeit und nie nachlassender Geduld es gelang, dasselbe, wenn es ins Stocken geraten, wieder flott zu machen, und der, als gar sein Erscheinen in Frage gestellt war, als ein bewährter Steuermann doch alles wieder zum Besten lenkte, des langjährigen ersten Vorstandes des Vereines Dr. Georg

Freiherrn v. K r e ß. Leider sehen seine Augen das vollendete Werk nicht mehr, um dessen Zustandekommen er sich so große Verdienste erworben hat. Wir aber müssen es immer wieder rückhaltslos anerkennen, daß er, hier wie sonst, um alles und jedes besorgt und bemüht, seine ganze Kraft einsetzte, um dem Vereine zu dienen und das gesteckte Ziel zu erreichen.

So möge denn das Buch hinausgehen und nicht nur den Ruhm der kunstsinnigen Vorfahren verkünden, die einst die Vaterstadt mit dem herrlichen Bauwerk der St. Sebaldkirche schmückten, sondern auch den des lebenden Geschlechtes, das den Mut besaß, rechtzeitig seinem Verfall Einhalt zu tun und den Nachkommen den Besitz der hohen ethischen, kulturellen und künstlerischen Werte, die das ehrwürdige Baudenkmal darstellt und umschließt, auf Jahrhunderte hinaus zu sichern.

N ü r n b e r g, im Januar 1912.

Dr. Ernst Mummenhoff,
1. Vorsitzender.

Inhaltsverzeichnis.

Einleitung.

An Stelle der jetzigen Pfarrkirche St. Sebald in Nürnberg stand ursprünglich eine Kapelle, dem hl. Petrus geweiht. Ein urkundlicher Beleg kann hierfür nicht beigebracht werden, allein die älteren Chroniken berichten hiervon in übereinstimmender Weise und andererseits spricht für die Wahrheit jener Behauptung der Umstand, daß der Bau von St. Sebald erst dem 13. Jahrhundert seine Entstehung verdankt, während Nürnberg schon zu Beginn des 12. Jahrhunderts den Rang einer Stadt besaß, und daß man in der späteren Pfarrkirche zur Aufnahme von Reliquien des hl. Petrus und zum Zweck seiner besonderen Verehrung durch Anlage eines eigenen Westchors einen entsprechenden Raum schuf. Denn so jung auch Nürnberg im Verhältnis zu anderen hervorragenden deutschen Städten des Mittelalters war, in der zweiten Hälfte des 11. Jahrhunderts war es schon ein ansehnlicher Ort; hatte doch der fränkische Kaiser Heinrich III. (1039–1056)[1] — wenn auch nur vorübergehend — den Markt von Fürth dorthin verlegt und er sowie sein Nachfolger Nürnberg mehrmals zum Aufenthalt erwählt. Selbstverständlich besaß die Gemeinde in jener Zeit zur Befriedigung ihrer religiösen Bedürfnisse ein Gotteshaus. Dieses Gotteshaus war aller Wahrscheinlichkeit nach nur eine Kapelle; von einem größeren Kirchenbau würden in Gestalt von Mauerresten oder handschriftlichen Nachrichten noch Zeugen zu finden sein. Aber auch nicht zu klein wird man sich jene Kapelle vorstellen dürfen. Trotz der raschen Entwicklung Nürnbergs und der starken Zunahme seiner Bevölkerung im Laufe des 12. Jahrhunderts hatte die Kapelle genügt. Obschon nun die hohe Verehrung des hl. Sebald in Nürnberg uns bereits für den Beginn der siebziger Jahre des

11. Jahrhunderts bezeugt ist, verstrich doch noch über ein Jahrhundert, bis man zur Erbauung eines ihm besonders geweihten Gotteshauses schritt. Die alte Kapelle blieb dem hl. Petrus zubenannt.

Von dem Aussehen der Kapelle ist nichts bekannt. Auch nichts von der Zeit ihrer Gründung. Auffällig will aber der Name des Heiligen erscheinen, dem sie geweiht war; er kann vielleicht über die Zeit der Erbauung Aufschluß geben. Wie eben erwähnt, fanden Reliquien des hl. Petrus auch in der Sebalduskirche eine Unterkunftstätte, der Westchor wurde hierzu ausersehen, und, wie im I. Kapitel dargelegt wird, steht die doppelchörige Anlage von St. Sebald im engsten Zusammenhang mit dem Bau des Bamberger Domes. Auch in Bamberg ist der Westchor dem hl. Petrus geweiht, während der eigentliche Schutzpatron, dem der Ostchor eingeräumt ist, nicht Petrus, sondern Georg heißt. Dasselbe gilt beinahe von allen Kirchenbauten in Bayern und Schwaben, welche, um das Jahr 1000 gegründet, mit dem Dom von Bamberg in naher Verwandtschaft stehen: den Ausgangspunkt bildet Augsburg, es folgen St. Emmeram und Obermünster in Regensburg, von wo aus durch Vermittlung des Kaisers Heinrich II., des ehemaligen Herzogs von Bayern, Bamberg beeinflußt worden ist. Die basilikale Anlage, bei welcher der Schwerpunkt nach Westen verlegt ist, wird direkt auf die Petersbasilika in Rom zurückgeführt. Nur scheint diese Epoche der Baukunst, zu deren wichtigen Vertretern auch Mainz (978–1009) und Worms (996–1016) zählen, mehr den Charakter einer Mode zu tragen als den einer für die Folgezeit wichtigen Entwicklungsstufe. Der Bau von Westchören oder gar westlichen Querhäusern wurde bald wieder aufgegeben und damit kam auch sonderbarerweise die Verehrung des Schutzpatrons von Rom wieder in Wegfall. Denselben noch nicht genügend bekannten Gründen, welchen jene befremdliche Abart von der Tradition des Bauwesens ihre Entstehung verdankt, wird man auch die Gründung der Kapelle St. Peter zuschreiben dürfen. Hier muß noch darauf hingewiesen werden, daß die Mutterkirche dieser Kapelle und der späteren Sebalduskirche, die Pfarrkirche zu Poppenreuth, ebenfalls dem hl. Petrus geweiht ist.

Der Platz, auf dem die Peterskapelle stand, wird sich ungefähr mit dem des Westchors der jetzigen Sebalduskirche gedeckt haben. Die Stelle bedeutete nach ihrer früheren Beschaffenheit, wie sich jetzt unschwer erkennen läßt, gegenüber dem östlich, südlich und westlich angrenzenden Gelände eine Erhebung, welche nach Osten nur wenig, nach Süden und Westen steiler abfiel. Nach Norden hatte die Erhebung Anschluß an den mit der Burg bekrönten Kegel, sie bildete gleichsam den südlichen in das sandige und sumpfige Nordufer der Pegnitz vorgeschobenen Ausläufer des Burgberges. An dem gegen den Fluß sich neigenden Südabhang der Burg siedelte sich nach und nach die Stadt an, vermied jedoch den weichen Boden der Pegnitzufer; die Kapelle St. Peter war somit eine Zeit lang der das Südende der Ansiedlung bezeichnende Punkt und lag ungefähr in der Mitte dieser Grenze an dem Knotenpunkte der alten Handelsstraßen.

Tafel II.

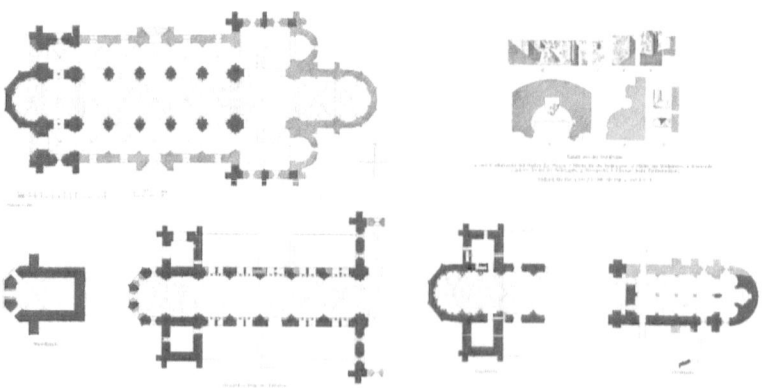

Grundrisse und Details des romanischen Baues.

I.
Der romanische Bau, etwa 1225–1273.

Am 1. Oktober des Jahres 1256 erteilte Bischof Heinrich von Bamberg einen Ablaß allen jenen Christgläubigen, welche die Pfarrkirche St. Sebald zu Nürnberg am Tag ihrer Einweihung und an den Tagen ihrer Patrone St. Peter und Paul und St. Sebald besuchen und Almosen spenden würden.

Dies ist im wesentlichen der Inhalt der für die ältere Baugeschichte von St. Sebald wichtigsten Urkunde.[1]

Aus dem Text des in lateinischer Sprache abgefaßten Ablaßbriefes ist auf den ersten Blick nicht ersichtlich, was der Ausdruck „Tag der Einweihung": *dies dedicationis* bedeuten soll. Handelt es sich hier um die Einweihungsfeier selbst oder um die Wiederkehr des Einweihungstages? In letzterem Falle würde die Einweihung der Kirche schon v o r dem 1. Oktober 1256 — sei es nun unmittelbar oder ein oder mehrere Jahre vorher — stattgefunden haben und die Kirche als eine zu jenem Zeitpunkt vollendete oder wenigstens in einem ihrer Hauptteile vollendete zu betrachten sein. In ersterem Falle wäre die Einweihung der Kirche erst n a c h dem 1. Oktober 1256, und zwar bald nach diesem Termin anzusetzen.[2]

Der Inhalt unserer Urkunde ist in einfacher, schlichter Form vorgetragen. Der Bischof von Bamberg entbietet zunächst allen Christgläubigen, welche von dieser Ablaßeröffnung Kenntnis erhalten, seinen Gruß, spricht dann von dem Wert werktätiger Liebe und kündigt allen denen, welche die Kirche St. Sebald an den eingangs erwähnten drei Tagen besuchen und Almosen spenden,

18

einen Nachlaß ihrer Sündenstrafen an. Der Inhalt ist überaus kurz und bündig. Es fehlt jegliche Zutat, welche als charakteristisches Kennzeichen dieser Urkunde zum Unterschiede von anderen, gewöhnlichen Ablaßurkunden gedeutet werden könnte. Demnach scheint es keine Urkunde zu sein, die aus Anlaß der feierlichen Einweihung der Kirche ausgefertigt wurde, ja es darf als ziemlich sicher gelten, daß mit dem *dies dedicationis* der alljährlich wiederkehrende Kirchweihtag gemeint ist. Denn es müßte doch andernfalls vom Bau oder dessen Vollendung die Rede sein, oder es wären Feierlichkeiten erwähnt, die gelegentlich der Einweihung abgehalten werden, oder es wären die geistlichen Würdenträger aufgezählt, welche der Feier beiwohnen. Kein Wort verlautet von alledem. Oder man müßte doch erwarten, daß der Tag der Einweihung besonders hervorgehoben wird; im Gegenteil, abgesehen davon, daß er überhaupt nur allein genannt sein sollte, wird er aufgeführt im Verein mit zwei anderen Tagen, und es wird ihm gewissermaßen die gleiche Bedeutung wie diesen zuerkannt.

Außerdem spricht für eine gewöhnliche Ablaßurkunde noch der Umstand, daß mit den beiden Tagen St. Peter und Paul und St. Sebald nicht nur die ersten auf das Datum der Urkunde folgenden Heiligentage gemeint sein können, sondern auch die des übernächsten Jahres und der folgenden Jahre mitinbegriffen sein müssen. Denn ein bestimmtes Jahr ist nicht bezeichnet. Und dann wäre es doch sehr auffällig, daß man, falls es sich in der Urkunde um die Feier der Einweihung handeln sollte, gerade jene beiden Tage, so enge sie auch mit der Kirchengeschichte von St. Sebald verknüpft sind, gewählt hätte, obwohl zwischen ihnen und dem Datum der Urkunde ein Zeitraum von mindestens drei Vierteljahren (vom 1. Oktober bis 29. Juni, beziehungsweise 19. August) liegt. Und was für jene beiden

Tage gilt, muß auch für den *dies dedicationis* in Anspruch genommen werden: derselbe ist hier soviel wie „der stets wiederkehrende Kirchweihtag".

Für die Baugeschichte von St. Sebald ergibt sich somit aus den bisherigen Erörterungen: Als der Bischof von Bamberg am 1. Oktober 1256 jenen Ablaß für die Kirche St. Sebald ankündigte, war die Kirche bereits eingeweiht und dem Gottesdienst übergeben.

Das gewonnene Ergebnis muß nun aber nicht unbedingt so gedeutet werden, als wäre der ältere Bau in allen seinen Teilen vollendet gewesen; es ist sehr wohl möglich, daß der Bau damals nur in einem seiner Hauptteile fertig war, in welchem vorerst provisorisch bis zur Vollendung des ganzen Bauwerkes Gottesdienst abgehalten wurde. Bekanntlich zog sich im Mittelalter die Vollendung von Kirchenbauten oft sehr lange hin, die größeren Bauten nahmen stets Jahrzehnte in Anspruch, mußten, wenn die Mittel ausgingen, längere Unterbrechungen erleiden, und so kam es häufig, daß man, um dem religiösen Bedürfnis der Gemeinde zu genügen, den zuerst in Angriff genommenen und am weitesten gediehenen Bauteil — in der Regel war es der Ostchor — für sich einweihte und Gottesdienst darin abhielt. St. Sebald war im Jahre 1256 offenbar in dem gleichen oder wenigstens in einem ähnlichen Zustande.[II]

An Stelle der Kirche St. Sebald stand zuvor eine Kapelle, welche ebenso wie ihre Mutterkirche, die Pfarrkirche in dem nordwestlich von Nürnberg gelegenen, eine Stunde entfernten Poppenreuth, dem hl. Petrus geweiht war.[1] Vom hl. Petrus wurden in jener Kapelle zweifellos Reliquien aufbewahrt und verehrt. Mit der Zeit fand in Nürnberg auch der hl. Sebald Verehrung, ja er machte bald dem hl. Petrus im Kult bedeutende Konkurrenz. Auch von ihm besaß man Reliquien. Bei dem stattlichen Neubau nun, welcher an die Stelle des bescheidenen Kirchleins treten sollte, mußten beide Heilige die entsprechende Berücksichtigung finden, und so entschloß man sich, für die neue Kirche die doppelchörige Anlage zu wählen, um den Ostchor dem hl. Sebald, den Westchor den Heiligen Petrus und Paulus weihen zu können.

Wenn nun, wie anzunehmen ist, jene alte Peterskapelle sich an der Stelle des heutigen Westchores erhob und schwerlich abgebrochen wurde, bevor durch Erbauung und Einweihung des Hauptteiles der neuen Kirche Ersatz für die alte Kultstätte geschaffen war, so wird es verständlich, daß mit dem Baue des Westchores kaum vor dem Jahre 1256 begonnen worden sein kann. Über die Zeit seiner Vollendung unterrichtet uns ein uns erhaltener Ablaßbrief vom 17. August 1274, in dem Bischof Berthold von Bamberg allen jenen Gläubigen Ablaß gewährt, die sich am Kirchweihtage jenes Jahres der Pfarrkirche des hl. Sebald zu Nürnberg, deren Chor und Altar er am 9. September 1273 geweiht habe, christlich vorbereitet nahen und daselbst ihre Almosen spenden würden.[III] Von dem gleichen Tage ist auch ein Ablaßbrief Bischof Bertholds für die Maria Magdalenakirche des Klaraklosters zu Nürnberg datiert, die nach dieser Urkunde einen Tag nach der Konsekration des Westchores der Sebalduskirche, nämlich am 10. September 1273 eingeweiht worden war. Die uns heute noch erhaltenen romanischen Teile dieser späterhin vielfach umgebauten Klarakirche zeigen mit den Architekturformen der Sebalduskirche so nahe Verwandtschaft, daß auf die Tätigkeit der gleichen Werkleute bei beiden Bauten mit voller Sicherheit geschlossen werden darf.

In der nördlichen Hälfte des von Mauern umgrenzten Gebietes der Stadt Nürnberg, nahezu in der Mitte zwischen Burg und Pegnitz, erhebt sich der vornehme Bau der Pfarrkirche von St. Sebald. Mit dem mächtigen Ostchor und den überschlanken spitzen Türmen beherrscht er einen großen Teil der Stadt, ja er ist eines jener Bauwerke, welche dem Stadtbild sein charakteristisches Gepräge verleihen. Denn so reich auch Nürnberg ist an hochragenden Kirchen, Türmen und steilen Giebeln, die Burg, St. Sebald und St. Lorenz sind diejenigen Bauwerke, welche auch auf weite Entfernung hin die dominierende Rolle spielen und besonders nach Osten oder Westen der alten Reichsstadt eine geradezu prächtige Silhouette verleihen.

Der Bau von St. Sebald ist ein Werk des Mittelalters, und zwar ein Werk mehrerer Jahrhunderte. Die oberen Teile der Türme sind Zeugen der spätesten Gotik, die Seitenschiffe und vor allen Dingen der stattliche Ostchor — abgesehen von den Mauern des westlichen Joches — entstammen dem 14. Jahrhundert und die übrigen Teile des Baues, insbesondere das Mittelschiff, die unteren Turmgeschosse und der Westchor, sind Werke des 13. Jahrhunderts. Die dem 13. Jahrhundert angehörenden Bauteile sind als die Überreste einer ehemals einheitlichen Kirche anzusehen (Taf. II und III).

Wir beschränken uns im folgenden auf diese älteren Bauteile und versuchen eine vollständige Rekonstruktion der früheren Kirche.[4]

Der Westchor ist intakt geblieben bis auf die drei mittleren spitzbogigen Fenster der polygonen Apsis, welche in späterer Zeit ausgebrochen wurden an Stelle von rundbogigen Fenstern mit ebensolchen Oberfenstern, wie sie sich noch neben den Türmen in der Nord- und Südwand der Apsis unverändert erhalten haben.

Das Dach des Westchores wurde später erhöht, und zwar zu gleicher Zeit, als auch das Dach und damit der Giebel des Mittelschiffes erhöht wurde. Unter dem Dach des Westchores kann man sowohl den Ansatz des früheren

Westchordaches als auch das Dachgesims des Mittelschiffwestgiebels und den darunter hinlaufenden Rundbogenfries erkennen.

Von den Türmen gehören die vier unteren Stockwerke zum alten Bau. Das nächstfolgende Stockwerk enthält beim nördlichen Turm zwar auch älteres Mauerwerk und Teile eines Rundbogenfrieses, wurde jedoch vielleicht schon im 14., wahrscheinlich aber erst zu Ende des 15. Jahrhunderts mit teilweiser Verwendung des bisherigen Mauerwerkes und des Frieses erhöht. Es ist anzunehmen, daß das fünfte Stockwerk des nördlichen Turmes etwa die Höhe des nächst unteren Stockwerkes gehabt hat und zugleich das letzte Stockwerk war. Aus vierseitigen Helmen von mittlerer Höhe werden die Turmdächer bestanden haben.

Das Mittelschiff ist, abgesehen von der schon erwähnten Abänderung des Daches und der Giebel, völlig unverändert geblieben.

Die jetzigen Seitenschiffe stammen, wie bereits hervorgehoben, aus dem 14. Jahrhundert. Ausdehnung und Gestalt der älteren Seitenschiffe lassen sich ziemlich genau bestimmen.

An der östlichen Mauer des nördlichen wie des südlichen Turmes sind Spuren eines früheren Dachgesimses wahrzunehmen, welches in der Höhe der Fensterbänke des Mittelschiffes beginnt und bedeutend steiler verläuft als das jetzige Dach. Die gleichen Spuren finden sich auch am anderen Ende der Seitenschiffe, nämlich an der Westwand des jetzigen Ostchores oder ehemaligen Querschiffes vor. Nur sind weder hier noch dort die unteren Enden der Gesimse sichtbar, da sie durch das Gewölbmauerwerk der später erhöhten und erweiterten Seitenschiffe verdeckt werden. Dagegen ist das Kaffgesims an den beiden westlichen Strebepfeilern des Querhauses noch erhalten.

Den notwendigen Aufschluß über die Breite der alten Seitenschiffe bieten erst im Innern der Kirche die die Turmhallen von den Seitenschiffen trennenden Scheidbögen und noch zuverlässiger die über den Scheidbögen sichtbaren Ansätze des alten Seitenschiffgewölbes. Demnach hatten die Seitenschiffe nahezu die Breite der Türme und das Verhältnis der lichten Weite der Seitenschiffe zu der des Mittelschiffes war 4 : 7.

Über den Seitenschiffen waren zur Mittelschiffshochwand je zwei Strebebögen gespannt, wie die Spuren zwischen den drei mittleren Fenstern des Mittelschiffes auf jeder Seite heute noch beweisen. Beim Umbau der Seitenschiffe wurden die Strebebögen entfernt.

Die Wände des westlichen Joches des jetzigen Ostchores mit den Diensten und zum großen Teil den Strebepfeilern sind Bestandteile eines ehemaligen Querschiffes. Dasselbe war aus drei gewölbten Quadraten, jedes in Mittelschiffbreite, zusammengesetzt. Die Höhe des Querschiffes entsprach der des Mittelschiffes. Die mittleren Dienste und Streben an den Giebelwänden des Querschiffes finden darin ihre Erklärung, daß von den vierteiligen Gewölben die seitlichen oder äußeren Gewölbviertel in den Kreuzarmen in zwei Achtelfelder geteilt waren. In den beiden nördlichen Jochen des Querschiffes befanden sich kreisförmige Fenster, von deren Umrahmung heute noch im Innern der Kirche mehrere Werkstücke sichtbar sind.

Im übrigen ergibt der Bau über die Gestalt der alten Ostpartie keine Anhaltspunkte. Hier konnte nur durch Nachgrabungen Aufschluß erlangt werden.

Auf Anregung von verschiedenen Seiten und mit Genehmigung der Verwaltung des vereinigten protestantischen Kirchenvermögens unterzog sich der Verein für Geschichte der Stadt Nürnberg dieser anerkennenswerten Aufgabe, indem er im November 1899 auf eigene Kosten die erforderlichen Nachgrabungen unter der Leitung von Prof. Schmitz vornehmen ließ. Im dritten mittleren Joch des jetzigen Ostchores, von Westen gerechnet, und zugleich im zweiten südlichen Joch desselben wurde mit der Wegnahme der Bodenplatten und dem Ausheben des Grundes begonnen. Man stieß gleich in den ersten Tagen hier wie dort auf das Mauerwerk des alten Ostchores und führte nun die Nachgrabungen einseitig, nämlich auf der in Angriff genommenen Südhälfte des Chores, durch, mit Recht eine symmetrische Anlage des alten Ostchores voraussetzend. Im Verlauf von 14 Tagen waren die Nachgrabungen beendet (Abb. 1).

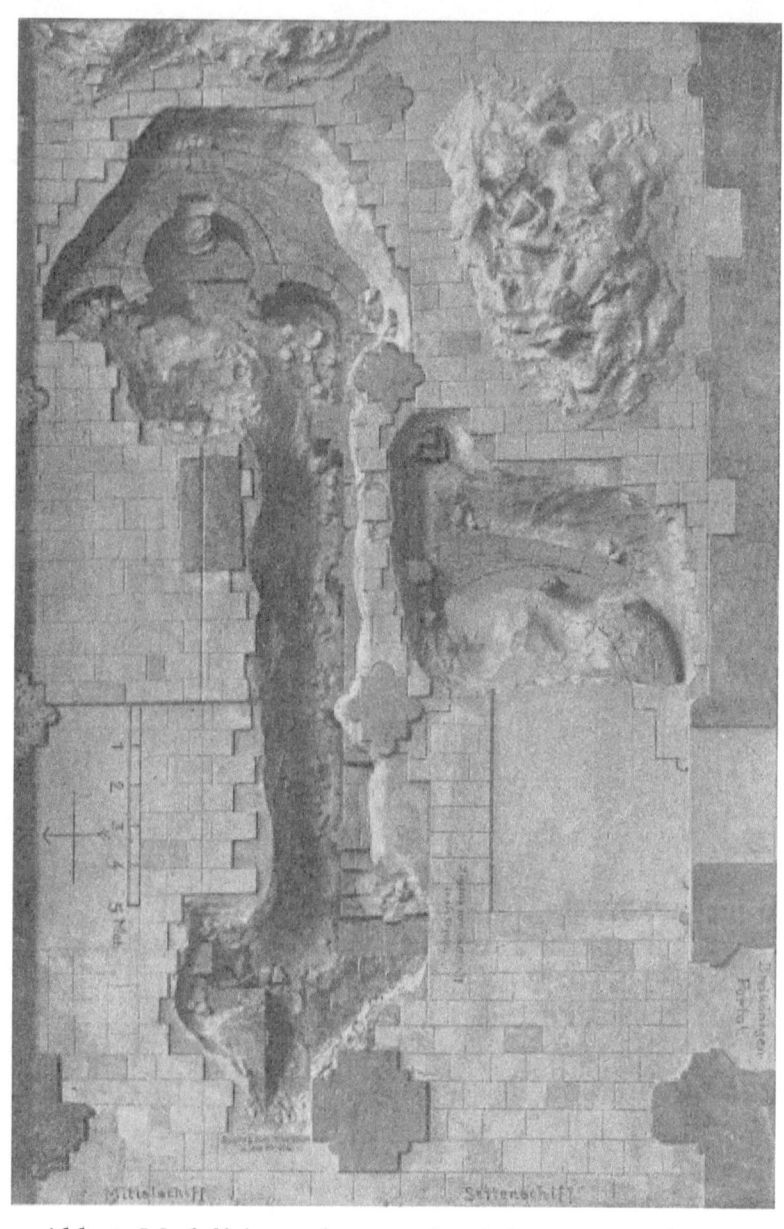

Abb. 1. Modell (von oben gesehen) der ausgegrabenen Ostchorkrypta.

Nach dem Ergebnis derselben hat sich an das

26

Vierungsquadrat des alten Querschiffes, welchem ungefähr das erste mittlere Joch des jetzigen Ostchores entspricht, östlich ein ebenso großes Chorquadrat und an dieses eine halbrunde Apsis in der Breite des Chorquadrates angeschlossen; und unmittelbar an die beiden Querarme kleinere, ebenfalls halbrunde Seitenapsiden.[17]

[18]

[19] Der Chor, und zwar nicht nur Apsis und Chorquadrat, sondern auch die Vierung, ist um mindestens zehn Stufen über das Niveau der Kirche erhöht gewesen, und unter ihm hat sich eine zweischiffige, in drei Konchen endigende Krypta hingezogen. Das Gewölbe der Krypta, acht vierteilige Kreuzrippengewölbe, wurde in der Mitte von vier freistehenden Säulen und einer Wandsäule und an den Seitenwänden von zehn Diensten oder Wandsäulen getragen; das Gewölbe im Chorabschluß der Krypta bestand aus drei radial gestellten Kappen. Zugänglich war die Krypta durch zwei aus den Kreuzarmen und durch zwei aus dem Mittelschiff herabführenden Treppen von je acht Stufen. Auf den Chor werden wahrscheinlich zwei Zugänge von den Kreuzarmen neben den Kryptatreppen geführt haben; ein Zugang auf den Chor vom Mittelschiff aus hat nicht bestanden, da zwischen den beiden Mittelschiffstreppen, welche in die Krypta führten, ein Altar stand, über welchem sich an der Chorbrüstung die Kanzel befand. Nach den Querhausarmen zu wird der Chor durch eine Brüstung abgeschlossen gewesen sein.

Abb. 2. Innenansicht gegen Osten.

Der in allgemeinen Umrissen soeben rekonstruierte ältere Bau von St. Sebald war eine doppelchörige, kreuzförmige Pfeilerbasilika. Das Langhaus bestand aus drei Schiffen, welche durch je fünf Scheidbögen voneinander getrennt waren.

Das Querschiff lag im Osten des Baues. Dieses, ein daran anschließendes Chorquadrat und drei vermutlich halbrunde

Chornischen bildeten die Ostpartie.

Der Westchor schließt polygon ab und zwar mit fünf Seiten des Achteckes, das in diesem Falle jedoch nicht regulär gebildet ist. Ein Rechteck verbindet Westapsis mit Mittelschiff. Dieses Rechteck ist von einem Turmpaar flankiert.

Jeder der beiden Chöre ist, beziehungsweise war mit einer Krypta versehen. Während die des Westchores nur Apsis und das vorliegende Rechteck umfaßt, erstreckte sich die östliche über Apsis, Chorquadrat und Vierung. Da jede der beiden Krypten eine Erhöhung des über ihr liegenden Bodens bedingte, so war hiermit zugleich auch die Ausdehnung der Chöre festgelegt; und war schon durch die Anlage des Querschiffes im Osten dem Ostchor eine bevorzugte Stellung gegenüber dem Westchor eingeräumt, so wurde derselben durch die Ungleichheit der Bodenausdehnung der Chöre noch mehr Nachdruck verliehen. Andererseits ergab sich für den Ostchor durch die Krypta notwendigerweise eine Spaltung. Denn dadurch, daß auch der Boden des Vierungsquadrates erhöht und mit zum Chor einbezogen wurde, nahm man ihn aus dem Querschiff heraus und löste so die beiden Kreuzarme voneinander los. Dieselben waren also nicht mehr vom Mittelschiff aus, sondern eigentlich nur von den Seitenschiffen aus zugänglich und erhielten mit ihren Apsiden als Nebenchöre sowohl eine in sich abgeschlossene selbständige als auch dem Hauptchor gegenüber untergeordnete Stellung. Hatten so die Seitenschiffe an Bedeutung nichts eingebüßt, so gilt dies um so mehr für das Mittelschiff. Denn abgesehen davon, daß das an und für sich schon kurz geratene Langhaus durch das Vorhandensein eines Westchores im Innern an Ausdehnung verloren hat, wird die Bedeutung des Mittelschiffes noch mehr dadurch beeinträchtigt, daß es zum Verzicht auf das Vierungsquadrat gezwungen wurde, worauf es doch — und dies liegt im Wesen der kreuzförmigen Basilika begründet — denselben Anspruch hätte wie das Querschiff.

D a s   G e w ö l b e. Der ganze Bau war eingewölbt. Die noch vorhandenen Gewölbe bestehen durchgehends aus Bruchsteinen in starker Mörtelbettung, wobei häufig ein leichter Tuffstein der fränkischen Schweiz zur Verwendung gekommen ist.

Die bei der Wölbung angewandte Gattung ist die des Kreuzgewölbes mit profilierten Rippen.

In den Seitenschiffen erhob sich die Wölbung über nahezu quadratischen Grundrissen. Im Mittelschiff dagegen, das bei größerer Breite ebensoviele Joche zählt wie die Seitenschiffe, haben die einzelnen Gewölbefelder rechteckige Form. Es ist also nicht das sogenannte gebundene, bei romanischen Bauten übliche System, bei welchem je zwei Seitenschiffjoche einem Mittelschiffjoch entsprechen, zur Anwendung gelangt, sondern das bei gotischen Bauten angewandte einfache System mit durchlaufenden Jochen.

Gurte und Rippen sind spitzbogig, erstere wenig gestelzt. Die Gewölbe haben leichte Busung mit fast horizontaler Scheitellinie.

Während die Gewölbe des Mittelschiffes selbst vierteilig sind, was auch bei den Turmhallen und den Seitenschiffen der Fall ist oder doch war, so zeigen die anderen, sowohl die noch vorhandenen wie zum Teil die noch rekonstruierbaren Gewölbe eine hiervon verschiedene Form.

Das Gewölbe des Westchorrechteckes ist sechsteilig.

Das Gewölbe der polygonen Westapsis selbst hat fünf, d. h. ebensoviele Kappen, wie der Chor Seiten hat, und noch einen Zwickel am Gurtbogen, so daß der Schlußstein den Gurtbogen nicht berührt.

Das Gewölbe über den beiden Querschiffarmen war eine Mischung von vier- und sechsteiligem Gewölbe. Denn die noch vorhandenen seitlichen Mauern weisen in der Mitte außen einen Strebepfeiler und entsprechend an der Innenseite einen Dienst auf, was darauf schließen läßt, daß die beiden seitlichen Gewölbeviertel nochmals geteilt waren, und zwar, wie die Spuren an der Innenwand erkennen lassen, in zwei Kappen mit niedrigeren Schildbögen und infolgedessen mit steileren Scheiteln wie die übrigen ungeteilten Viertel der Kreuzarmgewölbe.

Ob das Ostchorquadrat vierteilig oder sechsteilig eingewölbt war, läßt sich nicht mehr entscheiden, da die Nachgrabung Anhaltspunkte nicht gab und auch nicht geben konnte. Selbst wenn bei den Nachgrabungen die unteren Mauerteile des Chorquadrates ohne Pilastervorlagen und Dienste aufgefunden worden wären, wäre ein sechsteiliges Gewölbe noch nicht ausgeschlossen. Denn es hätten sehr wohl, wie es an den erhaltenen Bauteilen häufig der Fall ist, die für die mittleren Querrippen bestimmten Dienste nicht ganz herabgeführt sein, sondern in halber Höhe auf Konsolen ruhen können.

Die drei östlichen Apsiden hatten wahrscheinlich Halbkuppeln.

S y s t e m   d e s   A u f b a u e s   u n d   H o c h w a n d g l i e d e r u n g. Der ganze Bau ist ein Werksteinbau, jedoch mit der Einschränkung, daß die Mauer stets aus zwei Werksteinwänden besteht, deren Zwischenraum mit Bruchsteinmauerwerk ausgefüllt ist: die gewöhnliche Bauart des Mittelalters.

Ansicht und Schnitte des romanischen Baues.

Die Gewölbgurte werden von Halbpfeilern mit vorgelagerten Dreiviertelsäulen oder Diensten getragen (Abb. 2). An die Halbpfeiler schließen sich auch seitlich Halbsäulen an, welche zur Aufnahme der Diagonalrippen bestimmt sind. Am Querschiff werden die Gewölbträger außen durch Strebepfeiler unterstützt. Dagegen fehlen die Strebepfeiler am Westchor, während wiederum an den Türmen Streben angebracht sind. Am Mittelschiff scheint durch je zwei Strebebögen Ersatz für die Strebepfeiler geschaffen worden zu sein, um dem etwaigen Schub des hohen Gewölbes nach außen Widerstand zu leisten. Ist hierbei nicht zu verkennen, daß der Baumeister von St. Sebald den Anlauf zu einer den wirkenden Kräften entsprechenden organischen Gliederung des Baues genommen hat, so muß andererseits auf die Inkonsequenz bei der Durchführung der gewollten Gliederung hingewiesen werden und zwar in Anbetracht der Stärke der Mittelschiffsjochmauern. Dieselben sollten eigentlich nur als Füllmauerwerk funktionieren, weshalb Mauern von bedeutend geringerer Stärke den gleichen Zweck erfüllt hätten. Nur bei den Bogenfeldern des Lichtgadens ist ein Versuch zur Entlastung des Mauerwerkes gemacht worden, indem dasselbe im Innern zurücktritt und die Schildbögen auf kleinen, an die Halbpfeiler angelehnten Säulchen ruhen.

Abb. 3. Innenansicht gegen den Westchor.

Was die Gliederung der Mittelschiffhochwand betrifft (Abb. 3), so ist durch die Einführung des schmalen durchlaufenden Joches jeder Pfeiler Hauptpfeiler geworden und so eine enge Aneinanderreihung der Gewölbstützen ermöglicht. Die auf diese Weise schlank gewordenen

Proportionen des Längsschnittes korrespondieren mit der starken Höhenentwicklung des Querschnittes. Einen wohltuenden Gegensatz zur starken vertikalen Gliederung bildet die dreigeschossige Anlage des Aufrisses. Die Arkaden werden durch Einsprünge abgestuft; die so entstandenen rechtwinkeligen Vorlagen ruhen auf Halbsäulen, welche aber ihrerseits von Konsolen getragen werden, so daß den Pfeilern die quadrate Grundrißform bleibt. Die Mauerfläche zwischen den Arkaden und dem Lichtgaden ist belebt durch ein über die Bögen hinlaufendes Gesims und darüber durch eine Galerie, welche nach Art des französischen Triforiums aus der Mauerdicke ausgespart ist (Abb. 4). Die Bogenfelder des Lichtgadens sind, wie vorhin erwähnt, gegliedert und mit Rundbogenfenstern durchbrochen, so daß sich das Streben geltend macht, den an und für sich schweren, kräftigen Bau nach oben zu leichter erscheinen zu lassen.

Abb. 4. Triforien im Mittelschiff.

Ebenso wie die Fenster der Mittelschiffhochwand und die älteren Fenster des Westchores — zweifellos waren sämtliche Fenster rundbogig — sind auch die beiden einzigen erhaltenen Portale, die jetzigen Portale der Turmhallen, rundbogig, während Gewölbe und Arkaden spitzbogig gestaltet sind, was ein charakteristisches Merkmal für die

Bauzeit der Kirche bildet.

Die Wände des westlichen Vorchores sind belebt durch je einen zweiteiligen loggienartigen Durchbruch nach den Turmhallen. Beide Doppelfenster wurden gelegentlich der letzten Restaurierung wieder bloßgelegt. An der nördlichen Wand hat sich durch Untersuchungen herausgestellt, daß das ehemalige Doppelfenster in späterer Zeit gründlich verändert wurde. Die Fenster hatten den Zweck, vom Westchor aus die Turmhallen zu erhellen.

Der fünfteilige Westchor erhält sein Licht durch ebensoviele Fenster mit Oberfenstern. Die Wände unterhalb der größeren Fenster sind mit Kleeblattblendarkaden gegliedert.

Abb. 5. Partie aus dem Engelschor.

Über dem Westchor befindet sich ein Obergeschoß, Engelschor genannt (Abb. 5). Denn die Wölbung des eigentlichen Chores erreicht nicht die Höhe des Mittelschiffes und der ausgesparte Raum mit dem gleichen Grundriß wie der untere dem hl. Petrus geweihte Chor ist auch analog diesem eingewölbt. Der Engelschor erhält sein Licht durch drei Fenster von gleicher Größe und Gestalt wie die oberen Fenster des Peterschores und durch zwei Rundfenster. Er hat die Bedeutung einer Empore. Die Sockelwände sind gleichfalls mit Kleeblattblendbögen gegliedert. Im übrigen ist Architektur und Dekoration reicher wie die des unteren Chores. Die Ausführung macht einen unfertigen Eindruck. Eine Brüstung mit halbrundem Erker in der Mitte schließt die Empore gegen das Schiff ab.

Von den Wänden der Querschiffarme sind die westlichen Mauern über den Seitenschiffen von je zwei rundbogigen Fenstern durchbrochen.

Über die Gliederung der Wände des Ostchores würden sich nur Vermutungen aufstellen lassen.

Der Außenbau. War es bei der bisherigen Beschreibung des Baues notwendig, stets die rekonstruierten Bauteile in Berücksichtigung zu ziehen, so gilt dies in nicht geringerem Grade von der Beschreibung des Außenbaues, insbesondere in bezug auf die Gesamtwirkung desselben.

Die Behandlung der Außenseite des Baues ist im allgemeinen sehr einfach. Der Bogenfries ist fast der einzige Schmuck.[5] Er läuft am Mittelschiff unter dem Dach hin, an den Türmen ziert er die einzelnen Stockwerkgesimse und außerdem hat ihn noch der Westchor aufzuweisen. Wahrscheinlich wird er auch Querschiff, Seitenschiffe und die Ostpartie geschmückt haben. An den Türmen tritt anstatt des einfachen ein mit Laubwerk reich ornamentierter Bogenfries auf. Die Wände sind glatt behandelt bis auf eine schlichte Gliederung der polygonen Westchorapsis durch Dienste an den Eckkanten, welche oben in Kapitäle endigen und anfangs wohl fünf Giebel mit runden, viereckig geblendeten Fenstern, wie sie noch die äußeren Seiten aufweisen, getragen haben dürften. Möglicherweise waren Ostchor und Seitenschiffe mit Lisenen belebt. Man scheint eben bei der dekorativen Gliederung mehr Nachdruck auf den Innenbau gelegt zu haben.

Die Haupteingänge befanden sich, wie mit ziemlicher Gewißheit angenommen werden darf, an den beiden Seitenschiffen, wohl zwischen den Strebebögen. Diese Portale wurden beim Umbau der Seitenschiffe an die Türme transferiert. Ob die Turmhallen von Anfang an mit Eingängen versehen waren, kann nicht zuverlässig behauptet werden.[6] Kleinere Portale führten vermutlich an Stelle des späteren Brautportales und des Dreikönigsportales in das Querhaus.

Bei der Baumasse, als Ganzes betrachtet, lag der Schwerpunkt auf der Ostpartie. Gleichwohl ist eine starke Hervorhebung der Westpartie mit dem Turmpaar (Abb. 6) nicht zu leugnen, wenn auch auf eine Fassade im richtigen Sinne des Wortes wegen des Chores verzichtet werden mußte. Andererseits darf nicht vergessen werden, daß der Gedanke, die Ostpartie mehr zu betonen, fast auf den Grundplan beschränkt geblieben ist, da am Ostchor wahrscheinlich weder Türme noch Kuppel vorhanden waren, so daß im Hochbau die vertikale Entfaltung eigentlich nur in der Westpartie zum präzisen Ausdruck kommt.

Kurz geraten in der Anlage ist das Langhaus mit seinen nur fünf schmalen Jochen. Ost- und Westpartie sind einander dadurch ziemlich nahe gerückt, eine enge

Gruppierung der Baumassen war die Folge. So bescheiden die Außenarchitektur im einzelnen auch ist, im ganzen muß die geschlossene Komposition eine malerische Wirkung geübt haben.

Einzelglieder und Dekoration. Das reiche Formenspiel des Innenbaues bietet eine malerische Verteilung und Abwechslung von Licht und Schatten. In der Verwendung von Säulen und Säulchen, Halbsäulen, Bögen und Blendbögen ist nicht gespart; dabei gibt sich das Bestreben kund, die struktiven Glieder den dekorativen zu substituieren. Von statuarischer Plastik der romanischen Kirche haben sich keine Reste erhalten. Die Bogenfelder der nicht mehr existierenden oder der später umgebauten, beziehungsweise versetzten Portale hatten vielleicht Reliefplastik aufzuweisen. Die Dekoration war nur in beschränktem Maße polychrom, wie die Feststellungen bei der letzten Restaurierung bewiesen haben. Möglicherweise war der Ostchor mit größeren Wandmalereien ausgestattet. Im Langhaus genossen in der Hauptsache die Schlußsteine und einige Kapitäle die Vorteile des Farbenkleides. Anspruch auf romanischen Ursprung können aber nur die im Westchor vorgefundenen Farbenreste erheben, wonach eine Anzahl von Halbsäulenvorlagen oder Diensten an ihren Schäften nach rheinischer Art im Schieferton, die Rippen und Gurte mit weißem und grauem Steinmuster und die Gewölbekappen mit kleinem Steinfugenschnitt bemalt waren. Auch einzelne Gesimse zeigten eine dunkelgraue Färbung. Glasmalerei ist wahrscheinlich auch vertreten gewesen.

Der Pfeiler (Abb. 7) funktioniert im Innern der Kirche als freistehende Stütze der Hochwand und steht mit dieser in naher struktiver wie formaler Beziehung. Er ist quadratisch im Grundriß und hat im Seitenschiff eine Pfeilervorlage, an jeder Seite eine Halbsäulenvorlage. Die

Ecken sind mit Rundstäben versehen. Der Sockel fehlt. Im Mittelschiff ruhen die Halbsäulenvorlagen auf Konsolen oder setzen auch trichterförmig am Pfeiler an. Durch die Halbsäulenvorlagen an den Schiffsseiten ist eine enge organische Verbindung zwischen Pfeiler und Gewölbeträger hergestellt. Das Gesims wird an den vier Seiten ringsum geführt, sogar um die Vorlagen, dort die Deckplatten der Halbsäulenkapitäle bildend.

Abb. 6. Westansicht vor der Restaurierung.

Die S ä u l e ist meist als Halbsäule mit dem Pfeiler oder der Pfeilervorlage verbunden und trägt als solche Gurte und Rippen. Sie stützt auch leichtere Lasten, und hier mehr in dekorativer als in konstruktiver Verbindung, so an den Kleeblattblendbögen, an den Schildbögen, an den Arkadenvorlagen. Freistehend findet sie sich nur in der Triforien- oder Zwerggalerie und im Engelschor vor. Als reines Zierglied steht sie an den Wandungen der

Westportale. Die Behandlung des Schaftes ist glatt, die Form zylindrisch, ohne Schwellung und ohne Verjüngung, an der Triforiengalerie auch achteckig. Im Westchor, wo die Säule, als Dreiviertelsäule an die Wand angelehnt, die Gewölberippen trägt, ist ihr Schaft mit einem scharf profilierten Ring in der Mitte umgürtet. Ebenso an den beiden noch vorhandenen westlichen Vierungspfeilern.

Die K a p i t ä l e (Abb. 8, 9, 10, 11, 12) gruppieren sich in Knospenkapitäle und solche mit Blattornament, beziehungsweise in Kelch- und Würfelkapitäle. Der Kern des Knospenkapitäls ist die Kelchform, die Behandlung des Reliefs zum großen Teil eine mehr zeichnende, abgesehen natürlich von den Knospen, welche zuweilen über den Rand der Deckplatte vortreten. Bei den Blattornamentkapitälen geht die Kelchform in die des Würfels über infolge plastischer Behandlung der Blätter; dabei zeigt sich eine Vorliebe für das bandförmige Blattornament, indem Stengel und Ranken wie gestickte Bänder gearbeitet, die Blätter gleichsam mit Schnüren von Perlen oder Edelsteinen besetzt sind. Eine freiere zum Teil phantastische Behandlung weisen nur die Kapitäle in der Triforiengalerie auf, wo auch die Würfelform mehr Anwendung gefunden hat. Häufig vertreten hier Fratzen die Stelle von Kapitälen.

Die B a s e n , von der bei romanischen Bauten üblichen attischen Art, sind nicht mehr starr und hoch, sondern biegsam und zeigen bereits die flache, gedrückte Gestalt, welche dem Druck elastisch nachgegeben hat und mit dem unteren Wulst über den Rand des Sockels hinausgedrängt worden ist. Manche Basen weisen Eckknollen auf.

Unter den K o n s o l e n (Abb. 13, 14) sind die am häufigsten vorkommenden die Hornkonsolen, in welche die für die Diagonalrippen bestimmten seitlichen Halbsäulenvorlagen oder Dienste unmittelbar über dem Gesims der Arkadenpfeiler endigen. Sie sind meist glatt behandelt, die Spitze nach außen gebogen. Einige tragen auch schlichtes Blattornament. Die Gurtdienste im Mittelschiff werden zuweilen von hockenden bärtigen Gestalten gestützt. Die übrigen Konsolen haben einfache Form, in einen schaftartigen Rundbogenfries gehüllt.

Von den Türen kommen nur die jetzigen beiden West- oder Turmportale (Abb. 15, 16, 17, 18) in Betracht. Dieselben treten mit ihrem verschrägten Gewände und ihrem bogenförmigen Abschluß als Umrahmung vor die Fläche der Turmmauer vor. Gewände und Bogenleibung sind durch drei rechtwinkelige Einsprünge aufgelöst. In den Winkeln stehen zu beiden Seiten je drei Säulen, welche mehrfach profilierte Bögen tragen. Plastischer Schmuck ist nur an den Kapitälen vorhanden, und zwar sind dieselben an der einen Seite als Knospenkapitäle, auf der anderen Seite als Blattornamentkapitäle unterschieden. Die Bogenfelder ruhen auf Pfeilern auf, welche aber mit den flankierenden Säulen nur das bekrönende Gesims gemein haben. Durch die beiden Turmportale hat die Westseite nachträglich die Bedeutung einer Fassade gewonnnen.

Bisheriges Ergebnis. Die im Vorausgehenden gegebene Beschreibung des Baues führt zu dem Ergebnis, daß die ältere Kirche St. Sebald im großen und ganzen ein der romanischen Stilart angehöriger Bau ist. Es haben allerdings die drei gotischen Grundelemente: der Spitzbogen, der Strebebogen und das einfache System bereits Eingang gefunden. Allein diese Anleihen haben nicht den Organismus des Gliederbaues völlig durchdrungen, sie sind nicht durchweg zu konstruktiver Notwendigkeit geworden. Hat man doch beim späteren Umbau der Seitenschiffe den Überfluß der Strebebögen erkannt und ihre Beseitigung herbeigeführt. Auch der Eindruck des Innern, wo erst das einfache System dem Beschauer sichtbar wird, ist trotz der reichen Hochwandgliederung und trotz der starken Höhenentwicklung nicht der eines gotischen Baues. Der Bau ist in seinem innersten Kern romanisch. Den romanischen Charakter bestätigen auch die Ornamente.

Stilkritik. Die erste Periode der Nürnberger Bau- und Kunstgeschichte fällt in das 12. Jahrhundert. Die ehemalige Schottenkirche St. Egidien mit der Euchariuskapelle und die Doppelkapelle auf der Burg sind ihre Repräsentanten. Die Egidienkirche brannte 1696 ab. Nur Abbildungen aus der Zeit vor und unmittelbar nach der Brandkatastrophe haben uns ein Bild der romanischen, in gotischer Zeit mehrfach umgebauten und erweiterten Klosterkirche überliefert, allein sie genügen nicht, um genau Konstruktion oder gar Ornamentik erkennen zu lassen. Wir wissen nur, daß die Kirche eine dreischiffige Basilika mit östlichem Querschiff, westlichen Türmen und Vorhalle war; vielleicht eine Säulenbasilika, in welcher die Seitenschiffe gewölbt, das Mittelschiff dagegen flach gedeckt war. Mit ziemlicher Sicherheit aber wird man annehmen können, daß die Kirche des um 1140 von Kaiser Konrad III. gestifteten und mit Regensburger, teilweise auch mit Würzburger Schottenmönchen besetzten Klosters auch in der Bauweise als Schottenkirche gekennzeichnet und mit St. Jakob in Regensburg eng verwandt war. Deutlich ist der Einfluß der Schotten an der Doppelkapelle auf der Burg, der Margareten- und Kaiserkapelle (etwa 1170 bis etwa 1180). Weniger in der Gewölbekonstruktion, als besonders durch Gestalt und Ornamentik der Kapitäle und durch die Anlage des Oratoriums mit den kurzen, gedrungenen Säulen wird man sofort an die Regensburger Schottenkirche erinnert. Dagegen deutet die gegen Ende des 12. Jahrhunderts erbaute Euchariuskapelle mit ihren Rippengewölben und den hohen, reich profilierten Sockeln, Basen und Kämpfern auf Bamberg.

Abb. 7. Ansicht vom südlichen Seitenschiff gegen Norden.

Von wie hoher Bedeutung auch für die Kunstgeschichte Nürnbergs in der zweiten Hälfte des 12. Jahrhunderts die Beziehungen zu Regensburg gewesen sind, eine N ü r n b e r g e r B a u s c h u l e scheint sich aus jener nicht allzu umfangreichen, im wesentlichen auf die beiden ersterwähnten Kirchen beschränkten Bautätigkeit nicht entwickelt zu haben. Es ist anzunehmen, daß die Bauleute für die Doppelkapelle auf der Burg und für die Egidienkirche von auswärts, das heißt von Regensburg, gekommen waren und nach Vollendung der Bauten wieder weitergezogen sind, also weder aus der Bevölkerung Nürnbergs hervorgegangen sind, noch sich in Nürnberg dauernd angesiedelt haben.

Abb. 8. Kapitäl der Dienste im Mittelschiff.

Mit der Wende zum 13. Jahrhundert war auf einige Jahrzehnte eine Stockung im Bauleben Nürnbergs eingetreten, bis sich mit der Niederlassung der Bettelorden, vor allem aber mit dem Bau von St. Sebald eine um so regere Tätigkeit entfaltete. So kam es, daß sich an die von den Schotten angewendete Bauweise keine Tradition knüpfte und man die technischen Vorteile und die dekorative Eigenart, welche jene mitgebracht, völlig vergaß. Und als das Bedürfnis nach einem größeren Gotteshaus wach wurde, war in Nürnberg ein gänzlicher Mangel an geschulten Baumeistern wie Steinmetzen, welche einen umfassenden Auftrag hätten übernehmen und durchführen können. Dazu handelte es sich jetzt nicht mehr um eine Kirche für einen geschlossenen Orden, sondern um die Kirche für eine Pfarrgemeinde. Stand bereits die zum Egidienkloster gehörige Euchariuskapelle unter dem Einfluß des Bamberger Domes, so war es ganz natürlich, daß die unterbrochenen Beziehungen zu dem erst 1237 vollendeten Dom wieder aufgenommen wurden, um so mehr als Bamberg die Diözesanhauptstadt von Nürnberg war.

St. Sebald und der Dom zu Bamberg. Bei der Gründung der Diözese Bamberg durch Kaiser Heinrich II. im Jahre 1007 wurde der neue Sprengel gegen den von Eichstätt mit dem Laufe der Pegnitz abgegrenzt. Was also vom jetzigen Stadtgebiet Nürnbergs nördlich dieses Flusses lag, gehörte zu Bamberg, was dagegen auf der anderen Seite lag, zählte vorerst zu Eichstätt. Dieses Verhältnis scheint jedoch nicht lange bestanden zu haben, denn schon 1162 wird die Kapelle zum Heiligen Grab, an deren Stelle sich jetzt die Pfarrkirche St. Lorenz erhebt, als zu Fürth eingepfarrt erwähnt, und Fürth gehörte damals zur Diözese Bamberg. Im 13. Jahrhundert kommt also für Nürnberg als Diözesanhauptstadt nur Bamberg in Betracht.

Im ersten Drittel dieses Jahrhunderts entwickelte sich in Bamberg im Anschluß an den Dombau ein reges Kunstleben. Der unter Kaiser Heinrich II. erbaute, 1081 abgebrannte, unter Bischof Otto dem Heiligen wieder aufgebaute und 1185 abermals durch eine Feuersbrunst zerstörte Dom wurde gleich nach dem Brande von neuem aufgebaut. Begonnen wurde mit der Ostpartie. Nach Vollendung derselben vor 1202 trat eine kurze Unterbrechung ein. Man ging nun energisch an die

Vollendung des ganzen Baues. Auf die provisorische Einweihung von 1232 folgte am 6. Mai 1237 die letzte und endgültige.[7] Es ist ganz natürlich, daß bei dem Bau eines Gotteshauses von den Dimensionen des Bamberger Domes, der noch dazu in verhältnismäßig kurzer Zeit zur Ausführung gelangte und infolgedessen eine zahlreich besetzte Bauhütte erforderte, sich eine eigene Bauschule heranbildete, die im Bedarfsfalle imstande war, auch nach auswärts Parliere und Steinmetzen abzugeben. Was liegt da näher, als daß die Nürnberger Pfarrgemeinde, als man nach einem monumentalen, nur mit dem Aufgebot gediegener und geschulter Kräfte zu erbauenden Gotteshaus verlangte, zur Dombauschule der Diözesanhauptstadt in engste Beziehungen trat.

Abb. 9. Romanisches Kapitäl mit Blatt- und Bandornament.

Abb. 10. Romanisches Kapitäl mit Blatt- und Bandornament.

Wir fassen zunächst die beiden Grundrisse,

47

beziehungsweise Plandispositionen ins Auge.

Beim Bamberger Dom ist die Plandisposition des alten Heinrichsbaues — doppelchörige Basilika mit westlichem Querschiff — beibehalten worden. Es kann daher weder in der doppelchörigen Anlage, noch im westlichen Querschiff eine auf Rechnung des Neubaues kommende Besonderheit erblickt werden, es ist vielmehr auf andere ähnliche Beispiele, nämlich einerseits auf die Dome von Mainz (erster Bau 978–1009) und Worms (996–1016), andererseits auf die schwäbisch-bayerischen Bauten, so auf den Dom von Augsburg (994 bis 1006), auf Obermünster (1010 und 1020) und St. Emmeram in Regensburg (1002 und 1020), unter deren Einfluß der Heinrichsbau des Bamberger Domes zweifelsohne stand, zu verweisen.[8] Das Schwergewicht bei der Anlage einer Kirche nach Westen zu verlegen, wurde, wenn nicht ähnliche zwingende Gründe vorhanden waren, von jener Zeit ab vermieden. Um so auffälliger muß es erscheinen, daß bei dem Bau einer Kirche wie St. Sebald, der von Grund aus einen Neubau bildet, zwar nicht das Hauptgewicht auf den Westchor verlegt, aber doch demselben eine dem Ostchor beinahe gleichkommende Bedeutung zuteil wird, ja daß überhaupt ein Westchor noch Anklang findet. Denn spätere doppelchörige Anlagen sind nicht bekannt.

Abb. 12. Romanisches Kapitäl mit Knollenornament.

Wie schon erwähnt, stand zuvor an Stelle der Kirche St. Sebald eine Kapelle. Dieselbe war von Anfang an dem hl. Petrus geweiht und bewahrte Reliquien von ihm. Im letzten Viertel des 11. Jahrhunderts fand allmählich auch der hl. Sebald Verehrung, er wurde bald zum Stadtpatron erhoben, ohne daß auf die Verehrung des hl. Petrus verzichtet worden wäre. Auch vom hl. Sebald waren Reliquien vorhanden. Es mußte daher, als man eine Gemeindekirche größerer Ausdehnung als Ersatz für die kleine Kapelle erbauen wollte, gleich von vornherein auf beide Heilige Rücksicht genommen werden. So blieb nichts anderes übrig, als den Grundriß einer doppelchörigen Kirche zu wählen, und hierzu bot der Bamberger Dom das geeignetste Vorbild. Man begnügte sich aber nicht mit der bloßen Kopie, sondern ging in einer Hinsicht sehr selbstständig vor. Beim Bamberger Dom liegt, weil die Plandisposition des Heinrichsbaues beibehalten wurde, das Querhaus im Westen. Vom 11. Jahrhundert an jedoch wurden überall nicht nur doppelchörige Anlagen soviel wie möglich vermieden, sondern auch die Kirchen regelmäßig nach Osten angelegt. Infolgedessen ist der Grundriß von St.

49

Sebald gegenüber dem Bamberger Grundriß in der Himmelsrichtung gerade umgekehrt. Und da im Laufe des 12. Jahrhunderts der hl. Sebald Stadtpatron geworden war, nach welchem auch die Kirche benannt werden sollte, so wurde seiner Verehrung der größere Ostchor eingeräumt, während dem hl. Petrus der kleinere Westchor zufiel.[9]

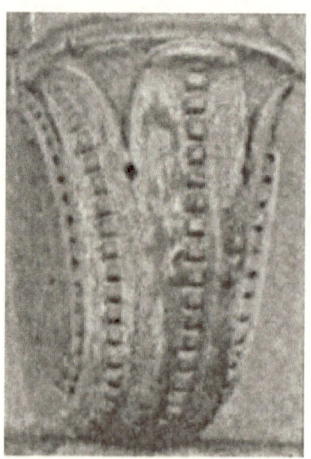

Abb. 13. Romanische Hornkonsole.

Abb. 14. Romanische Konsole.

Eine weitere Selbständigkeit liegt in dem Mangel eines zweiten Turmpaares am Querschiffe von St. Sebald, welches

50

dafür zwei Apsiden als Nebenchöre hat.

Dagegen spricht wieder deutlich für die enge Verwandtschaft, daß bei den östlichen Apsiden der Kirche St. Sebald genau wie bei der Ostapsis des Bamberger Domes die halbrunde Form gewählt, während hier wie dort der Westchor polygon abgeschlossen wurde.

Abgesehen von dieser Ähnlichkeit im Grundriß haben die beiden Westchöre auch fast den gleichen Aufbau, wenn wir die durch den Unterschied der Größenverhältnisse gegebenen Abweichungen außer acht lassen. Außen: Mangel an Strebepfeilern, Abtrennung eines oberen Stockwerkes mit Oberfenstern durch ein kräftiges Gesims, an den Ecken Dienste, welche nicht bis zum Dachgesims reichen; ein Unterschied besteht in den hier runden, dort spitzbogigen Fenstern und darin, daß bei St. Sebald auch das untere Stockwerk Oberfenster hat. Innen: sechsteilige Gewölbe in den Rechtecken, Dienste mit Schaftringen und Kleeblattblendarkaden an den Wänden der Apsis.

Sowohl hier wie dort ist die Außenwand des Mittelschiffes so schlicht wie möglich behandelt. Wandgliederung fehlt. Die Anzahl der Fenster stimmt überein, es trifft auf jedes Joch ein Fenster. Die Fenster sind bei beiden Bauten rundbogig, mit glatten Wandungen, und sitzen unmittelbar auf dem Ansatz der Seitenschiffdächer auf. Ein ebenfalls übereinstimmender Rundbogenfries, welcher sich unter dem Dachgesims hinzieht, bildet den einzigen Schmuck der Hochwand.

Ferner ist im Außenbau der Ansatz der Chornische, beziehungsweise des Chordaches an den Mittelschiffgiebel der gleiche (bei St. Sebald im Westen, beim Dom zu Bamberg im Osten), und ebenfalls belebt der eben erwähnte Rundbogenfries die Giebellinie. Übrigens hat aller Wahrscheinlichkeit nach beim Bamberger wie beim

51

Nürnberger Westchor der Abschluß in einem Kranz von Giebeln mit Giebeldächern bestanden, wie die Endigungen der Eckdienste beweisen; zum mindesten war eine derartige Bekrönung bei beiden Apsiden geplant wie an rheinischen Bauten des Übergangsstiles.

Sonst fällt von den Übereinstimmungen am Außenbau noch der an den beiden Westapsiden unter dem das untere vom oberen Stockwerk trennenden Gesims sich hinziehende Rundbogenfries auf, der auch auf die flankierenden Türme übergreift und dessen Bogenansätze von blattwerkgeschmückten Konsolen getragen werden.

In allen übrigen Punkten kommt beim Außenbau der Unterschied zwischen der reich ausgestatteten Bischofskirche und der einfachen, schlichten Pfarrkirche zum Ausdruck.

Bezüglich der Einzelglieder und der Dekoration im Innern der beiden Kirchen kann nur eine teilweise Übereinstimmung festgestellt werden: die Kleeblattblendarkaden im Westchor (bei Bamberg auch an den Westchorschranken)[10] in der Anlage sowohl wie in der Detailbildung, Abschluß der Dienste in halber Höhe durch stützende Konsolen, auch Hornkonsolen (bei Bamberg nur im Westchor, bei St. Sebald durchgehends) und Abrundung der Scheidbögenkanten in Wulste.

Zum Schlusse sei noch betont, daß sämtliche Steinmetzzeichen von St. Sebald sich unter den zahlreichen Zeichen des Bamberger Domes vorfinden.

Durch diese Nebeneinanderstellung wird die von der Kunstgeschichte ausgesprochene Vermutung, daß die Kirche St. Sebald in ihrer ersten, durch spätere An- und Umbauten noch nicht erweiterten Gestalt durch den Bamberger Dom wesentlich beeinflußt ist, vollauf bestätigt. Es gilt dies in erster Linie von der Plandisposition, in zweiter Linie vom

Außenbau. Was vom Dom zu Bamberg aus dessen erster Bauperiode vor und kurz nach 1200 auf die Kirche St. Sebald übertragen wurde, ist die doppelchörige Anlage und die Idee, die Chorapsis mit zwei Türmen zu flankieren. Beides wurde in selbständiger und eigenartiger Weise vom Baumeister von St. Sebald verwertet. Alle übrigen Übereinstimmungen der beiden Bauten gehen auf die zweite Bauperiode des Bamberger Domes zurück, welche die Zeit vom Ende des zweiten Jahrzehnts bis 1237 umfaßt. Und da die Nürnberger Steinmetzeichen nur am westlichen, der zweiten Bauperiode angehörenden Teil des Bamberger Domes vorkommen, so steht fest, daß die zweite Bamberger Bauperiode und die erste Hälfte der Nürnberger Bauzeit durch keinen größeren Zeitraum getrennt sein können.

Es erübrigt nun beide Bauwerke auf ihre Verschiedenheiten und Abweichungen zu untersuchen.

Technik und Konstruktion der Gewölbe ist bei beiden Kirchen so ziemlich die gleiche: Bruchsteingewölbe in reicher Mörtelbettung, spitzbogige Kreuzrippengewölbe mit schwacher Busung und nahezu horizontalem Scheitel. Allein die angewandten Systeme sind grundverschieden: beim Dom zu Bamberg das gebundene, bei St. Sebald das einfache System.

Ferner ist bei St. Sebald an einigen Stellen der Versuch gemacht worden, durch Stützwerk eine Verringerung der Mauerstärke herbeizuführen und so den Gliederbau mehr zu betonen: an den Türmen und am Querschiff durch Strebepfeiler, am Mittelschiff sogar durch Strebebögen. Am Dom zu Bamberg fehlt — abgesehen von den beiden Stützpfeilern an den Osttürmen aus dem Jahre 1274 — jede Strebe; es entspricht fast durchwegs die Mauerstärke der Stärke der alten Grundmauer, so daß Strebepfeiler oder Strebebögen auch überflüssig waren.

Was die Maßverhältnisse und die Raumwirkung anlangt, so macht sich am Bamberger Dom im Querschnitt ein Streben nach imposanter Breitenentwicklung geltend. Die Höhe des Mittelschiffes verhält sich zu dessen lichter Weite wie 2 : 1. Anders bei St. Sebald. Hier ist bei einem Verhältnis von 3 : 1 eine ganz bedeutende Höhenentwicklung festzustellen.[11]

Im engsten Zusammenhang mit den Unterschieden im Querschnitt stehen die in der Hochwandgliederung. Der breiten Anlage im Querschnitt beim Dom zu Bamberg entspricht im Mittelschiff die breite Wandfläche eines Joches, welche sich über zwei Arkadenbögen erhebt und um so breiter erscheint, weil sie vom Gesims bis zum Fenster völlig leer geblieben, d. h. weil jede Gliederung streng vermieden ist. Bei St. Sebald entspricht der Höhenentwicklung des Mittelschiffes die schmale Bildung einer Jochwand, die schon dadurch schlank erscheint, daß sie sich bei enger Aneinanderreihung der Stützen nur über e i n e r Arkade erhebt und außerdem durch Belebung mit einer Triforiengalerie und Gliederung des Lichtgadens kurzweiliger wirkt.

Der Gesamteindruck des Außenbaues ist beim Bamberger Dom bedingt — und zwar für den in spätromanischer Zeit errichteten Hochbau nicht in der günstigsten Weise — durch die vom alten Heinrichsbau beibehaltene Anlage. Der ganze Bau ist langgestreckt und so scheinen gegenüber der leeren Mittelschiffhochwand die mehr oder minder reich behandelte Ost- und Westpartie in einem losen Zusammenhang zu stehen. Grundverschieden hiervon ist der Gesamteindruck des Außenbaues von St. Sebald, oder besser gesagt, wird er gewesen sein. Starke Anklänge an Bamberg hat eigentlich nur die Westpartie. Das Gesamtbild jedoch bietet eine ganz andere Massenwirkung und Silhouette. Vor allen Dingen fehlt ein zweites Turmpaar. Die

Ostpartie mit den drei Apsiden ist Bamberg gegenüber ein neues, jedenfalls selbständiges Motiv. Und dann, dies dürfte wohl der Hauptunterschied sein, stellt St. Sebald von den Fundamenten an einen einheitlichen Bau dar, der auch nach außen hin die charakteristischen Merkmale des spätromanischen oder Übergangsstiles zur Schau trägt: die Entfernung vom östlichen Querschiff zu den Westtürmen ist im Verhältnis zu Bamberg eine überaus kurze, was bei der gleichen Anzahl von Mittelschiffjochen in der Verschiedenheit der Systeme liegt, die Baumassen sind demnach eng zusammengruppiert, und diese Wirkung wird noch verstärkt durch Strebepfeiler und Strebebögen.

Ein nicht gerade wesentlicher Unterschied ist an den Westchören zwischen den spitzbogigen Bamberger und rundbogigen Nürnberger Fenstern zu verzeichnen.

Diese mannigfachen, teilweise schwerwiegenden Unterschiede der beiden Kirchen lehren, daß St. Sebald in vielen Punkten noch auf andere Bauten zurückgehen muß. Die kunstgeschichtliche Bedeutung des Bamberger Domes liegt vor allen Dingen in der eigenartigen Verschmelzung fremder Einflüsse, die nicht nur verschiedenen lokalen, sondern auch verschiedenen zeitlichen Ursprunges sind. Fällt die Anlage unter den Einfluß Regensburgs im Anfang des 11. Jahrhunderts, so zählt anderseits der Hochbau zu den bedeutendsten Schöpfungen des deutschen Übergangsstiles, wobei der Außenbau des Ostchores vom Ende des 12. Jahrhunderts stark an die Ostpartie des Mainzer Domes und an andere rheinische Bauten erinnert; und während einzelne Bauglieder des Westchores aus dem zweiten und dritten Zehnt des folgenden Jahrhunderts der Ebracher Schule angehören, weisen die Einwölbung des Westchores und der Ausbau der Westtürme aus den dreißiger Jahren desselben Jahrhunderts auf Nordfrankreich, speziell auf Laon. Es ist ganz klar, daß von einem derartigen Bauwerk mit so vielen stilistischen Verschiedenheiten nur verhältnismäßig wenige Einzelheiten auf den Bau von St. Sebald übergehen konnten: ein Teil der Plandisposition, die Anlage des Westchores und Teile am Außenbau. Und dann war eben bei St. Sebald die Einführung zeitgemäßer Neuerungen möglich, weil nicht, wie beim Bamberger Dom, alte Grund- und Hochmauern einen Zwang auf die Gestaltung des neuen Hochbaues ausübten. Da nun bis zum damaligen Zeitpunkt eine Bauschule in Nürnberg nicht bestanden hat, so müssen jenen Neuerungen, welche St. Sebald gegenüber Bamberg aufzuweisen hat, andere verwandtschaftliche Beziehungen zugrunde liegen.

St. Sebald und die Klosterkirche zu Ebrach. Die Entwicklung der Baukunst in der romanischen Epoche wurde vorzugsweise in den großen Städten gefördert, welche Bischofssitze waren. Man braucht da nur an die Städte Mainz, Speyer oder Köln zu erinnern und man kennt sofort die Bedeutung ihrer romanischen Bauwerke und den Einfluß derselben auf die ganze Entwicklung.

Daneben machte sich aber eine Bewegung geltend, deren Einfluß nicht geringer als jener geschätzt werden darf. Es ist die Bewegung, welche durch die Bauschulen des Benediktiner- und des Zisterzienser-Ordens hervorgerufen wurde.[12] Ja, der Einfluß derselben ist in gewisser Hinsicht von weit höherer Bedeutung für die Kunstgeschichte als der der Dombauschulen; denn dieser war selten über ein eng begrenztes Gebiet, meist nicht über die Grenzen der Diözese hinausgegangen, der Einfluß jener Ordensbauschulen war aber nie lokal beschränkt, er erstreckte sich weithin nach allen Richtungen in die verschiedensten Länder, er darf mitunter geradezu als international betrachtet werden. Und waren es dort die Kirchen und Dome, welche von ihrer

Zentral- oder Metropolitankirche Neuerungen empfingen und mit größerer oder geringerer Modulation in sich aufnahmen, so waren es hier die Kirchen des Landes, gewöhnlich die Klosterkirchen, denen — natürlich ebenfalls in lokaler Anpassung — das charakteristische Gepräge der entsprechenden Ordensbauschule aufgedrückt wurde.

Im 11. Jahrhundert hatte unter den Ordensbauschulen der Benediktinerorden die der Kluniazenser die Oberhand, im 12. Jahrhundert wurden dieselben von den Hirsauern abgelöst, und im letzten Drittel des 12. und in der ersten Hälfte des 13. Jahrhunderts hatte der Orden der Zisterzienser, neben dem sich auch die Prämonstratenser geltend machten, die weiteste Verbreitung.

Zwischen Würzburg und Bamberg, näher bei letzterer Stadt, liegt mitten in den stattlichen Nadel- und Laubwaldungen des Steigerwaldes im Quellgebiet der mittleren Ebrach das nach diesem Bache benannte Zisterzienserkloster. Es liegt — was die Zisterzienser bei neuen Klostergründungen stets im Auge behielten — in sich abgeschlossen, abseits von allen Verkehrswegen, gleichweit vom Main, von der Rednitz und von der Heerstraße Nürnberg-Würzburg entfernt.

Das Kloster wurde im Jahre 1126 gegründet.[13] Der Besitz hatte bald bedeutenden Umfang gewonnen teils durch Schenkungen, teils durch Ankauf von Gütern, teils durch den Fleiß der Mönche in der Kultivierung der umliegenden Waldungen. Zu Beginn des 13. Jahrhunderts mußte bereits der Frage einer Erweiterung der Ökonomiegebäude wie der Kirche näher getreten werden. Was die Kirche anlangt, so entschloß man sich zu einem vollständigen Neubau, und zwar zu einem Bau von beträchtlichen Dimensionen, der an und für sich schon einen Rückschluß auf die damalige zahlreiche Besetzung und den Reichtum des Klosters zuläßt.

Bald nach 1200 wurde der Bau begonnen, eine dreischiffige Pfeilerbasilika mit dem nach Schema Cisteaux II gebildeten Chorabschluß, nämlich einer einfachen geradlinigen Kapellenreihe an der Ostseite des Querschiffes und einer doppelten um den ebenfalls geradlinig abschließenden Chor. Die Wölbung besteht aus Kreuzrippengewölben in dem System des durchlaufenden Joches. Im 18. Jahrhundert wurde das Innere der Kirche im Stile der Zeit derartig umgestaltet, daß die romanischen Details nicht mehr zu erkennen, ja größtenteils überhaupt nicht mehr sichtbar sind. Doch steht fest, daß eine Triforiengalerie nicht vorhanden war. Die Hauptbauperiode fällt in das erste Drittel des 13. Jahrhunderts; die Vollendungsarbeiten zogen sich in die Länge, erst 1285 fand die Einweihung der Kirche statt.

Dagegen hat sich eine an die Nordseite des Querschiffes der Kirche angebaute Kapelle, die Michelskapelle, bis auf den heutigen Tag unverändert erhalten. Sie wurde ebenfalls zu Beginn des 13. Jahrhunderts in Angriff genommen, 1207 schon fand die Einweihung der Kapelle und dreier Altäre statt. Dieser Epoche gehört der größere Teil der Kapelle an, nämlich der mit sieben Stufen über das Niveau der übrigen Kapelle erhöhte Chor einschließlich Querschiff mit vier Wölbungsquadraten und das anstoßende Quadrat der unteren Kapelle. Die beiden westlichen Rechtecke mit den sechsteiligen Gewölben wurden erst im folgenden Jahrzehnt angefügt. Hier in dieser Kapelle haben Architekturglieder und Ornamente die reichste Verwendung gefunden, hier finden sich wieder Kleeblattblendbögen und Hornkonsolen, welche in der allgemeinen Form sowohl wie in der Detailbearbeitung stark an den Dom zu Bamberg und an St. Sebald in Nürnberg erinnern. Und wenn wir uns vergegenwärtigen, wie damals die Zisterzienser mit ihren Mönchen und Laienbrüdern sich häufig auch an anderen

Kirchenbauten, welche im Auftrage von Pfarrgemeinden oder weltlichen Geistlichen errichtet wurden, rege beteiligten, so liegt die Vermutung sehr nahe, daß zwischen dem Bau der Klosterkirche in Ebrach und den zeitlich mit ihm übereinstimmenden Bauten in Bamberg und Nürnberg enge Beziehungen bestanden haben.

Die Vermutung wird in erster Linie durch den Umstand bestätigt, daß sämtliche Steinmetzzeichen am alten Bau von St. Sebald nicht nur am Dom zu Bamberg, sondern auch mit noch etlichen Zeichen dieses Baues wieder an der Klosterkirche in Ebrach angetroffen werden. Es steht somit fest, daß eine Anzahl ein und derselben Steinmetzen an allen drei Kirchen tätig waren. War diese wandernde Kolonie an dem einen Bau fertig, so zog sie zum anderen Bau, um dort ihre Tätigkeit von neuem aufzunehmen.

Der Anzahl der Zeichen nach zu schließen waren von den Steinmetzen, die am Bau der Klosterkirche Ebrach arbeiteten, mehr am Dom zu Bamberg tätig als an der Kirche St. Sebald. Trotzdem war den Ebrachern an der Nürnberger Pfarrkirche ein größeres Arbeitsfeld eingeräumt als dort. Was am Bamberger Dom direkt auf Ebracher Einfluß zurückgeht, ist der Westchor bis zum Dachgesims, beziehungsweise bis zu den Gewölbeanfängen im Innern und das Nordportal des Querhauses mit den Kleeblattblendbögen; ferner die Schranken des Westchores. [14] Der Dom war eben in seinen Hauptteilen: Ostchor mit Türmen, Langhaus und Querschiff, bereits vollendet oder wenigstens der Vollendung nahe, als man in Ebrach die Neubauten aufzuführen begann. Beim Weiterbau am Bamberger Dom mußte die einmal gegebene Disposition beibehalten werden, und so hatten sich die Ebracher den Anordnungen der Dombauleitung unterzuordnen. Anders bei St. Sebald. Hier konnte sich die Tätigkeit der Ebracher viel einflußreicher gestalten, weil man überhaupt erst zu bauen anfing, als die Ebracher kamen. Hier konnten also die von den Ebrachern in ihr Bauprogramm aufgenommenen Neuerungen volle Verwertung finden. Und so finden sich bei St. Sebald nicht nur dekorative Glieder, wie kleeblattförmige Blendnischen oder Hornkonsolen vor, welche auf eine nahe Verwandtschaft mit Ebrach hinweisen, sondern auch Konstruktion und System, d. h. fast alles, worin St. Sebald mit Bamberg nicht übereinstimmt, bilden ein Produkt der engen Beziehungen.

Wir sehen nämlich in Ebrach, und zwar zunächst in der Klosterkirche selbst, vor allem das einfache System mit durchlaufendem Joch wieder, die rechteckigen Gewölbefelder im Mittelschiff und infolgedessen im Längsschnitt der Mittelschiffjoche eine bedeutende Höhenentwicklung (Bamberg 2 : 1, Ebrach 3 : 1); ferner eine im Gegensatz zu Bamberg große Entfernung der Gewölbkämpferlinie von den Arkadenbögen, Vorlagen in den Arkadenbögen, von Säulen getragen, nicht vollständige Herabführung der Mittelschiffdienste im Gegensatz zu den Seitenschiffdiensten und schließlich am Außenbau Strebepfeiler. Ebenfalls ist der Rundbogen in den Fenstern, der Spitzbogen in den Arkaden und im Gewölbe vertreten. In der Michelskapelle und zwar in deren jüngerem Teil kehren das sechsteilige Gewölbe, Verringerung der Mauerstärke des Lichtgadens und Aufsitzen des Schildbogens auf kleinen Säulen, außerdem nahverwandte Formen an den Halbsäulenkonsolen und an den Kapitälen wieder.

Abb. 15. Portal am südlichen Turm.

Die soeben festgestellten Übereinstimmungen zwischen St. Sebald und der Ebracher Klosterkirche sind architektonische Elemente, welche dem Bamberger Dombau völlig fern liegen, und zum weitaus größten Teil konstruktiver Natur, in der Hauptsache: das Strebesystem und das System des einfachen Joches. Wir fragen uns nun: wie kamen bei Ebrach zu

Anfang des 13. Jahrhunderts diese wesentlichen Elemente gotischen Stiles in die spätromanische Baukunst Ostfrankens?

Bekanntlich war Frankreich das Kulturland des Mittelalters. Am meisten hatte Deutschland im 13. Jahrhundert den Einfluß Frankreichs im gesamten Bereich der Kultur zu verspüren und nicht zum mindesten in der Baukunst. Mit dem 13. Jahrhundert hatte die Gotik in ihrem Geburtslande Frankreich den Höhepunkt ihrer Entwicklung erreicht, und von dieser Zeit an datiert ihre Einführung nach Deutschland, und zwar in der zweiten Hälfte des 13. Jahrhunderts die Einführung der entwickelten Gotik, in der ersten Hälfte die Einführung einzelner Elemente dieses Stiles. Und die Einführung einzelner gotischer Elemente wurde von dem weit verbreiteten Orden der Zisterzienser besorgt.

Gewiß fand in Ebrach auch nach Vollendung des 1126 gegründeten Klosters die Baukunst durch die Mönche und Laienbrüder weiterhin Pflege. Erweiterungen der Klosteranlage, welche durch den rasch anwachsenden Reichtum bedingt wurden, und Aufträge in der Umgegend werden genügend Arbeit zugeführt haben. Als jedoch das Kloster zu Beginn des 13. Jahrhunderts beschloß, einen bedeutenden Neubau dem Zeitcharakter entsprechend aufzuführen, da reichten die vorhandenen bau- und kunstverständigen Mitglieder des Ordens nicht aus, man bedurfte eines bedeutenden Zuwachses neuer Kräfte, insbesondere eines entsprechend geschulten Bauleiters. Es blieb daher nichts anderes übrig, als sich an das Mutterkloster zu wenden und sich von dort eine Anzahl von Konversen samt Baumeister, Parlieren und Steinmetzen kommen zu lassen. Nur auf diese Weise erklärt sich das plötzliche Auftauchen französischer Bauweise in Ostfranken, zumal in Ebrach.

Zu Beginn des 13. Jahrhunderts waren für die Zisterzienser nicht mehr die fünf burgundischen Hauptkirchen die allein ausschlaggebenden Bauten. Dieselben waren im wesentlichen nunmehr Vorbilder in der Anlage. In allen übrigen Punkten kam jetzt die burgundische Schule überhaupt, also nicht nur die der Zisterzienser speziell, als Ausgangspunkt für neuere Bestrebungen in Betracht, und hier nahmen den ersten Platz die beiden im östlichen oder Niederburgund gelegenen Bauten, die gegen 1200 vollendete Kathedrale von Langres und die um 1220 erbaute mächtige Vorhalle von Cluny ein. Von da aus scheinen die beiden Hauptelemente der französischen Frühgotik, das einfache Wölbungssystem und die Verstrebung, bis nach Ostfranken und nach Nürnberg vorgedrungen zu sein. Auffällig ist nur, daß die dort einen Hauptteil der Hochwandgliederung bildende Triforiengalerie und der Strebebogen in Ebrach keinen Eingang fanden, um so mehr, als die Zisterzienser doch stets ein lebhaftes Streben nach Zweckmäßigkeit im Konstruktiven bekundeten. Nach dieser Richtung also kann Ebrach für St. Sebald nur eine vermittelnde Rolle gespielt haben und nicht selbst Vorbild gewesen sein.

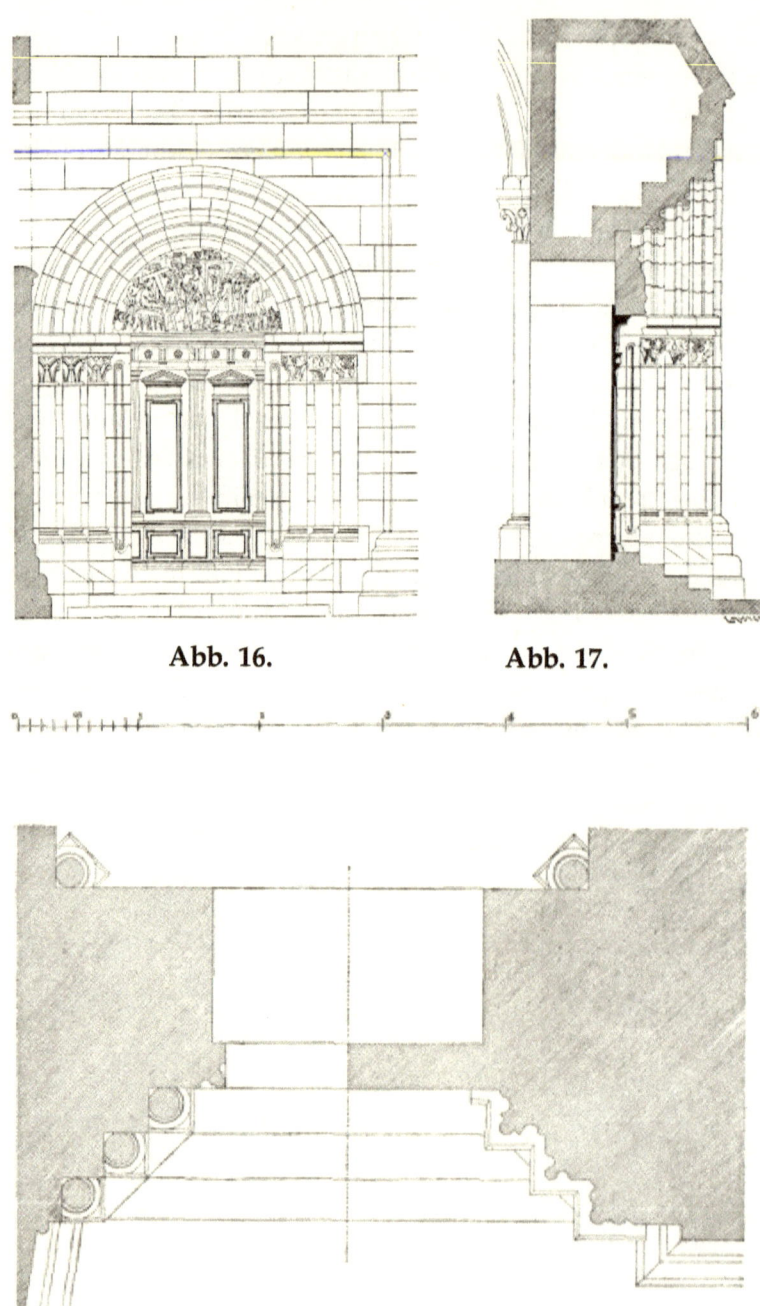

Abb. 16. **Abb. 17.**

Abb. 18. Romanisches Portal am südlichen Turme.

Jedoch ist ein anderer Weg der Einführung nicht ausgeschlossen. Die Einwölbung des Bamberger Westchores ist ein Werk französischer Frühgotik aus den dreißiger Jahren des 13. Jahrhunderts und hat mit Ebracher Baukunst, als deren Werk oben der übrige Teil des Westchores bezeichnet wurde, nicht das geringste gemein. Im Gegenteil weisen verschiedene Spuren darauf hin, daß die Einwölbung von dem nämlichen Meister geleitet wurde, nach dessen Plänen auch die Westtürme ihre charakteristische Gestalt erhielten. Die beiden Westtürme wurden nach dem Muster der Türme der Kathedrale von Laon gebaut, und diese, das letzte bedeutendste Bauwerk der nordfranzösischen Frühgotik, dessen Vollendung in die Zeit vor 1226 fällt, scheint denselben Anteil an St. Sebald wie die Kathedrale von Langres und die Vorhalle von Cluny zu haben. Ein bestimmtes Ergebnis dürfte natürlich erst durch eine eingehende, die erwähnten Punkte besonders berücksichtigende örtliche Untersuchung jener Bauten zu erzielen sein. Vorerst jedoch hat die Vermutung viel für sich, es gingen die nahen verwandtschaftlichen Beziehungen zwischen Bamberg und Laon zuletzt auch auf eine Vermittlung von Ebrach zurück und liege so für die Einführung französisch-frühgotischer Elemente in St. Sebald eine durch Ebrach bewirkte Verschmelzung von Einflüssen der beiden angrenzenden Gegenden Burgund und Champagne zugrunde. —

Bamberg und Ebrach teilen sich in ihre Ansprüche auf die Gestaltung der Kirche St. Sebald. Konstruktion und System fallen Ebrach, Plananlage und Außenbau Bamberg, Ornamentik und Dekoration beiden zu. Man sollte glauben, daß die Wage sich dorthin, von wo Konstruktion und System entlehnt wurden, neigen müsse. Keineswegs. Der Baumeister von St. Sebald hat nie vergessen, daß er eine

Pfarrkirche und nicht eine Klosterkirche zu bauen hatte. Das Programm der Zisterzienser lautete auf Verzicht von Krypten, St. Sebald birgt deren zwei, und eine reiche Verwendung plastisch-dekorativer Details wird noch durch die ebenfalls von den Zisterziensern verschmähte Polychromie besonders hervorgehoben. Durch die Kreuzung zweier so grundverschiedener Einflüsse wie die von Bamberg und Ebrach zählt St. Sebald nicht zu den gewöhnlichen Durchschnittsbauten des deutschen Übergangsstiles, sondern nimmt eine besondere Stellung ein. Freilich mußte darunter der einheitliche Charakter des Baues leiden. Einheitlich ist das Innere, einheitlich scheint auch der Außenbau, wenn wir von den Strebebögen absehen, gewesen zu sein; aber nach Ansicht des Außenbaues vermutet man beim Eintritt in das Innere nie und nimmer französische Frühgotik. Außenbau und Innenbau decken sich nicht. Und eben weil der Baumeister eine organische Verschmelzung beider nicht oder vielmehr noch nicht erreicht hat, muß der Bau den spätromanischen Bauten und darf nicht den frühgotischen Bauten eingereiht werden. Es hat sich in Deutschland nirgends aus der Vereinigung des spätromanischen Stiles mit französischen frühgotischen Elementen eine eigene Gotik herausgebildet. Die Gotik mußte als fertiges Ganzes von Frankreich herüber gebracht werden; erst dann konnte man in Deutschland gotisch bauen.

Tafel IV.

Das Brauttor.

Fußnoten:

[I] Siehe Beilage 2.

[II] Dr. Hoffmann ist zwar der Ansicht, daß die Nennung der b e i d e n Patrone der Kirche in der Urkunde vom 1. Oktober 1256 die Fertigstellung der b e i d e n ihnen geweihten C h ö r e, also auch des Westchores, bereits voraussetze, somit der Tenor der Urkunde gegen die oben geltend gemachte Auffassung spreche. Die mit der Überarbeitung des Manuskriptes betraute Kommission konnte sich indessen dieser Ansicht um so weniger anschließen, als der Ablaßbrief vom 17. August 1274 deutlich von einer am 9. September 1273 stattgehabten Einweihung von Chor und Altar der Sebalduskirche berichtet. Dieses Datum (1273) mit baulichen Veränderungen anderer Art, die eine neue Weihe notwendig gemacht hätten, in Zusammenhang zu bringen, wie es Dr. Hoffmann wollte, schien der Kommission nicht angängig. Die das Innere der Kirche wenig berührenden baulichen Veränderungen, die Dr. Hoffmann im Auge hatte, nämlich der Ausbruch größerer Fenster und eine mutmaßliche Veränderung der Dachform beim Westchor, boten zu einer Neueinweihung sicherlich keine Veranlassung.

[III] Siehe Beilage 4

II.
Die gotische Bauperiode.

1. Die Erweiterung der Seitenschiffe und die Umbauten am Querschiff und Westchor. 1309–1361.

Am 14. Februar des Jahres 1309 erschien Friedrich Holzschuher, Gotteshauspfleger von St. Sebald, vor dem Schultheißen Siegfried von Kammerstein und den Schöffen der Stadt, um im Auftrage des Rats den Verkauf eines zum Kirchenvermögen der Sebaldkirche gehörigen Hauses „vor der badstuben bi dem fleischpenken" an Herdegen Holzschuher und dessen Erben verbriefen zu lassen. In der vom Gericht ausgefertigten Kaufsurkunde ist der Zweck der Veräußerung jenes Hauses bei den Fleischbänken ausdrücklich angegeben: „swȧ daz wer durch des neuen poues wegen an sante Sebol[t]s kirchen, daz man den dest baz mȯcht volbringen an den apseiten".[IV]

In der Literatur ist gewöhnlich als Grund für diese Bauveränderung der schlechte Zustand der Seitenschiffe bezeichnet, ja es wird sogar eine gefahrdrohende Baufälligkeit als unmittelbarer Anlaß vermutet.[15] Es ist nicht ersichtlich, wie vom ganzen romanischen Bau gerade die Seitenschiffe hätten schadhaft werden sollen, während alles übrige völlig intakt geblieben wäre.

Noch immer war damals die Sebaldkirche wie zur Zeit ihrer Gründung die einzige Pfarrkirche von Nürnberg. Denn soweit auch der für den südlichen Sprengel der Stadt bestimmte, im letzten Drittel des 13. Jahrhunderts begonnene Bau von St. Lorenz gediehen sein mochte, er scheint zu Beginn des 14. Jahrhunderts noch nicht dem Gottesdienst übergeben worden zu sein. Zudem hatte sich

Nürnberg im 13. Jahrhundert gewaltig entwickelt. Schon vor Mitte desselben wurde mit der zweiten Ummauerung begonnen, welche nicht nur das bisherige befestigte Gebiet zwischen Burg und Pegnitz westlich und östlich vergrößerte, sondern auch einen beträchtlichen südlich der Pegnitz gelegenen Teil mit in das Stadtbild hereinnahm. Die Mauerzüge sind heute noch deutlich zu erkennen, der Weiße Turm und der Laufer Schlagturm sind Überreste dieser Befestigung.[16] Der Rückschluß auf den Zuwachs der Bevölkerung und Pfarrgemeinde läßt die Notwendigkeit einer Erweiterung der Pfarrkirche deutlich erkennen.

Der Wortlaut der Urkunde steht dieser Annahme nicht entgegen. Denn von dem Zweck des Umbaues ist gar nicht die Rede. Es heißt schlechthin: wegen des neuen Baues bei St. Sebald ist der Hausverkauf notwendig geworden. Die Vermutung liegt nahe, daß der Bau, als der Verkauf jenes Anwesens durchgeführt wurde, schon seit einiger Zeit im Gange war und daß die nun gewonnenen Geldmittel zu einer reicheren Ausstattung des Baues verwendet werden sollten: daß man ihn desto besser möchte vollbringen.

A n l a g e . Die um 1309 durchgeführte Erweiterung der Seitenschiffe (Abb. 19) besteht vor allem darin, daß die Mauer derselben bis auf die Breite des Querschiffes hinausgeschoben worden ist. Der Raumgewinn ist ein ganz bedeutender, denn die Bodenfläche der jetzigen Seitenschiffe beträgt fast das Doppelte der alten. In vertikaler Richtung hat man ebenfalls an Raum gewonnen, denn durch die größere Breite ist naturgemäß ein höheres Gewölbe bedingt worden.[17] Eine besondere Schwierigkeit hat sich dem Neubau nicht in den Weg gestellt. Zu erwägen war nur, was mit den beiden Paaren von Strebebögen, welche die mittlere Gewölbepartie des Langhauses stützten, anzufangen sei. Man hatte bei der kräftigen Konstruktion des romanischen Mauerwerkes wahrscheinlich bald die Entbehrlichkeit dieser

Bögen erkannt und sie ohne jeglichen Ersatz beseitigt. Bedenken machte ferner die Lösung der Dachfrage. Die Erhöhung des Gewölbes brachte auch eine Erhöhung des Daches mit sich, wollte man für den Dachstuhl die für den Wasserablauf günstige und zur damaligen Zeit beliebte steile Form wählen. Allein man fürchtete eine Einbuße an Licht, weil die Fenster der Hochwand in ihrem unteren Drittel hätten zugedeckt werden müssen, und entschied sich beim nördlichen Seitenschiff für Kapellen- oder Giebeldächer, von welchen jedes einem Gewölbe entsprach. Um eine Benützung der romanischen Triforien während des Gottesdienstes auch weiterhin zu ermöglichen, wurden Treppenläufe innerhalb der Gewölbetrichter angelegt. Der First der Kapellendächer lief wagerecht, berührte also die Hochwandfenster nur an ihrer Sohle, und zwischen den Dächern lagen schräg nach außen dreieckförmige Dachzwickel, deren Rinnen neben den neuen Strebepfeilern in Wasserspeier endeten. Beim südlichen Seitenschiff sind die Kapellendächer nicht nachzuweisen. Hier scheint ein Pultdach, welches in die Mittelschiffenster einschnitt, vorhanden gewesen zu sein.

Gewölbe. Das vierteilige Kreuzgewölbe ist auch bei dem Neubau beibehalten worden, ebenso die Höhe der äußeren Kämpferlinie. Es ist ein Rippengewölbe ohne Stelzung und mit wagerechtem Scheitel. Die Stärke der Gurte unterscheidet sich nicht von der Stärke der Rippen; selbst in der Profilierung ist nur ein kleiner Unterschied bemerkbar: während dort auf Sockel und Hohlkehle eine ebenfalls gekehlte Rippe aufgesetzt ist, folgt hier ein herzförmiger Stab. Die Schlußsteine zeigen überaus reichen und anziehenden, teils figuralen, teils ornamentalen plastischen Schmuck. Die Wandpfeiler sind rund, gleichsam als Halbsäulen gedacht. Die Kapitäle gliedern sich in zwei Hälften: die untere hat zwei Kränze übereinander, die obere zwischen zwei polygonen Plinten einen Laubkranz.

Fassade. Durch die zur Stütze der Gewölbe erforderlichen Strebepfeiler ist die Fassade der Seitenschiffe von selbst gegliedert. Vier Jochwände sind mit Fenstern durchbrochen, eine, und zwar beiderseits die zweite von den Türmen an gerechnet, enthält ein Portal, dessen Körper vor die Mauerflucht bis auf die Tiefe der Strebepfeiler heraustritt. Über dem Portalkörper ist in der Mauer ein kleineres Fenster. Ein belebendes Moment bilden beim nördlichen Seitenschiff die Wimperge über den Fenstern und die den horizontalen Mauerabschluß bekrönende Galerie, so daß mit den Fialen der Streben ein abwechslungsreiches Bild entsteht. Im übrigen hat die Mauer der Fassade die an gotischen Bauten übliche Gliederung.

Strebepfeiler. Der zweifach abgestufte Mauersockel setzt sich auch um die Strebepfeiler fort. Ebenso das Kaffgesims. In halber Höhe beginnt die bis zum Schluß sich steigernde architektonische Belebung, welche zunächst darin besteht, daß sich an den drei Seiten ebensoviele Giebelgesimse mit Krabben und Kreuzblumen anlehnen. Über denselben ein Zinnenkranz. Der obere Teil endigt mit je einem mit Kreuzblumen und Krabben geschmückten Giebel, darunter zweiteiliges Blendmaßwerk. Den Abschluß bildet eine krabbengezierte Pyramide mit Kreuzblume.

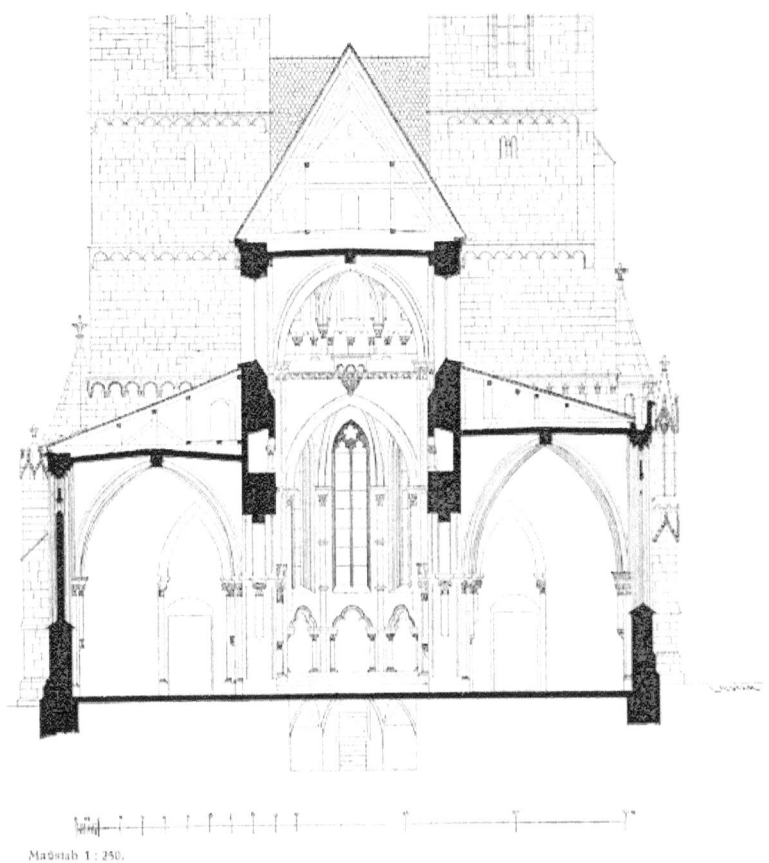

Maßstab 1 : 250.

Abb. 19. Querschnitt durch das Mittelschiff und die Seitenschiffe.

Bei den Strebepfeilern, welche die Portale flankieren, treten die oberen Teile zurück. Der dadurch ausgesparte Raum an der Vorderseite ist zur Aufnahme von Statuen bestimmt, wie die Baldachine andeuten. Es soll damit wahrscheinlich eine einheitliche Komposition dieser Wand als Portalwand betont sein.

F e n s t e r . Die Breite der Fenster ist ungleich. Das Fenster in der letzten an das Querhaus anstoßenden Jochwand mußte mit Rücksicht auf den in das neue Mauerwerk mit hereingenommenen romanischen Strebepfeiler schmäler ausfallen als die übrigen. Hingegen wurde das Fenster in der an die Türme anstoßenden Jochwand mit Absicht breiter gestaltet, nämlich um mehr Licht in dem dunkeln Winkel bei den Türmen zu gewinnen. Daß dieses Fenster erst später seine jetzige Breite erhalten hätte, ist bei der genauen Übereinstimmung der Profilierung seiner Leibung nicht möglich. Überall ist die Leibung durch zwei Hohlkehlen gegliedert, welche durch einen im Profil birnförmigen Stab geschieden sind, während die äußere Kante ein Rundstab begleitet. Auch die Maßverhältnisse stimmen überein. Während die beiden östlichen Fenster Drei- und Vierteilung mit je drei Gruppierungen aufweisen, sind jedoch die Maßwerke der westlichen Fenster mehrfach gruppiert bei teilweiser Verwendung von halbrunden Bögen anstatt der Spitzbögen (Abb. 21 und a, b, c).

Ornamente. Beim nördlichen Seitenschiff ist die Galerie des Daches eine Neuschöpfung der letzten Restaurierung, zu der nur spärliche Anhaltspunkte vorhanden waren. Im Gegensatze hierzu bedurfte die Galerie des Portales nur einer Ergänzung; sie ist durch fünf freistehende und zwei Wandpfosten geteilt, welche schlichtes Maßwerk einschließen. Beim südlichen Seitenschiff fehlen sowohl die Wimperge über den Fenstern wie die abschließende Galerie.

Portale. Die beiden Portale sind bis auf die Galerie, welche am Portal des südlichen Seitenschiffes (Abb. 20) fehlt, vollständig gleich in der Anlage. Das Gewände ist in je vier Abstufungen aufgelöst, deren Kanten durch Stäbe gegliedert sind und in deren Ecken ebensoviele Säulen stehen. Die Säulen bestehen aus je vier Einzelsäulen, sind also gleichsam Säulenbündel. Dieselbe Gliederung setzt sich in Basis und Kapitäl fort. Die Basen ruhen auf Würfelsockeln und diese ihrerseits auf einem glatten Postament. Die trichterförmig sich erweiternden Kapitäle haben bald figürlichen, bald ornamentalen Schmuck; ihre Platten sind durch eine Hohlkehle gegliedert und bilden das Hauptgesims. Der Bogen hat eine dem Gewände entsprechende Gliederung.

Mauerwerk. Das Mauerwerk der Fassademauer besteht aus Werksteinen, das der Gewölbe aus Bruchsteinen in Mörtelbettung.

Der eben in seinen Einzelheiten beschriebene Bau der Seitenschiffe von St. Sebald gehört nach der stilistischen Seite noch in die Periode der Hochgotik. Er weist in der ganzen Anlage, in der Verteilung der Massen, in den Proportionen, in der Art der Ausschmückung, in der Ornamentik selbst alle Vorzüge derselben auf.

Der Meister, dessen Persönlichkeit festzustellen uns bis jetzt nicht gelungen ist, stammte zweifellos aus einer der ersten damaligen Schulen, und zwar aus einer Schule, in welcher die Gotik nicht mehr als französische Anleihe, sondern bereits als deutsches Eigentum behandelt wurde.

Vielleicht kann ein in den ersten noch romanischen Strebepfeiler der ehemaligen nördlichen Querschiffwand nachträglich eingesetztes männliches Bildnis als Porträt dieses Meisters angesprochen werden.

Tafel V.

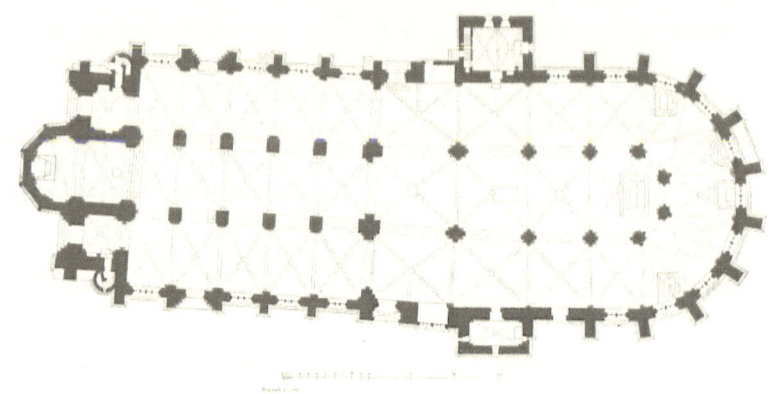

Grundriß der Sebalduskirche.

Stilkritische Würdigung. Die bau- und kunstgeschichtlichen Beziehungen der Seitenschiffe zur allgemeinen Entwicklung nachzuweisen, ist nicht leicht. Daß bei den günstigen Maßverhältnissen, bei dem Reichtum des Aufbaues und bei der künstlerischen Ausführung der belebenden Ornamente ein Zusammenhang mit einer einflußreichen Bauschule Deutschlands bestanden hat, versteht sich ja von selbst. Allein die vermittelnden Bindeglieder fehlen, welche an den Ausgangspunkt führen. Zweifellos würden die Bauten der vier Bettelorden, die sich seit den zwanziger Jahren des 13. Jahrhunderts in Nürnberg ansiedelten, imstande sein, Aufschluß zu geben — wenn sie noch beständen. Erhalten ist nur die Barfüßerkirche, aber durch den Umbau im 17. Jahrhundert so verändert, daß ihr ursprüngliches Aussehen vollständig verschwunden ist. Auch mit den auf uns gekommenen Abbildungen der Bettelordenkirchen, meist Stichen des 17. und 18. Jahrhunderts, ist nichts anzufangen, sie sind in der Darstellungsweise zu sehr von dem Stilcharakter ihrer Zeit beeinflußt, als daß sie für eine kunstgeschichtliche Untersuchung in dieser Hinsicht in Frage kommen könnten. Freilich hatten die Kirchen der Bettelorden der

Ordensregel entsprechend nirgends eine reichere Ausführung aufzuweisen, sodaß sie für eine direkte Beeinflussung stattlicher Pfarrkirchen überhaupt nicht von Belang sind. Nur indirekt können sie durch Grundrißanlage und Konstruktion des Aufbaues Fingerzeige bei Vergleichung bedeutender Bauten geben, was aber in dem vorliegenden Falle aus dem angeführten Grunde nicht mehr möglich ist.

Abb. 20. Portal am südlichen Seitenschiff.

Eine weitere Vermittlerrolle ist der Schwesterkirche St. Lorenz zugefallen, deren Erbauung in den siebziger Jahren des 13. Jahrhunderts begonnen hat. Auch sie hat wie St. Sebald später mehrere durchgreifende Veränderungen erfahren: 1403 eine Erweiterung der Seitenschiffe, 1439–1477 den Bau des neuen Chores. Mit der Erweiterung der Seitenschiffe im Jahre 1403 fielen die alten Mauern und die neuen wurden in die Flucht der Querschiffmauern hinausgerückt. Was vom Mauerkörper der alten Seitenschiffe noch besteht, zeigt indessen eine so nahe Verwandtschaft mit den Seitenschiffen von St. Sebald, daß der Gedanke, es sei der gleiche Meister an beiden Bauten tätig gewesen, sich unwillkürlich aufdrängt. War es doch wohl auch das Nächstliegende, zu den baulichen Veränderungen, die St. Sebald in dieser Epoche erfuhr, Werkleute der eben im Bau begriffenen neuen Pfarrkirche heranzuziehen. Der alte Bau von St. Lorenz seinerseits deutet in stilistischer Hinsicht auf die Schule von Freiburg. Die Bauzeit deckt sich ungefähr mit der des Langhauses vom Freiburger Münster und dehnt sich noch über dieselbe aus. Vor allem erinnert der ganze innere Aufbau an Freiburg, nur mit dem Unterschiede, daß die bei beiden bereits vorhandenen Reduktionserscheinungen an der Kirche St. Lorenz noch um einen Grad stärker eingegriffen haben: die Hochwand ist durch den Mangel des die vorausgegangene Epoche auszeichnenden Triforiums wieder eine wirkliche Mauer geworden, die Fensteröffnungen sind verringert. Die Säulenbündeln ähnlichen Pfeiler sind nahe verwandt. An den Kapitälen fehlt bei St. Lorenz fast durchgehends schon das Laubwerk. Die Raumwirkung ist hier günstig, während bei Freiburg die Rücksichtnahme auf ältere Bauteile die Raumverhältnisse wesentlich beeinträchtigt hat. In der Anlage der Fassade geht St.

Lorenz auf das Straßburger Münster zurück, wie überhaupt bei den Wechselbeziehungen zwischen Freiburg und Straßburg die Einflüsse einer dieser Schulen stets mit denen der anderen gemischt sind.

Obwohl die Erweiterung der Seitenschiffe bei St. Sebald erst im Beginn des 14. Jahrhunderts in Angriff genommen wurde, sind hier die Reduktionserscheinungen relativ gering. So nehmen die Fenster die ganze Wandfläche ein, der ornamentale Schmuck ist noch reich. Dieser, die Pfeilerbildung, insbesondere die für Figuren bestimmten Nischen und Baldachine an den Pfeilern gemahnen an Freiburg. Dagegen wird die Frage der Herkunft der Fensterwimperge mit Freiburg nicht gelöst. Die Schönheit, welche in der fortlaufenden Abwechslung der bekrönenden Strebepfeilerfialen, Wimperge und Galerien liegt, hatte man im 13. Jahrhundert zu würdigen gewußt. Von Frankreich ausgehend, verbreitete sich dieses Motiv rasch über Deutschland. Alle bedeutenderen Bauten sind damit geziert. Zu den Reduktionserscheinungen im 14. Jahrhundert zählt auch der Verzicht auf die Wimperge, nur die Galerien wurden neben den Fialen beibehalten. Es ist anzunehmen, daß, wie bei St. Lorenz die ganze Anlage auf Freiburg und nur die Fassade auf Straßburg zurückgeht, so bei St. Sebald die Wimperge ebenfalls mittelbar oder unmittelbar eine Entlehnung vom Straßburger Münster bedeuten, wo sich dieselben nicht nur über Portalen und einzelnen Fenstern der Fassade,[45]

[46]

[47] sondern im Verein mit Fialen und Galerien an den Seitenschiffen finden. Die Wölbung hinwiederum ist der im Freiburger Münster eng verwandt, hier wie dort Gewölbe mit wagerechtem Scheitel, während bei den Gewölben des Straßburger Münsters Busung und konkave Scheitellinien anzutreffen sind.

Maßstab 1:50.

Abb. 21 a–d. Fenster-Maßwerke der Seitenschiffe.

Abb. 22 und 22a. Brauttor.

Der romanische Bau von St. Sebald war, so viele gotische
Elemente er auch in sich aufgenommen hatte, in seinem

Kern nur wenig berührt worden. Mit dem Umbau der Seitenschiffe dagegen hatte die Gotik in ihrer reifsten Form Ausdruck erhalten. Der gewaltige Umschwung, der sich während der zweiten Hälfte des 13. Jahrhunderts in der deutschen Baukunst vollzogen hatte, ist aus diesem Gegensatz deutlich zu erkennen: Anfangs- und Endstadium stehen nebeneinander. Dort der Ausgang einer Epoche mit deutlichen Anzeichen des neuen Stiles, hier bereits ein fertiges Produkt desselben; die Zwischenstufen fehlen. Allein so sehr beim romanischen Bau die importierten Elemente auf den Schauplatz hinweisen, auf welchem der gotische Stil zur Entwicklung gebracht worden ist, von französischer Gotik ist bei den Seitenschiffen nichts mehr zu finden. Hier gehört die Epoche der Rezeption der französischen Gotik auf deutschem Boden schon zur Vergangenheit, hier hat die Gotik deutsches Bürgerrecht erworben. Die Seitenschiffe stehen aber auch schon hart an der Grenze, jenseits welcher man zu reduzieren begonnen hat. Sie sind eine Schöpfung der Hochgotik mit allen Vorzügen derselben. Sie sind das Beste, was die gotische Baukunst in Nürnberg geschaffen hat.

Die Fensterausbrüche im Querschiff und Westchor. Die der Kirche durch die breiten neuen Fenster der Seitenschiffe zugeführte Lichtmenge war bedeutend und mußte den Wunsch erwecken, auch an anderen Wänden der Kirche die romanischen Fenster durch Ausbrüche zu verbreitern, um so mehr, als in bezug auf größere Lichtfülle die in der Vollendung begriffene St. Lorenzkirche zur Nacheiferung aufforderte. So sehen wir denn weiterhin an Stelle der romanischen Kreisfenster in den Querschiffwänden breite vierteilige Maßwerkfenster entstehen, von denen die Kämpferkapitäle jetzt noch vorhanden sind und zeigen, daß beim späteren Ostchorbau nur eine Verlängerung der schon vorhandenen Fenster stattgefunden hat.

Aus dem gleichen Bedürfnisse erwuchs schließlich auch die Umwandlung der romanischen Fenster in den drei mittleren Feldern des Westchores, die bis dahin, wie die noch vorhandenen seitlichen Fenster ausweisen, aus je zwei Öffnungen bestanden, in zweiteilige gotische Maßwerkfenster. Über die genauere zeitliche Reihenfolge dieser Fensterausbrüche läßt sich völlig Sicheres nicht feststellen.

Auf diese Weise hatte also der romanische Bau eine ganz veränderte Beleuchtung, nämlich die heute noch vorhandene, erhalten. Die ursprünglich gedämpfte und feierliche Lichtwirkung, die in den Schiffen und Chören der romanischen Kirche geherrscht hat, können wir uns nur mehr in der Vorstellung vergegenwärtigen.

Einen eigentümlichen Reiz muß in dieser Zwischenperiode die ganze Erscheinung der Kirche, namentlich das romanische Querschiff mit seinen gotischen Maßwerkfenstern, geboten haben.

Die neuen Portale am Querschiff. Im Zusammenhang mit diesen baulichen Veränderungen ist hier schließlich noch die Anlage zweier neuer Portale an den ersten Querschiffjochen zu erwähnen, die offenbar bereits dieser Bauperiode der Kirche angehört: das Brautportal (Taf. IV und Abb. 22 und 22a) im östlichen Joch des nördlichen Querschiffarmes zwischen den romanischen Strebepfeilern, zeigt ein reich profiliertes Gewände, innerhalb dessen die Statuen der klugen und törichten Jungfrauen auf Konsolen unter Baldachinen aufgestellt sind. Nach oben schließt das Portal mit einem Spitzbogen und darüber horizontal in rechtwinkeliger Form ab. In der Spitze des Bogens ist das Brustbild des segnenden Heilands, zu beiden Seiten sind die Statuen Adam und Eva angebracht. Das jetzt leere Tympanonfeld kann ehemals eine Skulptur, vielleicht aber auch nur ein Maßwerk enthalten haben.

Eine wirkungsvolle Zutat, die aber einen Teil der früheren Anlage verdeckt, erhielt das Portal ein paar Dezennien später durch den Vorbau eines reich ausgebildeten durchbrochenen Maßwerkes, neben dem zwei Statuen — rechts der hl. Sebald und links Maria mit dem Christuskinde — auf Konsolen und unter Baldachinen ihren Platz fanden.

Am südlichen Querschiffarme, ebenfalls zwischen den romanischen Strebepfeilern des westlichen Joches, wurde das D r e i k ö n i g s p o r t a l angelegt. In einfacherer Weise als beim Brauttor zeigt das Portal ein reich profiliertes Gewände und als Abschluß einen Spitzbogen, in dessen Tympanonfeld heute eine nach dem Innern der Kirche hin gerichtete Holzskulptur (Epitaphium der sel. Ebnerin) angebracht ist. Nach außen wurde zwischen den Strebepfeilern durch den Einbau eines Gewölbes mit profilierten Rippen eine Vorhalle geschaffen, an deren Wänden in Nischen auf vier Konsolen Maria mit dem Christuskinde und je einer der drei Weisen mit ihren Geschenken als Rundfiguren angebracht sind.

2. Der Ostchor. 1361–1379.

Der im Jahre 1309 begonnene Umbau der Seitenschiffe konnte, wenn auch die Kirche ungefähr 100 qm an Flächenraum gewann, nicht als eigentlicher Erweiterungsbau gelten. Es waren eben nur die Seitenschiffe, welche bei dem Besuch der Kirche während des Hauptgottesdienstes wenig in Frage kommen, erweitert worden, Mittelschiff und Chor waren geblieben, wie sie in der ersten Hälfte des 13. Jahrhunderts angelegt waren.

Auf die Dauer genügte demnach die Kirche St. Sebald

ihrer immer mehr anwachsenden Gemeinde nicht. Wir wissen ja, daß die Stadtgrenze in der zweiten Hälfte des 13. Jahrhunderts mit jenem Mauerzug bestimmt wurde, welcher im heutigen Stadtbild am Weißen Turm und dem Laufer Schlagturm noch deutlich zu erkennen ist, und daß noch vor der Mitte des folgenden Jahrhunderts diese Grenze auf den jetzigen Stadtgraben hinaus verlegt wurde, was doch in Anbetracht der kurzen Zeit zweifellos auf eine rasche Bevölkerungszunahme der Stadt und insbesondere der Pfarrei St. Sebald schließen läßt.[18][19]

Angesichts dieses starken Bevölkerungszuwachses konnte auch die in den Jahren 1355–1361 auf dem Markt erbaute Kapelle zu Unserer Lieben Frau keine Entlastung für die Kirche St. Sebald bedeuten.

Mitbestimmend für die notwendige Erweiterung der Kirche St. Sebald war wesentlich folgender Punkt.

Mit der Zunahme der Bevölkerung war auch Nürnbergs politische und kulturelle Bedeutung gestiegen.

Tafel VI.

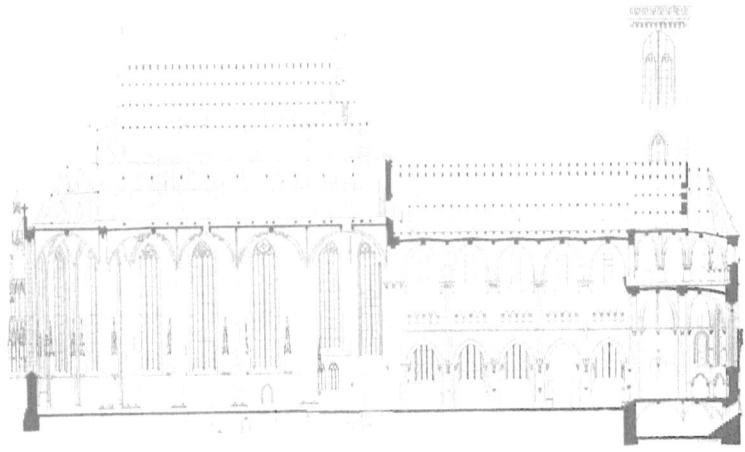

Längenschnitt der Sebalduskirche.

Die außerordentlich günstige zentrale Lage des Ortes, seine Stellung als bevorzugte Reichsstadt, in der sich die deutschen Könige und Kaiser oft und lange aufhielten und die sie durch bedeutende Handels- und sonstige Privilegien auf alle Weise förderten, die große Gunst und Liebe, die besonders die beiden Kaiser Ludwig der Bayer und Karl IV. der Stadt angedeihen ließen, dann aber, und das war nicht weniger wichtig, die unerschöpfliche Arbeitskraft und Arbeitslust seiner Bevölkerung sowie die Intelligenz und der Unternehmungsgeist seiner Geschlechter und der übrigen bedeutenden Kaufmannschaft, hatte das Wachstum und die Blüte Nürnbergs so mächtig gefördert, daß es bereits um die Mitte des 14. Jahrhunderts in sonst kaum beobachteter rascher Entwicklung sich eine weltgeschichtliche Bedeutung errungen hatte. Es ist richtig, die Entwicklung Nürnbergs auf allen Gebieten, dem des Handels und der Gewerbe, der Kunst und der Wissenschaft, tritt zu keiner Zeit so deutlich und herrlich in die Erscheinung wie gegen Ende des 15. und im ersten Viertel des 16. Jahrhunderts, wo eine auserlesene Schar hervorragender, ja einziger Kräfte auf dem Gebiete des Gewerbes, insbesondere des Kunstgewerbes in Nürnberg wirkten und, man möchte sagen, die Fürsten im Reiche der Kunst und des Kunsthandwerkes dieser einzigen Stadt ihren Glanz durch Jahrhunderte verliehen. Aber einen ersten bedeutenden Höhepunkt erreichte das Kunstleben der Stadt, entsprechend der bedeutenden Entwicklung, die das Gemeinwesen sowohl als auch die handelspolitische Bedeutung der Stadt genommen hatte, schon in der glanzvollen Epoche der gotischen Kirchenbauten. Da kann es denn nicht wundernehmen, daß man, als das Bedürfnis einer Erweiterung der Hauptpfarrkirche immer dringender hervortrat, an Stelle des Ostchors, für dessen Stilcharakter man kein Verständnis mehr hatte, und der auch den gesteigerten Ansprüchen viel zu bescheiden, ja armselig erscheinen mochte, einen stattlichen, dem modernen Geschmack angepaßten Neubau erstehen ließ.

Ende der fünfziger Jahre wurde bereits für den Neubau zu sammeln begonnen, wie zwei Ablaßurkunden vom 23. Februar und 21. September des Jahres 1358 beweisen.[20] 1360 wurde ein am Friedhof von St. Sebald gelegenes und dem Egidienkloster gehöriges Haus gegen ein zum Kirchenvermögen von St. Sebald gehöriges Anwesen umgetauscht, was wohl nur daraus verständlich wird, daß jenes Haus hart an der Friedhofmauer, in nächster Nähe des alten Ostchores lag und behufs Niederlegen von der Kirchenverwaltung von St. Sebald erworben werden mußte. [21] Im Sommer 1361 nahm man den Neubau in Angriff.[22] Daß Geld stets vonnöten war, besagt unter anderem der 1362 zur Förderung des Neubaues erteilte Ablaß.[23] Im Frühjahr 1364 war der Bau bereits weit vorgeschritten; der Pfarrer Albrecht Krauter, der sich um den Neubau seiner Kirche sehr verdient gemacht hat, stellte der Stadt einen Revers über die Nichterweiterung des Friedhofes aus, obwohl das Areal desselben durch den Neubau an Flächenraum erheblich eingebüßt hatte.[24] Eine Unterbrechung des Gottesdienstes scheint während des Baues nicht stattgefunden zu haben. So wurden bis zum Jahre 1365 Pfründen gestiftet und bestätigt, darunter 1364 eine Pfründe für den in der südlichen Seitenapsis stehenden St. Stephansaltar.[25] Vom Oktober 1365[26] bis zum Juli 1370[27] allerdings schweigen die urkundlichen Nachrichten, und erst in den folgenden Jahren hören wir wieder von Stiftungen für Altäre und zwar in erster Linie für Altäre, die ihren Standort im neuen Ostchor erhielten. Schon 1370 scheint der Neubau den Anschluß an die alte Kirche erreicht zu haben und auch eingewölbt gewesen zu sein, so daß die bisher in den drei Ostapsiden des romanischen Chores befindlichen Altäre nun neue Aufstellung finden konnten. [28] In der Zwischenzeit von 1365–1370 wurde der Hauptgottesdienst wahrscheinlich im Mittelschiff oder im Westchor abgehalten.

Von besonderem Interesse erscheinen zwei Urkunden, vom 3. Juli 1370 und vom 10. Juli 1379[29], nach deren Inhalt die Ostkrypta nicht, wie man annehmen könnte, beim Neubau eingefüllt worden wäre, sondern einstweilen noch fortbestanden hätte. Beide Schriftstücke, von welchen das erste die Bestätigung der Stiftung einer Pfründe für den Marienaltar enthält, das andere von einem Ablaß des Kardinals Pileus für den gleichen Altar handelt, bezeichnen ausdrücklich den Standort dieses Altares als in der Krypta befindlich. Diese Bezeichnung des Standortes muß indessen sehr auffällig erscheinen und ist nur schwer zu erklären, da ein Fortbestehen der Ostkrypta nach Vollendung des Neubaues technisch unmöglich war.

War schon im Jahre 1370 der Bau im Innern soweit vorgeschritten, daß der Gottesdienst in demselben aufgenommen werden konnte, so ging auch das Äußere rasch seiner Vollendung entgegen. Wie aus zwei im Stadtarchiv Nürnberg aufbewahrten Urkunden vom 15. Oktober und 20. Dezember des Jahres 1372[30] ersichtlich ist, war nämlich um diese Zeit der Außenbau vollendet und aller Wahrscheinlichkeit nach auch das Gerüst beseitigt, denn es wurden den ehemaligen Pächtern der Brotbänke am alten Ostchor nun neue Brotbänke an den Pfeilern des neuen Chores überlassen. Was den endgültigen Abschluß des ganzen Unternehmens noch hinausschob, wird wohl der Umstand gewesen sein, daß entweder verschiedene auf die Ausstattung und Einrichtung der Kirche abzielende Aufträge noch nicht erfüllt waren oder daß es nach dieser Richtung überhaupt an Auftraggebern und Stiftern eine Zeitlang gefehlt hat. Noch am 5. Juni 1379 erteilte der

Kardinal Pileus einen Ablaß, weil die vorhandenen Mittel zur Vollendung der Kirche nicht ausreichten.[31] Am Sonntag nach Bartholomäus des Jahres 1379 endlich fand die feierliche Einweihung des neuen Ostchores statt, welcher im ganzen 24000 Goldgulden kostete.[32]

So war in verhältnismäßig kurzer Zeit — besonders wenn wir die Jahre 1361–1372 ins Auge fassen — ein mächtiges und herrliches Bauwerk geschaffen worden. Es läßt diese Tatsache wohl einen Rückschluß zu auf den Eifer, mit dem das Unternehmen begonnen und durchgeführt worden war, aber auch auf die Wohlhabenheit der Bürger, welche das Unternehmen nie hatte ins Stocken geraten lassen, was im Mittelalter, wo fast niemals ein größeres Bauwerk nach dem ursprünglichen Plane in wenigen Jahren zur Vollendung gelangte, zu den Seltenheiten gehörte.

Baubeschreibung. Der Ostchor von St. Sebald ist ein dreischiffiger Hallenbau mit Chorumgang. Unregelmäßigkeiten und Verschiebungen in der Grundrißbildung (Taf. V), wovon eingehend bei dem Abschnitt über Stilkritik die Rede sein wird, hatten zur Folge, daß die Anlage mit drei ungefähr gleich breiten Schiffen, wie sie im westlichen Joch, wo der Chor an das Langhaus anstößt, gegeben war, nicht genau durchgeführt werden konnte. Gleichwohl ist die quadratische Form der Gewölbefelder im allgemeinen beibehalten worden, so daß fast immer die Breite der Schiffe so ziemlich der Größe der Pfeilerabstände entspricht.

Der Abschluß des Binnenchores wird von drei Seiten des Achteckes gebildet. Im Chorumgang, dessen Außenwand aus sieben Seiten des Sechzehneckes besteht[33], wechseln vier dreieckige Felder mit drei rechteckigen Feldern ab. Das Gewölbe wird von zehn freistehenden Pfeilern getragen, dem Schub des Gewölbes nach außen begegnet die Wand mit 18 Strebepfeilern, an der Westwand entsprechen den Innenpfeilern zwei romanische Vierungspfeiler und an den Außenecken stehen zwei kleine Strebepfeiler.

Das verwendete Baumaterial ist rötlichgrauer Sandstein von ziemlich weicher Beschaffenheit aus den westlichen Ausläufern des Jura, für Steinmetz- und Bildhauerarbeiten vorzüglich geeignet, jedoch von geringer Widerstandskraft gegen die Unbilden der Witterung.

Für die Anlage des neuen Ostchores war die Breite des romanischen Querhauses maßgebend, von welchem verschiedene Teile mit in den Neubau aufgenommen wurden. Die Westwand und die beiden Seitenwände wurden mit ihren Pfeilern, Strebepfeilern und Diensten beibehalten. Dagegen wurden die östlichen romanischen Vierungspfeiler durch neue freistehende Pfeiler und die entsprechenden Strebepfeiler mit ihren Diensten ebenfalls durch neue ersetzt.

Zu den Anbauten und Nebenbauten gehören zwei Sakristeien: die größere an der Nordwand zwischen dem dritten und vierten Strebepfeiler, ein zweistöckiger Bau in rechteckiger Grundrißform, das untere Geschoß mit zweiteiligem Gewölbe, und die kleinere gegenüber an der Südwand, ebensolang, aber nur halb so breit wie die andere Sakristei und nur eingeschossig. Die südliche Sakristei war ursprünglich die Pankratiuskapelle. An die beiden Sakristeien schließt sich westlich je eine Kapelle an, zwischen zwei Pfeilern durch Einziehung derselben eingebaut; die nördliche derselben, von der Nürnberger Patrizierfamilie der Pfinzing gestiftet, wurde später durch Umbau in eine Empore verwandelt und führt jetzt den Namen Magistratschor, die südliche ist die Pömerkapelle.

91

Abb. 23. Ostchor. Innenansicht.

Zwischen den beiden ersten Strebepfeilern an der
Nordwand wie an der Südwand, also hart neben den beiden
eben erwähnten Kapellen, führen die zwei schon früher
vorhandenen Portale in den Chor, nördlich das Brautportal
oder die „Ehtür" und südlich das Dreikönigsportal. Die
östlich der südlichen Sakristei befindliche kleine Türe, die
sogenannte Schautüre, bestand damals noch nicht.[34] Die

einzelnen Wandabteilungen werden von schlanken, gleich langen Fenstern durchbrochen; nur die Fenster in einigen westlichen Traveen, insbesondere das über der nördlichen Sakristei, haben eine Kürzung erfahren müssen.

Querschnitt und Aufriß (Taf. VI). Das Prinzip der Hallenkirche erfordert, wenn es rein zum Ausdruck kommen soll, bei den drei parallelen Schiffen nicht nur gleiche Spannweite, sondern auch gleiche Höhe. Letzterem Erfordernis ist am Ostchor von St. Sebald durchweg Rechnung getragen, und es konnte dies, eben weil die Schiffe so ziemlich gleiche Spannung haben, leicht geschehen; es war demnach weder eine schlanke, noch eine gedrückte Bildung der Wölbungslinien notwendig, und so mußten auch die Kämpfer, beziehungsweise Gewölbeanfänger gleiche Höhe erhalten. Ungleichheiten entstanden nur im östlichen Teile des Chores, wo zwar die Breiten der Wandabteilungen mit den Pfeilerabständen ungefähr übereinstimmen, aber beide nicht mit der Spannweite des Umganges. Gleiche Scheitelhöhe einerseits und gleiche Kämpferhöhe andererseits ist jedoch auch hier beibehalten worden, weshalb die Wölbungslinien das einemal eine gedrücktere, das anderemal eine spitzere Form annehmen. Eine kleine Unregelmäßigkeit hat sich ferner noch beim Ansatz des Gewölbes an die stehengebliebenen Wände, Pfeiler und Dienste des romanischen Querhauses ergeben. Es wurden nämlich die westlichen Vierungspfeiler mit ihren Diensten sowie die übrigen Dienste vollständig in den Neubau aufgenommen, also einschließlich der Kapitäle, nur an den beiden Pfeilern wurden die vorkragenden Gesimse weggeschlagen, was aber konstruktiv ohne Belang ist. Erst von den romanischen Kapitälen an beginnen die gotischen Gurt-, Rippen- und Schildbögen, oder richtiger gesagt: s ch o n von den romanischen Kapitälen an; denn da das neue Gewölbe — nicht nur die Scheitel, sondern auch die Gewölbeanfänger — etwa 1·50 m höher liegt als das alte, so mußten die neuen Gewölbteile über den romanischen Stützen um diese Entfernung gestelzt werden. Dabei wurde für den ersten nördlichen Scheidbogen die Breite des romanischen Vierungspfeilers beibehalten, da dessen Breite der Stärke der übrigen Scheidbögen zufälliger Weise entsprach, die Breite des anderen Pfeilers dagegen mußte, weil derselbe bedeutend stärker, verkleinert werden.

Die Wahl gleicher Höhe sowohl wie gleicher Spannweite der Schiffe brachte außerdem noch ein günstiges Verhältnis für die Stabilität des Baues mit sich. Der Schub der mittleren Gewölbe wird auf diese Weise naturgemäß durch die seitlichen völlig aufgehoben, so daß die Außenmauern und ihre Strebepfeiler nur dem Schub der Seitenschiffsgewölbe Widerstand zu leisten haben. Außenmauern und Strebepfeiler hätten somit auf ihre geringste Stärke reduziert werden können, ebenso die Innenpfeiler, welche ja nur unter senkrechter Belastung stehen. Allein eine solche Reduzierung hätte für den Bestand des Bauwerkes gefahrdrohend sein müssen. Man wollte den ganzen Chor mit seinen drei Schiffen und seinem Umgang, wie es damals bei Hallenbauten üblich war, unter ein einziges Dach bringen, und ein solches Dach mußte bei den riesigen Dimensionen schon durch sein eigenes Gewicht, dann aber vor allem durch den Winddruck, den es auszuhalten, und die Schneemasse, die es zu tragen hatte, den Gewölbebau ganz beträchtlich belasten. Und so unterblieb die theoretisch zulässige Reduzierung von Pfeiler- und Wandstärke auf das Mindestmaß.

Abb. 24. Innenansicht vom Ostchor gegen Nordosten.

Die schlanken Innenpfeiler (Abb. 23) zeigen bereits
ausgesprochenen spätgotischen Charakter: ihr

Horizontalschnitt besteht aus einem regulären Achteck mit vier angelegten kreisrunden Diensten. Der Pfeilersockel hat die erweiterte Form des Pfeilers, mit dem Unterschied, daß der achteckige Grundriß an den Diagonalseiten zu einem rechteckigen ergänzt ist. Den Übergang vom Sockel zum Pfeiler stellt eine einmalige wellenförmige Abstufung mit zwei kleinen Hohlkehlringen, bei den Ecken eine pyramidenförmige dreiteilige Abstufung her. Kapitäle fehlen. Der Übergang von der Stütze zur Last sollte unmittelbar sein. Doch wurde es unterlassen, den Grundriß des Gewölbanfängers in Übereinstimmung mit dem Pfeilergrundriß zu bringen oder umgekehrt. Denn der Pfeiler hätte, wenn Dienst mit Rippe oder Gurt, Scheidbogen mit einem Teile des Pfeilerkerns selbst sich hätten decken sollen, eine achteckige Grundrißform haben müssen, indem die beiden in der Querachse liegenden Seiten mit je drei Diensten für je einen Gurt und zwei Rippen ausgerüstet gewesen wären; die beiden in der Längsachse liegenden Seiten würden den Scheidbögen entsprochen haben. So aber — bei einem achteckigen Pfeiler mit vier Diensten an den vier Hauptseiten — mußten die seitlich einmündenden drei Rippen, einschließlich eines Gurtes, enger zusammengefaßt werden und sich auf einen einzigen Dienst beschränken, während die übrigen zwei Dienste mit den anschließenden Teilen des Pfeilers in die gänzlich anders profilierten Scheidbögen übergehen. Aber auch die Rippenprofile sind wesentlich verschieden von der runden Form der Dienste, so daß das Gesamtbild des Gewölbanfängers keineswegs mit der Form des Pfeilers übereinstimmt. Gleichwohl wird dadurch, daß sich die einzelnen Rippen und Bögen nur allmählich im Pfeiler verlieren, im Beschauer die Meinung erweckt, als wenn sich der Übergang vom Pfeiler zum Gewölbe in weitem, unmerklichem Fluß vollziehen würde.

Das in Anwendung gebrachte Gewölbesystem ist das

einfache Kreuzgewölbe über quadratischem Grundriß. Der Gewölbescheitel liegt nahezu horizontal, auch in den beiden äußeren Gewölbevierteln der ersten Seitenschiffsjoche, welche wegen des vorhandenen romanischen Mitteldienstes geteilt wurden. Es steht demnach auch die Wandfläche als solche nur unter senkrechter Belastung. Rippen, Gurte, Schildbögen sind unter sich gleich stark und in gleicher Weise profiliert, die Schlußsteine sind kreisrund und führen die Profilierung der Rippen fort. Das Profil der Scheidbögen zeigt zwischen zwei tief einschneidenden Hohlkehlen einen polygonalen Vorsprung.

Bei der Einwölbung der rechteckigen und dreieckigen Felder des Chorumgangs hatten sich Besonderheiten nicht ergeben. Ebensowenig bei der Einwölbung des Binnenchorabschlusses, indem zu den drei gleich großen Achteckseiten die beiden anstoßenden etwas größeren Pfeilerabstände hereingenommen wurden, so daß die Lösung der Wölbungsfrage in der einfachsten Weise geschehen konnte.

Das Material des Kappengemäuers ist Bruchstein in Mörtelbettung.

Dieselbe Einfachheit, mit der Grundriß und Aufriß, beziehungsweise Querschnitt durchgebildet sind, zeigt sich auch bei der Gliederung der Innenwand (Abb. 24). Die bereits gegebene Teilung wurde ohne eigentliche Zutat belassen. Die senkrechte Teilung in einzelne Wandflächen besorgen die Wandpfeiler, oder, besser gesagt, die Fortsetzungen der Wölbungsgurte, welche aber nicht besonders auffällig aus der Wand heraustreten, denn sie haben nicht nur die Profilierung der Rippen, sondern auch deren Stärke behalten. Etwa 4 m über dem Boden beginnen die Fensteröffnungen und ziehen sich hoch hinauf bis an das Gewölbe. Diese starke Betonung des Vertikalen wird nur unterbrochen durch ein in der Nähe und in Verbindung mit den Fensterbänken horizontal um den Chor herumlaufendes Gesims, das jedoch an den Mauerdiensten absetzt. Als einziger Schmuck wurden zu beiden Seiten der Fenster für noch zu stiftende Statuen Konsolen und reich gestaltete Baldachine angebracht (Abb. 25).

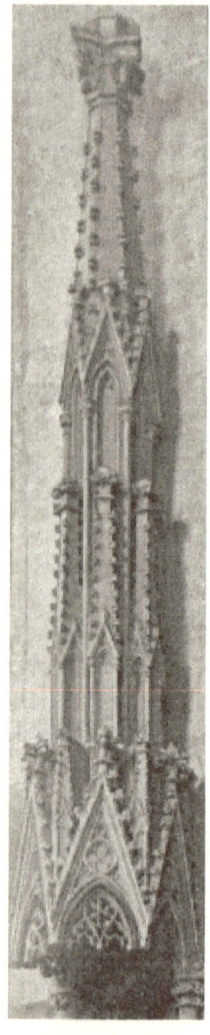

Abb. 25. Baldachin im Ostchor.

In der Profilierung der Fensterleibungen wechseln

mehrere Hohlkehlen, Rundstäbe und Stege miteinander ab. Charakteristisch ist außer der Betonung einer größeren Hohlkehle die Anfügung des Rundstabes, der mit einem Doppelpolster auf einem kanellierten stabförmigen Sockel aufsitzt.

Die Anwendung der Polychromie war nur spärlich. Trotzdem war der Eindruck des Innenraumes auf den Beschauer ein malerischer. Die Kirche war von Anfang an getüncht, so daß die scharfe Wirkung, welche die nackte Steinarchitektur ausgeübt hätte, wesentlich gemildert erschien. Ungemein wohltuend wirkten dann die einzelnen bemalten Stellen, gleichsam Farbflecke im Gesamtbilde der Architektur. Die Leibungen der Fenster waren mit roter Steinfarbe gestrichen, mit einfachem Strichmuster waren die Gewölbrippen belebt, bunte Fassung mit reichlicher Verwendung von Gold zeigten nur die Schlußsteine. Die farbige Ausschmückung der Chorwände unterhalb der Fensterbank und auch der Baldachine war dem Wohltätigkeitssinn der Patrizier und anderer reicher Familien überlassen, ebenso wie die Ausfüllung der großen Fensterflächen mit Glasmalereien.

Der Eindruck des Innenraumes an und für sich, des Raumbildes selbst, ist ein überaus günstiger. Schon in der Beleuchtung des Raumes liegt eine Reihe von Vorzügen. Dadurch, daß sämtliche Schiffe gleiche Höhe haben, verteilt sich das Licht gleichmäßig auf den ganzen Raum, es entsteht nirgends eine finstere Ecke. Gesteigert wird diese Wirkung noch durch den Umstand, daß fast sämtliche Fenster mit Glasmalereien bis zur halben Höhe ausgestattet sind, beziehungsweise bei der 1379 erfolgten Einweihung ausgestattet waren, so daß die Beleuchtung den Gewölben zu verstärkt, nach unten gedämpft wird und daß andererseits die tief herabgezogenen Seitenfenster weniger stören.

Der Charakter des Hallenbaues kommt voll und ganz zum Ausdruck. Die Verzichtleistung auf ein Querschiff und somit auf die Kreuzform überhaupt, der in die Breite gehende Aufbau bei verhältnismäßig kurzer Längenausdehnung des Ganzen haben zur Erreichung des Hallenprinzips den größten Teil beigetragen. Die breite Anlage, der kühne Aufbau kommt erst recht zur Geltung, wenn man von dem romanischen Langhaus in den neuen Chor übertritt. Ein gewisses beengendes Gefühl, das einen in den fest geschlossenen Schiffen — die gotischen Seitenschiffe nicht ausgenommen — überkommt, schwindet mit einemmal, man atmet auf und glaubt in freier Luft zu sein.

Welch gewaltiger Unterschied liegt da zwischen dem Bauwerk der ersten Hälfte des 13. Jahrhunderts und dem der zweiten Hälfte des 14. Jahrhunderts! Ruhen dort die Vorzüge in der Darstellung und in der bis zu einem gewissen Grade konsequenten Durchführung des O r g a n i s c h e n, so breitet hier die R a u m k u n s t ihre gesamten Vorteile in mächtiger Entfaltung aus. So verhältnismäßig kurz der dazwischenliegende Zeitraum auch ist, aus dem älteren Bau kann der Neubau nicht erklärt werden; man glaubt vor einem Rätsel zu stehen. Denn der im Anfange des 14. Jahrhunderts erfolgte Umbau der Seitenschiffe des romanischen Langhauses gibt, obwohl er mit ein Glied in der Entwicklungskette bildet, keinen Aufschluß und kann auch keinen geben, da das basilikale System beibehalten worden ist und daher die Seitenschiffe wegen ihrer untergeordneten Bedeutung nicht in Frage kommen können.

Das Innere des Ostchores zeichnet sich aber auch noch durch besondere Vornehmheit in der Gesamtwirkung aus, ganz im Gegensatz zu der Nüchternheit der spätgotischen Hallenkirchen. Es ist dies vor allem einem überaus fein gestimmten Proportionsgefühl des Erbauers zuzuschreiben. Zudem zeigte sich derselbe auch frei von dem Streben nach der in der Spätzeit so beliebten Kontrastwirkung und hat kleinliche Details streng vermieden. Bei dem Gebrauch des dekorativen Elementes hat er sich eine weise Beschränkung auferlegt.

───────────────

Die Struktur des Außenbaues (Taf. VII, VIII, IX) ist analog der Gestaltung der Innenwand an sich wenig reich an Gliederung. Es wechseln die schlanken Strebepfeiler mit den fast ebensolangen Fenstern ab, also in der Hauptsache ebenfalls Betonung des Vertikalen. In Vereinigung mit den Fensterbänken zieht sich ein kräftiges Gesims um den ganzen Chor herum, die Streben mitinbegriffen, und als zweite Horizontallinie kann die auf der Chormauer aufsitzende Galeriebrüstung betrachtet werden. So einfach, ja man möchte sagen, so primitiv die Gliederung des durch die Hallenanlage bedingten Außenbaues ist, schwerfällig kann derselbe keineswegs genannt werden. Denn mit der Wahl von sieben Seiten des Sechzehnecks für den Chorabschluß wurde eine enge Aneinanderreihung der Streben erzielt, so daß die verhältnismäßig schmalen Fenster nahezu die ganze Zwischenwand einnehmen und somit das Mauerwerk wesentlich auf den konstruktiven Bedarf reduziert wird. Und auch Eintönigkeit und Einförmigkeit, die eine natürliche Folge im Außenbau einer solchen Anlage hätten sein müssen, sind durch Gliederung im einzelnen und durch reichen Aufwand an Dekoration gänzlich vermieden worden.

Eine Gliederung des Mauerwerks unterhalb des in Fensterhöhe sich herumziehenden Gesimses ist unterlassen worden; nur ein schlichter Sockel, wie am übrigen Bau wellenförmig mit der Mauer verbunden, ist zu erwähnen. Erst von dem Hauptgesims ab beginnt die Architektur lebendig zu werden. Die sich verjüngenden Strebepfeiler sind in drei Stockwerke abgeteilt, wobei die markierenden feinen Gesimse auch auf die zwischen Pfeiler und Fenster als Rest verbliebenen Wandstreifen übergreifen. Die einzelnen Absätze nun sind mit einer Fülle von Blendwerk, jedoch in klarer Disposition, ausgestattet. Die Blendnischen der unteren Stockwerke enthalten zur Aufnahme von Statuen Baldachine (Abb. 27 und a, b) und Konsolen, welch letztere, bald auf Säulen ruhend, bald nur in die Wand eingelassen, ornamentalen und figürlichen Schmuck zeigen; neben den Fenstern sind, entsprechend dem Pfeiler, zu demselben Zweck Postamente, auf dem Hauptgesims stehend, und hohe, bis an das nächste Pfeilerstockwerk hinaufragende Baldachine angebracht. Das Blendwerk des zweiten Stockwerkes setzt sich auch auf die Wand bis an die Fenster hin fort; dagegen fehlen hier Konsolen und Baldachine. Vorne ist dieses Stockwerk dreieckig gestaltet, die Nischen der beiden Dreiecksseiten enthalten wiederum kleine Postamente und Baldachine; über dem Dreieck erhebt sich eine mit Krabben und Kreuzblume geschmückte Fiale bis über die Hälfte des nächsten Stockwerkes, dessen Blendwerkgliederung infolge des geringeren Umfanges wesentlich vereinfacht ist.

Tafel VII.

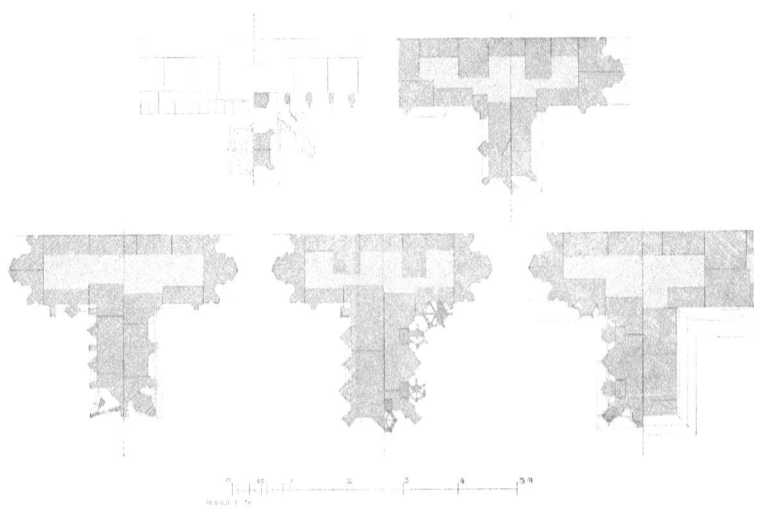

Grundrißentwicklung der Strebepfeiler am Ostchor.

Tafel VIII.

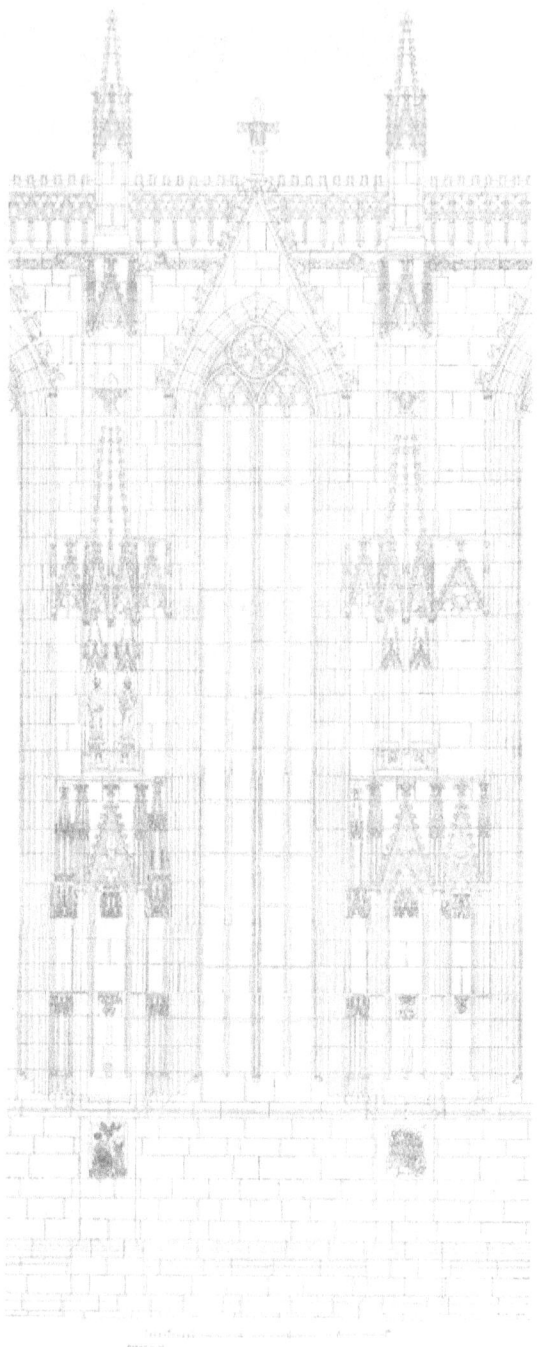

104

Ansicht eines Ostchorjoches.

Tafel IX.

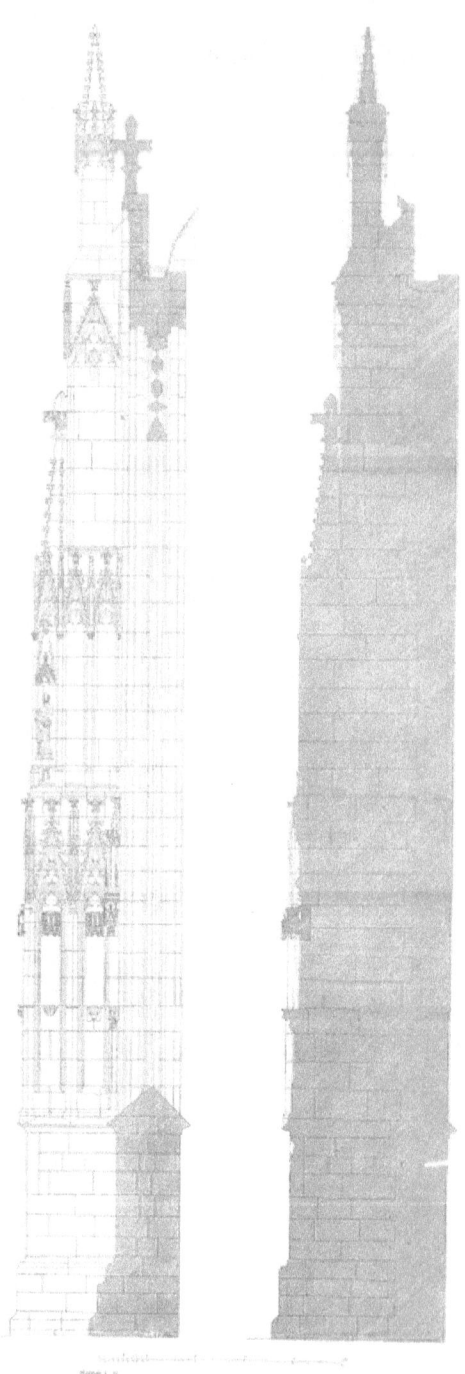

Seitenansicht und Schnitt eines Strebepfeilers am Ostchor.

Die Profilierung der Fensterleibungen ist ähnlich der an der Innenwand und wird hauptsächlich durch eine größere Hohlkehle bestimmt. Das Maßwerk der Fenster hat noch keine komplizierten Formen und erinnert meist an die Zeit der Hochgotik. Die vier Teile, in welche die Fenster durch einen stärkeren Mittel- und zwei schwächere Seitenpfosten geteilt sind, schließen einzeln mit Spitzbögen ab, welche wiederum paarweise zusammengefaßt sind, und die Füllung in diesen beiden Spitzbögen bilden gewöhnlich Dreipässe. Nur in den Fenstern des ehemals romanischen Querhauses, die durch Verlängerung der dort schon bestandenen gotischen Fenster entstanden sind, ist die Bildung der Maßwerkfüllung eine freiere, weniger zum Gesamtorganismus passende, es tritt sogar die Fischblase auf.

Über den Fenstern ragen Wimperge, in Kreuzblumen endigend und mit Laubbossen auf den Kanten, empor; sie sitzen seitlich auf hohen, bis zur Fensterbank hinabreichenden Rundstäben auf und überschneiden oben die zinnenbekrönte, an ihrem Fuß mit Ranken und Blattwerkfries geschmückte Galerie. Ein weiteres, die Gesamtarchitektur belebendes Moment sind die mit Blendwerk, Krabben und Kreuzblumen ausgestatteten Fialen auf den Strebepfeilern.

So ist es gelungen, durch Gliederung im einzelnen wie durch reiche, aber immer maßvolle Entfaltung ornamentalen Schmuckes den Mangel an Gliederung des Ganzen zu ersetzen. Und außerdem ist mit dem von der Chorgalerie, den Fensterwimpergen und Fialen gebildeten prächtigen Kranz für den Beschauer ein gut Teil des gewaltigen Daches verdeckt.

Die Westwand des romanischen Querhauses, welche schon wegen der höheren Einwölbung des neuen Ostchores erhöht werden mußte, ist bis über den First des romanischen Mittelschiffes weitergeführt, jedoch nicht bis zum First des Chordaches, sondern, vielleicht um weniger Widerstand gegen Wind und Wetter zu bieten, vielleicht auch nur aus Sparsamkeitsrücksichten, abgewalmt.[35]

Der Eindruck des Außenbaues auf den Beschauer ist ein mächtiger, um so mehr, als man beim Anblick unwillkürlich zum Vergleich mit den älteren, in kleineren Verhältnissen errichteten Bauteilen der Kirche gezwungen wird. Nur liegt hier die Sache anders als beim Innenbau. Dort wird der Hauptunterschied mehr in der Breitendimension gefunden, hier mehr in der Höhendimension.

Ist auch das Mauerwerk des neuen Ostchors nicht bedeutend höher als die romanische Hochwand, so übt doch das Dach mit seiner mächtigen Ausdehnung eine geradezu erdrückende Wirkung auf den übrigen Bau aus, und zwar deswegen, weil die drei Schiffe mit einem einzigen Sattel überzogen sind. Angenommen, es wäre möglich gewesen, jedem einzelnen der Chorschiffe, wie es z. B. bei verschiedenen Bauten in Hessen öfters der Fall ist, eine besondere Bedachung aufzusetzen, so würden diese einzelnen Dächer ebenso wie das Mauerwerk das romanische Mittelschiff nur wenig überragt haben. So aber ist der neue Ostchor mitbestimmend für das Stadtbild geworden, was hundert Jahre später auch bei der Kirche St. Lorenz der Fall war. In der Silhouette der Stadt, welche mit der Burg und den beiden Turmpaaren von St. Sebald und St. Lorenz im wesentlichen gegeben ist, ragen auch die beiden Chorbauten empor; von Westen gesehen, blicken sie durch die Türme durch, von Süden gesehen gewähren sie den Anschein, als wäre jede Verbindung zwischen ihnen und ihren Türmen aufgehoben.

Ein Vergleich des Neubaues mit dem alten Bau drängt sich aber noch bezüglich der Wirkung der Architektur selbst auf. Der Unterschied zwischen dem Ostchor und der romanischen Hochwand ist im Außenbau noch überraschender als im Innenbau. Denn hier fehlt beim romanischen Bau jegliche Struktur. Aus der glatten Wand mit den fünf rundbogigen Fenstern ist ein Rückschluß auf die Art der Innenkonstruktion, beziehungsweise der Einwölbung unmöglich. Doch tritt für den Beschauer der romanische Teil des Baues zu sehr in den Hintergrund zurück, als daß er unbedingt zu einem Vergleich mit dem Chor herausfordern würde. Anders verhält es sich mit den Seitenschiffen. Im Innern werden dieselben trotz ihrer erheblichen Breite kaum beachtet. Ihr Außenbau jedoch führt eine beredte Sprache. Seit 1309 begonnen, zeigen sie in der Gliederung der Architektur wie in der Dekoration den Geist der Hochgotik, voll Feinheit und Geschmack. Und der Stilcharakter im Außenbau des Ostchores scheint bei der über ein halbes Jahrhundert betragenden Zeitdifferenz nicht weit verschieden zu sein: dasselbe Prinzip der Gliederung und Dekoration hier wie dort, bestehend in Galeriebrüstung und überschneidenden Fensterwimpergen und Pfeilerfialen.

S t i l k r i t i s c h e   W ü r d i g u n g . Wir fragen uns nun, welche Stelle nimmt der Ostchor von St. Sebald in der Bau- und Kunstgeschichte seiner Zeit ein, in welchen Beziehungen steht dieser Bau zu anderen Hallenbauten und aus welchen Quellen hat sein Meister geschöpft?

Die Hallenkirche nimmt in der Baugeschichte der Spätgotik einen breiten Raum ein. Es hatte sich diese Bauart aus dem Grunde fast überall Eingang verschafft, weil sie dem Zeitgeist am besten entsprach und weil die in ihrem Wesen begründet liegende Einfachheit im Raum sowohl wie in der Konstruktion und die daraus sich ergebende größere Sparsamkeit der Bauausführung ihr den Vorzug vor dem

basilikalen Bausystem gaben. Am meisten wurde die neue
Bauart in der deutschen Spätgotik in zwei ganz
verschiedenen Gegenden kultiviert: in Hessen und in
Westfalen einerseits, in Schwaben und in den bayerischen
Ländern andererseits. Dabei hatten sich bald verschiedene
Typen gebildet oder es wurden frühere Typen wieder
aufgegriffen und so entstanden Hallenkirchen mit glattem
Schluß der Schiffe, solche mit polygon geschlossenem,
vorgeschobenem Chor und solche mit Chorumgang. Der
letztere Typus hatte sich vornehmlich im nordöstlichen
Schwaben, in Bayern und Österreich eingebürgert, und so
scheint auch unser Ostchor von St. Sebald mit in die
Gruppe zu gehören.

Der erste Bau dieser langen Reihe von unter sich mehr
oder weniger verwandten Hallenkirchen war die
Heiligkreuzkirche zu Schwäbisch-Gmünd, erbaut von dem
aus Köln gebürtigen Meister Heinrich Parler.[36] Die Bauzeit
dieser Kirche umfaßt nahezu ein Jahrhundert: in den
zwanziger Jahren des 14. Jahrhunderts wurde an Stelle einer
romanischen Kirche mit dem Bau des Langhauses
begonnen, 1351 wurde der Neubau des Chores in Angriff
genommen und erst 1414 fand die Einweihung des ganzen
Bauwerkes statt. Aus den letzten Jahren dieser Bauzeit wird
die Einwölbung dieses Langhauses stammen. Das Gewölbe
des Chores gehört erst dem Ausgang des 15. Jahrhunderts
an.

In der Anlage nun ist die Heiligkreuzkirche in Gmünd
eine dreischiffige Hallenkirche mit Chorumgang und
Kapellenkranz. Die Seitenschiffe sind bedeutend schmäler als
das Mittelschiff, im Chor noch mehr als im Langhaus; die
Gewölbfelder im Mittelschiff sind rechteckig, die in den
Seitenschiffen haben fast quadratische Form. Der Abschluß
des Binnenchors ist aus drei Seiten gebildet, welchen im
Chorumgang sieben Seiten entsprechen, so daß in der

Mittelachse ein Chorfenster liegt. Die Strebepfeiler des Chores sind in ihrer unteren Hälfte zur Bildung von Kapellen eingezogen, welche geradlinig geschlossen sind. Von der ursprünglich geplanten Wölbung kann nicht viel gesagt werden, doch soviel scheint sicher, daß die Scheitelhöhe der Gewölbe auch damals schon in den drei Schiffen einander gleich gedacht war; daraus hätte sich dann, ebenso wie es jetzt der Fall ist, für das Mittelschiff eine gedrücktere, für die Seitenschiffe eine schlankere Form der Gewölbe und eine ungleiche Verteilung der Drucklinien ergeben. Die Gewölbe ruhen auf Säulen.

Der Bau des Ostchors von St. Sebald, in der Bauzeit mit der Gmünder Kirche teilweise sogar zusammenfallend, scheint unter dem Einflusse derselben zu stehen.

Das Prinzip der Hallenkirche ist beim Ostchor von St. Sebald viel reiner zur Erscheinung gekommen als bei der Heiligkreuzkirche zu Schwäbisch-Gmünd. Die langgestreckte Ausdehnung hier konnte bei St. Sebald leicht vermieden werden, da es sich in Wirklichkeit nur um einen Chor und nicht um eine ganze Kirche handelte, und auch das gleiche Maß der Schiffsbreiten, wenn auch nicht bei jedem Joch genau eingehalten, war mit dem Anschluß an die drei Quadrate des romanischen Querschiffes gegeben. Und infolge der gleichen Höhe der drei Schiffe wird der Schub der mittleren Gewölbe aufgehoben, die inneren Pfeiler sind nur senkrecht belastet und den Strebepfeilern außen obliegt lediglich die Aufgabe des Widerstandes gegen den Gewölbeschub der äußeren Schiffe. Es hat somit eine in jeder Weise gleichmäßige Gestaltung des Baues bewirkt werden können, und so sieht der Beschauer im Innern des Chores nach jeder Richtung hin das gleiche System, wohl das Endziel des Hallenbaues, was bei der Heiligkreuzkirche in Schwäbisch-Gmünd bei weitem nicht der Fall ist.

Nun liegt allerdings zwischen der 1326 mit dem Schiffe

und 1351 mit dem Chor begonnenen Heiligkreuzkirche zu Gmünd und dem 1361 begonnenen Ostchor von St. Sebald der Bau der Nürnberger Liebfrauenkirche. Man fragt sich unwillkürlich, ob nicht diese Kirche das Bindeglied zwischen den beiden verwandten Bauten darstellte, d. h. ob denn ohne den Vorgang der Liebfrauenkirche die Fortschritte am Bau von St. Sebald wohl denkbar gewesen wären.

Innerhalb der schwäbisch-bayerischen Gruppe, und nur diese kommt hier in Betracht, ist die Liebfrauenkirche der erste Hallenbau mit gleich weiten Jochen, in die Länge wie in die Breite gemessen: der Grundriß besteht aus neun großen Quadraten. Abgesehen von diesem besonderen Punkte besteht im übrigen eine engere Verwandtschaft dieser Kirche mit der Heiligkreuzkirche in Gmünd. Es sei hier nur an die gleiche Bildung der Gewölbestützen in Form zylindrischer Schäfte oder runder Säulen mit Blattwerkkranz als Kapitäl und vor allem an die Gestaltung der Fassade erinnert. Die Verschiedenheit im Verhältnis des Mittelschiffes zu den Seitenschiffen hat aber aller Wahrscheinlichkeit nach darin ihren Grund, daß in Schwäbisch-Gmünd zum Teil der Grundriß der abgebrochenen romanischen Kirche, vielleicht auch deren Grundmauern mit in den Neubau aufgenommen wurden, und daß dem Baumeister die Anlage mit schmäleren Seitenschiffen gar nicht unwillkommen war wegen der einfachen Lösung der Frage der Umführung derselben um den Binnenchor, während an der Nürnberger Frauenkirche, als an einer Hallenkirche mit vorgeschobenem Chor, ohne Schwierigkeit das Prinzip des gleichen Maßes bei Mittel- und Seitenschiff zur Durchführung gelangen konnte.

Und dennoch wird man zugeben müssen, daß in der Entwicklung von der Heiligkreuzkirche in Gmünd zur Sebaldkirche in Nürnberg die Frauenkirche ein

112

Zwischenglied n i c h t bildet. Denn der einzige übereinstimmende Punkt bei den zwei Nürnberger Kirchen ist eben das bei Seitenschiffen und Mittelschiff gleiche Maßverhältnis.

Wie oben bereits angedeutet, hängt beim Ostchor von St. Sebald die Teilung in drei gleiche Schiffe mit dem Anschluß an das vorhandene, in den Neubau übernommene romanische Querschiff zusammen. Von dem romanischen Querschiff wurde beim Neubau verwertet die ganze Westwand und die beiden Schmalwände. Auf das relativ hohe Gewölbe verzichtete man, da das neue Gewölbe im ganzen Chor durchweg noch um 1·5 m höher gelegt werden sollte. Dagegen ließ man die Mitteldienste an den Seitenwänden bestehen und, um sie nicht ohne Bestimmungszweck zu lassen, teilte man wie beim romanischen Bau die beiden äußeren Gewölbeviertel wiederum in je zwei Achtel.

Daß die östlichen Vierungspfeiler neuen Pfeilern weichen mußten, erscheint selbstverständlich. Jedoch steht, wenn auch bei Errichtung der neuen Pfeiler das Fundament der alten Pfeiler mitbenutzt wurde, die Achse des nördlichen Pfeilers außerhalb der Achse des alten.

Bei näherer Betrachtung des Grundrisses findet man zunächst, daß sich der ganze Chor von Westen nach Osten fortschreitend verbreitert, sowie ferner, daß seine Achse um einige Grade nach Norden verschoben ist.

Was das Abbiegen der Längsachse anlangt, die man auch bei anderen mittelalterlichen Kirchen, wenn auch nicht in so starkem Maße, beobachten kann, so gibt es dafür verschiedene Erklärungsversuche, die sich auf die Annahme schlechten Baugrundes oder von Mängeln in der Visierung stützen. Einwandfrei ist jedoch diese Frage bis jetzt noch nicht gelöst worden.

Die andere Unregelmäßigkeit in der Anlage des neuen Chors mag vielleicht darin ihren Grund gehabt haben, daß einer allzu großen Ungleichheit der Gewölbefelder bei dem sich verengernden Chorumgang dadurch vorgebeugt und zugleich für die am Hochaltar vorzunehmende Kulthandlung Raum gewonnen wurde. Ebenso beabsichtigt erscheint die allmähliche Verringerung der Abstände der Mittelpfeiler von Westen nach Osten, die es bewirkt, daß sich die Zwischenräume zwischen den Abschlußpfeilern des Binnenchors harmonisch dem Rhythmus der Pfeileranlage einpassen.

Dabei wurden diese offenbaren Unregelmäßigkeiten vom Baumeister von St. Sebald in so unauffälliger Weise vorgenommen, daß wir, im Innern der Kirche stehend, von den einzelnen Verschiebungen, Verkürzungen und sonstigen Unregelmäßigkeiten, ohne vorher darauf aufmerksam gemacht zu sein, gar nichts wahrnehmen.

Zeigen schon diese Maßnahmen, die sich zum Teil aus der Notwendigkeit ergaben, eine Choranlage von fortentwickelten Raumabsichten mit der ganz anders gearteten Raumwirkung der älteren Kirche in Einklang zu bringen, den Baumeister von St. Sebald als überlegenen Geist, dem wir ohne Zweifel auch einen wesentlichen Anteil an der Entwicklung der Baugedanken seiner Zeit zutrauen dürfen, so wird diese Vermutung auch durch die Betrachtung der Durchbildung des Aufrisses bestätigt.

Wie bereits oben erwähnt, ist es uns bei der Gmünder Kirche nicht mehr möglich, die vom Meister Heinrich Parler ursprünglich geplante Wölbung mit Sicherheit zu rekonstruieren; wir wissen nicht, war ein komplizierteres oder ein einfacheres System gewählt worden. Mit Bezug auf die, wenn auch in kleineren Verhältnissen gehaltene, aber mit der Gmünder Kirche noch verwandte Nürnberger Frauenkirche wäre dort im allgemeinen das vierteilige

Kreuzgewölbe, für den Abschluß des Binnenchores die Verbindung von Kreuz- und Sterngewölbe anzunehmen. Was nun den Chorumgang anlangt, so wäre die einfachste Lösung gewiß die: anschließend an die Seitenschiffe zunächst je ein vierteiliges Kreuzgewölbe mit ungleichen Seiten und Diagonalen, dann je zwei dreiteilige Gewölbe und zum Schlusse wieder ein vierteiliges Kreuzgewölbe. Die Stützen der Gewölbe sind runde Säulenschäfte, deren Kapitäle meist aus zwei Blattwerkkränzen mit polychromer Platte bestehen. Also von einer organisch-konstruktiven Verbindung von Gewölbe und Gewölbstütze keine Rede.

Anders bei St. Sebald. Das Wölbungssystem stimmt mit dem an der Gmünder Kirche eben rekonstruierten so ziemlich überein, bis auf den Chorumgang, dessen Einwölbung sich hier infolge des für den Binnenchorabschluß gewählten Achtecks natürlicher gestalten mußte: es wechseln vier dreieckige Felder mit drei rechteckigen ab. Der Hauptunterschied liegt jedoch darin, daß hier das Gewölbe nicht auf runden, sondern auf polygonalen Stützen ruht, d. h. nicht auf Säulen, sondern auf Pfeilern, und zwar haben diese Pfeiler achteckige Form mit vier vorgelegten Diensten. Ferner ist der Ansatz des Gewölbes nicht durch ein Kapitäl markiert, sondern Scheidbögen, Gurtbögen und Rippen wachsen gleichsam unmittelbar aus den Diensten, zum Teil auch aus dem polygonalen Pfeiler selbst heraus. In Anbetracht der dem Wesen des Hallenbaues zugrunde liegenden Tendenz der Vereinfachung alles Konstruktiven bedeuten also die Pfeiler im Chor von St. Sebald gegenüber den Säulen der Gmünder Kirche einen Fortschritt in der Entwicklung.

Vorbildlich für die Pfeilerbildung im Ostchor von St. Sebald mag die Frauenkirche in Eßlingen gewesen sein. Bekanntlich besteht die Schwäbische Schule des 14. und 15. Jahrhunderts aus zwei Gruppen, von welchen der einen die

Hallenbauten mit Chorumgang, der andern diejenigen mit vorgeschobenem Chor und einem in der Mitte der Fassade stehenden Turm angehören. Die erstere Gruppe wird vor allem vertreten durch die Heiligkreuzkirche in Schwäbisch-Gmünd, die letztere wird repräsentiert durch Bauten wie die Frauenkirche in Eßlingen und das Ulmer Münster. Wohl war die Gmünder Kirche zugleich auch der Ausgangspunkt für die große zumeist auf bayerischem Boden befindliche Gruppe von Hallenbauten, wie den Kirchen St. Georg in Nördlingen und Dinkelsbühl, St. Lorenz in Nürnberg, St. Martin in Landshut, der Frauenkirche in München. Allein bei den engen baugeschichtlichen Beziehungen zwischen den beiden Schwäbischen Schulen ist es ja ganz natürlich, daß auch Elemente der zweiten Schule bei Bauten der bayerischen Gruppe Eingang gefunden haben. So ist z. B. die Fassade der Nürnberger Frauenkirche nicht nur, wie bereits oben erwähnt, von der Gmünder Kirche, sondern in viel höherem Grade von der Frauenkirche in Eßlingen beeinflußt.

Was nun die vorbildliche Bedeutung der letztgenannten Kirche für den Ostchor von St. Sebald in Bezug auf die Pfeilerbildung anlangt, so sei zunächst darauf hingewiesen, daß zwischen der Gmünder Kirche und der Eßlinger Frauenkirche trotz Verschiedenheit in der Anlage eine nahe Verwandtschaft besteht. In die Augen springend ist dieselbe — abgesehen von der erwähnten Fassadenbildung — ja nicht. Allein eine Reihe von gleichen Steinmetzzeichen an beiden Bauten geben einen unwiderleglichen Beweis hiefür, was man bei der geringen geographischen Entfernung der beiden Orte und bei dem Umstand, daß das Langhaus der Gmünder Kirche zum Teil ebenso wie der östliche Teil der Eßlinger Frauenkirche dem zweiten Viertel des 14. Jahrhunderts angehören[37], ganz selbstverständlich findet. Die Eßlinger Kirche hat wie der Ostchor von St. Sebald polygone Pfeiler mit vorgelegten Diensten, welche, ohne von Kapitälen unterbrochen zu werden, unmittelbar in Gurte und Rippen übergehen, um vierteilige Gewölbe zu tragen. Also auch hier war der Baumeister bestrebt, gegenüber dem bisher Üblichen eine wesentliche Vereinfachung eintreten zu lassen. Nur hat, möchten wir hinzufügen, der Eßlinger Meister eine schönere und auch konstruktiv richtigere Lösung in der Pfeilerbildung gefunden, während der Baumeister des Ostchores von St. Sebald, ohne besondere Rücksicht auf das Gewölbesystem, mehr auf eine gleichmäßige Gestaltung des Grundrisses gesehen hat. Denn dort gruppieren sich auf den beiden Schiffsseiten eines Pfeilers je drei Dienste, von welchen sich jeder einzelne als Rippe, beziehungsweise Gurt fortsetzt und die Arkadenbögen setzen am Pfeilerkern selbst an, hier dagegen wachsen die Arkadenbögen aus Diensten heraus und den drei Rippen (zwei Diagonalrippen und eine Gurtrippe) an einer Schiffsseite steht nur ein einziger Dienst zur Verfügung. Durch den Ansatz mehrerer mit Hohlkehlen profilierter Rippen an einem Dienst sind aber ganz neue Bildungen entstanden, wie sie häufig erst an späteren Bauten, wir erinnern nur an die St. Georgskirche in Dinkelsbühl, wiederkehren, allerdings dort infolge der im 15. Jahrhundert üblichen reichen Sterngewölbe in komplizierterer Form. Allein trotz dieser Unterschiede der Pfeiler im Ostchor von St. Sebald von den Pfeilern der Eßlinger Frauenkirche erscheint doch die Annahme gerechtfertigt, daß der Baumeister von St. Sebald die ganze Idee, polygone Pfeiler mit vorgelegten Diensten zu schaffen und dieselben ohne Kapitäl gleich direkt ins Gewölbe überzuführen, der Eßlinger Frauenkirche entnommen hat.

Noch in einem anderen Punkte des Aufrisses verrät der Ostchor von St. Sebald gegenüber der Heiligkreuzkirche in Gmünd einen hohen Grad von Selbständigkeit; es betrifft dies in der Hauptsache auch mit die Gestaltung des Außenbaues.

Während an der Gmünder Kirche die Wände des Schiffes lange, bis hinauf an die Wölbung reichende Fenster aufweisen, sind die Chorwände in zwei Stockwerke geteilt. Es sind dort nämlich die Strebepfeiler in ihrer unteren Hälfte eingezogen, oder besser gesagt, die Chorwand ist in ihrer unteren Hälfte hinausgeschoben, so daß sich um den Chorumgang eine Reihe von Kapellen gruppiert. Beim Ostchor von St. Sebald dagegen hat man auf den Kapellenkranz verzichtet und wie beim Langhaus der Gmünder Kirche — auch hierin kann die Frauenkirche in Eßlingen anregend mitgewirkt haben — hohe, die ganze Länge der einzelnen Wandabteilungen einnehmende Fenster gewählt. Dies hat zur Folge, daß hier die Beleuchtung des ganzen Chors viel stärker wird als im Chor der Gmünder Kirche und andererseits, daß dort die Chorwand eine reichere Gliederung erhält. Der Baumeister von St. Sebald hat nun unter gleichzeitiger Erhöhung des gewonnenen Vorteils den entstandenen Nachteil dadurch gemindert, daß er die Breite der Fenster fast bis an die Strebepfeiler hin ausdehnte und so die Mauerfläche gleichsam in eine Reihe von Gewölbestützen auflöste. Und was die Außenansicht allein anlangt, so wurde der Mangel an Gliederung noch weiter durch eine reiche Ausstattung ersetzt. Von dem in der Höhe der Fensterbänke sich herumziehenden Gesims an weisen die in drei Stockwerken sich abstufenden Strebepfeiler, übergreifend auf den kleinen Rest von Wandfläche, eine Fülle von Schmuck auf, bestehend in vielem Blendenwerk, Konsolen, Baldachinen und Fialen. Um nun von den mächtigen, aber monoton wirkenden Chordach soviel wie möglich zu verdecken, hat der Meister einen bereits an der Gmünder Kirche zum Ausdruck gebrachten Gedanken wiederholt, indem er auf die Mauer eine Galerie aufsetzte, welche mit den die Fenster überragenden Wimpergen und den die Pfeiler bekrönenden Fialen dem Chor ein geradezu prächtiges Aussehen verleiht.

Also auch nach dieser Seite hat es der Baumeister von St. Sebald, der seine Zugehörigkeit zur Schwäbischen und speziell zur Gmünder Schule nicht verleugnen kann, aber völlig frei ist von sklavischer Abhängigkeit, verstanden, den im Wesen der Hallenkirche begründet liegenden Anforderungen gerecht zu werden. Er hat durch Vereinfachung und Reduzierung aller konstruktiven Elemente, wodurch zunächst eine willkommene Sparsamkeit in der Bauausführung erzielt wurde, eine Vervollkommnung des Prinzips der Hallenkirche erreicht.

Der Baumeister. Lebhaftes Interesse erregt nun die Frage: Wer mag wohl der Schöpfer dieses herrlichen, kunstgeschichtlich so bedeutenden Bauwerkes gewesen sein? Wie heißt er?

Die Zugehörigkeit des Ostchores von St. Sebald zur Gmünder Schule wurde im Vorhergehenden sehr wahrscheinlich gemacht. Es hatte sich gezeigt, daß beide Bauten in den engsten verwandtschaftlichen Beziehungen zueinander stehen, ja, daß der Hallenbau von St. Sebald ohne den Vorgang von Schwäbisch-Gmünd vielleicht überhaupt nicht, jedenfalls nicht in seiner jetzigen Gestalt möglich gewesen wäre. Denn der Ostchor von St. Sebald weist eine Summe von Erscheinungen auf, welche sich nur aus dem Bau der Heiligkreuzkirche oder durch Vermittlung desselben aus anderen Bauten erklären lassen. Dieses Abhängigkeitsverhältnis wird auch durch das Vorhandensein einer großen Anzahl von gleichen Steinmetzzeichen an beiden Kirchen bestätigt, woraus mit Sicherheit folgt, daß eine ganze Gruppe von Steinmetzen von Schwäbisch-Gmünd nach Nürnberg gezogen ist, um hier an dem Bau von St. Sebald zu arbeiten. Es befinden sich sogar unter den gleichen Steinmetzzeichen häufig wiederkehrend solche, welche infolge ihrer gleichen Grundform einen engeren Zusammenschluß ihrer Träger erkennen lassen, d. h. welche beweisen, daß ihre Inhaber bei einem und demselben Meister gelernt haben. Und jenes Meisterzeichen, von welchem diese Zeichen ihre Variation entlehnt haben, hat sich anscheinend tatsächlich vorgefunden. Bei der letzten Restaurierung wurde hinter einem Baldachine eines Ostchorstrebepfeilers ein kleines Erzschild entdeckt, welches ursprünglich wohl an der Galerie über dem Hauptgesimse befestigt war und beim Abbruch derselben (1561) heruntergefallen und an diesen verborgenen Platz gelangt ist. Das Schild (Abb. 26), welches heute im Ostchor an der südlichen Wand angebracht ist, zeigt im Inneren einen nach unten offenen rechten Winkel mit darin befindlichem senkrecht gestelltem Kreuz und hat den Stilcharakter der Erbauungszeit des Chores. Dieses Zeichen kann nach den gegebenen Umständen wohl als das Zeichen des Baumeisters angesprochen werden.

Abb. 26. Meisterzeichen (Ostchor).

Trotz sorgfältiger, mühsamer Untersuchung des Baues der Gmünder Heiligkreuzkirche, soweit derselbe eben für diesen Zweck zugänglich war, konnte das Meisterzeichen von St. Sebald dort nicht gefunden werden. Es ist auch dieser Umstand für die weitere Beweisführung nicht von besonderem Belang, denn einerseits steht dadurch keineswegs fest, daß das Zeichen dort überhaupt nicht vorkommt, und andererseits ist es doch mehr als selbstverständlich, daß an dem Bau, welcher die meisten Anregungen für die Gestaltung des Ostchores von St. Sebald geboten hat, ja überhaupt die unerläßliche Vorbedingung für die Existenz des Nürnberger Hallenbaues war und an welchem die Schüler des Erbauers des letzteren gearbeitet haben, auch der Meister selbst tätig gewesen sein muß.

Es liegt somit nahe, in dem Baumeister von St. Sebald einen Angehörigen der Familie jenes Heinrich Parler, des Erbauers der Gmünder Kirche, zu vermuten.

Soweit wir die Familie Parler zurückverfolgen können — die Kunstwissenschaft hat sich seit längeren Jahren viel mit ihr beschäftigt —, wird die erste uns bekannte Generation durch Heinrich Parler vertreten, welcher, aus Köln gebürtig, etwa im dritten Jahrzehnt des 14. Jahrhunderts wahrscheinlich infolge einer Berufung nach Schwäbisch-Gmünd eingewandert ist, um den Bau der dortigen Heiligkreuzkirche zu leiten.[38] Von seinen Söhnen kommen für uns zwei in Betracht, nämlich Peter und Heinrich. Peter Parler, 1330 geboren[39], erhielt 1353 als junger, erst 23jähriger Mann von Kaiser Karl IV. einen Ruf nach Prag zur Übernahme der Vollendung des seit dem 1352 erfolgten Tode des Matthias von Arras unterbrochenen Dombaues. Peter Parler entfaltete in Prag nicht nur, sondern auch in ganz Böhmen eine umfassende Tätigkeit, baute die Barbarakirche in Kuttenberg, die Bartholomäuskirche in Kolin u. a. m. Von seinem Bruder Heinrich Parler dagegen wissen wir nur aus den Wochenrechnungen des Prager Dombaues, daß er im Jahre 1378 dort gearbeitet hat. Außerdem wird von verschiedenen Forschern mit ihm jener Heinrich von Gmünd als identisch bezeichnet, welcher in den Jahren 1381, 1384 und 1387 als Baumeister des Markgrafen Jodok von Mähren in Brünn tätig war, ja sogar ein Enrico da Gamodia, vom 11. Dezember 1391 bis zum 29.

Mai 1392 in Mailand am Dombau beschäftigt, wird auf Heinrich, den Bruder des Peter Parler, bezogen.

Wir bemühen uns vorerst nicht, die Identität des Heinrich Parler, der 1378 in Prag gearbeitet hat, mit den anderen, Heinrich von Gmünd genannten Personen nachzuweisen, sondern uns interessiert vielmehr zunächst zu wissen, worin denn die Tätigkeit des jüngeren Heinrich Parler in den Jahren vor 1378 bestanden hat. Man wird natürlich annehmen, daß Heinrich nicht nur im Jahre 1378, sondern auch in der Zeit vorher am Prager Dombau beschäftigt war, zu welchem Zwecke er wahrscheinlich 1353 mit seinem Bruder oder doch bald nach der Berufung desselben Schwäbisch-Gmünd verlassen hat. Allein warum werden in den Prager Dombaurechnungen, welche die Jahre 1372 bis 1378 umfassen, neben dem Meister Peter Parler alle Steinmetzen und sonstigen Handwerker, welche am Dom gearbeitet haben, aufgeführt, nur, abgesehen vom Jahre 1378, dieser Heinrich Parler nicht? Weil er, wie wir vermuten, vor 1378 überhaupt nicht in Prag war, sondern — in Nürnberg den Bau des Ostchores von St. Sebald geleitet hat.

Und in der Tat, der Zufall hat es gewollt, daß in den Verzeichnissen Nürnberger Künstler des 14. Jahrhunderts auch der Name eines Heinrich Parler aus Böhmen der Nachwelt überliefert ist. Im Jahre 1363 wurde einem Heinrich Beheim Balier zu Nürnberg das Bürger- und Meisterrecht verliehen und in den folgenden Jahren wird er noch verschiedentlich genannt.[40] Es fragt sich nun, ob dieser Heinrich Beheim Balier wirklich kein anderer als der vor 1378 in Prag nicht auffindbare Heinrich Parler ist.

Wir glauben, daß daran kaum zu zweifeln ist. Zunächst jedoch wird man den Einwand erheben, daß beide schon deswegen nicht identisch sein können, weil der Prager Heinrich Parler in den Dombaurechnungen bereits am 19.

September und am 3. Oktober 1378 erwähnt wird, während die Einweihung des Ostchores von St. Sebald erst am Sonntag nach Bartholomäi 1379 stattfand. Kann mit diesem Einwand an und für sich gar nicht bestritten werden, daß Heinrich Parler im Jahre 1379 wieder nach Nürnberg gezogen wäre, um an der Einweihungsfeier teilzunehmen — wir wissen, daß im Mittelalter Baumeister sowohl wie Steinmetze ihre Arbeitsstätten häufig wechselten —, so ist weiterhin zu betonen, daß die Anwesenheit des Baumeisters bei der Einweihung seines Werkes keineswegs erforderlich war. Der Ostchor von St. Sebald war als Bauwerk, wie wir oben gesehen haben, bereits 1372 in der Hauptsache vollendet; was die Einweihung hinausschob, war jedenfalls nur die noch zu leistende Fertigstellung oder Stiftung von Glasmalereien, Paramenten, Kirchengeräten usw. Der Baumeister hatte somit im Jahre 1372 oder bald nachher seinen Auftrag erledigt, er konnte jetzt andere Arbeiten übernehmen, und zwar, wie wir vermuten, in Schwäbisch-Gmünd und Eßlingen, kam vor oder in dem Jahre 1378 wieder nach Nürnberg und wird dann noch in demselben Jahre wieder zu seinem Bruder nach Prag gewandert sein, um sich dort an der Weiterführung des Dombaues zu beteiligen.

Man könnte weiterhin auffällig finden, daß der urkundlich in den Prager Dombaurechnungen erwähnte Heinrich Parler hier Heinrich Beheim Balier genannt wird. Die verschiedene Form des Wortes oder Namens Parler darf indessen keinen Anstoß erregen, denn es ist zur Genüge bekannt, daß im 14. Jahrhundert die Schreibweise der Familiennamen noch keineswegs fixiert, sondern ganz bedeutenden Schwankungen unterworfen war, so daß der Name Parler ebensogut durch Parlier, Parlierer, Palier, Balier ersetzt werden konnte. Aber auffällig erscheint der Zusatz Beheim. Beheim heißt nichts anderes als Böhmen und bezeichnet, als Beiname eines Personennamens gebraucht, die Herkunft der betreffenden Person. Unser Heinrich Balier wird demnach ausdrücklich als aus Böhmen kommend aufgeführt. Doch werden diese lokalen Beinamen nicht immer angewendet, in vielen Fällen nur zur Unterscheidung von anderen Personen gleichen Namens oder zur besonderen Hervorhebung. Es kann also, da zur Führung eines solchen Beinamens für den Träger von vornherein keine Verpflichtung bestand, dieselbe Person anderwärts ohne solche lokale Bezeichnung begegnen, und es dürfte somit mehr als wahrscheinlich sein, daß Heinrich Beheim Balier in Nürnberg so bezeichnet wurde, weil er zu der Zeit, als ihm der Bau des neuen Ostchores von St. Sebald übertragen wurde, aus Böhmen kam.[41] Heinrich Parler scheint nach der Mitte der fünfziger Jahre nach Prag gezogen zu sein, um bei seinem Bruder, Peter Parler, am Dombau und anderen Bauten Böhmens mitzuwirken. Und von Böhmen aus wird man ihn, vielleicht durch Vermittlung Kaiser Karls IV., unter dessen Protektion ja die Nürnberger Frauenkirche in den Jahren 1355–1361 erbaut wurde, nach Nürnberg berufen haben. Als Heinrich Parler in den siebziger Jahren wieder nach Böhmen und Prag zurückkehrte, war die Führung des Beinamens Beheim, welche in Nürnberg gerechtfertigt schien, gegenstandslos geworden, und so erscheint der Bruder des Prager Dombaumeisters in den dortigen Wochenrechnungen nur mehr als Henricus Parlerius.

Die Identität zwischen dem Nürnberger Heinrich Beheim Balier und dem Prager Heinrich Parler scheint keinem Zweifel mehr zu unterliegen, der Erbauer des Ostchores von St. Sebald ist somit ein Bruder des berühmten Prager Dombaumeisters Peter Parler und ein Sohn des Meisters der Heiligkreuzkirche in Gmünd, Heinrich Parler.

Wohl aber möchten wir Bedenken tragen, jenen Meister

124

Heinrich von Gmünd, welcher in den Jahren 1381, 1384 und 1387 urkundlich als Baumeister des Markgrafen Jodok von Mähren in Brünn erwähnt wird, mit unserem Heinrich Parler zu identifizieren. Ein Beweis für stilistische Übereinstimmung der Werke der beiden Meister ist in der Kunstwissenschaft nicht erbracht worden. Aber abgesehen hiervon, schon die Verschiedenheit der beiden Namen läßt uns auf Verschiedenheit der Personen schließen; niemals findet sich bei Heinrich Parler der Zusatz „von Gmünd" und niemals bei Heinrich von Gmünd der Name Parler. Der Zusatz „von Gmünd" wäre ja an und für sich erklärlich, ja wir würden diese Bezeichnung, wenn sie dem Namen Heinrich Parler in den Dombaurechnungen beigegeben wäre, verständlich finden. Auffällig ist aber, daß die Bezeichnung „von Gemünd", während sie hier gänzlich fehlt, erst mit dem Jahre 1384 urkundlich auftritt. Kann somit also die Identität d i e s e r beiden jüngeren Gmünder Meister Heinrich nicht als wahrscheinlich angesehen werden, so könnte man, zum Teil im Gegensatz zu den Vermutungen der mit dieser Frage beschäftigten Kunsthistoriker, wohl geneigt sein, anzunehmen, daß die beiden Heinrich von Gmünd, die zu wiederholten Malen und an verschiedenen Stellen erwähnt werden, ein und dieselbe Person bedeuten: der 1381, 1384 und 1387 als Heinrich von Gemunde oder Henricus de Gemunden lapicida in Brünn aufgeführte Meister wird der nämliche sein wie der von 1391–1392 ein halbes Jahr lang in Mailand am Dombau tätige Heinrichus da Gamundia oder Enrico da Gamondia.

Andererseits aber hat die Annahme viel für sich, daß unser Heinrich Parler, der Erbauer des Ostchores von St. Sebald, auch der Schöpfer des Schönen Brunnens in Nürnberg gewesen sei, dessen Erbauung man wohl entgegen der neuerdings von Albert Gümbel aufgestellten

Vermutung, wonach sie bereits in die sechziger Jahre des 14. Jahrhunderts fallen würde, wieder in die Zeit von 1385 bis 1395 wird setzen müssen.

Die nahe stilistische Verwandtschaft dieses Bauwerks mit dem Ostchore von St. Sebald, die auch trotz des späteren Formcharakters — es liegen ungefähr zwei Jahrzehnte zwischen den beiden Bauten — anerkannt werden muß, spricht deutlich genug dafür.

Mit einem Meister Heinrich dem Parlier, dessen Tätigkeit in Nürnberg wir von 1397 bis zu seinem 1430 erfolgten Tode verfolgen können, ist der Baumeister des Ostchores von St. Sebald und, wie wir annehmen wollen, Erbauer des Schönen Brunnens nach den Forschungen Gümbels indessen nicht zu identifizieren. Unser Meister Heinrich war zwar in den achtziger und neunziger Jahren noch mannigfach für den Rat tätig, starb aber bereits zu Anfang des 15. Jahrhunderts. Sein und seiner Familie Jahrtag wurde im Barfüßerkloster zu Nürnberg am 23. Juni begangen, wie ein Eintrag im Totenkalender des genannten Klosters bezeugt: F. 9 Calend. (Julii) Obiit Heinricus Barlierer Lapicida et Kunigundis Uxor et Anna filia, quorum m(emoria) h(abeatur).[42]

Wir haben noch ein Wort über das Meisterzeichen unseres Heinrich Parler hinzuzufügen. Bekanntlich hat das Zeichen seines Bruders, des Prager Dombaumeisters, an dessen Porträtbüste im Triforium des Prager Domes die Gestalt eines gebrochenen Balkens oder eines Doppelwinkelhakens, also eine vom Nürnberger Meisterzeichen grundverschiedene Form. War es nun damals zulässig, daß zwei so nah verwandte Steinmetzmeister besondere, in gar keiner Beziehung zueinander stehende Zeichen führen konnten? Gewiß. Denn in der Form eines Steinmetzzeichens kommt nur das Verhältnis des Schülers zum Lehrer, aber nicht das Verhältnis von Verwandten zum Ausdruck. Hatte ein Steinmetz ausgelernt, so erhielt er von seinem Meister das Zeichen, das er dann unverändert beibehielt, ob er nun bei seinem ersten Meister blieb oder bei anderen Stellung fand oder selbst Meister wurde. Wir schließen daraus, daß die beiden Brüder Parler bei ganz verschiedenen Meistern ihre Lehrzeit absolvierten. Wer von den beiden bei seinem Vater auslernte oder ob überhaupt einer von beiden seinen Vater zum Lehrmeister hatte, läßt sich nicht mit Bestimmtheit nachweisen, da das Meisterzeichen des Vaters nicht bekannt ist. Hat einer von den beiden Brüdern in Gmünd ausgelernt, so scheint es eher Peter Parler gewesen zu sein. Denn nicht nur die Heiligkreuzkirche in Gmünd deutet in vielen Punkten auf den Kölner Dom, sondern auch in den Bauten des Peter Parler, im Prager Dom sowohl wie in den Kirchen von Kolin und Kuttenberg, spricht sich Kölner und speziell französische Bauweise aus. Im Ostchor von St. Sebald verrät sich jedoch mehr eine Verwandtschaft mit der Schwäbischen Schule im allgemeinen, insbesondere über Gmünd hinaus auch mit Eßlingen. Ja, die feinen Verzweigungen ließen sich noch weiter verfolgen, sie scheinen über Reutlingen hin nach Freiburg zu führen, von wo aus eine Reihe von Anregungen schon früher, nämlich bei Anlaß des Erweiterungsbaues der Seitenschiffe von St. Sebald und vor allem beim Bau der um die Wende des 13. Jahrhunderts begonnenen basilikalen Lorenzkirche, über deren Meister wir bisher gar nichts wissen, bezogen wurden.

3. Der Umbau der Türme. 1345, 1481–1484, 1489, 1490.

Bereits zum Jahre 1345 berichten uns die Chroniken von baulichen Veränderungen, die damals an beiden Türmen (Abb. 28) vorgenommen worden seien. „Item anno domini 1300 und 45 jar", so berichtet ein Chronist, „da pauet man den oberen [d. h. nördlichen] turen zu sant Sebolt, da kam zu dem dach 100 und 4 zentner und 79 lb zins und 37 zentner pleis"[43] und ferner heißt es: „Auch ist damals der ander turn gegen der Pegnitz [also der südliche Turm] verändert und dem andern gleich gemacht und zu dessen bedachung kommen 104 centner zinn und 87 centner blei". [44]

Maßstab 1 : 10

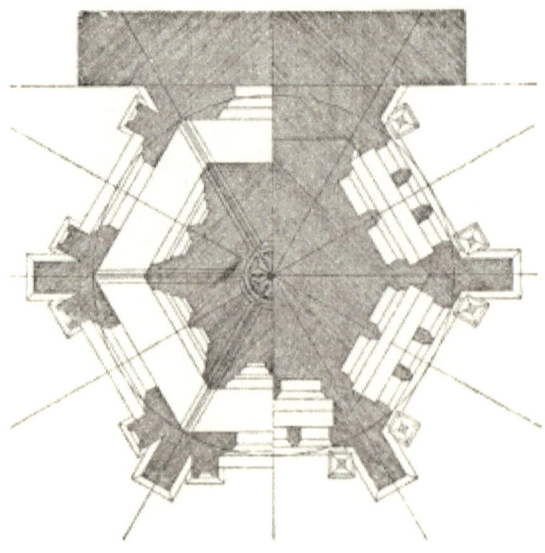

Abb. 27 und 27a und b. Baldachin am Ostchor.

Aus diesen chronikalischen Nachrichten geht zweifelsohne hervor, daß 1345 mindestens eine neue Eindeckung der Turmdächer stattgefunden hat. Ob und inwieweit aber die oberen Stockwerke eine Abänderung oder Erhöhung schon 1345 erfuhren, ist mit Sicherheit aus diesen Notizen nicht zu entnehmen, und auch der Baubefund gibt dafür keinerlei Anhaltspunkte. Wohl wissen wir vom südlichen Turm, daß darin eine Wächterstube eingerichtet war[45], und ebenso vom nördlichen, daß in ihm von alters her die Glocken hingen, denn noch ist deutlich durch den Steinschnitt des Quaderbaues eine ehemals vorhandene breite Öffnung nachzuweisen, die nur, mit zwei freistehenden Säulen, eine dreiteilige Arkatur gebildet haben kann. Und irgendwelche weitergehende Schlüsse läßt auch die offenbar ungenaue Ausdrucksweise der Quellen — man kann doch nicht eigentlich von dem „Bau" des oberen Turmes sprechen, wenn ein solcher fünf Stockwerke hoch bereits bestand — nicht zu. Auch aus der Erwähnung nur eines Turmes in urkundlichen Nachrichten vor 1345[46] möchten wir nicht ohne weiteres folgern, daß einer der beiden Türme den andern das Stadtbild wesentlich mitbestimmend überragt habe, wenn man auch die Möglichkeit umfangreicherer Umbauten im Jahre 1345, wie gesagt, bestehen lassen muß. Die größere Wahrscheinlichkeit spricht auch hier meist für ungenaue Ausdrucksweise.

Von dem Abschluß und der Bedachung der Türme der romanischen Kirche bis zum Jahre 1345 wissen wir demnach so gut wie nichts. Dagegen besitzen wir über das Aussehen der Helme, die eben im Jahre 1345 aufgesetzt worden waren, wenigstens ein leidlich zuverlässiges, allerdings nicht ganz zu deutendes Zeugnis in der Mitteilung des Nürnberger Patriziers Lazarus Holzschuher aus dem Anfang des 16. Jahrhunderts, in welcher er die alten Turmdächer der Sebalduskirche, wie sie noch vor 30 Jahren bestanden hätten, mit Zinn weiß gedeckt sein läßt und sie ihrer Form nach mit „Pfifferlingen" vergleicht.[47] Wahrscheinlich wollte Holzschuher mit letzterer Bezeichnung nur sagen, daß die alten Turmhauben pilzförmig gewesen seien. An die eigentliche botanische Bedeutung des Pfifferlings als des Eierschwammes (cantharellus cibarius) wird er dabei schwerlich gedacht haben.

Daß nun aber diese möglicherweise schon etwas erhöhten Türme durch die gewaltige Masse des hohen Ostchores, seitdem dieser 1379 vollendet worden war, in ihrer bisher das ganze Kirchengebäude beherrschenden Erscheinung stark beeinträchtigt wurden, ist wohl ohne weiteres klar. Das Mißverhältnis mußte um so mehr in die Augen fallen, als die Schwesterkirche von St. Lorenz mit ihren bereits in der ersten Hälfte des 14. Jahrhunderts vollendeten, in der Anlage nahe verwandten, 80 m hohen Türmen unwillkürlich zum Vergleich herausforderte.[V]

Allein bis zum Jahre 1481 hören wir hinsichtlich der Türme von St. Sebald lediglich zum Jahre 1361 von einer Neudeckung mit Zinn[48] und von Ausbesserungen an der Bedachung, die 1447 nötig wurden.[49]

An eine weitere Erhöhung der Türme wagte man sich erst im letzten Drittel des 15. Jahrhunderts.

Wir geben im nachstehenden zunächst die ausführlichen und gut in die Geschichte des Turmbaues einführenden Nachrichten Baaders (Beiträge 1, S. 54 ff.) im Wortlaute wieder:

„Diese (Türme) waren ursprünglich ziemlich nieder, der Rat beschloß daher im Jahre 1481 die Erhöhung und den Umbau derselben. Die beiden Kirchenmeister Hans Haller und sein Nachfolger Sebald Schreier, unter welchem dieser Bau zu Ende geführt wurde, hatten die nächste Veranlassung dazu gegeben. Weil es aber an Mitteln fehlte, entlehnten sie für die Kirche mit Bewilligung des Rates 11,853 Pfund 4 Schilling und 4 Haller aus der Losungsstube (Finanzkammer); die übrigen Kosten sollten durch milde Beiträge gedeckt werden, die in der Tat auch reichlich flossen und von allen Ständen in Geld, Geschmeide, Gewand und unter gar verschiedenen Formen geleistet wurden.

„Nachdem die Stadtwerkmeister und andere Bauverständige die Türme besichtigt, ihr Gutachten abgegeben und für ihre Mühe Wein, Käse und Brod erhalten hatten, begann man sogleich mit dem Abbrechen des gegen die Stadtwage zu gelegenen Turmes [des südlichen Turmes], dessen Stumpf einstweilen mit Schindeln gedeckt wurde.[50] Hierauf schrieb man dem Meister Heinrich Kugler, dem

Steinmetzen von Nördlingen, daß er kommen solle, um mit ihm wegen Führung des Baues zu unterhandeln. Am 2. Dezember 1481 versammelten sich im Hause des Kirchenmeisters Hans Haller die Herren Ruprecht Haller, Pfleger der Kirche, Niklas Groß der ältere, Hans Tucher der ältere und Hans Volckamer, der Stadtbaumeister. Auch Meister Heinrich war erschienen; man kam mit ihm überein, daß er den Bau führe, wie ihm von den Herren fürgegeben werde, und daß er mit dem Lohne sich begnüge, den sie ihm zuerkennen werden. Der Kontrakt wurde an demselben Tage noch abgeschlossen und dem Meister Heinrich 4 fl. Leikauf gegeben, wovon er die Hälfte seinem Weibe geben soll.

Abb. 28. Westansicht.

„Die Herstellung der nötigen Gerüste und alles Zimmer-
und Dachwerkes wurde dem Meister Eucharius, dem

134

Stadtzimmermann, übertragen, der zu diesem Zwecke vom Rat eigens beurlaubt wurde. Im Januar 1482 schickte man ihn nach Ulm, um den Zug zu besichtigen und kennen zu lernen, den man am Bau Unser Lieben Frauenkirche dortselbst in Anwendung brachte. Den Meister Hanns Pinz, Zimmermann zu Ulm, der wahrscheinlich der Erfinder des Zuges war, nahm Meister Eucharius mit sich nach Nürnberg, um auch hier den Zug zu dem Bau der Türme anzugeben und einzurichten. Während der nächsten Jahre herrschte bei diesem Zuge lebhafte Tätigkeit; dirigiert wurde er von mehreren Zimmergesellen.

„Turm der Stadtwage gegenüber. Am 11. März 1482 fing Meister Heinrich Kugler mit dem Zuhauen und Herrichten der Steine an.[51] Er beschäftigte 20 Steinmetzgesellen und darüber, deren jeder einen Taglohn von 18–20 ₰ und am Ende der Woche ein Badegeld erhielt. [52] Die Lehrgesellen erhielten des Tages nur 18 ₰. Der Wochenlohn des Meisters Heinrich betrug 5 Pfund alt. Am Freitag nach Kiliani (12. Juli) fing man an zu mauern; an diesem Tage wurden die ersten zwei Steine auf den Turm gelegt. Die große Anzahl der Arbeiter und der rege Eifer, der bei dem ganzen Baue herrschte, machten es möglich, daß man schon am 23. Oktober 1482 den letzten Stein legen konnte und Ende dieses Monates das Steinwerk des Turmes in der Hauptsache vollendet war. Der Steinmetzgeselle Hans von Langheim zeichnete sich bei dieser Arbeit besonders aus; dafür erhielt er aber auch ein besonderes Trinkgeld.

„Während die Steinmetzen an dem Steinwerk des Turmes arbeiteten, beschäftigte sich Meister Eucharius mit seinen Zimmerleuten an der Herstellung des Zimmerwerkes und Daches. Am 26. Mai 1483 stellten sie die ersten Sparren zu der Dachung und Spitze des Turmes auf. Die Sparren waren 70 Stadtschuh hoch; die Höhe der Stange oder des Spießes oberhalb der Sparren betrug 20 Stadtschuhe; von dem Ende der Sparren bis an den Knopf waren 9 Stadtschuhe und 6 Zoll und von dem Knopf bis an die Fahne 5 Stadtschuhe und 4½ Zoll. Die Zimmergesellen erhielten 20–24 ϑ Taglohn und, wenn sie recht gefährliche Arbeit in der Höhe verrichteten, noch 4 ϑ Zulage. Am 10. Juni 1483 wurde dem Turm der Knopf aufgesetzt. Dieser war 2 Stadtschuh und 2½ Zoll hoch und 8 Stadtschuh und 8 Zoll weit. Verfertigt wurde er durch Niklas Gnotzhamer und vergoldet durch den Goldschmied Erhard Hupfauf, der 80 Dukaten oder (3 Dukaten zu 4 Goldgulden gerechnet) 106 fl. 5 Pfund und 18 ϑ neu oder 896 Pfund alt dazu verwendete. Ich vermute aber, diese Summe sei für die Vergoldung beider Turmknöpfe und nicht bloß des einen verwendet worden. Am 7. Juli wurde die Fahne aufgesteckt; sie war von Kupferblech, 2 Stadtschuh und 11 Zoll hoch und 3 Stadtschuh und 11 Zoll breit und wog mit dem Eisenwerk 39 Pfund. Gemalt hatte sie der Meister Ulrich Pildschnitzer, Maler; für das Malen derselben und für das Anstreichen des Eisenwerkes und der Fenster bei der Schlagglocke erhielt er 40 Pfund Pfennig alt. Dann ging es an die Herstellung der Türmerstube, und da kamen die Kleibergesellen, die den Boden, den kupfernen Ofen und die Fenster mit Lehm verkleibten und verstrichen, und die Tünchergesellen, die da tünchten und Estrich schlugen; deren jeder erhielt 24 ϑ Taglohn und am Ende der Woche ein Badgeld. Die Türmerstube erhielt 8 neue Rahmen. Das Paar kostete 1 Pfund 15 ϑ. In den Rahmen waren 433 neue und 70 alte Fensterscheiben; hierfür erhielt der Glaser 28 Pfund alt. Der Turm war sohin fertig bis auf das Decken.

„Der Turm St. Moritzen-Kapellen gegenüber (nördlicher Turm). Nachdem der der Stadtwage gegenüber gelegene Kirchturm im Steinwerk fertig war, kamen am 10. November 1482 Sebald Schreier, Kirchenmeister, Niklas Groß, Hans Tucher und Hans Volckamer in Ruprecht Hallers, des Kirchenpflegers, Haus abermals zusammen, um mit Meister Heinrich Kugler auch wegen Erbauung des anderen Turmes Moritzen-Kapellen gegenüber zu unterhandeln. Die Bedingungen waren dieselben wie beim ersten Turm; sie wurden von Meister Heinrich auch ebenso angenommen. Bei dieser Gelegenheit wurde auch eine Irrung zwischen Meister Heinrich und seinem Parlierer Ulrich Speidel beigelegt und ausgesprochen, daß Meister Heinrich Gewalt haben solle, die Steinmetzgesellen aufzunehmen und zu entlassen, und auch sogar dem Parlierer selbst den Abschied zu geben, letzteres jedoch nur mit Wissen eines Rates. Der Parlierer erhielt den Taglohn eines Gesellen, aber alle Quatember noch eine Liebung von 16 Pfund alt. Speidel erkrankte übrigens am Montag nach St. Margareta; am Pfintztag (Donnerstag) danach war er schon eine Leiche. Er starb an der Pest, die damals regierte. An seiner Stelle nahm Meister Heinrich den Hans Karter als Parlierer auf.

„Am 7. April 1483 wurde mit dem Abbrechen des Turmes begonnen; neun Wochen später, am 16. Juni, konnte man schon den ersten Stein auf das alte Gemäuer setzen. Nach drei Monaten, am 24. September, war das Mauerwerk hergestellt. Mit dem Aufstellen des unterdessen hergerichteten Zimmerwerks begann man am 3. November 1483. Am 5. Dezember wurde sodann der Knopf und danach auch die Fahne aufgesteckt. Die Stiegen, Portale, Geländer und Gänge an beiden Türmen wurden während der nächsten drei Jahre gemacht.

„Das Decken beider Türme. Um sie dauerhaft und gut decken zu lassen, ließ man den Meister Stephan Kaschendorfer von Dresden kommen, damit er dem Meister Christoph Lilgenweiß Unterricht im Decken erteile. Nachdem dies geschehen und Meister Stephan für seine Mühe reichlich belohnt worden, übertrug man am 27. April 1483 das Decken des Turmes der Wage gegenüber dem

Meister Christoph Lilgenweiß, der mit dem nötigen Zinn, womit die Türme gedeckt wurden, und mit allem Zeug von dem Kirchenmeister versehen wurde und für das Gießen eines jeden Zentners Zinn 1 fl. erhielt. Als der Turm im Laufe des Jahres 1483 vollständig gedeckt war, wurde ihm am 4. März 1484 auch das Decken des mittlerweile fertig gewordenen Turmes St. Moritzen-Kapellen gegenüber übertragen. Vor Ablauf des Jahres war auch dieser gedeckt. Man verwendete entweder Eberstorfer, Löwensteiner oder Seifenzinn; von den beiden ersteren kostete der Zentner 8 fl., von letzterem 10 fl. Auch englisches Zinn wurde verwendet. Aber die Arbeit war schlecht geraten und der Guß der Zinntafeln und Tonnen ungleich; sie zersprangen allenthalben und ließen den Regen eindringen. Man schrieb die Schuld teils dem Meister Stephan Kaschendorfer, der über das Gießen und Decken nicht gehörig Aufschluß gegeben, insbesondere aber dem Meister Christoph Lilgenweiß zu, der mit Unfleiß, Verwahrlosung und Untreue umgegangen, indem er Zinn beim Decken abgetragen und entwendet und dieses Material mit Blei vermischt und geringert und so den Eid verletzt habe, den er bei der Übernahme der Arbeit geschworen. Der Wert des Zinnes, das er bei dem ersten Turm abhändig gemacht, betrug 142 fl., bei dem zweiten über 278 fl. Er wurde deshalb im Jahre 1485 ins Lochgefängnis gelegt und mit ernstlicher Frag (Tortur) angegriffen. Er bekannte aber nur 56 fl. Als Fürbitten von Bamberg und anderen Orten bei dem Rat für ihn einkamen und sein Vater, der Lilgenweiß von Bamberg, und seine Hausfrau Anna die Zahlung obiger 56 fl. verbürgten, ließ man ihn los, weil man damals noch keine Kenntnis hatte von dem großen Schaden, den er der Kirche zugefügt und der erst später sichtbar wurde. Als er aber vernahm, daß die Türme wieder ab- und von neuem gedeckt werden sollen, ergriff er die Flucht, weil er die Entdeckung seiner großen Untreue befürchtete.

„Am 15. Juli 1489 wurde beschlossen, die Türme durch Meister Ulrich Hübner, Büchsenmeister von Bamberg, neu decken zu lassen. Zuerst deckte er den Turm der Wage gegenüber. Das nötige Zinn und was er sonst nötig hatte, das Werkzeug ausgenommen, erhielt er von dem Kirchenmeister Sebald Schreier, der ihn für das Gießen eines jeden Zentners und für das Decken 2 Pfund neuer Haller bezahlte. Die Kosten für das Decken dieses Turmes betrugen 1406 Pfund und 4 Schilling Haller neuer Währung oder (den Gulden zu 2 Pfund 1 Schilling 8 Haller neu oder 8 Pfund 10 ♦ alt gerechnet) 674 fl. rhein., 19 Schilling 6 Haller in Gold. An Zinn und Blei wurden 4907 Pfund verwendet.

„Da die Arbeit des Meisters Ulrich befriedigte, übertrug man ihm im Jahre 1490 auch das Decken des anderen Turmes, bei welchem sich die Kosten nur auf 310 Pfund 18 Schilling 8 h. oder 149 fl. 5 Schilling in Gold beliefen."

Soweit Baaders Nachrichten, welche aus den Baurechnungen gezogen sind. Demnach war der 1481 oder richtiger im Frühjahr 1482 begonnene Neubau einschließlich Bedachung — abgesehen von der Neudeckung 1489 und 1490 — im Herbst 1484 vollendet. Kleinere Arbeiten, wie Einrichtung der Holztreppen, Fertigstellung der Türen, Geländer und Gänge an beiden Türmen, nahmen noch die Jahre bis 1486, nach anderen bis 1485 in Anspruch.[53] 1496 sollen die „beiden zierlich durchbrochenen Gänge, welche man aber 1577 wieder neu bauen mußte, gemacht" worden sein[54], wofür ein urkundlicher Beleg jedoch nicht bekannt ist. Möglich, daß durch den 1494 erfolgten Aufzug der Viertelstundenglocke die Galerie beschädigt oder, um den Aufzug zu bewerkstelligen, absichtlich teilweise beseitigt wurde, was 1496 eine umfassende Reparatur erfordert hätte.[55] Jedenfalls hätte es sich dann nur um den südlichen Turm, in dessen oberem Helmdurchbruch die Glocke aufgehängt wurde, handeln können.

Die Erhöhung der Türme bezog sich hauptsächlich auf den Aufbau neuer Glockenstuben mit weiten Schallfenstern, die ohne Verjüngung beiderseits auf die unteren Stockwerke aufgesetzt wurden. Die an jeder Seite der Türme angebrachten doppelten Schallfenster werden je durch ein weites und hohes Blendfenster mit drei senkrechten Stäben zusammengefaßt. Die Spitzbögen der eigentlichen Schallfenster füllt einfaches Maßwerk, Leibungen und Stäbe der Blende sind in schlichter Weise profiliert. Die Wände sind vollständig glatt behandelt, es fehlen also auch die Lisenen, welche am nördlichen Turm bis an das Gesims des sechsten Stockwerkes hinaufreichen. Unter dem oberen Abschluß dieses Stockwerkes zieht sich, ohne Abwechslung der Motive, ein Bogenfries hin, dessen Spitzen Knospenornamente zieren.

Darüber erhebt sich, durch eine aus zwei Hohlkehlen bestehende Profilierung wenig über die Mauerflucht hervorragend, eine Kranzgalerie (Abb. 29), in Herzblattmuster durchbrochen gearbeitet. Das siebente, ebenfalls quadratische aber engere Stockwerk über der Plattform, ist wiederum glatt behandelt und hat jeweils in der Westseite eine Türe, durch welche man auf den schmalen Gang gelangt, und außerdem auf jeder Seite zwei kleine viereckige Fenster. Der obere Teil dieses siebenten Stockwerkes wurde im südlichen Turm als Wächterwohnung eingerichtet. Ein Fries, ähnlich dem des sechsten Stockwerkes, schließt das Mauerwerk ab. Die schlanken Turmhelme setzen viereckig an und gehen durch Teilung der Kanten und Brechung derselben in ein gleichmäßiges Achteck über; der südliche Helm ist zweimal durchbrochen, zur Aufnahme der Stundenglocke unten und der Viertelstundenglocke oben. Knopf und Fahne bekrönen das Ganze.

Einen Anspruch auf künstlerische Bedeutung können die Türme auch in ihren neuen Bauteilen nicht erheben. Gerade in den beiden Türmen mit ihrer einfachen, schlichten Behandlung kommt eben eigentlich so recht die Einfachheit und zugleich auch Nüchternheit der Nürnberger Gegend zum Ausdruck. Hier unterscheidet sich die Kirche St. Sebald nur wenig von den Bauten der Nachbarorte, denn weder das nördliche Bayern, noch das angrenzende östliche Franken hat Kirchtürme aufzuweisen, welche sich besonderer Schönheit erfreuen. Am nächsten verwandt mit den Türmen von St. Sebald ist der Turm der Stadtpfarrkirche in Schwabach.

Abb. 29. Oberer Teil des nördlichen Turms.

Der Baumeister der neuen Turmteile war Heinrich Kugler von Nördlingen. Dort hatte er 1480 das Amt eines Kirchenbaumeisters bei St. Georg übernommen und in der Zeit bis 1494, wo er wegen Krankheit seine Stelle niederlegen mußte, in der Hauptsache den oberen Teil des mächtigen Turmes und die Pfeiler im Chore gebaut; die kriegerischen Verwicklungen der Reichsstadt mit Herzog Georg von

Niederbayern-Landshut und insbesondere die Beurlaubung nach Nürnberg zum Ausbau der Türme von St. Sebald[56] hinderten ihn, am Bau von St. Georg in dieser Zeit mehr auszuführen. Übrigens käme für einen kunstkritischen Vergleich doch eigentlich nur der obere Teil des Nördlinger Turmes in Betracht; allein aus dem kleinen von Kugler ausgeführten Stück, dem achteckigen Teil über der zweiten Galerie, lassen sich keine Schlüsse auf die Türme von St. Sebald ziehen, um so weniger, als Kugler dort genau wie bei St. Sebald durch die Höhe der vorhandenen Türme für den Weiterbau bereits gebunden war und außerdem die im Gutachten des früheren Baumeisters Ensinger gegebenen Direktiven einzuhalten hatte.[57]

Endlich ist für den Bau der Türme noch ein Aufriß in sauberer Federzeichnung von Interesse, der sich im Archiv der Oberen Pfarrkirche zu Ingolstadt befindet. Er stellt im Maßstab 1 : 20 den oberen Teil eines Turmes dar, der im wesentlichen mit den Glockenstuben von St. Sebald übereinstimmt und mit Wahrscheinlichkeit als ein Werkriß des Meisters Heinrich Kugler betrachtet werden darf. Die großen Schallfenster mit ihrer Verblendung stimmen fast genau mit den ausgeführten Fenstern überein, nur die Strebepfeiler an den Ecken sind weiter geführt und endigen etwa in der Mitte des sechsten Stockwerks mit Fialen und Kreuzblumen. Das siebente Stockwerk jedoch ist vollständig anders geplant. Nur wenig schmäler als das sechste steht es mit diesem durch ein kräftig profiliertes Gesims in Verbindung und hat erst zu oberst eine Kranzgalerie, so daß der Turmhelm ohne jede Vermittlung auf der Plattform aufsitzt, aber ebenfalls einen schmalen Gang freilassend. Das durchbrochene Motiv der Galerie sowie der Bogenfries unterhalb derselben, ferner Form, Größe und Anordnung der Fenster der Türmerwohnung sind die gleichen wie am ausgeführten Bau. Wie dieser Aufriß in das Archiv der

Oberen Pfarrkirche (oder Frauenkirche) zu Ingolstadt gelangt ist, muß vorerst noch unaufgeklärt bleiben. Da er sich zwischen den Bauplänen des Ulrich Heydenreich, Baumeisters zu Unser Schönen Lieben Frauen in Ingolstadt, erhalten hat, kann man vermuten, daß Heydenreich, als er gegen Ende des Jahrhunderts die schwäbischen Städte besuchte und ihre Kirchen und insbesondere Türme aufnahm, jenen Riß von seinem Kollegen Heinrich Kugler geschenkt bekommen und mit nach Ingolstadt gebracht habe.

Uns aber kann ein Vergleich des Aufrisses mit dem vollendeten Bauwerk lehren, welche Umänderungen die ursprünglichen Bauabsichten noch während der Ausführung erfahren haben, ein Einblick in die Tätigkeit des Architekten, wie er uns, soweit es sich um die Zeiten des Mittelalters handelt, nur selten möglich ist.

Tafel X.

**Innenansicht vom Ostchor gegen das nördliche
Seitenschiff.**

Fußnoten:

[IV] Siehe Beilage 18.

[V] Dr. Hoffmann glaubte aus dem Wortlaute der Quellen
und dem Befunde am Mauerwerk der Türme den Umfang der
an den Türmen im Jahre 1345 vorgenommenen Bauarbeiten
genauer bestimmen zu können und insbesondere schon für

jene Zeit eine erstmalige Erhöhung des nördlichen Turmes um zwei Stockwerke annehmen zu müssen. Die Überarbeiter seines Manuskriptes vermochten den zur Stütze dieser Ansicht beigebrachten Gründen eine genügende Beweiskraft nicht zuzuerkennen.

III.
Die Restaurierungen der Kirche.

1. Die Restaurierungen der Kirche bis zur Neuzeit.

Bei einem so umfangreichen Bauwerke wie die Kirche St. Sebald wurden natürlich im Laufe der Zeit eine Reihe von größeren und kleineren Reparaturen, namentlich am Außenbau, erforderlich. Verschiedene Veränderungen sind auch ein Produkt der veränderten Bedürfnisse oder des veränderten Zeitgeschmackes.

Die erste beglaubigte Restaurierung im Innern wurde 1493 vorgenommen: „do wart die kirchen zu sant Sebolt geweist und verneut inwendig und wurd fertig auf sant Seboltz tag".[58]

Nach der Stärke und Beschaffenheit der Tünche zu schließen, welche die Wände bis zur letzten Restaurierung überzog, wurde die Ausweißung öfter wiederholt, möglicherweise auch gelegentlich der Ende der fünfziger und Anfang der sechziger Jahre des 17. Jahrhunderts betätigten Barockausstattung.

„Im Jahre 1515 erlaubte der Rat dem Michel Beheim, der Cramer Kapellen in St. Sebalds Kirchen am Gewölb und an den Fenstern und Altartafeln restaurieren zu lassen. Doch durfte er sein Wappen nirgends anbringen und mußte er die alten Wappen stehen lassen."[59] Gemeint ist wahrscheinlich die Pömerkapelle zwischen der südlichen Sakristei und der Dreikönigstüre.

1657 und in den folgenden Jahren wurde das Innere der Kirche von dem Tünchermeister Jakob Fuchs nach dem Muster des Bamberger Domes — Tüncher und Steinmetzen erhielten für die Reise dorthin zusammen 6 fl. — renoviert, und zwar einschließlich der „damaligen Porkirchen" (wahrscheinlich der Engelschor) und der beiden Sakristeien. Akkordiert war die Summe von 900 fl. Über die Art und Weise der Renovierung, soweit sie die Architektur betrifft, erhalten wir keinen Aufschluß, auch führt ein Vergleich mit dem Bamberger Dom zu keinem Ergebnis, da das Innere desselben unter König Ludwig I. von allen späteren Zutaten „gereinigt" wurde. Nur folgende Angaben aus der erhaltenen Rechnung sind von Interesse: im Jahre 1657 u. ff. wurde außerdem noch renoviert (von verschiedenen Meistern) innen in der Kirche ... unter der Kanzel gepflastert (fl. 1·40), Fledermäuse über dem Gewölbe weggeschafft, Gemälde „oben an dem Gewölb des Chors" (6 fl.) etc.[60] Aus dem letzteren Posten geht hervor, daß die Gewölbe des Ostchores, denn nur dieser kann gemeint sein, mit Malereien wahrscheinlich aus der Zeit der Erbauung ausgestattet waren. Die letzte Restaurierung hat denn auch eine reiche Polychromie der Schlußsteine und eine Bemalung der anstoßenden Rippen aufgedeckt.

Eine besonders umfangreiche Erneuerung erfuhr 1657 die Innenausstattung der Kirche (Abb. 30). Sie bezog sich vor allem auf die Neuherstellung von Altären und der Kanzel sowie der beiden Orgelemporen im Querschiff. Außerdem wurden damals im Mittelschiff in der Höhe der Triforien und im nördlichen Seitenschiff hölzerne Emporen angebracht. Auf Einzelheiten dieser Erneuerung wird bei der Behandlung des Inventars zurückzukommen sein.

Soweit die Nachrichten über die Restaurierungen im Innern.

Bei einigen von den zahlreichen Veränderungen am Außenbau wurde durch die letzte Restaurierung der ursprüngliche Zustand, so gut es eben möglich war, wieder hergestellt. So mußten in erster Linie die beiden

Dachwerkanbauten auf den Seitenschiffen an der Westwand des Ostchores weichen, in welchen die Blasbälge für die beiden 1443 und 1447 errichteten Orgeln auf den Ostchoremporen untergebracht waren. Zur Zierde des Ganzen hatten diese Anbauten nicht gereicht.

Die älteste Gestalt der gotischen Seitenschiffdächer war die, daß an ein ziemlich flaches, bis an den unteren Rand der Hochschiffsfenster heranreichendes Pultdach von den Wimpergen der Seitenschiffe aus Giebeldächer anstießen. In späterer Zeit waren die Giebeldächer mitsamt den Wimpergspitzen und der Galerie beseitigt und das Pultdach steiler gelegt worden, so daß die reiche Dachbildung, die im Verhältnis zu der mannigfaltigen Gliederung der Wände der Seitenschiffe stand, verloren ging und die unteren Partien der Hochschiffsfenster zugemauert werden mußten, was für den Innenraum des Langhauses einen beträchtlichen Entgang an Licht bedeutete. Dieser Übelstand wurde durch die letzte Restaurierung infolge Tiefer- oder Flacherlegung des Pultdaches und Herausnahme der Fenstereinmauerungen behoben. Die Wimpergspitzen und die Galerie wurden erneuert, Giebel- oder Kapellendächer gelangten jedoch nicht zur Wiederherstellung.

Nach der Vollendung des Ostchores zählte die Kirche sechs Eingänge: die zwei romanischen Turmportale, im Westen, je zwei an der Nord- und an der Südseite, die Anschreibtüre und die Ehtüre, diesen entsprechend die Schultüre und die Dreikönigstüre. Im Jahre 1480 wurde, aus welchem Bedürfnis ist nicht bekannt, in der Südwand des Ostchores gegenüber der Schau unter dem Behaimschen Fenster eine niedrige Türe mit flachem Bogen und ohne Profilierung des Rahmens, nur mit Abschrägung der Kanten, ausgebrochen. Drei Stufen führen zu derselben hinauf. Wegen des gegenüberliegenden öffentlichen Gebäudes wurde sie Schautüre genannt.[61]

Am 20. November 1490 kam in früher Morgenstunde in der Wächterstube des südlichen Turmes Feuer aus. Einen größeren Umfang scheint dasselbe nicht angenommen zu haben, denn bauliche Veränderungen, die auf einen Brandschaden zurückzuführen wären, sind am Turm nicht wahrzunehmen. Es wird also nur ein Zimmerbrand gewesen sein.[62]

Wie bereits hinlänglich bekannt, mußte die Galerie des Ostchores 1561 wegen Baufälligkeit abgenommen werden. Am 27. Mai nahmen im Auftrag des Rates der städtische Baumeister Joachim Tetzel und vier Handwerksmeister eine eingehende Besichtigung des Umganges vor und erstatteten hierüber in einem ausführlichen Gutachten Bericht (vgl. Beilage 36). Danach sei die ganze Galerie durch die Einwirkung des Regen- und Schneewassers gleichsam zerfressen, insbesondere das die Galerie tragende Gesims, so daß einzelne Stücke, vor allem die ebenfalls stark beschädigten Wasserspeier, herabzufallen drohten. Eine Ausbesserung, von der man sich aber nicht viel versprechen könne, würde auf etwa 5000 fl. zu stehen kommen. Man halte die Abtragung der Galerie, die Deckung des Umganges mit Dachziegeln und die Anbringung kupferner Dachrinnen für die geeignetsten Maßnahmen. Dem Antrag entsprechend wurde beschlossen und gehandelt. Und so verschwanden nach nicht ganz 200jährigem Bestehen die Galerie, die Wimperge der Fenster, soweit sie den Dachrand überragten, die Fialen der Strebepfeiler und die vielen Wasserspeier, welche zusammen eine prächtige Bekrönung des Chores gebildet hatten, hinter der bei größeren Festlichkeiten, vornehmlich bei Einzügen von Fürsten, die Stadtpfeifer und -trompeter gar feierlich herabbliesen. Daß es sich damals nur um die Galerie des Ostchores und nicht auch um die der Seitenschiffe handelte, ist aus einer Angabe des vorerwähnten gutachtlichen Berichtes zu schließen, wonach die Länge der Galerie 333 Stadtschuh, also genau dem Umfang des Ostchores entsprechend, abgesehen von der Westwand desselben, betragen hat.[63]

Abb. 30. Inneres der Sebalduskirche. Ausschnitt aus dem Kupferstiche von J. A. Graff. 1694.

In den Jahren 1571 bis 1647 wurden eine Anzahl Reparaturen am südlichen, dem sogenannten Schlagturm vorgenommen. 1571 fand eine Besichtigung der Kranzgalerie, die infolge Baufälligkeit das Schicksal der Ostchorgalerie teilen sollte, statt. Einige Jahre darauf, vielleicht 1577, wurde auf ein ausführliches fachmännisches Gutachten hin, welches zugleich ein kurzes Projekt der Restaurierung enthielt und dem ein Plan der Galerie beigegeben war, dieselbe erneuert, und zwar genau im ursprünglichen Stilcharakter. Die beabsichtigte Aufsetzung von Kugeln auf den Ecken des Geländers scheint unterblieben zu sein. Die übrigen Renovierungen beziehen sich meist auf das ruinös gewordene Zinndach. 1591 wurde der schlechte Zustand desselben zum ersten Mal festgestellt. 1609, 1613 und 1616 folgten weitere Besichtigungen und Ausbesserungen. Schließlich, 1647, blieb nichts anderes übrig, als eine Neubedachung vorzunehmen, und da man mit dem Zinn so schlechte Erfahrungen gemacht hatte, wurde Kupfer gewählt. Seitdem besteht an dem Turmpaar von St. Sebald ein für das ganze Stadtbild charakteristisch gewordener Farbenkontrast, der nördliche glatte Turmhelm zeigt sich in dem matten Grau des Zinnes, der südliche durchbrochene in der grün schimmernden Patina des oxydierten Kupfers.[64]

Samstag den 3. August 1754 schlug ein „Donnerwetter" in die Kirche St. Sebald, und zwar ein „Feuer-" und ein „Wasserstrahl". Der erstere fuhr durch das Dach des Langhauses „gegen den Milchmarkt über" auf das darunter befindliche Dach „auf den Boden, wo man in die kleine Orgel gehet", und zündete einen Querbalken an. Der Brand wurde sofort bemerkt und gelöscht. Der „Wasserstrahl" ging durch das Langhaus bei den Türmen, eine „ziembliche" Anzahl Ziegel erschlagend, auf das Dach direkt über der Löffelholzkapelle, wo die Türmer Holz und Späne liegen hatten, und wo er mehrere Dachsparren völlig zerschmetterte. Die entstandenen Dachöffnungen wurden aus eigener Initiative des Almosenamtes noch am selbigen Abend mit Ziegeln zugedeckt. Die erforderlichen Ausbesserungen waren für den Bau selbst nicht von Belang. [65]

Wie beim südlichen Turm so mußte man auch beim nördlichen Turm die schädlichen Folgen einer schlechten Zinnbedachung erfahren. Hier bedurfte aber nicht allein die Bedachung, sondern der ganze Dachstuhl des spitzigen Helmes einer Erneuerung. Für die neue Bedachung wurde nicht wie 1647 beim anderen Turm Kupfer, sondern wieder Zinn in starker Vermischung mit Blei gewählt. Die Restaurierung nahm die Jahre 1768 und 1769 in Anspruch und erforderte einen Kostenaufwand von über 5500 fl. Die Einzelheiten sind aus der Beilage 38 ersichtlich.

1805 wurde die Fahnenstange auf dem südlichen Turm wiederholt ausgebessert. Die zur Vornahme der geringfügigen Ausbesserung notwendige Rüstung des Helmes kostete 361 fl. 20 kr.[66]

Die 1647 in Kupfer ausgeführte Neubedachung des südlichen Turmes wurde 1807 an mehreren Stellen ausgebessert, wobei die abgenommenen schadhaften Kupferplatten für Reparatur eines Braukessels im Weizenbierbrauhaus Verwendung fanden.[67]

Aus dem Vorausgehenden ist ersichtlich, daß wesentliche Veränderungen am Bau von St. Sebald, wie ihn das Mittelalter der späteren oder neueren Zeit überliefert hat, nicht vorgenommen wurden, obwohl sich schon früh genug die Wahl weichen Steinmaterials für ornamentale Teile oder architektonische Zierglieder gerächt hatte. Es darf dieser Umstand vielleicht als ein Glück bezeichnet werden. Denn spätere Umbauten im Renaissance-, Barock- oder Rokokostil, wie sie sich so häufig in den katholisch gebliebenen Gegenden vorfinden, würden, selbst wenn sie zu den hervorragendsten Leistungen zu zählen wären, nur den Bau seiner ursprünglichen künstlerischen Feinheiten und einer Reihe kostbarer historischer Erinnerungen beraubt haben; das mittelalterliche Leben, das noch aus allen Ecken und Winkeln der Kirche atmet und ein mächtiger Zeuge der früheren politischen Höhe Nürnbergs ist, wäre zerstört. Der Gegenwart war es vorbehalten, das schadhaft gewordene Bauwerk durch eine gründliche Restaurierung in seinem alten Glanze wiederherzustellen.

Wir lassen nun eine Würdigung der 1906 beendeten Restaurierung folgen nebst den ausführlichen Berichten der Bauleitung.

2. Das Restaurierungswerk der Neuzeit. 1888–1906.

Die im vorausgehenden Kapitel behandelten, in der Zeit vom 16. bis zum beginnenden 19. Jahrhundert an der Kirche vorgenommenen Ausbesserungen, amtlich „Reparaturen" genannt, waren in der Regel untergeordnete Instandsetzungsarbeiten an schadhaften Stellen des Baues. Die Architektur als solche blieb unangetastet, wenn sie auch noch so restaurierungsbedürftig erschien.

So ist die Kirche St. Sebald, zwei kleine Anbauten an der Giebelseite des Ostchores und die Steilerlegung der Seitenschiffdächer ausgenommen, in ihrer äußeren Erscheinung in der Gestalt der Spätzeit des 15. Jahrhunderts fast unverändert auf uns gekommen. Dagegen war der Erhaltungszustand des Baues der denkbar schlechteste. Bei dem weichen Steinmaterial, das man für das ganze Mauerwerk und auch für die feinen Ziergliedere der Hoch- und Spätgotik verwendet hatte, konnte die Zeit bald und ausgiebig mit ihrer Zerstörungsarbeit beginnen, so daß die Kirche zuletzt, verwildert und verstümmelt, den Anblick einer Ruine gewährte (Abb. 31). Dazu kam, daß die an dem ursprünglichen romanischen Baukörper nach und nach vorgenommenen Umbauten jedesmal einen empfindlichen Eingriff in den konstruktiven Organismus bedeuteten, der Verschiebungen und Schwächungen der einzelnen Mauerteile zur Folge haben mußte. Der Zustand des Verfalls war allmählich in ein bedenkliches Stadium getreten. Eine durchgreifende Wiederherstellung war nicht länger aufzuschieben.

Die Verwaltung des vereinigten protestantischen Kirchenvermögens, die Eigentümerin des Bauwerkes, erkannte diese Notwendigkeit und ging energisch zu Werke. Eine Menge langwieriger Vorarbeiten war zu erledigen, so daß von dem ersten Entschluß bis zur Inangriffnahme der Wiederherstellung eine geraume Zeit verstrich. Man war auf das bereitwillige Entgegenkommen und die emsige Mitarbeit der verschiedensten Faktoren angewiesen. Denn weder der Umfang und die Zeitdauer der Restaurierung, noch die Höhe der entstehenden Kosten konnten trotz Untersuchungen, Gutachten und Voranschlägen genau bestimmt werden. Insofern aber sah die Kirchenverwaltung dem Zustandekommen des Unternehmens mit Zuversicht entgegen, als sie wußte, daß hinter ihr ein auf die Erhaltung seiner historischen Kunstschätze bedachtes Bürgertum stand, welches dem Aufruf zur Instandsetzung des bedeutenden Baudenkmals und der dort aufgespeicherten Schätze opferwillig Folge leistete.

Abb. 31. Ostchorpartie vor der Restaurierung.

Ein eigens für die Restaurierung der Kirche gegründeter Verein machte sich ausschließlich die Beschaffung der erforderlichen Geldmittel zur Aufgabe. Von allen Seiten flossen Zuschüsse herbei, wenn auch in Anbetracht der enormen Ausgaben, welche das Unternehmen verursachte, zuweilen etwas langsam und in geringen Beträgen. Private Kreise, die Stadtbehörde, Fürstlichkeiten, voran der Deutsche Kaiser und Bayerns Regent, und insbesondere die alteingesessenen Patriziergeschlechter der ehemaligen Reichsstadt hielten mit Unterstützungen nicht zurück.

Das Unternehmen der Restaurierung war vom Schicksal begünstigt. Schon der Umstand war von unschätzbarem Vorteil, daß man sich an die Wiederherstellung nicht früher gewagt hat, als es in der Tat geschehen ist, obwohl der Zustand des Baues von jeher Anlaß genug gewesen wäre. Ein Menschenalter vorher beispielsweise hätte bei den maßgebenden Faktoren und ebenso in Künstlerkreisen nicht das gleiche Verständnis für a l l e Stilperioden des Baues und noch weniger für a l l e Gegenstände der Inneneinrichtung bestanden. Es wären zweifellos viele Inventarstücke der Renaissance, des Barock und Rokoko dem damals noch vielfach angewendeten Purifikationssystem zum Opfer gefallen.

Ein überaus glücklicher Griff wurde in der Wahl der Bauleitung getan. Die Kirchenverwaltung bestellte als Oberleiter den Professor G e o r g v o n H a u b e r r i s s e ı in München, der wiederum seinen Schüler Professor J o s e p h S c h m i tz mit der örtlichen Leitung betraute. Beide sind Gotiker von anerkanntem Ruf. Während der Restaurierung des Außenbaues behielt Hauberrisser die Oberleitung bei, die Restaurierung des Innern und des Inventars leitete Schmitz allein. Die beiden Meister huldigten dem Grundsatz der gleichen Existenzberechtigung sämtlicher Teile des Baues wie des Inventars, gleichviel ob künstlerische oder historische Interessen in Frage ständen, und dem anderen Grundsatz: besser zu wenig als zu viel restaurieren. Mit liebevoller Pietät und peinlicher Sorgfalt wurden alle Einzelheiten behandelt, und waren Ergänzungen von größerer Ausdehnung vorzunehmen, so boten die künstlerischen Qualitäten der Leiter Garantie für zutreffende Form.

Ein allgemein bindendes Programm oder bestimmte, für jeden speziellen Fall gültige Satzungen wurden nicht aufgestellt. Die Restaurierung erfolgte in einzelnen Abschnitten und wanderte von Bauteil zu Bauteil (Abb. 32). Während der Vollendung eines Abschnittes wurde die Arbeit für den nächstfolgenden vorbereitet. Setzte die folgende Wiederherstellungsarbeit eine andere Art der Behandlung voraus, so wurden von der Bauleitung die geeigneten Maßnahmen beraten, die beschlossenen Absichten dem Bauausschuß der Kirchenverwaltung vorgelegt und nach den entworfenen Plänen die Ausführung in Angriff genommen.

Mit der Außenrestaurierung des Ostchores wurde der Anfang gemacht; es folgten die Nordseite, der Westchor und das südliche Seitenschiff. Die Türme bildeten den Schluß. Um während der Innenrestaurierung den Gottesdienst nicht auf längere Zeit unterbrechen zu müssen, teilte man die Kirche in zwei Hälften, welche nacheinander in Arbeit gegeben wurden. Zugleich mit der Innenrestaurierung des Baues wurde auch die Renovierung der Inventargegenstände betätigt.

Die äußerliche Schadhaftigkeit der spätromanischen Bauteile war bei dem Mangel feiner dekorativer Glieder am Außenbau naturgemäß geringer als die Schadhaftigkeit der gotischen Teile. Der Verwitterung am meisten ausgesetzt waren hier hauptsächlich die Bogenfriese und ornamentierten Kapitäle, welche durch getreue Kopien ersetzt wurden. An den ausgedehnten gotischen Partien fehlten nicht nur Krabben und Kreuzblumen, sondern auch Wimpergspitzen, Maßwerke, ja ganze Galerien waren dem

Zerstörungswerk zum Opfer gefallen. Spärlich, doch ausreichend waren die aufgefundenen Überreste zur Ermöglichung zuverlässiger Rekonstruktion und Ergänzung. Von besonderem Interesse sind in dieser Beziehung die innerhalb der Mauerkrone des Ostchores aufgefundenen Reste der früheren Galerie. Die Restaurierung des Baues wurde daher durchgehends im Stilcharakter der einzelnen Bauteile durchgeführt. Die wiederholte Aufnahme des alten Baustiles und die Außerachtlassung neuzeitlicher Ausdrucksformen war ohne weiteres gerechtfertigt.

Auf leergebliebenen Konsolen des Ostchors und nördlichen Seitenschiffes fanden zahlreiche vom Bildhauer Georg Leistner in Nürnberg gearbeitete Statuen von Aposteln, Propheten und Kirchenvätern, dazu auch Luthers und Melanchthons Aufstellung. Sie erfüllen wesentlich einen dekorativen Zweck und fügen sich in ihrer gotischen Formengebung im allgemeinen gut der reichen architektonischen Umgebung ein.

Hauptarbeiten am Außenbau waren: Auswechslung der schadhaften Steine, Ergänzung, beziehungsweise Rekonstruktion der ruinösen oder abgefallenen Galerien, Pfeilerendigungen und sonstigen Ziergliedern, Kopierung der verwitterten Bildwerke, Neubedachung der beiden Turmhelme und Flacherlegung der Seitenschiffdächer. Über diese Punkte, wie über alle Einzelheiten bei der Außen- und Innenrestaurierung, gibt der nachfolgende ausführliche Bericht der Bauleitung genauen Aufschluß.[68] Bezüglich der letzterwähnten Arbeit am Außenbau ist hinzuzufügen, daß von den verschiedenen Gestaltungen, welche den Seitenschiffdächern im Laufe der Jahrhunderte gegeben worden sind und deren jede für uns historische Berechtigung hatte: Kapellendach, flaches Pultdach, steiles Pultdach — das flache Pultdach als diejenige Form gewählt wurde, welche sich praktisch als die vorteilhafteste erwies.

159

Das Steinmaterial des alten Baues besteht beim romanischen Teil aus grauem, bei den gotischen Bauteilen aus rötlichem Sandstein der Nürnberger Umgebung von ziemlich grobem Korn. Die Beständigkeit dieses Materials insbesondere bei Verwendung für dekorative Glieder und figürliche Darstellungen ist eine sehr geringe, dazu kommen die schädlichen Einwirkungen des Rußes der modernen Fabrikstadt, die den Fortschritt der Verwitterung bei einem schon angegriffenen Stein außerordentlich beschleunigen.

Um derartigen Übelständen für die Zukunft vorzubeugen, wurde bei allen Ergänzungen und Kopien außer verschiedenen oberfränkischen Hartsandsteinen meistens der sehr harte wetterbeständige und quarzitreiche Stein aus den Wendelsteiner Brüchen bei Nürnberg verwendet.

Abb. 32. Westansicht, mit den Gerüstbauten.

An der Außenarchitektur hatten die späteren Jahrhunderte keine wesentlichen Neuerungen hinzugefügt.

Anders verhielt es sich bei der Innenarchitektur. Fast jede Epoche hatte ihre Spuren hinterlassen, bestehend in einer oder mehrmaligen Übertünchung der Gewölbe und Wände. Es war sofort klar, daß der künstlerische Wert dieser Ausweißungen nicht auf der gleichen Stufe mit der vornehmen Wirkung des ursprünglichen Zustandes stehen konnte. Untersuchungen und Proben bestätigten diese Anschauung. Hiemit war die Grundlage für die Innenrestaurierung gegeben: auch im Innern war dem Bauwerk sein ehemaliges, dann durch unverständige Behandlung beeinträchtigtes Aussehen wiederzugeben. Nur wurde der Zweck durch gerade entgegengesetzte Maßnahmen erreicht: dort hieß es aufbauen, hier abnehmen.

Nach Entfernung des weißen Kleides der dicken Tünchkruste kamen eine, wenn auch nicht reiche, so doch überaus geschickt verteilte Polychromie sowohl beim romanischen Bau wie beim Ostchor und mehrere wertvolle Wandmalereien des 14. und 15. Jahrhunderts zum Vorschein. Im Westchor wurden zwei romanische Doppelfenster, welche einst die Turmhallen vom Chor aus beleuchteten, freigelegt. Zu den erfreulichen Entdeckungen kam aber zum Schluß eine höchst unangenehme Überraschung, welche die Innenrestaurierung sehr in die Länge zog. Gelegentlich der Beseitigung der Farbschichten an den beiden dem Ostchor zunächst stehenden Pfeilern des Langhauses, welche zu den ehemaligen Vierungspfeilern zählten, mußte die schlechte Beschaffenheit dieser Hauptstützen und somit ihre geringe Haltbarkeit festgestellt werden. Bei der außerordentlichen Belastung dieser konstruktiven Glieder war ihre Auswechslung unter Anwendung äußerster Vorsicht mit den größten Schwierigkeiten verbunden. Als nicht minder bedeutend ergaben sich die konstruktiven Arbeiten, welche an der unteren Ostwand des nördlichen Turmes, in dessen Mauern ursprünglich Treppenläufe angebracht waren, erforderlich wurden.

Mit der Aufdeckung der alten Polychromie und der Wandmalereien allein war die Aufgabe der Innenrestaurierung noch nicht gelöst. Es handelte sich um einen seinem Zweck nicht entfremdeten Bau, um eine noch als Gotteshaus dienende Kirche, und daraus ergab sich, daß das Innere, d. h. die bloßgelegten Malereien, Fenster usw. nicht nur durch Konservierung in einen haltbaren, sondern auch in einen das Auge der Kirchenbesucher nicht verletzenden Zustand versetzt werde.

Die erforderlichen Instandsetzungen wurden jedoch mit der äußersten Zurückhaltung und der größten Vorsicht vorgenommen. Bei alten Inventarstücken wurde unterschieden, ob es sich um Ersatz abgebrochener kleiner Details oder um Hinzufügung von selbständigen Teilen, z. B. von Türflügeln u. dgl. handelte. Im ersteren Falle wurde von Ergänzungen oft ganz abgesehen. Waren die Defekte gar zu störend und war die Ergänzung nach Vorbildern im Charakter des Originales einwandfrei herzustellen, so wurde sie dementsprechend vorgenommen. Bei selbständigen neuen Teilen aber, wie z. B. Türflügeln an Wandnischen oder vor Gemälden, Stuhlwerk, Anlage eines Wandbrunnens, Vertäfelungen der Sakristei, wurden primitive Formen ohne Zugehörigkeit zu einem besonderen Stile angewendet, die sich in die Umgebung ohne Mißklang einfügten, indem sie sich dem wertvollen historischen Bestande bescheiden unterordneten.

Die Erhaltung des gegenwärtigen Gesamtbestandes galt als Grundprinzip. Nicht das Verhältnis eines Gegenstandes in seinem Stilcharakter zur Wirkung der nächsten architektonischen Umgebung, auch nicht der Umstand, ob der Gegenstand heute noch den ihm zukommenden Zweck erfüllt, war für seine Erhaltung maßgebend, sondern einzig und allein die Tatsache seines Vorhandenseins. Bei den scheinbar unbedeutenden Gegenständen fiel das kirchen- und lokalgeschichtliche Interesse ins Gewicht. Eine besondere Beachtung wurde auch dem Standort der Gegenstände zugewendet. Gerade bei denjenigen Inventarstücken, welche ihrem ursprünglichen Zweck entfremdet sind, ist die Beibehaltung des alten Standortes von großer Wichtigkeit. Die historische Beziehung zur Kirche, welche meist nur aus dem Standorte zu erkennen ist, erhebt den Gegenstand über die Bedeutung eines bloßen Museumsobjektes.

Hervorzuheben ist, daß die Restaurierung der Statuen durch Abnahme der starken Tünchkruste mit dem Gewinn bunter Fassung und feiner Modellierung belohnt wurde, und daß bei vielen Werken Feststellungen bezüglich der Enstehungszeit und Autorschaft gemacht werden konnten. Die Ergänzungen der Bildhauerarbeiten, die Wiederherstellung der Faßmalereien und die Renovierung der Wand- und Tafelgemälde wurden vorgebildeten Kräften anvertraut. Nur zwei Gruppen von Inventarstücken mußten aus finanziellen Gründen vorerst zurückgestellt werden, die Wandteppiche und die Glasgemälde.

Den Bestand des Inventars hatte Heideloff wesentlich geschmälert. Die Mittelschiffemporen, die Kanzel und der Hauptaltar, aus der Barockzeit stammend, mußten seinen auf Stilreinheit gerichteten Wiederherstellungsabsichten weichen. Kanzel und Altar wurden durch Neuschöpfungen im Stile der Spätgotik ersetzt. Mit der Entfernung des neuen Altars erklärte sich der Bauauschuß einverstanden; man begnügte sich damit, anstatt des Altaraufsatzes einen der wertvollen Gobelins hinter der Mensa anzubringen und darüber die Kreuzigungsgruppe von Veit Stoß aufzustellen. Die reich geschnitzte Kanzel wurde belassen. Das Fehlen der langen Mittelschiffemporen wird man nicht zu beklagen brauchen. Denn nach Kupferstichen zu schließen, hatten sie keine künstlerischen Vorzüge aufzuweisen und standen der von ihnen verdeckten kunstgeschichtlich interessanten Triforiengalerie jedenfalls bedeutend nach.

Das Restaurierungswerk im ganzen betrachtet muß eine hervorragende, in Anbetracht der Qualität eine vorbildliche Tat genannt werden. Mit weiser, freiwillig auferlegter Zurückhaltung, dem vornehmsten Gebot der Denkmalpflege, hat die Bauleitung bei Lösung der gestellten Aufgaben verfahren. Die hier in der Praxis verwirklichten Anschauungen wird selbst der eifrigste Gegner, wenn er im konkreten Fall Restaurierungsbedürftigkeit und vollendete Ausführung gegenüberstellt, als richtig anerkennen müssen.

Die Anhänger der absoluten Stilreinheit sind zwar bis auf einige Unheilbare, die erfreulicherweise auf die heutige Entwicklung der Restaurierungsmethode ohne Einfluß sind, ausgestorben. Aber schon machen sich ernsthafte Bestrebungen geltend, welche unter Hinweis auf das Verhalten früherer Jahrhunderte gegenüber restaurierungsbedürftigen Denkmälern einer Ergänzung im Stilcharakter der Gegenwart auch bei der Außenarchitektur unter allen Umständen das Wort reden. Es erscheint unverständlich, wie hier das Vorgehen früherer Epochen als mustergültiges Beispiel empfohlen werden kann. So sehr auch den Alten gedankt werden muß, daß sie bei dem geringen Verständnis für vorausgegangene Stilperioden keine Lust verspürten, gegebenen Falls in der ihnen fremd gewordenen Formensprache Ergänzungen vorzunehmen — solche Fälle finden sich zwar auch in der Kunstgeschichte, jedoch nur vereinzelt —, so wenig wird begriffen, warum nun mit einem Male all die vielen Erfahrungen und gründlichen Kenntnisse, die man sich im Laufe des vorigen Jahrhunderts auf dem weiten Gebiete des

Restaurierungswesens durch gründliches Studium der eigenartigen mittelalterlichen Konstruktionsmethoden besonders in der Steinmetztechnik verschafft hat, beiseite zu legen sind. Man sollte sich vielmehr darüber freuen, daß solche Erfolge erzielt wurden, und durch Gründung von Schulen für Fortpflanzung, Vermehrung und weitere Verbreitung der erworbenen Fähigkeiten Sorge tragen. Angenommen, unsere Zeit wäre in der zweifellos glücklichen Lage, über eigene Ausdrucksformen in der Kunst zu verfügen, welche auf gleicher Höhe mit den historisch gewordenen früheren Stilarten stünden: was wäre mit der Anwendung dieses Stiles z. B. bei der Restaurierung des Ostchores erreicht worden? Es hätte zunächst auf die mancherlei aufgefundenen Überreste, welche eine Restauration der alten Mauerkrone leicht ermöglichten, verzichtet und, um den ästhetisch unbedingt notwendigen Abschluß herzustellen, eine Bekrönung oder ein Dachgesims geschaffen werden müssen, welche keineswegs in den günstigen organischen Zusammenhang mit der Architektur des vorhandenen Mauerwerkes zu bringen gewesen wäre wie die rekonstruierte Galerie. Anders freilich würde die Sache liegen, wenn es sich um die Neuschöpfung eines selbständigen Bauteiles, etwa einer Sakristei, oder um Anschaffung eines neuen Inventarstückes, eines Altares, gehandelt hätte. Hier müßte individuelle künstlerische Eigenart zum Ausdruck kommen. [69]

Man vergißt anscheinend auch, daß das Vorgehen früherer Zeiten bei reparaturbedürftigen Denkmälern große Nachteile hatte. Wurden Bauten in jeweils modernem Stil ergänzt oder umgebaut, dann ließ man nicht immer die gebührende Rücksicht walten und entfernte oft mehr, als der Billigkeit entsprach. Defekte Statuen vollends, auch solche in gutem Zustande, wurden dem Zeitgeschmack gemäß abgeändert, meist verstümmelt oder, wenn sie nicht mehr gefallen wollten, vernichtet, defekte Gemälde wanderten im günstigsten Fall auf den Speicher, gewöhnlich wurden sie verschleudert oder übermalt, so daß sie in dem einen wie in dem anderen Fall unrettbar verloren waren. Gewiß keine empfehlenswerten Maßnahmen!

Die Bedeutung als nachahmenswerte Leistung gebührt dem nunmehr fertigen Werke der Wiederherstellung der Sebalduskirche auch deswegen, weil sich die Restaurierung nicht nur auf den Bau und die wenigen vom protestantischen Kultus benötigten Inventargegenstände, sondern auf die gesamte ungemein reichhaltige Ausstattung erstreckt hat. Wohl selten wird Gelegenheit geboten, einen Bau von der Stellung der Sebalduskirche und zugleich eine solche Fülle von Meisterwerken nach pietätvollen Prinzipien unter berufener Leitung zu restaurieren und unter so günstigen Umständen die Arbeit zu vollenden. Ein ganz besonderes Verdienst gebührt hiebei dem kunstsinnigen Pfarrer von St. Sebald, Kirchenrat Friedrich Michahelles, der die Vollendung des Werkes nicht mehr erleben sollte. Einen wesentlichen Beitrag zu dem Werke lieferte im übrigen die Unterstützung des Nürnberger Patriziats. Ist es ihm schon zu danken, daß in den späteren Jahrhunderten, als der stets wechselnde Zeitgeschmack, namentlich in den Gegenden des Protestantismus, zu ungunsten der Kunsterzeugnisse des Mittelalters sich äußerte, in Nürnberg soviel wie möglich von den Werken der Väter gerettet wurde, so war es diesmal ebenfalls Lokalpatriotismus im besten Sinne des Wortes, welcher es, ohne große Opfer zu scheuen, zustande brachte, die prächtigen Familienstiftungen in ihrer Gesamtheit in altem Glanze erstehen zu lassen.

Zur Erhaltung der ruinösen Originale, Statuen, Reliefs und der kleineren Bauglieder, welche durch Kopien ersetzt werden mußten, wurde von der Bauleitung ein kleines Museum gegründet, welches in der Westkrypta als

Lapidarium und im oberen Stockwerke der großen Sakristei Unterkunft gefunden hat. Ein anderer Teil der Statuen ist in der Kirche selbst untergebracht. Im oberen Stockwerke der Sakristei wurden als weitere Sammlungsgegenstände Modelle, zeichnerische und photographische Aufnahmen der Kirche in ihrem vorgefundenen Zustand beigefügt. Das angehäufte und systematisch geordnete Anschauungsmaterial gestattet einen vortrefflichen Einblick in die Tätigkeit der Bauleitung und die von ihr angewendeten Grundsätze und Methoden.[70] Über dieses kleine Museum der Denkmalspflege, wie man es nennen könnte, wird etwas ausführlicher noch weiter unten zu handeln sein.

Wir lassen nunmehr die Berichte der Bauleitung über die Wiederherstellungsarbeiten in ihrem Wortlaute folgen.

3. Bericht der Bauleitung über die Wiederherstellung des Äußeren. 1888–1904.

1888–1889. Die seit dem Jahre 1882 im Gange befindlichen umfangreichen Vorarbeiten zur Wiederherstellung der Sebalduskirche waren im Jahre 1888 so weit gediehen, daß die Verwaltung des Vereinigten protestantischen Kirchenvermögens die Inangriffnahme des Werkes beschließen konnte.

Professor von Hauberisser in München sandte daher im Juli dieses Jahres den Unterzeichneten nach Nürnberg, um die Leitung der baulichen Arbeiten an Ort und Stelle zu übernehmen. Professor von Hauberisser selbst traf alle künstlerischen und technischen Dispositionen während periodischer Besuche in Nürnberg.

Die Kirchenverwaltung wählte aus ihrer Mitte einen Ausschuß, der über alle vorzunehmenden Bauarbeiten beraten und Beschluß fassen sollte. Es gehörten ihm unter dem Vorsitze des ersten Pfarrers von St. Sebald Friedr. M i c h a h e l l e s folgende Herren an: Fabrikbesitzer von Forster, Baumeister Goll, Justizrat Hilpert, Schlossermeister Leibold, Ingenieur Rupprecht und Magistratsrat Tauber.

Für die große, auf lange Jahre hinaus projektierte Unternehmung erwies sich die Errichtung einer B a u h ü tt e als erforderlich, die als zweistöckiges Fachwerkgebäude neben dem südlichen Turm errichtet wurde und die Zeichenzimmer enthielt, während ein östlicher Flügelbau die Steinmetzwerkstätte und Schmiede aufnahm.

Ursprünglich hatte die Absicht bestanden, mit der Wiederherstellung eines Strebepfeilers am Ostchor zu beginnen. Allein die fortschreitende Verwitterung der Pfeilerendigungen dort und die Rücksicht auf eine größere Einheitlichkeit des Betriebes empfahlen, als ersten Bauabschnitt die Wiederherstellung der C h o r g a l e r i e und ihrer Pfeilerspitzen in Arbeit zu nehmen.

Es wurde daher zunächst in der Höhe des Hauptgesimses an den vier ersten Jochen bei der Brauttüre ein Gerüst und auf der Nordseite der Sakristei ein gezimmerter Treppenturm aufgestellt. Aus verschiedenen alten Nachrichten war bekannt, daß die Galerie im Jahre 1561 wegen Baufälligkeit abgebrochen worden war; an ihrer Stelle hatte man damals ein schweres steinernes Karniesgesims aufgesetzt und mittelst einer Aufschiftung das Dach darüber gezogen.

Nun wurde diese Aufschiftung und das Gesims entfernt und letzteres zur Anlage einer Umfassungsmauer um die Bauhütte benutzt. Beim Aufbrechen der frei liegenden Mauerkrone fanden sich erfreulicherweise am 7. November kleine R e s t e d e r u r s p r ü n g l i c h e n G a l e r i e aus deren Zusammenstellung sowohl die frühere Form der Maßwerkfüllungen wie des mit Zinnen besetzten Abdeckungsgesimses erkennbar waren (Abb. 33 und 139).

In der Hoffnung auf weitere Funde wurde jetzt das bisher nur bei vier Jochen angebrachte Gerüst um den ganzen Chor geführt, und es konnten in der Tat auch die verschiedenen Formen, welche im Maßwerk bei den einzelnen Jochen abwechselten, genau festgestellt werden.

Nach Beendigung der nötigen Aufnahmen und Vermessungen sowie der Herstellung der Werkzeichnungen für die neuen Bauteile wurde mit der Steinmetzarbeit begonnen, die für den Umfang der Galerie der Firma Göschel & Alt, von welcher Joh. Göschel durch seine Arbeiten an der Frauenkirche und dem Germanischen Nationalmuseum schon viele Erfahrungen gesammelt hatte, in Akkord gegeben wurde. Es zeigte sich aber, daß für solche Arbeiten der Regiebetrieb unter Verrechnung der Selbstkosten seitens des ausführenden Meisters und mit prozentualem Zuschlage einer Meistergebühr geeigneter ist; daher wurde in der Folge die Akkordarbeit wieder aufgegeben. Die Werkhütte, die Gerüste und die hauptsächlichsten Arbeitsgeräte waren ohnehin von der Kirchenverwaltung gestellt worden. Auch die Werksteine wurden von der Bauleitung direkt bezogen. Da der Stein aus der näheren Umgebung wegen seiner geringen Wetterbeständigkeit und der Schwierigkeit, guten Kernfelsen zu erhalten, nicht in Frage kommen konnte, wurde auf Grund einer von Professor Hauberrisser und einigen Sachverständigen der Kirchenverwaltung ausgeführten Inspektionsreise ein gelblicher Sandstein von Bayreuth (Buntsandstein der Triasperiode) und ein rötlicher aus der Kulmbacher Gegend verwendet.

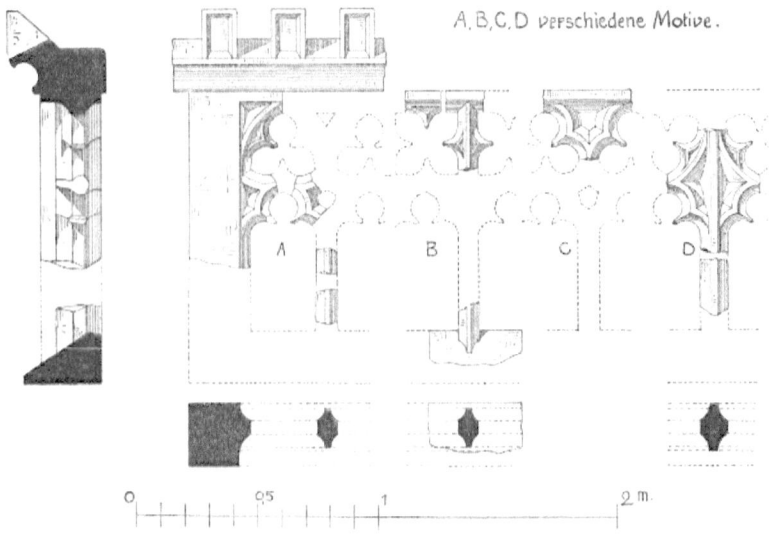

A,B,C,D verschiedene Motive.

Abb. 33. Die aufgefundenen Reste der ehemaligen Galerie am Ostchor.

Hauptgewicht wurde darauf gelegt, daß der Stein rauhes Korn habe, damit er in der zu erwartenden Patina sich den alten Steinen einfüge und nicht wie dies z. B. beim Mainsandstein (siehe Frauenkirche) der Fall ist, durch Beibehaltung seiner Naturfarbe einen zu großen Gegensatz zu seiner Umgebung bilde.

Für die der Verwitterung sehr ausgesetzten Werkstücke, z. B. die Maßwerke der Galerie, fand der harte und wetterbeständige Q u a r z i t aus Wendelstein Verwendung.

Mit der Herstellung der Modelle zu den ornamentalen Skulpturen, die in einer der Bauhütte angefügten Modellkammer zur Ausführung kamen, wurde der Bildhauer und Lehrer an der Kunstgewerbeschule G. Leistner betraut.

Die Untersuchung der oberen Chormauer führte auch zu einer unliebsamen Entdeckung.

Aus den Balken, welche, auf der Mauerkrone aufliegend,

171

den Dachstuhl tragen, waren zu irgend einer Zeit in der Mitte größere Stücke herausgeschnitten worden, so daß der gewaltige Dachstuhl durch den radialen Schub die Mauern hinausgedrückt hatte. Schon zeigten sich bei den Gewölben klaffende Risse. Es war daher notwendig, die Balken wieder zu ergänzen und mit ihnen bei jedem Joch eiserne Verschlauderungen in Verbindung zu bringen.

Auch den großen Westgiebel entlang wurden die auf beiden Seiten ausgewichenen Strebepfeiler durch eine starke Verschlauderung wieder verbunden.

In der Werkhütte nahmen die Steinmetzarbeiten Winter und Sommer über einen guten Fortgang, so daß am 14. Oktober 1889 der e r s t e S t e i n zur Galerie bei der Ecke über dem Brauttor versetzt werden konnte. Die übrigen Versetzarbeiten wurden bis zum Ende des Jahres fortgesetzt.

1 8 9 0 . Die Versetzarbeiten an der C h o r g a l e r i e wurden durch die Witterungsverhältnisse so begünstigt, daß selbst den Winter hindurch keine Unterbrechung stattfand.

Im Februar konnten schon an den ersten Jochen die neuhergestellten Arbeiten von den Gerüsten befreit werden. Der fahrbare Aufzugskran wurde jeweilig zu den neuen Arbeitstellen weiter geschoben.

Die Rinnenanlage hinter der Galerie war in solidester Weise unter Verwendung von starkem Kupfer herzustellen und wurde zum Schutze mit Holzrosten belegt. Auch die Wasserspeier erhielten eine Kupferausfütterung.

Entsprechend den äußeren Arbeiten mußte auch der Betrieb in der Hütte gefördert werden. Dazu erwies sich eine Erweiterung der Bauhütte als erforderlich, die als ein seitlicher Anbau an der Ostseite der Bauhütte zur Ausführung kam, so daß etwa 46 Steinmetzen untergebracht werden konnten.

Da unter den bezogenen Werksteinen viele vorhandener Stiche und gröberer Toneinsprengungen wegen ausgeschossen werden mußten, wurden verschiedene Versuche mit neuen Bezugsquellen aus der Gegend von Aschaffenburg und von Lahr in Baden, und zwar mit wechselndem Erfolg gemacht. Am besten bewährte sich immer der Wendelsteiner Quarzit, dessen Bearbeitung jedoch wegen seiner Härte große Kosten verursachte.

Im Juni war die Chorgalerie schon zur Hälfte fertiggestellt. Professor Hauberrisser war wiederholt zur Besprechung aller baulichen Dispositionen anwesend; auch fanden zu gleichem Zwecke verschiedene Sitzungen des Bauausschusses statt. Im November besichtigte Kultusminister von Müller die Bauarbeiten. Am 4. Dezember konnte in feierlicher Weise die Aufsetzung des letzten Steines der Galerie beim westlichen Pfeiler an der Südseite stattfinden. Stadtpfarrer Lotholz legte als Vorstand der Kirchenverwaltung bei dieser Gelegenheit eine Urkunde über dem nunmehr vollendeten ersten Bauabschnitt der Wiederherstellung in den Schlußstein ein.

Die Bauleitung, welche mit ihren zeichnerischen und Projektierungsarbeiten naturgemäß den Ausführungsarbeiten stets voraus sein mußte, hatte unterdessen die Aufnahmen der Strebepfeiler am Ostchor hergestellt und für diese Abwechslungsarbeiten die erforderlichen Vorarbeiten eingeleitet.

Zimmermeister Steger, der die Gerüstarbeiten bisher ausgeführt hatte, war in diesem Jahre gestorben. An seiner Stelle wurde Zimmermeister F. Birkmann mit den weiteren Zimmerarbeiten beauftragt.

1 8 9 1 . Bezüglich der Wiederherstellung der S t r e b e p f e i l e r a m O s t c h o r war ursprünglich geplant, nur einzelne schadhafte Stellen durch Einsetzen

von mehr oder weniger großen „Vierungen" auszubessern. Es stellte sich jedoch bei näherer Untersuchung eine so starke Verwitterung aller Profilierungen und Skulpturen heraus, daß bei jedem Pfeiler ungefähr fünfzig Werkstücke ganz neu ersetzt werden mußten (Abb. 34), wobei jedesmal 2½–3 m hohe Teile des Pfeilers bis in die eigentliche Umfassungsmauer hinein auszubrechen waren.

Abb. 34. Ostchorpartie nach der Restaurierung.

Da hierdurch der Strebepfeiler, der die Gewölbe stützen sollte, jeden Halt verloren haben würde, so war die Anbringung einer eisernen Stützkonstruktion erforderlich, zu welcher Direktor Rieppel einen Entwurf herstellte. Derselbe gedachte zuerst mit einer 10 m hohen eisernen Stütze vom Straßenniveau aus den oberen Pfeiler abzufangen, hielt aber dann den Gedanken Professor Hauberrissers fest, den oberen Pfeiler auf den unteren mittels einer Eisenkonstruktion abzustützen, welche jedesmal nur die Höhe des erforderlichen Ausbruches hatte.

Die Hütte hatte schon im Anfang des Jahres mit der Bearbeitung der Werkstücke zu den Pfeilern, und zwar zunächst der großen Kreuzblumen und Riesen begonnen.

Im Oktober waren alle Vorbereitungen so weit gediehen, daß auf der Nordseite die Abstützung zum ersten Male aufgestellt werden und die Auswechslung vor sich gehen konnte. Im Inneren sollte ein Zeiger, der sich mittels Hebelübersetzung einer Millimeterteilung entlang bewegte, jede kleinste Veränderung des Mauerwerkes anzeigen.

Mit Steinmetzmeister Göschel war schon im Jahre 1890 ein Vertrag über die Wiederherstellung eines Pfeilers abgeschlossen, welcher im April auf vier weitere und im Oktober auf sämtliche Pfeiler ausgedehnt wurde.

Die vielen Abweichungen in den architektonischen Formen sowohl wie in den Maßverhältnissen der Strebepfeiler wurden bei der Erneuerung sorfältig festgehalten, wobei auf charakteristische Wiedergabe der Profilierungen wie der Ornamentation großer Wert gelegt wurde.

Professor Hauberrisser lud den Verein für Geschichte der Stadt Nürnberg im April zu einer Besichtigung der Arbeiten in der Bauhütte ein, und im August stattete die in Nürnberg tagende Hauptversammlung der deutschen

Architekten der Sebalduskirche einen Besuch ab.

Abb. 35. Neuer Verkündigungsengel am Ostchor.

1 8 9 2 . Die Wiederherstellungsarbeiten an den
Ostchorpfeilern wurden in diesem Jahre in der Weise
fortgeführt, daß zu gleicher Zeit an den Pfeilern selbst die
fertigen Werkstücke unter jedesmaliger Verwendung der
Stützkonstruktion versetzt und in der Hütte für die
weiteren Pfeiler die neuen Werksteine bearbeitet wurden.

Daneben wurden auch die vielen außerordentlich reich durchgebildeten B a l d a c h i n e, von welchen jeder Pfeiler sieben Stück aufweist, und die nachträglich leicht versetzt werden konnten, in Arbeit genommen. Als Steinmaterial kam hiezu der in Obernkirchen bei Bückeburg gebrochene harte und wetterbeständige, dabei ziemlich feinkörnige Sandstein zur Verwendung.

An S t a t u e n fanden sich unter den Baldachinen im ganzen nur vier vor. Nämlich auf der Vorderseite zwei Propheten, die stark verwittert waren und nach erfolgter Ergänzung kopiert wurden, sowie im Osten M a r i a und S e b a l d u s an einem Joche, welches ursprünglich durch eine vor dem Fenster angebrachte plastische Darstellung ausgezeichnet gewesen zu sein scheint. Diese beiden Statuen, welche in Anbetracht ihres guten Erhaltungszustandes unverändert blieben, zeigen f a r b i g e n H i n t e r g r u n d mit aufgemalten Engelfiguren. Für die unter den übrigen Baldachinen fehlenden Statuen fertigte Stadtpfarrer Michahelles ein Verzeichnis an, nach welchem in der unteren Reihe die Hauptpersonen des Alten und in der oberen Reihe die des Neuen Testamentes zur Darstellung kommen sollten. Als im November der Kultusminister die Kirche wieder besuchte, waren auf der Nordseite die Auswechslungsarbeiten an sechs Pfeilern bereits vorgenommen, jedoch fehlten noch die neuen Baldachine, die sehr viele Arbeit erforderten.

Da eine Reihe von Familien und Privatpersonen die Stiftung je eines Pfeilers übernahm, so wurde an jedem Pfeiler eine diesbezügliche Inschrift oder ein Wappen angebracht, während die wertvollsten a l t e n S t e i n r e s t e in der Westkrypta zu einem L a p i d a r i u m vereinigt wurden (Abb. 139).

Beim Abbruch eines der großen Baldachine auf der Nordostseite fand sich eingeklemmt in der zwischen

Baldachin und Wand befindlichen Spalte ein kleines Erzgußwappen mit Steinmetzzeichen (Abb. 26). Allem Anscheine nach ist das Wappen durch Zufall in diese Vertiefung hineingefallen, nachdem es zuvor an der 1561 abgebrochenen Galerie befestigt war. Bei dem dargestellten Steinmetzzeichen kann es sich nur um den M e i s t e r   d e s O s t c h o r e s handeln.

1 8 9 3 . Auch das Jahr 1893 wurde durch die umfangreichen Arbeiten an den Ostchorstrebepfeilern ausgefüllt, ohne daß sie ganz beendigt werden konnten. Doch ging alles in bester Weise ohne Störung und Unfall von statten.

Zu den S t a t u e n an den Pfeilern fertigte, nachdem Stadtpfarrer Michahelles sein Verzeichnis auf eine Anregung des Vereins für Geschichte der Stadt Nürnberg einer Änderung unterzogen hatte, Bildhauer Leistner die Modelle. Die Ausführung geschah in der Hütte in Kelheimer und Offenstetter Kalkstein (Abb. 35).

Abb. 36 Konsole mit Ritter an einem nördlichen Pfeiler des Ostchors.

Abb. 37. Konsole mit Ritterfräulein an einem nördlichen Pfeiler des Ostchors.

Am Ende des Jahres waren bis auf die aus dem nördlichen Sakristeidach herausragenden Pfeiler die Hauptauswechslungsarbeiten an den Ostchorstrebepfeilern fertiggestellt. Nur fehlten noch die meisten Baldachine.

Die Bauleitung hatte sich unterdessen schon seit einiger Zeit mit den Aufnahmen und Plänen für die Wiederherstellung des n ö r d l i c h e n S e i t e n s c h i f f e s beschäftigt (Abb. 38, 39). Die Untersuchungen ergaben über die frühere Gestalt interessante Aufschlüsse.[17] Das Seitenschiff war nämlich ursprünglich mit einer durchbrochenen G a l e r i e bekrönt und mit K a p e l l e n d ä c h e r n versehen, d. h. hinter den die einzelnen Joche abschließenden Giebeln waren Satteldächer angebracht, die an ein das ganze Seitenschiff überdeckendes Pultdach anstießen. Es wurden sowohl die Form dieser Dächer wie auch ihre eigenartigen E n t w ä s s e r u n g s a n l a g e n nach Entfernung der Backsteinmauerungen aufgefunden. Leider waren diese Abwässerungen, besonders dem Schnee gegenüber, nicht praktisch. Die Dächer wurden nach den vorhandenen Spuren bald, wahrscheinlich im 16. Jahrhundert, abgetragen, und an ihre Stelle trat ein einziges großes P u l t d a c h, das jedoch die Fenster des Mittelschiffes zu drei Vierteln verdeckte und den inneren Raum stark verdunkelte.

Zu jener Zeit werden wohl auch die Galerie- und Giebelspitzen ähnlich wie beim Ostchor wegen der auf das mangelhafte Material zurückzuführenden Baufälligkeit abgetragen worden sein.

Über die Form der Galerie gaben nur mehr Kalkspuren an der östlichen und westlichen Abbruchstelle Auskunft. Aber ein Hauptgesimsstück, das den Anstoß an das Wimperggesims zeigte, war neben dem Brauttor glücklicherweise erhalten geblieben und bildete für die Neuherstellung wertvolle Anhaltspunkte.

Unterhalb des abgetragenen Daches fanden sich auch bei den beiden mittleren Mittelschiffpfeilern die Ansätze von ehemaligen romanischen Strebebögen, die vom Seitenschiff aus das Mittelschiff stützten.

Außerdem beschäftigte die Bauleitung die Anfertigung der Pläne für die Wiederherstellung des großen G i e b e l s und der G a l e r i e am Ostchor.

In einer im Dezember stattgehabten Sitzung des Bauausschusses legte Professor Hauberrisser die Vorschläge für Wiederherstellung der Galerie des nördlichen Seitenschiffes und Flachlegung des Daches sowie für die Arbeiten am Westgiebel vor. Eine im März stattgehabte Untersuchung der T ü r m e hatte auch die Baufälligkeit der dortigen Galerie und große andere Schäden des Mauerwerks wie der Dachstühle dargetan.

1 8 9 4. Während des Winters 1893 auf 1894 und selbst das ganze Frühjahr hindurch bis in den Sommer hinein war die Hütte mit der Herstellung der vielen reichen B a l d a c h i n e und K o n s o l e n (Abb. 27, 36, 37) am Ostchor beschäftigt. Sobald die sieben Baldachine je eines Pfeilers fertiggestellt

und versetzt waren, konnten die Gerüste entfernt werden, und so fiel von Norden nach Süden nach und nach die Hülle von Gerüsten, die den Ostchor vier Jahre hindurch verdeckt hatte. Ende Juli wurden die Baldachine und Figuren am letzten Strebepfeiler bei der Schautüre versetzt. Auch wurden die Abfallrohre bei jedem Pfeiler in Kupfer neu hergestellt.

In den Monaten April und Mai wurden die zwei aus der nördlichen Sakristei herausragenden Strebepfeiler ausgewechselt. Hierbei wurden auch die Giebelabdeckungen erneuert und das Dach, welches die Mauern bisher überdeckt hatte, tiefer gelegt, so daß die an den alten Abdeckungen schon vorhandenen inneren Gesimsprofile nun sichtbar sind. Auch die Rinne und das Abfallrohr wurden in Kupfer neu hergestellt.

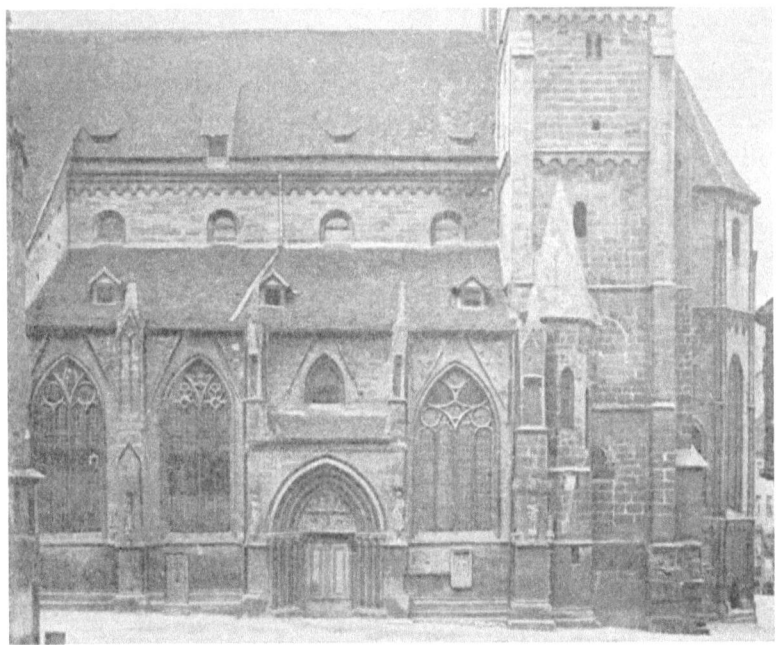

Abb. 38. Nördliches Seitenschiff vor der Restaurierung.

Die weitere Arbeit der Hütte bestand zunächst in der

teilweisen Neuherstellung und Ausbesserung der Wandflächen unterhalb des Kaffgesimses bis zum Sockel des Ostchores, die durch die früher eingebauten Kramläden erheblich gelitten hatten.

Hiermit fanden die Arbeiten am Ostchor, da die Restaurierung der Portale auf späterhin verschoben wurde, ihren vorläufigen Abschluß, und die Hütte begann mit der Anfertigung der Werkstücke für die Wiederherstellung des Westgiebels, und zwar zunächst des nördlichen Teiles desselben.

Diese Arbeit füllte den Sommer und Herbst aus; es gelang, die Neuherstellung der Galerie (an Stelle der früher vorhandenen Ziegelbedachung) sowie des Eingangstürmchens und die übrigen Ausbesserungen dortselbst bis auf das Verfugen noch vor Winter zu Ende zu führen.

Nunmehr nahm die Hütte die Werkstücke für die Galerie sowie die Giebel und Pfeilerendigungen des nördlichen Seitenschiffes in Arbeit als Aufgabe für den Winter 1894/95.

Abb. 39. Nordansicht.

Der Fachwerkaufbau für den Sängerchor am nördlichen Seitenschiff war anfangs des Jahres abgebrochen worden.

Die Bauleitung war während des ganzen Jahres mit den Vorbereitungen für die vorbeschriebenen Arbeiten der Hütte beschäftigt.

Außerdem wurden, nachdem im August am nördlichen Turm in der Höhe der Glockenstube feste Gerüste aufgeschlagen waren, die nun zugänglich gewordenen Teile des Turmes, deren große Schadhaftigkeit früher schon festgestellt worden war, vermessen und zeichnerisch dargestellt.

Mit Steinmetzmeister Göschel war ein neuer Vertrag für die weiteren Wiederherstellungsarbeiten im März abgeschlossen worden. Das Steinmaterial wurde seit dem Frühjahr ausschließlich aus den Brüchen von Wendelstein bezogen.

Im August beschloß der Bauausschuß, sowohl die Lattung wie die Ziegeldeckung des großen Ostchordaches auszubessern und eine Anzahl neuer Dachfenster anzubringen. Im Innern des Dachbodens wurden auf allen Balkenlagen bequeme Laufgänge hergerichtet und der Boden selbst oberhalb der Gewölbe mit einer neuen Bretterung versehen. Die beiden Dachendigungen waren bei dieser Gelegenheit genau nach den vorhandenen Resten zum Teil erneuert worden.

Am Schreyerschen Grabmale (Abb. 69) wurden im Herbst zwei neue Baldachine an Stelle der alten verwitterten eingesetzt; auch die Holzdecke dieses Vorbaues und das Kupferdach wurden neu hergestellt. Im April nahm der Kultusminister von den Arbeiten Einsicht. Um einen Überblick über die Art der Wiederherstellung in späterer Zeit zu ermöglichen, richtete die Bauleitung im Laufe des

Jahres in dem unbenutzten Raume oberhalb der nördlichen Sakristei (der alten Schatzkammer) eine S a m m l u n g v o n M o d e l l e n , Z e i c h n u n g e n u n d P h o t o g r a p h i e n ein, welche eine Ergänzung der bereits im Lapidarium bestehenden Sammlung bildet.

1 8 9 5 . Nachdem die Hütte im Winter 1894/1895 einen großen Teil der für den Ausbau des n ö r d l i c h e n S e i t e n s c h i f f e s nötigen Werkstücke hergestellt hatte, konnte im Frühjahr mit dem Versetzen, und zwar bei der G a l e r i e zunächst dem Brauttor, begonnen werden (Abb. 39).

Von Joch zu Joch wurden Galerie und Pfeiler neu aufgestellt und jedesmal dahinter der neue Dachstuhl aufgerichtet. Bei dem letzteren war eine etwas umständliche Konstruktion erforderlich, weil trotz des nunmehr viel niedrigeren Daches unterhalb desselben der D u r c h g a n g vom Turm zur Sängerbühne erhalten werden mußte.

Mit dem N i e d r i g e r l e g e n des Daches wurden endlich die romanischen F e n s t e r des Mittelschiffes wieder frei, wodurch das letztere volles Licht erhielt und die schöne romanische Architektur im Innern zur Geltung gelangte.

Ein kleiner Aufenthalt ergab sich im Juli bei der Anschreibtür, weil die dort erforderliche besonders eingreifende Abbrucharbeit der beiden Portalpfeiler große Vorsicht bezüglich des Gewölbeschubes erheischte. Es wurde aller Gefahr durch eine vom Straßenboden aus aufgestellte eiserne Stützkonstruktion vorgebeugt.

Über die ehemalige Form der Galerie dieses Portales hatten glücklicherweise ein erhaltenes Gesimsstück und der Maßwerkanschluß Aufklärung gegeben.

Bis zum Eintritt des Winters wurden von den fünf Jochen vier fertiggestellt. Zugleich mit den Arbeiten an der Galerie waren auch die M a ß w e r k e d e r F e n s t e r (Abb. 21) einer gründlichen Ausbesserung zu unterziehen. Die Gerüste konnten nun bis zur halben Fensterhöhe fallen.

Der Deckung des Daches wurde besondere Sorgfalt zugewendet. Die so charakteristische Z i e g e l d e c k u n g sollte beibehalten werden, aber bei der flachen Neigung erwies sich noch ein besonderer Schutz gegen eindringendes Wasser notwendig. Daher wurde das Dach zuerst mit verbleitem Eisenblech und hierauf erst mit Ziegeln gedeckt. Die Rinne wurde ähnlich wie am Ostchor gestaltet und aus Kupfer hergestellt.

Die Anfertigung der am nördlichen Seitenschiff zu erneuernden S t a t u e n, welche nach den alten verwitterten und ergänzten Vorbildern genau kopiert wurden, übertrug der Bauausschuß zum Teil dem Bildhauer Leistner, zum Teil dem Steinmetzmeister Göschel. Der Kultusminister besuchte die Kirche im Januar.

Am 18. Mai erhielt sie den Besuch des Prinzen Ludwig von Bayern und am 30. Juli der beiden ältesten Söhne des Deutschen Kaisers.

Unterdessen hatte sich die Bauleitung mit den Plänen befaßt, welche zur Umgestaltung, beziehungsweise zum Aufbau des T r e p p e n t ü r m c h e n s am nördlichen Turm erforderlich waren. Daneben wurde die s ü d l i c h e S a k r i s t e i in ihrem äußeren Mauerwerk restauriert, der Kamin derselben verändert und das Dach niedriger gelegt.

In den Bauausschußsitzungen war wiederholt die Frage der Beheizung der Kirche, zunächst allerdings ohne Ergebnis, besprochen worden.

Als die Versetzarbeiten des Frostes wegen eingestellt werden mußten, war die Hütte in die Winterarbeit — Wiederherstellung des letzten Joches des nördlichen Seitenschiffes, der Wimpergkränze, der beiden Pfeiler dortselbst und der Baldachine und Konsolen des

Seitenschiffes — eingetreten. Auch für den nördlichen Turm wurden schon eine Anzahl Steine bearbeitet. Für das nächste Jahr wurden außer der Beendigung des nördlichen Seitenschiffes die Arbeiten am n ö r d l i c h e n T u r m (Abb. 28) und am s ü d l i c h e n Westgiebel in Aussicht genommen.

1 8 9 6. Da in diesem Jahre in Nürnberg die zweite bayerische L a n d e s a u s s t e l l u n g stattfand, wurden die Arbeiten am westlichen Joch sowie die Auswechslung von zwei Mittelteilen der Strebepfeiler zwischen Brauttor und Anschreibtür und schließlich die Wiederherstellung der Galerie über der letzteren so beschleunigt, daß beim Besuche des Prinzregenten L u i t p o l d am 13. Mai das nördliche Seitenschiff bis auf den Magistratschor und das Treppentürmchen am nördlichen Turm von Gerüsten ganz befreit war.

Nun wurde zunächst das Treppentürmchen ausgebessert und um ein Stockwerk erhöht zur Ermöglichung eines Austrittes in die Dachrinne des Seitenschiffes. An Stelle der alten Backsteinpyramide trat ein steinerner Dachhelm mit Kreuzblume (Abb. 39).

Zugleich wurde im nördlichen Turm der Zugang zum Seitenschiff durch Anlage neuer Treppen und Fußböden verbessert und der Gang zur Sängerbühne durch eine Rabitzwand gegen den Dachraum abgeschlossen. Die Triforien erhielten neue Zugangstreppen.

Unterdessen hatte sich herausgestellt, da die Gerüste am Treppentürmchen eine genaue Untersuchung ermöglicht hatten, daß der T u r m zu beiden Seiten seiner nordwestlichen Strebepfeiler 4–6 m lange und bis zu 5 cm breite R i s s e aufwies. Hier befanden sich zwei vermauerte, mit Rundbögen überdeckte ehemalige Ö ff n u n g e n, welche in nordwestlicher Richtung einen Schub ausübten. Die den letzteren verursachende Belastung mag vergrößert worden sein durch die Erhöhung des Turmes in der gotischen Zeit, durch Glockengeläute und Winddruck. Obschon die offenbar schon alten Risse keine augenblickliche Gefahr mit sich brachten, war dringend nötig, weiteren Bewegungen Einhalt zu tun.

Es wurde daher eine doppelte e i s e r n e Ve r s c h l a u d e r u n g hergestellt, die das ausgewichene Turmeck umfaßte und im Innern die östliche und südliche Turmwand als Rückhalt benutzte.

Unterdessen war der sehr ruinöse M a g i s t r a t s c h o r (Abb. 40, 41) bis auf den Grund abgetragen worden und wurde ganz neu wieder hergestellt mit neuen Fenstermaßwerken — die alten fehlten vollständig — und einer nach gegebenen Anhaltspunkten erneuerten G a l e r i e.

Das Dach hinter der letzteren wurde mit Kupfer gedeckt.

Die Hauptarbeit der Hütte für den Herbst und Winter bildeten die Friese, Gesimse und Maßwerke der n ö r d l i c h e n Tu r m g a l e r i e(Abb. 29).

Diese Werkstücke waren meist sehr umfangreich, so daß die durch die Kündigung des Lagerplatzes an der Moritzkapelle hervorgerufene Beengung des Werkplatzes sehr unangenehm empfunden wurde.

Die G e r ü s t e des Turmes waren wiederholt geprüft und zu größerer Sicherheit möglichst bequem eingerichtet, auch mit Sprachrohr und elektrischer Glocke versehen worden.

Gegen Ende November wurde mit der Abnahme der alten Galeriemaßwerke begonnen. Diese sowie die Reste des Magistratschores wurden der Stadt überlassen und fanden an der Stadtmauer beim Walchtor Aufstellung. Die meisten S t a t u e n am nördlichen Seitenschiff und Brauttor sowie die überlebensgroße T h o m a s c h r i s t u s s t a t u e an der nördlichen Sakristei waren im Laufe des Jahres erneuert worden. Die Anbringung neuer Statuen L u t h e r s und M e l a n c h t h o n s an der Anschreibtüre wurde beschlossen, ihre Herstellung jedoch auf das nächste Jahr verschoben. Auch sollten die E p i t a p h i e n und sonstigen R e l i e f s an der Kirchenwand teils ausgebessert, teils erneuert werden. Beim E i n t r i t t des Winters waren die Hütte mit Herstellung der noch fehlenden Werkstücke für die Turmgalerie und die Modelleure mit Ergänzung der Reliefs beschäftigt.

Durch eine neue Kanalisation der Abfallrohre zum Hauptkanal auf der Nordseite wurde eine Verbesserung des Wasserablaufes hergestellt.

1 8 9 7. Im Frühjahr konnte mit dem Versetzen an der nördlichen Turmgalerie begonnen werden. Ein Hindernis erwuchs durch eine vorhandene starke Verschlauderung der alten Gesimsstücke, welche während der Bauarbeiten in Funktion erhalten werden mußte, anderseits aber die Auswechselungsarbeiten sehr erschwerte. Es gelang durch eine besondere Art des Zusammengreifens der neuen Werkstücke die Schwierigkeit zu überwinden.

Ende Mai konnte schon mit Herstellung der breiten Kupferrinne begonnen werden. Dann wurden die durchbrochenen Brüstungen versetzt und die oberen Blattkonsolen der Bogenfriese teilweise erneuert. Im Juli begann die Abrüstung.

Zugleich mit dem Abrüsten fand eine umfangreiche Auswechselung von Werkstücken auf den vier Seiten des Turmes von der Galerie abwärts statt, so daß abgesehen vom Dachhelm der Turm Ende November frei von Gerüsten war. Die Restauration des Portals wurde, wie die der Portale überhaupt, auf später verschoben.

Die Bauhütte hatte schon seit dem Frühjahr Werkstücke zum Ausbau der Südseite des Q u e r s c h i f f s g i e b e l s in Arbeit genommen.

Es handelte sich hier um Neuherstellung der Giebelabdeckung, eines Fensters, der Maßwerkgalerie und der Endigung des romanischen Strebepfeilers. Im Juli konnte mit dem Versetzen begonnen werden; im November war der ganze südliche Westgiebel wieder abgerüstet.

Zur Instandsetzung des mit Zinn gedeckten D a c h h e l m e s d e s n ö r d l i c h e n T u r m e s wurde bereits im Sommer ein leichtes Gerüst gebaut, da ohne Gerüst über den Umfang der Ausbesserung kein Urteil gewonnen werden konnte. Der Zustand erwies sich als so mangelhaft, daß der Bauausschuß beschloß, die Deckung ganz zu erneuern. Zugleich sprach er sich aus historischen Gründen für Beibehaltung von Z i n n als Deckungsmaterial aus. Dieser Beschluß wurde jedoch nochmals schwankend, als sich herausstellte, daß eine große Anzahl von Löchern im Zinn auf eine eigentümliche Art von Korrosion zurückzuführen war, die nach Ansicht von Sachverständigen durch den Einfluß großer Kälte entsteht und sich wie eine Infektion auf andere Zinnteile überträgt.

Die Entscheidung der Materialfrage wurde daher bis zum nächsten Frühjahre verschoben.

Im Oktober wurden die G l o c k e n im nördlichen Turme, deren Geläute während der dortigen Bauarbeiten unterblieb, untersucht und ebenso wie die Glockenstühle ausgebessert.

Um beim Gerüstabbruch am nördlichen Turm das Holzwerk zur Wiederverwendung am südlichen Turm leicht transportieren zu können und für den Arbeitsbetrieb eine bequemere Verbindung zu erhalten, wurden im Sommer beide Türme durch eine hölzerne Brücke verbunden.

Über die Anlage einer Heizung der Kirche wurde im

189

Bauausschuß im Laufe des Jahres wiederholt, jedoch ohne Erfolg beraten. Eine weitere Frage bildete die Restaurierung der wertvollen G l a s m a l e r e i e n. Vorderhand waren jedoch keine Mittel da, um dieser Aufgabe näher zu treten. Unterdessen hatte die Bauleitung alle Vorarbeiten gefertigt, damit die Hütte während des Winters die Werkstücke zur Restaurierung des s ü d l i c h e n S e i t e n s c h i f f e s herstellen konnte.

Am südlichen Turm und am Löffelholzchor wurden Gerüste aufgeschlagen (Abb. 32).

1 8 9 8 . Bei den Wiederherstellungsarbeiten am südlichen Seitenschiff handelte es sich zunächst um die Tieferlegung des Daches und die Instandsetzung der halbvermauerten Mittelschiffenster, ferner um die Neuherstellung der nur als Reste vorhandenen Strebepfeilerendungen, um Ersatz des unförmlichen den Blasbalg der Orgel enthaltenden Fachwerkaufbaues durch einen kleinen steinernen Aufbau sowie um einen neuen Steinhelm auf dem Treppentürmchen am Südturm, schließlich um Restaurierung der Fenstermaßwerke und des Portales.

Der größte Teil dieser Arbeiten konnte im Laufe des Jahres vollendet werden. Im Frühjahre wurden die Mittelschiffenster ausgebrochen, im Juli mit dem Aufschlagen des neuen Dachstuhles beim Orgelaufbau begonnen.

Eine Verzögerung trat jedoch ein, als sich herausstellte, daß in früherer Zeit der Querschiffgiebel der Orgel wegen durch Ausbrüche so geschwächt worden war, daß mehrere handbreite Risse entstanden waren. Auch war der Steinverband in bedrohlicher Weise gelockert.

Die dem Absturz nahen Werksteine wurden durch eine Zementbacksteinwand unterfangen und der ganze Giebel durch zwei miteinander verbundene horizontale

Schlaudern, die vom Mittelschiff bis zur Außenwand reichen, zusammengehalten. Im August wurde der Blasbalg in dem neuerrichteten Dachaufbau wieder hergestellt. Auch das Versetzen der neuen Pfeilerendigungen, Fialen und Riesen war vor Eintritt des Winters beendet.

In einer Ecke des Südturmes innerhalb des Mauerwerkes fand sich eine mit Schutt angefüllte T r e p p e, die vom Turm in die Gewölbezwickel des Mittelschiffes führte.

Zur Neuherstellung der D a c h d e c k u n g am n ö r d l i c h e n T u r m hatte der Bauausschuß sich unterdessen für die Verwendung von reinem Zinn ausgesprochen. Bei der im Mai begonnenen Abdeckung des alten Zinns zeigte sich, daß mehrere Hölzer des Dachstuhles angefault waren und ausgewechselt werden mußten.

Im Juni konnte die neue Holzverschalung aufgebracht werden. Die Neudeckung des Helmes, welche Flaschnermeister O r e l l i ausführte, war bis zum Herbst vollendet.

Auch die Wetterfahne hat derselbe nach dem Muster der alten, die verrostet war, neu hergestellt.

Abb. 40. Pfinzingkapelle vor der Restaurierung.

Abb. 41. Pfinzingkapelle nach der Restaurierung.

Das alte Zinn wurde um den Preis von 3700 Mk. verkauft.

Die n ö r d l i c h e S a k r i s t e i bot, feucht, halbfinster und vielfach vergittert, einen sehr unangenehmen Aufenthalt. Es wurden daher im März und April die Fenster verbreitert, die Gitter teilweise entfernt und der Fußboden ausgehoben und betoniert.

Die Modellkammer war mit der Herstellung von ornamentalen Modellen auch in diesem Jahre beschäftigt. Daneben wurden in derselben die Statuen der Jungfrauen vom Brauttor, welche sich bei dieser Gelegenheit als ehemals polychromiert erwiesen, instand gesetzt und eine derselben an Stelle eines vorhandenen alten Gipsabgusses neu gefertigt.

Dem Bildhauer Leistner wurden die Statuen L u t h e r s und M e l a n c h t h o n s, welche das Portal am nördlichen Seitenschiff zieren sollten, in Auftrag gegeben.

Die Rüstung des Südturmes wurde bis zur Galerie beendet, so daß die Bauleitung noch vor Jahresschluß mit den Aufnahmen dortselbst beginnen konnte.

Schließlich sei noch erwähnt, daß innerhalb des Nordturmes größtenteils neue hölzerne Treppenläufe und unterhalb der Glocken eine Holzabdachung hergestellt wurde. Im südlichen Seitenschiff erhielten die Triforien ähnlich wie auf der Nordseite Verbindungstreppen zum Dachraum.

Beim Eintritt des Winters war die Werkhütte, deren Bestand infolge der mangelnden Mittel verringert worden war, mit den Werksteinen für den Helm des südlichen T r e p p e n t u r m e s beschäftigt.

1 8 9 9 . Die vorhandene kleine Anzahl von Steinmetzen fertigte den Winter über neben den für das s ü d l i c h e S e i t e n s c h i f f noch fehlenden Werkstücken die Werksteine zur Restaurierung des B r a u t t o r e s (Taf. IV).

Abb. 42. Erneuerte Madonnenstatue am Brautportal.

Bei letzterem handelte es sich nicht nur um Auswechselung der beiderseitigen Postamentprofilierungen unter den Jungfrauenstatuen, sondern auch um Neuherstellung fast aller Baldachine. Auch das durchbrochene zierliche Maßwerk mußte in seinem Hauptteile erneuert werden.

Die Statuen M a r i a (Abb. 42) und S e b a l d u s waren schon früher in Kalkstein erneuert worden und standen zum Versetzen bereit.

Bei der in Verbindung mit der Restaurierung stattfindenden Reinigung stellte sich heraus, daß der größte Teil des Portales ursprünglich p o l y c h r o m i e r t war.

195

Außer an den Jungfrauenstatuen sind die Spuren hauptsächlich an der Christusfigur und an den Wappen noch sichtbar.

Das steinerne Dach wurde mit Kupferplatten überdeckt, und Ende Juli wurde nach Entfernung der Gerüste das restaurierte Portal dem Verkehr wieder übergeben.

Die noch ausstehenden Auswechselungsarbeiten am südlichen Seitenschiff, an den Mittelteilen der Pfeiler, den Fensterbögen und den Fenstermaßwerken sowie dem Portale nahmen die Arbeit einiger Steinmetzen bis in den Herbst in Anspruch.

Bei der Reinigung des südlichen Seitenschiffportales fand sich auch hier eine gut erkennbare, ehemals gewiß glänzende Polychromie vor. Selbst die Säulen waren mit einem bewegten Linienornament geschmückt.

Das Portal erhielt ein neues Kupferdach. Auch die kupfernen Dachrinnen und der Kehlanschluß am Südturme wurden vervollständigt, so daß im Herbst das südliche Seitenschiff bis auf die Erneuerung des westlichen modernen Fenstermaßwerkes und der Kaff- und Sockelgesimse fertiggestellt war.

Im März konnten schon nach den bis dahin fertiggestellten Zeichnungen die Steine für die Galerie des Südturmes bestellt werden; allein die Lieferung aus den in einen neuen Besitz übergegangenen Wendelsteiner Brüchen ging nur sehr langsam von statten. Die Zahl der Steinmetzen war im Juli auf 25 Mann erhöht worden. Ihre Arbeit bildeten die 78 großen Werkstücke der 3 Gesimsschichten an der südlichen Turmgalerie, die bis zum Ende des Jahres nahezu vollendet wurden.

Im Juli wurde das im Nordturm unterhalb der Glocken hergestellte Holzdach mit Zinn verkleidet. Auf Veranlassung und mit den Mitteln des Vereins für Geschichte der Stadt

Nürnberg wurde im November durch die Bauhütte im Ostchor eine N a c h g r a b u n g nach den F u n d a m e n t e n der östlichen Hälfte der alten romanischen Kirchenanlage vorgenommen.

Vor der Türe der südlichen Sakristei gezogene Gräben legten bald die Grundmauer der südlichen Q u e r s c h i f f a p s i s bloß. Bei der Aufgrabung zwischen Sebaldusgrab und Hochaltar fanden sich Grundmauern der H a u p t a p s i s, welche die Reste einer Mensa enthielt und den kleeblattförmigen Abschluß einer zweischiffigen K r y p t a bildete.

Um bei der durch Zeit und Mittel beschränkten Aufgrabung ein möglichst vollkommenes Ergebnis zu erzielen, wurden die Gräben auf die Südseite beschränkt, hier aber um so gründlicher hergestellt. Auf diese Weise konnte die ganze Längsmauer der sich bis zu den Vierungspfeilern hinziehenden Krypta aufgedeckt werden, wobei auch die aus den Schiffen hinabführenden T r e p p e n sichtbar wurden. Von den Ergebnissen dieser Aufdeckungen wurden durch die Bauleitung Vermessungen, A u f z e i c h n u n g e n und ein plastisches Modell hergestellt, welch letzteres in der Modellsammlung der Kirche seinen Platz fand (Taf. II u. III, Abb. 1).

Die aufgedeckten Mauerteile waren vor dem Zuschütten auf Einladung des Vereins für Geschichte der Stadt Nürnberg von einer großen Zahl von Sachverständigen und Interessenten besichtigt worden.

Gegen Ende des Jahres begann die Hütte mit der Herstellung der durchbrochenen Brüstungsstücke der Galerie für den S ü d t u r m.

1 9 0 0 . Im Frühjahr 1900 konnte mit dem Versetzen der Gesimsstücke und der Galerie am südlichen Turm begonnen werden. Die Arbeit ließ sich nur auswechslungsweise

vornehmen, wobei die in der Mauer liegenden vier Schlaudern, die übrigens unter sich nicht verbunden waren, eine Erschwerung bildeten. Am Turmaufbau oberhalb der Galerie mußten auf allen vier Seiten eine große Anzahl von Werkstücken, Bogenfriese, Gesimsstücke, Fenstergewände und auch glatte Quadern wegen der vorhandenen großen Verwitterung erneuert werden.

Beim kupfernen D a c h h e l m, dessen Blechtafeln von sehr ungleicher Stärke waren, fand sich der Verband gelockert, das Blech durchlöchert und sehr beschädigt vor, so daß eine gründliche Reparatur unter Verwendung einer größeren Anzahl neuer Platten erforderlich wurde; auch der Blitzableiter und die Wetterfahne kamen zur Ausbesserung.

Am s ü d l i c h e n S e i t e n s c h i f f wurde in das westliche große Fenster ein neues Maßwerk eingesetzt. Das alte war erst in der Mitte des 19. Jahrhunderts in Verbindung mit dem Abbruch der damals im Innern der Kirche befindlichen M e s n e r w o h n u n g zur Ausführung gelangt, aber in den unverstandenen Formen der damaligen Zeit. Außerdem wurden in der zweiten Jahreshälfte nach den unterdessen ausgearbeiteten Plänen die für die Erneuerung des D r e i k ö n i g s c h o r e s erforderlichen Werkstücke in Arbeit genommen und im Laufe des Jahres zum größten Teil fertig gestellt.

Die Instandsetzung des Kaffgesimses und der Sockelpartien am südlichen Seitenschiff mußte jedoch, weil diese Wände mit Schuppen, Werksteinen und Gerüsthölzern verstellt waren, auf spätere Zeit verschoben werden.

Nachforschungen nach einem ehemaligen inneren E i n g a n g zur W e s t c h o r k r y p t a hatten keinen Erfolg.

1 9 0 1. Die nächste Aufgabe des Jahres bestand in der Weiterführung der Arbeiten am s ü d l i c h e n T u r m

Es stellten sich — wie so oft — die Schäden an den

Fenstern der Glockenstube als viel schlimmer heraus, als bisher angenommen war. Die freistehenden Mittelpfeiler der Fensteröffnungen zeigten sich auf der Nord- und Westseite vollständig zerrissen, so daß ein Herausnehmen derselben und ein Ersatz durch neue Pfeiler unabweislich war. Die Wegnahme einer solchen Stütze in einer Höhe von 40 m über der Erde und bei den in einem vielhundertjährigen Mauerwerk nicht mit absoluter Sicherheit festzustellenden Druck- und Schubverhältnissen erforderte natürlich große Vorsicht.

Nach eingehenden Beratungen auch im Bauausschuß wurde beschlossen, vor der Herausnahme der Pfeiler die Fensteröffnungen provisorisch zu vermauern.

Mit Hilfe dieses zwar nicht billigen, jedoch in Hinsicht auf den Zweck verhältnismäßig einfachen und dabei sicheren Mittels ging die Auswechslung ohne Störung vonstatten, so daß Mitte Juli der letzte Stein der provisorischen Ausmauerung wieder entfernt werden konnte. Das nordöstliche Turmeck, welches in der Kämpferhöhe des Mittelschiffes durch die schon früher aufgefundene Treppe in seinem Querschnitt bedenklich reduziert war, hatte vor diesen Arbeiten an der Glockenstube durch Ausmauerung die nötige Verstärkung erfahren.

Danach handelte es sich um die Wiederherstellung des oberen Teiles der beiden Strebepfeiler auf der Südseite des Turmes.

Bei dem westlichen dieser Pfeiler befand sich unter einem tief in die Mauer einbindenden und den oberen Teil des Pfeilers tragenden Baldachine ein überlebensgroßer Kruzifixus, der ebenso wie die Skulpturen an den Wimpergen der Pfeiler fast bis zur Unkenntlichkeit verwittert war. Der Kruzifixus wurde daher schon Anfang

März heruntergenommen und in der Hütte erneuert.

Da der Baldachinstein aber unmöglich ohne Gefahr für den oberen Pfeiler in seiner ganzen Größe herausgebrochen werden konnte, so mußte er in einzelnen Stücken zum Teil in schwalbenschwanzförmigem Verbande ausgewechselt werden.

Auch der östliche Pfeiler erwies sich als so schlecht, daß er auf eine Höhe von 11 m vollständig abzubrechen und zu erneuern war, was besondere Rücksicht auf guten Verband mit dem Turmmauerwerk erforderte.

Im Oktober waren diese Arbeiten am Turme beendet, so daß die Gerüste, die auf mehreren durch die Fenster der Glockenstube laufenden Balken aufruhten, entfernt werden konnten.

Jetzt wurde auch das bisher eingestellte Geläute wieder in Tätigkeit gesetzt und die feststehende Feuerglocke, die als solche nicht mehr benutzt wurde, wieder läutbar gemacht.

Unterhalb der Glocken war ebenso wie auf dem Nordturm ein mit Zinn gedecktes Schutzdach zur Wasserabführung anzubringen.

Die hölzernen Treppenaufgänge im Innern des Turmes wurden verbessert.

Daneben hatte die Hütte anfangs Juni mit den Versetzarbeiten an dem ganz zu erneuernden D r e i k ö n i g s c h o r e begonnen. Er wurde mit einem neuen Kupferdach versehen und konnte nach Aufstellung der gleichfalls erneuerten S t a t u e n im August abgerüstet und dem Gebrauch wieder übergeben werden.

Auch wurde den Sommer über das große Mittelschiffdach nach vorhergegangener Erneuerung der Lattung unter Ersatz vieler verwitterter Dachziegel umgedeckt.

Hieran schloß sich die Umdeckung des Daches auf dem Löffelholzchor, wobei durch eine Umänderung des Dachstuhles zwischen den beiden Türmen die dortigen Dachanschnitte verbessert wurden. Bei dieser Gelegenheit fand sich innerhalb des Dachraumes der Giebel zwischen Chor und Mittelschiff mit einem Bogenfries geschmückt vor, so daß anzunehmen ist, daß das Chordach früher unterhalb des Giebels anschloß. Rinne, Abfallrohre und Blitzableiter wurden auf diesen Dächern in Kupfer wieder erneuert.

Im Mittelschiff wurde auch der Dachstuhl selbst ausgebessert, der Schutt aus dem Gewölbezwickeln entfernt und der Boden gebrettert.

Eine im April angestellte Untersuchung des L ö f f e l h o l z c h o r e s hatte ergeben, daß im Innern einzelne Steinstücke herunterzufallen drohten, so daß eine Absperrung für nötig gehalten wurde. Als im November mit unterdessen aufgestellten Gerüsten genauer untersucht werden konnte, ergab sich als Ursache eine Anzahl von Bewegungen, die in den fünf Seiten des Chorabschlusses stattgefunden hatten. Nach Wegnahme des auf den Gewölben lastenden Schuttes ließen sich vom Hauptgesims bis zum Erdboden laufende Risse verfolgen, deren Breite bis zu 10 cm betrug.

Eine alte hölzerne Verschlauderung fand sich denn auch auf dem Engelschor, hatte sich aber als ganz unzureichend erwiesen.

Daher beschloß der Bauausschuß, im Innern eine neue radiale und im Äußern zwei Ringschlaudern von Eisen anzubringen, jedoch so, daß dieselben äußerlich nicht sichtbar sein sollten.

Im übrigen waren für die Instandsetzung des Löffelholzchores bereits eine Anzahl von Werkstücken fertiggestellt. Die Versetzarbeiten sollten aber erst im

201

nächsten Jahre beginnen.

Von den an der Kirche befindlichen Grabdenkmälern wurden im laufenden Jahre mehrere erneuert.

Dem Stadtmagistrat wurden eine Anzahl interessanter Steinstücke vom Dreikönigschor und der südlichen Turmgalerie zur Aufstellung an der Stadtmauer überlassen.

1902. Das neue Jahr wurde in der Hauptsache durch die Wiederherstellung des L ö ff e l h o l z c h o r e s in Anspruch genommen.

Im Innern wurden die Risse gereinigt und ausgemauert sowie eine große Zahl zersprengter Werkstücke erneuert. Im Frühjahr konnten die Gerüste wieder entfernt werden, doch blieb die Instandsetzung der unteren Wandflächen, an denen des Gestühles wegen viele Gesimse abgeschlagen waren, ebenso wie die des E n g e l c h o r e s der späteren Innenrestauration vorbehalten.

Auch im Ä u ß e r n begannen im Frühjahr die Versetzarbeiten. Trotzdem viele Werkstücke schon im Winter fertiggestellt waren, konnte die benötigte Anzahl nicht mehr in diesem Jahre bearbeitet werden.

Während der Versetzarbeiten fand auch die Verlegung der Schlaudern statt. Zunächst wurden die beiden Ringschlaudern oberhalb und unterhalb der Engelschorfenster, welche aus einzelnen mit Bolzen verbundenen Eisengliedern bestanden, in die Mauer eingelegt und mit Steinplatten verkleidet. Auf der Nord- wie auf der Südseite fanden die Schlaudern ihren Halt in den starken Turmmauern.

Danach wurde die Radialschlauder in der Fußbodenhöhe des Engelschores verlegt. Diese, welche aus einzelnen Gabelschlaudern bestand, die die Ecken des Chores faßten und sich in der Mitte vereinigten, fand ebenfalls ihren Halt in den Turmmauern.

Die äußere Wiederherstellung des Westchores nahm dann ihren Fortgang und war bis zum Ende des Jahres bis zur Höhe des ehernen Kruzifixus fortgeschritten.

Am südlichen Seitenschiff waren noch die Arbeiten vom Kaffgesims ab zu vollenden. Die Schuppen und Gerüste, welche dies bisher verhindert hatten, wurden im Juni abgebrochen, so daß auch diese Arbeiten und daneben die Herstellung neuer kupferner Abfallrohre und einer neuen Kanalisation zu Ende geführt werden konnten.

In Verbindung damit wurde auch der untere Teil der Südseite des südlichen Turmes in Stand gesetzt. Doch zeigten sich hier wieder bedenkliche Risse, welche die Anbringung einer größeren (übrigens zum Teil im Äußeren sichtbaren) Schlauder erforderlich machten; größte Vorsicht war bei den Auswechslungsarbeiten geboten. Diese Arbeit währte bis in den Dezember hinein.

Das Relief „Mariä Verkündigung", bisher am Nordturme, wurde an die nördliche Sakristei versetzt.

Da nun bald mit der Wiederherstellung des Innern der Sebalduskirche begonnen werden sollte, nahm Professor von Hauberrisser mit Rücksicht auf die hierbei erforderliche ununterbrochene Anwesenheit des leitenden Architekten Veranlassung, der Kirchenverwaltung vorzuschlagen, den mit ihm bestehenden Vertrag zu lösen und denselben vom 1. Januar 1903 ab für alle weiteren Arbeiten mit dem Unterzeichneten abzuschließen, was geschah.

1903. In diesem Jahre fand zunächst die Beendigung der Auswechslungsarbeiten am unteren Teile des Westchores statt, die von der Höhe des Kaffgesimses an bisher noch zurückgeblieben waren.

Der bestehende E i n g a n g in die K r y p t a, dessen reich profilierte Umrahmung aus dem 19. Jahrhundert stammte, wurde durch Wegmeißeln der stillosen Profile vereinfacht. Das Gleiche geschah mit der Türe, die reiche pseudoromanische Bänder aus dünnem Blech zeigte.

Am südlichen sowohl wie am nördlichen Turm harrten noch die r o m a n i s c h e n P o r t a l e der Restaurierung (Abb. 15, 16, 17, 18). Bei beiden Portalen, die ohne organische Verbindung mit dem eigentlichen Baukörper der Kirche sind, waren die Bogensteine nicht eigentlich verwittert, aber an den Kanten bei den Stoßfugen stark verletzt, die Kapitäle teils schlecht erneuert, teils fast ganz unkenntlich geworden und auch die Säulenschäfte in schlechtem Zustand.

Wegen der unterdessen bei der Innenrestaurierung aufgedeckten Schäden am nördlichen Turm mußte jedoch die Restaurierung des dortigen Portales, damit der Turm nicht gleichzeitig an mehreren Stellen durch Ausbrüche geschwächt würde, vorläufig zurückgestellt werden.

Im April wurde mit den Versetzarbeiten am s ü d l i c h e n P o r t a l begonnen. Im November war dasselbe erst vollendet.

Die Hütte war hauptsächlich mit der Innenrestaurierung beschäftigt, daher waren für die äußeren Arbeiten weniger Steinmetzen tätig als bisher.

1 9 0 4. Die Aufgabe, welche für das letzte Baujahr der äußeren Wiederherstellung noch verblieb, bestand in der Restaurierung des n ö r d l i c h e n T u r m p o r t a l s und des unteren rings um die Kirche laufenden Sockels, der viele Schäden zeigte und in früheren Jahren wohl oft, aber niemals gründlich ausgebessert worden war.

Die Restaurierung am nördlichen Turmportale wurde im März begonnen und fand in der gleichen Weise wie am

Südturm statt. Sie war im Juni vollendet.

Dann begannen die Ausbesserungen des Sockels, der besonders am Ostchor eine große Anzahl neuer Quadern und sorgfältiges Ausstopfen der vielen ohne Mörtel vorgefundenen Lagerfugen erforderte.

Mit dem Ende des Jahres war auch diese Arbeit beendet und die R e s t a u r i e r u n g konnte als abgeschlossen gelten. Die Hütte wurde nunmehr im ganzen Umfange für die Zwecke der Innenrestaurierung verwendet.

Daher mußte auch die Regulierung der Umgebung der Kirche auf der West- und Südseite, die besonders einer Verbesserung bedürfte, vorläufig zurückbleiben.

Die B a u s a m m l u n g der Kirche, zu welcher der Anfang schon im Jahre 1889 durch Aufbewahrung der aufgefundenen Reste der Ostchorgalerie gemacht worden war, hat im Laufe der Jahre einen ziemlichen Umfang angenommen; sie enthält nicht nur von fast allen Teilen der Außenfassaden in einzelnen Stücken die hauptsächlichsten Originalreste, welche für die Wiederherstellung maßgebend gewesen sind, sondern auch eine große Anzahl von Modellen und mancherlei Fundstücke.

Die H a u p t p l ä n e der Restaurierung überwies Professor von Hauberrisser dem s t ä d t i s c h e n A r c h i v. Die große Zahl der gefertigten D e t a i l - u n d W e r k p l ä n e sind jedoch gleichfalls der S a m m l u n g einverleibt. Diese selbst ist an zwei getrennten Orten untergebracht: zum Teil in der Westchorkrypta (Abb. 139), zum anderen Teil im Obergeschoß der nördlichen Sakristei.

Von den Mitgliedern des B a u a u s c h u s s e s war im Laufe der Jahre Magistratsrat Tauber gestorben und Fabrikbesitzer von Forster und Ingenieur Rupprecht wegen Wohnungswechsels ausgetreten. Die Lücken wurden ergänzt durch Kommerzienrat Liebel, an dessen Stelle später

Magistratsrat Häberlein trat, ferner durch Großhändler und kgl. Handelsrichter Heerdegen und Fabrikbesitzer Thäter.

In der Vorstandschaft der K i r c h e n v e r w a l t u n g war Stadtpfarrer und Dekan H e l l e r durch Stadtpfarrer L o t h o l z abgelöst worden. Seit dessen Erkrankung führt Stadtpfarrer S c h i l l e r den Vorsitz.

Stadtpfarrer Lotholz ist unterdessen gestorben, Kirchenrat Heller [† 1907] steht heute der Restaurierung der Schwesterkirche St. Lorenz vor.

Für die Beschaffung der M i t t e l, welche abgesehen von drei Lotterien aus den namhaften Unterstützungen seitens deutscher Fürsten, dann der Stadt und vieler kunstsinniger Familien und anderer Personen flossen, war der V e r e i n f ü r d i e R e s t a u r i e r u n g d e r S e b a l d u s k i r c h e tätig, in dessen Vorstandschaft Justizrat Freiherr von Kreß, Justizrat Vollhardt und Kommerzienrat Schwanhäußer die Verwaltung führten unter dem Vorsitze des Kirchenrates M i c h a h e l l e s, d e s e i f r i g s t e n F r e u n d e s u n d F ö r d e r e r s d e s g a n z e n W i e d e r h e r s t e l l u n g s w e r k e s.

N ü r n b e r g, den 31. Dezember
1904.   Prof. J. S c h m i t z,
                    Architekt.

4. Bericht der Bauleitung über die Instandsetzung des Innern. 1903–1906.

Bei einem Besuche der Sebalduskirche wird sogleich die Verschiedenartigkeit der baulichen Anlage ins Auge fallen. Denn die noch bestehenden Teile der engen r o m a n i s c h e n B a s i l i k a bilden einen großen Gegensatz zum weiten g o t i s c h e n H a l l e n c h o r. es mangelt daher die Einheitlichkeit der Raumwirkung. Auch in der formalen Detailausbildung kommt jede der beiden

Hauptbauperioden charakteristisch zur Erscheinung, doch verleiht dies der Kirche neben dem kunstgeschichtlichen Interesse einen außerordentlichen malerischen Reiz. Erhöht wurde dieser noch durch die Fülle von wertvollen Kunstwerken, mit denen die folgenden Jahrhunderte die Kirche schmückten.

Schon die G o t i k hat ein Dekorationsmotiv ihrer Art in den romanischen Bau hineingetragen, indem sie, abgesehen von anderem statuarischem Schmuck, an den Pfeilern des Mittelschiffes unter Baldachinen zwölf Apostelstatuen anbrachte. Daneben wurde, wie sich im Laufe der Restauration erwiesen hat, in jener Zeit fast die ganze Kirche an Wänden und Gewölben mit einer einheitlichen Polychromie versehen, die an verschiedenen Stellen durch figürliche Darstellungen eine Steigerung erfuhr.

Das 15. und 16. J a h r h u n d e r t haben sodann eine Reihe weiterer Schmuckstücke an kostbaren Bildwerken, Epitaphien und Einrichtungsgegenständen hinzugefügt, welche der Verehrung des Kirchenpatrons, den gottesdienstlichen Zwecken und dem Gedächtnisse der Patrizierfamilien, die hier ihre Grabstätten besaßen, ihre Entstehung verdanken.

Tafel XI.

Romanisches Dienstkapitäl des Mittelschiffes mit später
angesetztem gotischen Baldachin.

Gewölbeschlußstein im Ostchor.

In der Barockzeit ging freilich von der mittelalterlichen Erscheinung vieles — unter anderm durch Übertünchung die farbige Wirkung des Innern — verloren. Auch die hauptsächlichsten Mobiliarstücke wurden entfernt. Es entstand ein anderes Bild durch die Errichtung eines neuen mächtigen Hauptaltares, neuer Seitenaltäre, einer neuen Kanzel und hölzerner Emporen, welch letztere, zum Teil an den Wänden des Mittelschiffes angebracht und von den Triforien aus zugänglich, das Mittelschiff noch mehr einengten und verfinsterten.

Tafel XII.

Statue des Apostels Johannes im
Mittelschiff.

210

Engelsstatue von der Volckamerschen Verkündigung mit Baldachin und Konsole.

C. Heideloff, einem Hauptvertreter mittelalterlicher Romantik in der Architektur des 19. Jahrhunderts, blieb es vorbehalten, die Kirche von barocken Zutaten zu purifizieren, den Hauptaltar und einen Teil der Emporen zu entfernen und an Stelle des ersteren ein Werk eigener Erfindung aufzustellen. Bei der Orgel und beim Stuhlwerk schienen ihm Änderungen unerläßlich. Auch sonst wurde den noch vorhandenen nachmittelalterlichen Kunstwerken in dieser Zeit eine besondere Wertschätzung nicht zuteil. Die neugotische Kanzel entstand an Stelle der barocken als ein gemeinsames Werk von Heideloff und A. Kreling.

Nunmehr sollte im Anschlusse an die 1888–1902 stattgehabte Restauration des Äußeren, die bereits durch Freilegung der Mittelschiffenster der Kirche eine größere Lichtzufuhr gebracht hatte, auch eine Instandsetzung des Innern der Sebalduskirche erfolgen. Mit der Leitung derselben betraute die Verwaltung des Vereinigten Protestantischen Kirchenvermögens auf Empfehlung Prof. von Hauberrissers den Unterzeichneten und schloß einen diesbezüglichen Vertrag am 12. Dezember 1902 mit ihm.

Niemand war darüber im Zweifel, daß es sich um eine umfangreiche und mehrjährige Arbeit handle, denn der Zustand der Kirche war ein sehr bedauernswerter. Die in den letzten Jahrhunderten ganz vernachlässigten Altäre, Statuen und sonstigen wertvollen Bildwerke waren zum guten Teil zerbrochen und ihres Schmuckes beraubt. Die Vergoldungen und die farbigen Gewänder der Statuen fanden sich dick mit weißer Ölfarbe überstrichen. Wertvolle Holzornamente sowie zierliche Eisenteile des 15. Jahrhunderts lagen mit Unrat vermengt in offenen Schränken und Kästen; dazwischen Stoffteile von alten gewebten und gestickten Paramenten. Schon vor einigen Jahren hatte Kirchenrat Michahelles, dem die Abstellung solcher Mängel sehr am Herzen lag, durch Prof. von Hauberrisser einen 4 m breiten neuen Schrank herstellen lassen und in diesem die vorhandenen kostbaren G o b e l i n s , nachdem ein Verzeichnis derselben angefertigt worden war, unter sicheren Verschluß gebracht. Zur gleichen Zeit gelang es dem Unterzeichneten noch eben, aus einem zur Abfuhr bestimmten Schutthaufen ein steinernes R e l i e f , die Auferweckung des Lazarus, dem Anschein nach von Veit Stoß, zu retten.

Die Wände der ganzen Kirche zeigten eine gleichmäßige Tünchung in zwei Tönen: gelblich und violett. Die Hunderte von T o t e n s c h i l d e r n , welche die Kirche ehemals schmückten, waren bei einer beim Übergang Nürnbergs an Bayern stattgehabten „Säuberung" hinausgeschafft und zum Teil den betreffenden Familien zurückgegeben worden. Daß unter der geschmacklosen T ü n c h u n g mittelalterliche Malereien verborgen seien, die der Auferstehung harrten, mußte jedem mit der mittelalterlichen Kunst Vertrauten zweifellos scheinen.

So wurde denn am 1. Januar 1903 mit den Arbeiten begonnen und zunächst, um während der Restaurierung den Gottesdienst möglichst wenig zu beeinträchtigen, die basilikale westliche Kirchenhälfte vom Ostchor, in welchem der Gottesdienst stattfinden sollte, durch eine Holzwand getrennt. Durch das Baugeschäft von G. Goll & Söhne erfolgte sodann die Einrüstung der Kirche, und zwar des Mittelschiffes und der Seitenschiffe des Löffelholzchores und der Turmhallen vom Boden bis zum Gewölbe. Von den G e m ä l d e n wurden die nachfolgenden zur kgl. Gemäldegalerie nach Augsburg gesendet, um dort von Konservator A. M a y e r teils gereinigt und aufgefrischt, teils restauriert zu werden: Die Flügeltafeln des

Löffelholzaltares (des Schreines und der Predella) (Abb. 43), die drei Tafelbilder im Löffelholzchor, die Tafel Mariä Krönung der Hallersche Altar, die Geburt Christi (von 1478) und die Auferweckung des Lazarus von Ruprecht oberhalb der Nordtüre. Die übrigen kleineren Bildwerke und Skulpturen wurden in die Arbeitsräume der Bauhütte gebracht, während die größeren an Ort und Stelle vorläufig durch Einpackungen vor dem zu erwartenden Baustaub zu schützen waren.

Nunmehr wurde vorsichtig mit dem Abschaben und Abklopfen der Tünche begonnen. Schon bald zeigten sich an den Gewölben, und zwar an den Rippen und Schlußsteinen, Spuren von Polychromie, und es dauerte nicht lange, bis das System der ehemaligen Bemalung des Kircheninnern klar gestellt werden konnte. Zwei verschiedene Arten der letzteren waren zu unterscheiden. Eine einfache Quaderbemalung in zwei Tönen (grau und rot) im Löffelholzchore, dessen Gewölbefelder außerdem einen gemalten Steinverband aufweisen, sowie die vorgefundene schwärzliche Tönung einzelner Gesimse und besonders der Säulenschäfte — ein Anklang an die Verwendung von Schiefer bei den rheinischen Bauten — dürfte als noch zur romanischen Bauperiode gehörig anzusprechen sein. Andererseits muß die in schwarz, rot, gelb und blau hergestellte Bemalung der Rippen im Mittel- und Seitenschiff (Taf. IX) und die Polychromie der Statuen und ihre teppichartigen Hintergründe (Taf. VII) dem 14. und 15. Jahrhundert zugewiesen werden. Für die vorgefundene Bemalung erscheint der Umstand bemerkenswert, daß ein einheitliches starres System nicht aufdringlich zutage tritt; vielmehr bietet eine je nach Gelegenheit und Veranlassung stattgehabte farbige Ausschmückung einzelner Teile der Kirche ein ungemein abwechslungsreiches und malerisches

Bild.

Erhöht wurde dieser Reiz durch die figürlichen Wandmalereien, welche an verschiedenen Stellen aufgedeckt wurden. Von diesen sei zunächst eine Figur des Christophorus erwähnt, welche in Riesengröße fast die ganze Wandfläche des südlichen Turmes innerhalb des dortigen Seitenschiffes bedeckt. Oberhalb derselben zeigen sich Reste einer noch früher vorhanden gewesenen und gut erkennbaren Christophorusdarstellung, vermischt mit Fragmenten eines ebenfalls an der gleichen Stelle bestandenen Veronikatuches mit dem Christuskopf, welches von Engeln gehalten wird. An einem südlichen Pfeiler des Mittelschiffes fand sich ein Gemälde, den Tod Mariä darstellend, das ehemals die Rückwand eines Altares dortselbst gebildet haben dürfte. Darüber Reste von kleineren Gemälden. An einem anderen Pfeiler beim Dreikönigsportal wurde ein weiteres Gemälde, die sogenannte Gregoriusmesse, aufgedeckt. An den Brüstungen der Empore im nördlichen Seitenschiff konnten nach Entfernung einer braunen Farbschicht hübsch gemalte Maßwerke und reiche Wappen der Patrizierfamilien, welche dort heute noch ihren Sitz haben, bloßgelegt werden.

Mußte auf der einen Seite als Vandalismus empfunden werden, wie frühere Zeiten einer so kunst- und geschmackvollen Bemalung gegenüber durch rücksichtslose Übertünchungen verfahren waren, so erforderte andererseits die Stellung, welche dem nunmehrigen Befunde gegenüber einzunehmen war, Überlegung und Vorsicht.

Das farbenfreudige Mittelalter hat diese Bemalungen offenbar in frischer lebhafter Wirkung hergestellt und an dieser keinen Anstoß genommen, während unser heutiges Farbenempfinden dem gegenüber ein ganz verändertes ist. Gerade die zarte Wirkung, welche die durch Tünchung und

Wiederaufschabung in ihrer Kraft gedämpften Bemalungen aufwiesen, bot einen außerordentlichen Reiz, und die Gesamtwirkung war trotz der verschiedenen Zeiten, aus denen diese stammten, von durchaus harmonischer Einheitlichkeit. Der Respekt vor der Kunst der Alten machte außerdem größte Zurückhaltung bezüglich etwaiger Erneuerungen und gleichmäßige Fürsorge für alle alten Funde — ob sie nun aus dem Mittelalter oder der Rokokozeit stammten — zur Pflicht. Unter diesen Umständen trachtete der Unterzeichnete[107]

[108] darnach, die Malereien in ihren vorhandenen Resten und Spuren auf das gewissenhafteste festzustellen und die Restaurierung in der alten Technik lediglich auf die Ergänzung der fehlenden, mit Sicherheit zu bestimmenden Teile zu beschränken, wobei auf die Erhaltung der beschriebenen allgemeinen malerischen Stimmung sorgfältig Rücksicht genommen werden sollte.

Abb. 43. Löffelholzaltar.

Zur Ausführung solcher eigenartiger Arbeiten waren
geeignete Kräfte in Nürnberg nicht vorhanden. Es wurde
daher der als trefflicher Meister in seinem Fach bekannte

Vergolder und Faßmaler F r a n z R u e d o r f e r, beziehungsweise die Firma Barth & Cie. in München, welcher er angehört, mit diesen Arbeiten betraut. Ruedorfer, der wiederholt selbst anwesend war, sandte eine Anzahl Gehilfen, die seine Schule genossen hatten und die sich, teils in Bemalung, teils in Modellieren, Formen und Gießen geschickt, im Laufe der ganzen Restaurierung als willige Hülfskräfte erwiesen.

Die Abschabung der Tünche und die an einzelnen Stellen erforderliche Wegnahme des Verputzes hatte aber außer der Feststellung der alten Bemalung leider eine im höchsten Grade bedauerliche Entdeckung zur Folge. Es zeigten sich nämlich bauliche, den Kern des Mauerwerkes betreffende S c h ä d e n, welche von niemand bei der Inangriffnahme der Restaurierung erwartet worden waren. Zunächst war dies beim n ö r d l i c h e n T u r m der Fall. Da, wo an der Ostseite des Turmes die später hinausgerückte Außenwand des nördlichen Seitenschiffes früher angebaut war, trat das innere Brockenmauerwerk ohne schützende Quaderverblendung zutage. Die romanischen Mauern bestehen an St. Sebald durchweg aus einer beiderseitigen Quaderverblendung; deren innerer Zwischenraum mit zum Teil sehr mangelhaftem Brockenmauerwerk ausgefüllt ist. Es zeigte sich ferner in dieser Ostmauer des Turmes oberhalb des Spitzbogens der vermauerte Zugang zu einem T r e p p e n h a u s e, welches sich in seiner ungefähren Lage aus dem Vorhandensein eines kleinen Fensters und eigenartiger vermauerter Öffnungen im linken Gaden des Turmes annähernd bestimmen ließ. Da dieses Treppenhaus innerhalb der Mauer lag, so war diese infolge des mangelnden Verbandes selbst bei einer nachträglichen Ausmauerung geschwächt und hatte der Belastung nicht standhalten können. Daher waren zahlreiche bis zu 12 cm breit klaffende Risse entstanden. Schleuniges Eingreifen tat not, war aber um so schwieriger, als vorerst keine sichere Kenntnis darüber bestand, ob das Treppenhaus ausgemauert oder noch hohl war. Einbrüche vorzunehmen, um hierüber Auskunft zu erhalten, erschien wegen der damit verbundenen Gefahr unmöglich. So konnte nur mit vorsichtigen Bohrungen und mit in diese eingeführter künstlicher Beleuchtung des 1·50 m starken M a u e r i n n e r n festgestellt werden, daß der Treppenraum mit schlechtem Brockenmauerwerk teils ausgemauert, teils nur zugeschüttet worden war. Bei den vorhandenen außerordentlich großen Belastungen ein wenig tröstliches Ergebnis.

Der Arbeitsplan wurde nun, wie folgt, entworfen. Zunächst war der Spitzbogen zwischen Turm und Seitenschiff mit starken Rundholzstämmen auszubolzen und darüber eine eiserne Verschlauderung anzubringen, sodann wurde in die nur mangelhaft zusammenhängende Turmmauer eine Öffnung von der Größe weniger Backsteine eingebrochen und mit harten Backsteinen in Zementmörtel wieder vermauert. Durch Wiederholung dieser Arbeit gelang es, einen horizontalen, etwa 50 cm hohen Streifen von Backsteinmauerwerk einzubringen, der innerhalb der Mauer etwa wie ein eingesetzter fester Balken wirken mußte. Solche Streifen wurden in Abständen von 50 cm sechs untereinander eingebracht, und sodann die noch bestehenden Zwischenteile durch Quadermauerwerk — natürlich kam jedesmal nur ein Quader zur Vermauerung — ausgewechselt. Hernach gelang es durch vorsichtige Einbrüche in das Treppenhaus selbst auch hier den größten Teil des schlechten Mauerwerkes nach und nach durch gutes tragfähiges Zementmauerwerk zu ersetzen.

Auch in der südlichen Wand des nördlichen Turmes zeigten sich in der Höhe des Engelchores verschiedene T r e p p e n l ä u f e innerhalb der Mauer, welche nicht vermauert, sondern vollständig hohl waren. Daneben fanden sich andere, vielleicht zur Aufnahme von Holzbalken bestimmte verborgene H ö h l u n g e n, welche den Querschnitt der Mauern verringerten. Es erwies sich somit, daß die romanischen Türme viele Treppenaufgänge innerhalb der Mauer besaßen, und daß man beim Aufbau des 75 m hohen nördlichen Turmes in der gotischen Zeit auf die durch die Hohlräume geschwächten Mauern unbedenklich weiter gebaut hatte. Den infolgedessen aufgetretenen Verschiebungen des Mauerwerkes war zum Teil schon bei der Außenrestaurierung durch starke Verschlauderungen entgegengearbeitet worden, ohne daß damals jedoch die Ursache schon in ihrem ganzen Umfang bekannt gewesen wäre.

Beim s ü d l i c h e n T u r m haben die angestellten Untersuchungen eine beim gotischen Aufbau vorgenommene Verbesserung des romanischen Unterbaues ergeben.

So bedauerlich es nun im archäologischen Interesse auch war, so mußte doch der bestehenden Schäden wegen eine Einmauerung von Pfeilern und teilweise eine ganze Ausmauerung bei den hohlen Treppenräumen ausgeführt werden. Übrigens hat in jedem Falle eine genaue geometrische und, wo dies möglich war, auch photographische Aufnahme des Befundes stattgefunden.

Als noch ernster erwies sich die Lage bei den beiden r o m a n i s c h e n V i e r u n g s p f e i l e r n, auf denen die Hauptlasten der Kirchenmauern ruhen. Während der Abnahme des Verputzes schon fiel ein auf der Westseite des n ö r d l i c h e n P f e i l e r s angebrachter, aber von der Mauer abgerissener und nur noch lose anhaftender steinerner Baldachin herab. Es ist als ein Glück zu betrachten, daß er nicht während des Gottesdienstes auf die Kirchenbesucher herabgestürzt war. Dieser Pfeiler war im übrigen auf allen vier Seiten durch und durch zerrissen. Da im Innern nur schlechtes Brockenmauerwerk zu erwarten war und die großen Mauerlasten (etwa 620.000 kg) lediglich auf den zerborstenen Außenquadern ruhten, so mußte schleunige Abhilfe getroffen werden, wenn man nicht mit einer Katastrophe rechnen wollte, denn der Zusammenbruch des Pfeilers mußte den Einsturz der nördlichen Hälfte der ganzen Mauerwand und des Giebels zwischen Ostchor und Basilika sowie der anstoßenden Gewölbe zur Folge haben.

Die Ursachen, aus denen ein so bedrohlicher Zustand erwachsen war, sind verschiedener Art. Zunächst ist zu bedenken, daß die Vierungspfeiler ursprüglich Tragpfeiler einer romanischen Gewölbeanlage waren, die beim Umbau der Kirche in der gotischen Zeit zum Teil abgebrochen wurde, so daß sich in der Beanspruchung der Pfeiler eine Verschiebung ergeben mußte. Damals sind vielleicht schon die ersten Deformationen entstanden.

Der Anbau des Ostchores und des großen Westgiebels desselben brachte sodann den Pfeilern neue Belastungen, während andererseits durch die Verbreiterung des Seitenschiffbogens und in der Barockzeit durch Einbrüche für Balken, Emporen und Stuhlwerk der Querschnitt der Pfeiler an verschiedenen Stellen weit über das zulässige Maß geschwächt und der Verband aufgehoben wurde. Ist aber einmal der Zusammenhang eines Mauerkörpers gelockert, so wird jede weitere Schädigung von um so schlimmeren Folgen sein. Man kann daher nur staunen über die sorglose Art, in der besonders die letzten Jahrhunderte das Bauwerk, welches schon durch die mittelalterlichen Umbauten die Einheitlichkeit der Konstruktion eingebüßt hatte, vernachlässigt haben.

Der südliche Pfeiler erwies sich dem äußeren Anschein nach als in besserer Verfassung, doch ließen bereits vorhandene Backsteinmauerungen und Verschlauderungen nichts Gutes vermuten. Immerhin war am meisten der nördliche Pfeiler gefährdet; auch die Behörden forderten aus Sicherheitsgründen eine Erneuerung des Pfeilers.

So hatten sich neben den künstlerischen Aufgaben noch Arbeiten ergeben, die in konstruktiver und technischer Beziehung große Anforderungen stellten und zudem außerordentliche Geldmittel erheischten. Als ein schätzbarer Berater der Bauleitung erwies sich bei diesen Arbeiten der Ingenieur O t t o W e b e r, welcher bei der Lösung der mannigfaltigen technischen Fragen großen Anteil hatte. Aber auch Steinmetzmeister J o h a n n G ö s c h e l, stets gewissenhaft und unermüdlich, hat sich den ihm gestellten Aufgaben auf das beste gewidmet.

Wie sollte der nördliche Pfeiler ausgewechselt werden? Von den wenigen Beispielen einer solchen A u s w e c h s l u n g in der neueren Geschichte der Technik schien die Auswechslung im Bremer Dom von Interesse. Allein eine Abstützung aller in Betracht kommenden Gewölbe- und Mauerlasten, wie sie dort stattgefunden hatte, war hier sowohl wegen der großen Höhe und Unsicherheit eines Holzgerüstes als auch wegen der Feuersgefahr und Kosten nicht zu empfehlen, denn die profilierten Bögen boten für die Abstützungen nur mangelhafte Angriffsflächen und bei einem Holzgerüst waren Setzungen nicht zu vermeiden. Wurden die Lasten aber etwa durch Eisenstützen wirklich abgefangen, so ergaben sich für die Fundierung der letzteren in dem von romanischen Grundmauern durchzogenen, aufgefüllten Chorboden neue Schwierigkeiten. Aus den Beratungen erwuchs schließlich der Plan, den ganzen geborstenen Pfeiler mit einer A r m i e r u n g aus eisernen Trägern ringförmig zu umgeben (Abb. 44 und 45) und innerhalb dieser Ringe unter

Beobachtung der größten Vorsicht einen Quaderstein nach dem anderen auszuwechseln; dabei sollte auch in den Mauerkern möglichst tief eingedrungen und dieser durch Ausmauern und Einspritzen von Zementmörtel verbessert werden.

Der B a u a u s s c h u ß, der von allen Vorgängen unterrichtet war, beschloß, die Sicherung des Pfeilers durch die beabsichtigte Armierung sofort vornehmen zu lassen, die Erneuerung selbst aber erst in Verbindung mit der Restaurierung des Ostchores zu bewirken.

Die baulichen Arbeiten in der Westhälfte der Kirche waren damit noch nicht erschöpft. Die T r i f o r i e n (Abb. 4) des Mittelschiffes zeigten sich ursprünglich konstruktiv korrekt zwischen den Tragpfeilern der Joche angelegt. Sie schwächten zwar die Schildmauern, jedoch an einer Stelle, wo dies ohne Nachteil geschehen konnte. Die eigentlichen Tragpfeiler waren massiv und wurden zum Teil durch äußere Strebebögen gestützt. Bei der im Anfang des 14. Jahrhunderts stattgehabten Erweiterung der Seitenschiffe wurden die Strebebögen aber abgebrochen, und als durch die Erhöhung der Gewölbe die Triforien vom Dachboden aus nicht mehr zugänglich waren, wurden die Tragpfeiler durchlöchert, um eine Verbindung der einzelnen Triforien untereinander sowohl wie mit den Gewölbetrichtern zu schaffen. Denn letztere ermöglichten durch hölzerne Treppen wieder einen schmalen Zugang zu dem höher gelegten Dachboden. Infolge dieser Durchbrüche war aber die Sicherheit der Konstruktion des Mittelschiffes wesentlich beeinträchtigt. Noch schlimmer wurde die Sachlage, als in der Barockzeit hölzerne E m p o r e n, deren Balken große Löcher im Mauerwerk erforderten, aus den Triforien herausgebaut und aus den letzteren selbst zur Erzielung eines bequemen Zuganges viele Säulen und Bögen entfernt wurden. Bei dem im 19. Jahrhundert erfolgten Abbruch

dieser Emporen hatte zwar ein Wiedereinsetzen dieser
Säulen, aber ohne jedes Verständnis für die bestehenden
Schäden in der sorglosesten Weise stattgefunden, so daß
diese „Restaurierung" nichts als eine oberflächliche
Kaschierung war.

**Abb. 44. Modell eines zum Teil armierten
Vitrumspfeilers.**

Hier mußte überall in gewissenhafter und gründlicher Art
Abhilfe geschaffen werden. Da außerdem an verschiedenen
anderen Stellen der Kirche, z. B. an der zu einem Schrank
mit Fächern aus steinernen Platten umgewandelten Arkade
zwischen Löffelholzchor und nördlichem Turm,
Veränderungen und Ergänzungen am Mauerkörper

stattzufinden hatten, so kann nicht Wunder nehmen, daß über 2000 Werksteine aus Wendelsteiner Quarzit im Laufe des Jahres eingewechselt oder neu eingesetzt werden mußten.

An den reizvollen romanischen S k u l p t u r e n, Konsolen, Kapitälen und sonstigem Laubwerk wurden die vielfach fehlenden Teile durch freie Anmodellierung in Masse mit Hilfe von Dübeln wieder neu hergestellt.

Eine Anzahl von rechteckigen Vertiefungen an den Pfeilern des nördlichen Seitenschiffes, welche ehemals wohl B r o n z e t a f e l n enthielten und auf das Vorhandensein von Gräbern dortselbst schließen lassen, wurden in dem aufgedeckten Zustande belassen. Auch die Reste eines im Löffelholzchor aufgefundenen romanischen S t e i n f u ß b o d e n s wurden zu beiden Seiten des Altares dortselbst wieder verwendet.

Die bis jetzt beschriebenen Arbeiten füllten fast das ganze Jahre 1903 aus; Mitte Oktober waren die Hauptgerüste gefallen und auch der in seiner Architektur so reich und reizvoll ausgestattete E n g e l s c h o r, dessen Gewölbekappen wegen der Jahrhunderte lang stattgehabten Durchfeuchtung größtenteils erneuert werden mußten, fertiggestellt. Bis auf den tödlichen Sturz eines Tünchergesellen war alles glücklich vonstatten gegangen. Nun konnten die Gerüste immer weiter entfernt und mit den Arbeiten an den H o l z g a l e r i e n, A l t ä r e n und V o t i v b i l d e r n begonnen werden. Hier sind besonders zu nennen die steinerne K r e u z t r a g u n g von Adam Kraft (Abb. 87) sowie die prächtigen Stammtafeln der Patriziergeschlechter L ö ff e l h o l z, E b n e r (Abb. 113) und P ö m e r. An diesen Kunstwerken fanden Ergänzungen vieler abgeschlagener Teile, Abschaben der weißen Übermalung und die Wiederherstellung der Vergoldung und Polychromie unter möglichster Schonung des alten

Bestandes statt.

Abb. 45. Armierter Vitrumspfeiler während der Restaurierung.

Den Hauptteil der figürlichen Plastik in der Westhälfte der Kirche bilden die an den Mittelschiffpfeilern angebrachten elf

Apostelstatuen (Abb. <u>77</u> bis <u>81</u>), welche im ganzen gut erhalten waren. Die Attribute, die bei einigen fehlten, waren leicht festzustellen und wurden erneuert. Im Mittelschiff fanden sich ferner auf der Südseite die Statue J o h a n n e s d e s   T ä u f e r s   und   auf   der   Nordseite   ein T h o m a s c h r i s t u s, beide gut erhalten, im nördlichen Seitenschiff zunächst das Kaiserpaar H e i n r i c h   u n d K u n i g u n d e (Abb. <u>82</u> und <u>83</u>); der Kaiserfigur war das Szepter neu beizugeben. Ohne Ergänzung konnten sodann die vortreffliche Statue B i s c h o f   E r h a r d s (Abb. <u>84</u>) sowie ein T h o m a s c h r i s t u s bleiben. Im südlichen Seitenschiff waren eine K a t h a r i n a, eine H e l e n a (Abb. <u>85</u>) und eine A n t o n i u s s t a t u e vorhanden, bei denen teils Ergänzungen, teils Erneuerungen der Attribute erforderlich wurden. Für eine M a r i e n s t a t u e mit dem Christuskind, die sich in der südlichen Turmhalle zur Seite gestellt   vorfand,   konnte   am   ersten   südwestlichen Mittelschiffpfeiler der alte Standplatz festgestellt werden. Sie wurde an demselben wieder aufgestellt und erhielt ein neues Szepter,   das   Kind   einen   neuen   Arm.   Ein   kleiner T h o m a s c h r i s t u s mit dem Ebnerwappen, der unter der Fülle von Statuen an diesem Pfeiler erdrückt erschien, wurde   in   den   Löffelholzchor   versetzt.   Die u r s p r ü n g l i c h e   P o l y c h r o m i e ließ sich bei allen Statuen   leicht   ermitteln   und   wurde   sorgältig wiederhergestellt. In vielen Fällen, besonders auch bei den teppichartigen, farbigen Hintergründen konnte sich diese Arbeit auf eine Restaurierung der im ganzen noch gut erhaltenen Bemalung beschränken.

Auf diese Weise erhielt die bisher weiß getünchte Kirche an Pfeilern und Wänden einen reichen farbigen Schmuck, zu dem der lichte, etwas ungleichmäßige Mauerton einen glücklichen Hintergrund bildete.

Noch   fehlten   jedoch   den   Pfeilern   die   ehemals   dort angebrachten zahlreichen und prächtigen T o t e n s c h i l d e der Patrizier, welche in den alten Kupferstichen gewissenhaft dargestellt sind. Kirchenrat Michahelles richtete eine Anfrage und Bitte an die in Frage kommenden Familien um Wiederherausgabe dieser Schilde. Der Erfolg war hocherfreulich. Von der v o n   L ö f f e l h o l z schen Familie wurden 21 Schilde (Abb. 115) überlassen, von den Familien v o n   H a l l e r 12 (Abb. 117 und 118), v o n   K r e ß 7 (Abb. 116), v o n   E b n e r 4 (Abb. 119) und v o n   H a r s d o r f 11 Schilde. Die Wiederherstellungsarbeiten wurden in der Bauhütte ausgeführt und die Schilde in der Kirche an Pfeilern und Wänden in Gruppierungen, wie sie möglichst dem früheren Bestande entsprachen, aufgehängt.

Die Wandmalereien: C h r i s t o p h o r u s (Abb. 46), T o d M a r i ä und G r e g o r i u s m e s s e, welche aufgedeckt worden waren, wurden durch Kunstmaler Pfleiderer unter Mithilfe des Konservators Professor Haggenmiller restauriert und die beiden letzteren mit hölzernen Schutztürchen versehen. In der südlichen Turmhalle fand ein neues brunnenartiges Becken mit Wasserleitung seinen Platz.

Der Fußboden aus Wendelsteiner Quarzitplatten war fast ganz zu erneuern; und auch die G l a s m a l e r e i e n erforderten zwar nicht wesentliche Restaurationen, jedoch kleinere Ausbesserungen und neue Bleifassungen. In den Fenstern des Löffelholzchores gelangten sechs neue B i l d t a f e l n, von Zettler in München nach Professor Wanderers Entwurf gefertigt, zur Aufstellung. Daneben wurden teils alte, teils neue Wappen angebracht. Stifter dieser Fenster sind die Familien von Löffelholz, von Haller, von Kreß, von Scheurl und von Tucher.

Störend wirkten bis jetzt die K i r c h e n b ä n k e, deren Seitenteile mit pseudogotischen Verzierungen aus der Mitte des 19. Jahrhunderts versehen waren. Die heutige Denkmalpflege verlangt da, wo nicht etwa an einem alten

Objekt kleine Teile zu ergänzen, sondern wo neue Objekte zu schafren sind, n e u z e i t l i c h e Formen. Eine gefährliche Aufgabe in einer so ehrwürdigen Umgebung. Dem Unterzeichneten schien es am zweckmäßigsten, in solchen Fällen möglichst i n d i f f e r e n t e, e i n f a c h e F o r m e n anzuwenden, welche gegenüber den vorhandenen Kunstwerken in den Hintergrund treten sollten. In dieser Art war schon die Gestaltung des Wasserbeckens im südlichen Turm und der Holzläden vor der Gregoriusmesse erfolgt; sie sollte auch für die späteren Arbeiten im Ostchor (Sakristeivertäfelung und verschiedene Eisenbeschläge) beibehalten werden. Daher entstanden nun auch an den Bänken neue Seitenteile mit einem einfachen, schlichten Schneckenabschluß. Andererseits fand da, wo vorhandene alte Teile dazu Veranlassung gaben, z. B. bei den mannigfachen eisernen Schranktüren, die Ergänzung im alten Stil und Charakter statt. Das geschilderte Prinzip wurde nach besten Kräften durchgeführt; wo eine kleine Abweichung stattfand und eine Neuschöpfung den Archäologen zu einem Irrtum verleiten könnte, wurde die Jahreszahl beigefügt.

Ende März konnten die von Konservator Mayer geschickt restaurierten Gemälde wieder zur Aufstellung gelangen. Bei den P r e d e l l a b i l d e r n des Löffelholzaltares hatte sich unter einer wertlosen Übermalung die mittelalterliche Darstellung der alten Stifter gefunden. Auch bei den anderen Bildern war hie und da eine unverständige spätere Übermalung entfernt worden. Namentlich die alte Vergoldung kam unter einer überdeckenden stumpfen Farbschicht, z. B. bei den Hintergründen des Halleraltares, und zwar meist gut erhalten, wieder zum Vorschein.

Die alte barocke O r g e l auf dem Engelchor erhielt ein neues Orgelwerk, das eine Erweiterung des Gehäuses nach den beiden Seiten zur Folge hatte und von Orgelbaumeister

Strebel gebaut wurde.

Alle Kunstschreinerarbeiten und die hiebei erforderlichen Schnitzereien wurden in den Werkstätten der Bauhütte gefertigt. Schließlich ist zu erwähnen, daß im ersten westlichen Joche des nördlichen Seitenschiffes eine Reihe von steinernen Originalstatuen vom Äußeren der Kirche, welche im Laufe der Jahre erneuert worden waren, zur Aufstellung gelangten.

So konnte Ostern 1904 die Restaurierung der Westhälfte von St. Sebald nach 15monatlicher Bauzeit beendet werden; und nachdem der Bauausschuß die dargelegten Grundzüge für die Wiederherstellung des Ostchores genehmigt hatte, wurde sogleich mit den Arbeiten in diesem begonnen.

**Abb. 46. Der heil. Christophorus. Wandgemälde im
südlichen Seitenschiff.**

Zunächst waren auch hier die beweglichen
Kunstgegenstände in der Bauhütte, wo sie restauriert
werden sollten, in sichere Verwahrung zu bringen. Sodann
wurden die Bildtafeln: M a r i a m i t H e i l i g e n von Hans

von Kulmbach 1513 (Taf. XV), E c c e h o m o aus dem Tucheraltar von Merian 1659, die K r e u z t r a g u n g von 1485, die A u f e r s t e h u n g aus dem Muffelaltar, das P a r a d i e s von Kreuzfelder 1603, die Flügel des P e t r u s a l t a r e s mit zwölf Bildern und schließlich die Flügel des A n n a a l t ä r c h e n s in die königl. Gemäldegalerie nach Augsburg zur Restaurierung durch Konservator Mayer gesendet. Zu gleichem Zwecke wurde eine kleinere Anzahl von Tafelbildern an Kunstmaler Bär übergeben. Dann war der ganze Ostchor im Innern einzurüsten, um alle Wände, Pfeiler und Gewölbe zu gleicher Zeit in Angriff nehmen zu können; hernach begann das Abschaben der Tünche.

Das Ergebnis war im allgemeinen das gleiche wie in der Westhälfte. Es trat ein gelblicher Grundton der Wände zutage. Die Gewölbekappen, mit schwarzen Strichen versehen, waren etwas heller. An den S c h l u ß s t e i n e n fand sich die von der Westhälfte her bekannte Polychromie der übrigens außerordentlich reizvollen Skulpturen und eine ornamentale Bemalung der R i p p e n in der Nähe des Gewölbeschlusses. Ferner eine rötliche Tönung der Fensterleibungen. Außerdem waren aber e i n z e l n e P a r t i e n der plastischen Wanddekoration, z. B. Statuen mit zugehörigen Baldachinen und Rückwandflächen (Abb. 47), farbig behandelt, je nachdem wohl von den Patrizierfamilien, welche in den entsprechenden Jochen ihre Gräber und Totentafeln besaßen, eine Stiftung dazu stattgefunden hatte. Daher erwiesen sich einzelne Baldachine r e i c h p o l y c h r o m i e r t und vergoldet, während ihre Nachbarn den s c h l i c h t e n S t e i n t o n zeigten.

An W a n d m a l e r e i e n wurde zunächst eine an die Restaurierung von 1657 erinnernde T a f e l über dem Kaiserchörlein und ein V e r o n i k a t u c h dortselbst aufgedeckt, bei welch letzterem die ursprünglich wohl vorhandenen Engel in die Apostel Petrus und Paulus umgewandelt waren, ferner figürliche F r a g m e n t e an der nördlichen und südlichen Sakristei, im Dreikönigschor und hinter dem Muffelaltar sowie Teppichmuster beim Tucheraltar und dem südwestlichen Chorpfeiler. Die Restaurierung all dieser Bildreste beschränkte sich auf das Notwendigste. Es wurde der archäologische Bestand möglichst erhalten und über ein vorsichtiges Austupfen der weißen Flecke innerhalb der farbigen Flächen nicht hinausgegangen. Die Fragmente behielten ihren Charakter als solche bei.

Weitere größere W a n d m a l e r e i e n zeigten sich bei den Tucherschen Chorstühlen. Über dem ersten westlichen Stuhl kam nach Wegnahme des Kulmbachschen Bildes eine K r e u z s c h l e p p u n g von 1473 (Gedächtnis der Frau Barbara Steinlinger) zutage, von welcher, so schlecht sie auch erhalten war, ein größerer Teil, eine isometrische Darstellung der Stadt Jerusalem, von der Wand auf Leinwand abgezogen werden konnte. Merkwürdigerweise fand sich darunter eine z w e i t e frühere K r e u z s c h l e p p u n g, ebenfalls ein Steinlingersches Gedächtnis, allerdings in noch schlechterem Zustande vor; es gelang jedoch auch hier einige Teile, hauptsächlich Köpfe, abzuziehen und so zu erhalten.

Als in besserem Zustande erwiesen sich die Wandbilder beim Tucheraltar, nämlich eine P i l g e r s t ä t t e und mehrere H e i l i g e n f i g u r e n. Den interessantesten Fund bildeten aber die in der Farbe auffallend gut erhaltenen M a l e r e i e n a u s d e r A p o s t e l g e s c h i c h t e (Abb. 106), welche hinter dem Petrusaltar zum Vorschein kamen. Da dieser Altar mit seiner alten Mensa nicht versetzt werden konnte, so mußten auch hier die Bilder von der Wand abgezogen werden. Sie wurden auf eine Mörtelschicht gebracht und hinter dem Muffelaltar aufgestellt. Das gleiche geschah mit dem erwähnten in Öl gemalten Pilgerbild. Die Restaurierung fast aller Wandmalereien führte Kunstmaler Pfleiderer aus. Die Abendmahl- und Ölbergdarstellung hinter dem Tucheraltar, ein Ölgemälde aus dem Jahre 1423 wurde unter Preisgabe einer schlechten Übermalung vom Jahre 1627 durch Konservator M a y e r restauriert.

Neben so erfreulichen Funden förderte das Abschaben der Tünche aber auch wieder manche b a u l i c h e S c h ä d e n zutage. Namentlich im romanischen Mauerwerk, sowohl beim Brauttor wie beim Dreikönigschor, fanden sich größere H o h l r ä u m e, die die Tragfähigkeit der Mauer schwächten und geschlossen werden mußten. Offene Lagerfugen waren an vielen Stellen zu verdichten. Immerhin waren im Ostchor lange nicht so eingreifende Schäden vorhanden wie in der Westhälfte, aus welcher eine Hauptaufgabe, die Erneuerung der jetzt zur Ostchorrestaurierung zugezogenen V i e r u n g s p f e i l e r, noch zu lösen war. Eine Untersuchung der Fundamente dieser Pfeiler sowie des Baugrundes führte nicht zu Bedenken. Die Bodenuntersuchung ergab mittelgroben trockenen Sand am Dreikönigsportal auf 9 m Tiefe, zwischen den Vierungspfeilern auf 4 m und am südlichen Turm auf 5·7 m, so daß sich für die nach der Tradition stattgehabte Fundierung des letzteren auf Pfählen keine Bestätigung ergeben hatte. Es konnte somit die Auswechselung am n ö r d l i c h e n P f e i l e r nach dem früher beschriebenen Plane innerhalb der Eisenarmierung beginnen, nachdem vorher die benachbarten Böden abgebolzt und die auf denselben lastenden durch Balkenlöcher, große Risse und offene Fugen geschwächten Mauern instand gesetzt worden waren. Bei den Auswechselungen war größte Vorsicht erforderlich. Durch Hebelübertragung vergrößernde Zeigertafeln sollten jede Bewegung anzeigen. Auf

Steinmaterial und Mörtelmischung wurde alle Sorgfalt verwendet und von den notwendigen neuen etwa 300 Quadern, die der Mörtelerhärtung wegen in möglichst großen Abständen eingesetzt wurden, kam täglich nur ein Stück zur Auswechselung. Trotzdem trat eines Tages eine Bewegung in der Mittelschiffmauer ein, welche durch weitere Abbolzungen und Ausmauerungen zur Ruhe gebracht wurde. Der Zustand des Pfeilerkernes, welcher jetzt vollständig erkannt werden konnte, erwies sich noch schlechter als man vermutet hatte, sodaß keine der angewendeten Vorsichtsmaßregeln hätte entbehrt werden können. Im Juli 1905 waren die Arbeiten am nördlichen Pfeiler beendet.[VI]

Nach den gewonnenen Erfahrungen und dem Ergebnis der unterdessen stattgehabten weiteren Untersuchungen am südlichen Vierungspfeiler ließ sich die vollständige Erneuerung auch dieses Pfeilers, der bereits im Sommer armiert worden war, nicht umgehen. Es wurde daher ungesäumt nach der Abnahme der Kanzel und der Herstellung der nötigen Abbolzungen mit der Auswechselung begonnen, deren Fertigstellung erst im Juni 1906 zu erwarten war. Zugleich fand eine Instandsetzung der ganz zerrissenen und durch mehrfache Erweiterungen der Orgel in ihrer Stärke verringerten Westwand statt, welche schon vor einigen Jahren mehrfach verschlaudert worden war.

Von archäologischem Interesse ist es, daß die beschriebenen baulichen Ausbesserungen nebenbei zur Entdeckung der Reste von romanischen Rundfenstern im nördlichen Querschiff und von vielen romanischen Profil- und Zahnschnittsteinen führten, welch letztere beim gotischen Umbau in der Giebelwand, auch an einer Stelle in einem freistehenden Pfeiler, verwendet worden waren. Soweit es möglich war, wurden solche Steine nicht mehr verputzt, sondern sichtbar belassen. Unterhalb des Pfinzingchörleins fand sich eine Begräbnisstätte.

Neben diesen eigentlichen Bauarbeiten, deren Tempo aus Sicherheitsgründen bei den Vierungspfeilern nicht beschleunigt werden konnte und die infolgedessen zwei Jahre beanspruchten, nahmen die übrigen Instandsetzungsarbeiten an den dekorativen und Mobiliargegenständen einen ungestörten Fortgang.

Viele Arbeit verursachten die rings an den Chorwänden angebrachten steinernen B a l d a c h i n e und K o n s o l e n, deren zierliche Einzelheiten vielfach zertrümmert waren (Abb. 47). Es fehlten größtenteils die Riesenspitzen, viele Ornamente und die Strebepfeiler. Die zu den Baldachinen gehörenden Postamente zeigten an den Ecken genau so, wie dies bei den Postamenten der zweiten Figurenreihe der äußeren Strebepfeiler der Fall ist, Säulenbasen. Da die Baldachinenden nun unterhalb eine glatte Fläche ohne abschließendes Glied (Rosette oder Profil) hatten, so lag bei oberflächlicher Betrachtung der Gedanke nahe, daß ursprünglich freistehende Säulenschäfte Basis und Baldachin verbanden, wie dies besonders in der französischen Gotik vorkommt. Diese auch von Kunsthistorikern ausgesprochene Annahme erwies sich jedoch als irrig. Denn abgesehen davon, daß in vielen Fällen schmale, oft dreieckige oder viereckige Postamente zu breiten, vieleckigen Baldachinen gehören, trifft da, wo Baldachin und Postament in der Grundform übereinzustimmen scheint, die vom Baldachin aus gefällte Senkrechte fast nie auf die Basis. Daß die Basen gewissermaßen als Rückbleibsel des hier vermuteten Entwicklungsganges anzusehen sind, war nicht zweifelhaft. Schlechte Ergänzungen in Holz aus der Barockzeit wurden bei der Restaurierung der Baldachine beseitigt, jedoch in der Sammlung aufbewahrt.

Sodann kam die Restaurierung der großen Anzahl von Statuen aus Holz, Stein und Ton an die Reihe, welche an den Pfeilern und Wänden des Ostchores angebracht sind. Die Kreuzigungsgruppe von Veit Stoß (Abb. 55, 56, 57), die den bisherigen Heideloffschen Hauptaltar schmückte, wurde, da dieser nicht mehr aufgestellt werden sollte, allein oberhalb des Altares angebracht. Bei ihrer Restaurierung kam unter der Heideloffschen Bronzierung und einer dicken Farbkruste die alte Polychromie, zum Teil sogar noch sehr gut erhalten, zum Vorschein. Sehr erfreulich war es auch, als innerhalb des Christuskörpers eine Papierurkunde gefunden wurde, durch welche die Autorschaft des Veit Stoß bei dem 1526 geschaffenen Kunstwerke bestätigt wird. Diese Urkunde befindet sich nach stattgehabter photographischer Aufnahme auch heute noch an ihrer alten Stelle.

Abb. 47. Statue des Apostels Paulus mit Baldachin und Konsole im Ostchor.

Die übrigen S t a t u e n im Ostchore sind teilweise von den

Patrizierfamilien an ihren Platz gestiftet und stehen zu den Stiftern als Patrone in näherer Beziehung; zum anderen Teil sind sie aber ganz zufällig an ihren Standort gelangt und waren ursprünglich an anderer Stelle, ja in anderen Kirchen angebracht. Daß man dabei mit den manchmal vorzüglichen Kunstwerken nicht glimpflich umgegangen ist, zeigte der ruinöse Zustand der meisten Statuen, denen Hände, Arme und Füße sowie die beigegebenen Attribute oft abgeschlagen, auch hie und da willkürlich abgeändert waren. Wenn man, wie es in einer Rechnung des 17. Jahrhunderts heißt, bei der stattfindenden Restauration dem Hafner Auftrag erteilte, „die Götzen mit neuen leimenen (aus gebranntem Ton) Händen zu versehen", so konnte dies den Wert der Kunstwerke nicht erhöhen; es waren oft rohe Naturabgüsse, welche weder in der Größe, noch in der Bewegung zu dem geschändeten Kunstwerk paßten.

Bei der gegenwärtigen Restaurierung wurde der Grundsatz befolgt, da, wo nach Abnahme späterer Zutaten bei einer wertvollen Figur, über deren dargestellte Person kein Zweifel bestand, eine künstlerische Ergänzung einwandfrei erschien, den ästhetischen Genuß durch die letztere wieder zu ermöglichen. Bei minderwertigen Statuen oder da, wo durch eine Änderung archäologische Zweifel hätten hervorgerufen werden können, wurde davon abgesehen. An allen Statuen kamen die ursprüngliche Polychromie, dazu die Damastmuster der Gewänder zum Vorschein und fanden sorgfältige Restaurierung, wobei allerdings auch spätere farbige Übermalungen, welche zum Teil mit alten Nachrichten belegt waren, beachtet wurden.

Am ersten freistehenden Pfeiler gegen Norden befindet sich eine außerordentlich schöne M a d o n n e n s t a t u e, aus Birnbaumholz geschnitten (Abb. 97), innerhalb eines Gehäuses, dessen steinerne Konsole und Baldachin noch vorhanden sind, während die 1 5 1 9 von Hans von

Kulmbach gemalten Flügel fehlen. Ihre Entdeckung scheint in den Nummern 254 und 255 (Joseph und Zacharias) der alten Pinakothek in München gelungen zu sein. Die Madonna, unter deren Füßen zwei kleine Engel eine Mondsichel halten, während zwei andere ihr eine Krone aufs Haupt setzen, trägt auf beiden Händen das Jesuskind. Diese Statue, welche selbst die späteren Zeiten von der Übertünchung ausschlossen, zeigte noch die ursprüngliche Polychromie; die Ergänzung konnte sich auf einen fehlenden Fuß des Christuskindes beschränken.

Als gröber in der Ausführung erweist sich die am gegenüberstehenden rechten Pfeiler befindliche allerdings frühere steinerne M a d o n n a, deren hölzernes Christuskind nachträglich, und zwar viel später, aufgesetzt worden ist. Der bekrönende Baldachin, unten von Stein, im oberen Aufsatz von Holz, zeigt sehr zierliche Ornamentformen.

Der Befund und die Restaurierung der übrigen Statuen an der Innenseite der Ostchorwand unter den wiederhergestellten Baldachinen soll nachstehend, an der Nordseite bei der großen Sakristei beginnend, beschrieben werden.

Unter dem ersten Baldachine findet sich eine Statue aus Stein, offenbar der Apostel J a k o b u s der Ältere mit der Pilgertasche. Schon auf einer Zeichnung des 18. Jahrhunderts ist jedoch auf seiner linken Hand ein nachträglich aufgesetztes Kirchenmodell zu sehen. Vielleicht wollte man einen Sebaldus daraus machen. Die heutige Restaurierung beschränkte sich auf die Ergänzung des Pilgerstabes.

Die hölzerne Statue des S a l v a t o r mit bewegtem Faltenwurf und ausdrucksvollem Gesichte erforderte ebenfalls, abgesehen von einer sorgfältigen Reinigung und

Auffrischung der Polychromie, nur geringe Restaurierung. Die Statue wurde 1657 nach den Tucherschen Rechnungen mit einem steinernen Jakobus aus dem „Werkhaus in der Carthausen" nach St. Sebald geschafft. Der in Kupfer getriebene Heiligenschein stammt aus jener Zeit.

Ähnlich im Charakter, aber noch viel ausdrucksvoller und gewaltiger auch in dem lebhaft flatternden Faltenwurf, ist die ebenfalls hölzerne Statue des A n d r e a s von V e i t S t o ß (Abb. 89). Ihre Detailbehandlung erwies sich nach der Abnahme der Tünche sowohl in den realistisch behandelten faltenreichen Fleischteilen des Greises wie bei den Haaren als so fein, daß von jeder Übermalung abgesehen und nur eine zarte Lasierung, wie sie auch ursprünglich vorhanden gewesen zu sein schien, angewendet wurde, welche der Statue im allgemeinen den Holzcharakter wahrte. Einige Teile der Füße und Hände waren zu erneuern.

Die nunmehr folgende J o h a n n i s s t a t u e (Abb. 90) ist von gebranntem Ton und aus mehreren Stücken mit horizontalen Fugen zusammengesetzt. Sie stellt den Apostel mit dem Giftkelch in der linken Hand dar, während die Rechte eine segnende Stellung einnimmt. Beide Hände sowie Teile der Gewandung waren zu erneuern, wobei vorhandene Reste und eine alte Aufzeichnung über die ehemalige Stellung Aufschlüsse geben konnten.

Gegenüber steht die derb ausgefallene steinerne Statue J o h a n n e s des T ä u f e r s Sie war in mehrere Teile zerbrochen, welche sich jedoch, ohne daß bedeutende Ergänzungen nötig waren, wieder zusammensetzen ließen. Diese beiden Johannes zu beiden Seiten des Tucherfensters scheinen den ersten plastischen Schmuck der Tucherschen Begräbnisstätte gebildet zu haben, welchem sich dann 1657 die vorbeschriebenen drei Statuen anschlossen.

Die folgende steinerne kleinere A p o s t e l s t a t u e, welche in Größe und Charakter zu den Aposteln im Mittelschiff paßt, hatte nur eine linke Hand, die ein Buch trägt. In der rechten Hand trug sie im 17. Jahrhundert ein mächtiges hölzernes Kreuz, doch war diese willkürliche Zutat nicht mehr vorhanden. Die Hand wurde ergänzt, ohne daß etwa durch Zugabe eines Attributs eine bestimmte Person gekennzeichnet worden wäre. Vermutlich ist die schöne Figur eine Petrusstatue.

Die hinter dem Tucherschen Altar befindliche dritte J o h a n n e s s t a t u e (der Apostel) ist von Holz und ohne Zusammenhang mit ihrer Umgebung. Sie läßt sich auf den ersten Blick als zu einer Kreuzigungsgruppe gehörig erkennen. Beide Hände fehlten und waren zu erneuern.

Die nächsten beiden Statuen bilden eine Gruppe: V e r k ü n d i g u n g. Am Sockel des Engels befindet sich das Starksche, an dem der knienden Maria das Imhoffsche Wappen. Die Ausbesserung der Polychromie hat sich nur auf Kleinigkeiten beschränkt, so daß z. B. die Bemalung der Gesichter als durchaus ursprünglich anzusehen ist. Das Zepter des Engels ist erneuert.

Die beiden kleinen Statuen oberhalb des Sakramentshäuschens sind von Stein. Die rechts befindliche stand bis jetzt in einer Nische in der Ecke hinter dem Muffelaltar, während beim Sakramentshäuschen sich die nicht besonders schöne Tonfigur befand, welche jetzt an der Wand vor dem Muffelaltar aufgestellt ist. Der Grund für die vorgenommene Umstellung liegt in der schon bei oberflächlicher Betrachtung erkennbaren Übereinstimmung der beiden offenbar ein Ehepaar darstellenden Statuen. Bei der weiblichen Statue waren die Hände verletzt, bei der männlichen waren die Unterarme vom Hafner ergänzt. Beide machten einen jämmerlichen Eindruck. Auf ihren Häuptern fanden sich die Spuren ehemals vorhandener

Kronen. Beide Figuren waren an ihrem unteren Ende in Stuck um 25 cm verlängert. Beim Abnehmen der Stuckmasse traten die alten steinernen Füße zutage. Die Frage nach den dargestellten Persönlichkeiten schien sich unter Beachtung aller Umstände (Vorhandensein ähnlicher Statuen in St. Sebald und St. Lorenz) mit H e i n r i c h u n d K u n i g u n d e beantworten zu lassen. Daher hat sich der Unterzeichnete bei der Instandsetzung für eine Ergänzung in diesem Sinne entschlossen. Während die Kaiserin in die rechte Hand das Zepter erhielt, wurde dem Kaiser das Modell des Bamberger Doms gegeben (Abb. 48, 49).

Abb. 48. Statue des Kaisers Heinrich v o r der Restaurierung.

Abb. 49. Statue des Kaisers Heinrich nach der Restaurierung.

Das nächste Joch in der Mittelachse der Kirche weist die steinernen Statuen des P e t r u s und P a u l u s auf, welche geringe Ergänzungen an den Attributen erforderten. Unterhalb des Paulus ist das Wappen der Nürnberger Familie Usmer angebracht.

Daneben stehen zwei große hölzerne Statuen, ein T h o m a s c h r i s t u s und eine klagende M a r i a (Abb. 91, 92). Unterhalb des ersteren fand sich auf der Konsole unter dem Verputz das Zeichen des V e i t S t o ß, auf der Konsole der Maria die Jahreszahl 1495. Die Statuen bilden offenbar mit den darunter befindlichen Vesperbildern von Veit Stoß (Abb. 95) eine gemeinsame Gruppe. Beim Thomaschristus fehlte die linke Hand und die Hälfte eines Fußes, auch bei der Maria waren Ergänzungen erforderlich. Beide übertüncht vorgefundenen Statuen haben ihren Holzcharakter wieder erhalten. Bemerkenswert erscheint, daß bei der Maria der über den linken Arm hängende Gewandzipfel nachträglich angesetzt ist. Nimmt man denselben weg, so weist die Komposition des Faltenwurfs an dieser Stelle eine große Leere auf.

Die nun folgenden kleinen Statuen sind ebenfalls von Holz, stammen aber sowohl wegen ihrer Größe als wegen ihrer flachen Ausdehnung aus einem der vielen ehemaligen Altäre der Kirche. Sie stellen einen P a p s t und einen B i s c h o f dar; eine genaue Feststellung konnte mangels weiterer Attribute nicht erfolgen. Erneuerungen bei den Händen und an den Gewändern waren erforderlich; auch die Pontifikatstäbe wurden neu beigegeben.

Die folgende Statue hinter dem Muffelaltar zeigt ebenfalls einen nicht näher feststellbaren B i s c h o f und ist von Stein. Sie befand sich bis jetzt rechts vom Hallerschen Fenster, und an ihrer Stelle war, wie oben erwähnt, der sogenannte Kaiser Heinrich aufgestellt. Auch bei der nächsten S t a t u e a u s T o n (bis jetzt am Sakramentshäuschen an Stelle Kaiser Heinrichs) läßt sich die dargestellte Persönlichkeit nicht feststellen. In Haltung und Ausführung macht die Figur keinen glücklichen Eindruck, jedoch dürfte dies hauptsächlich auf die in früherer Zeit ergänzten „leimenen" Hände zurückzuführen sein, von deren Entfernung abgesehen wurde.

Um so interessanter sind die beiden folgenden, wohl auf einen und denselben Meister zurückzuführenden Statuen E r a s m u s (Abb. 93) und S e b a l d u s. Der erstere ein Bischof, trägt in der rechten Hand einen Haspel, das Werkzeug seines Martyriums, und in der linken ein Buch. Sebaldus, als Pilger dargestellt, trägt ein eigentümliches Kirchenmodell mit einem Dachreiter. Nachträglich und unorganisch war demselben ein Turm beigefügt, der bei der Restaurierung weggelassen wurde. Der abgeschlagene Pilgerstock wurde ergänzt. Erwähnenswert scheint, daß das

Wappen unter dem Erasmus, ursprünglich Haller-Tetzel, durch Übermalung und Aufsetzen eines Lämmchens zu einem Schürstab-Großischen Wappen umgeändert ist.

Die nächsten Statuen von Stein, M a r i a (Abb. 94) und E l i s a b e t h, bilden wieder eine Gruppe: die Behaimsche H e i m s u c h u n g. Bei der Elisabeth waren beide Hände zu erneuern, im übrigen waren nur einige Ergänzungen an den Gewändern und bei der Maria Ergänzungen an den Händen herzustellen.

Hieran schließt sich die Volckamersche V e r k ü n d i g u n g, zwei große Statuen von Stein; der Engel, der die fehlenden Hände erhielt, von denen die linke Hand das Zepter trägt, und Maria, bei welcher ebenfalls einige, jedoch geringe Ergänzungen vorgenommen werden mußten.

Ferner befinden sich unterhalb des Gesimses noch zwei kleinere Statuen von Stein: ein Behaimscher T h o m a s c h r i s t u s und eine M a t r o n e, letztere mit dem Volckamerschen Wappen. Neben derselben konnten betende Stifterporträts aufgedeckt werden.

Auch die steinernen V e s p e r b i l d e r von V e i t S t o ß (Abb. 95) machten eine Reihe von Ausbesserungen bei verstümmelten Händen, Gewandteilen und Schwertern erforderlich. Bei der S e b a l d u s s t a t u e (Abb. 86) am nördlichen Vierungspfeiler konnte sich die Restaurierung auf eine Ergänzung des Pilgerstabes beschränken.

Im übrigen ist noch zu erwähnen ein hölzerner kleiner T h o m a s c h r i s t u s, der seinen Platz, weil er sich an keiner anderen Stelle geeigneter anbringen ließ, von jeher auf dem Petrusaltar gefunden hat. Bei dieser Figur, ebenso wie bei der schönen E r z s t a t u e M a r i a s v o n S t e p h a n G o d l (Abb. 98), beschränkte sich die Restauration auf eine Reinigung.

Das Sakramentshäuschen, eine Stiftung von Muffel und Groland (Abb. 50), ist in seiner architektonischen Gliederung außerordentlich zierlich und reich ausgestattet. Leider waren viele Skulpturteile verloren gegangen oder zertrümmert und daher mannigfache Ergänzungen erforderlich. Die vollständige Polychromie fand sich nach Entfernung eines Ölfarbanstriches vor und wurde aufgefrischt. In der Nische, welche mit dem Standort des Thomaschristus korrespondiert, fehlt die wohl eine klagende Maria darstellende Statue.

Beim Schrein des Petrusaltares (Abb. 53, 54) waren sowohl die Skulpturen innerhalb des Schreines und die Predella wie auch die nach Augsburg zur Restauration gesendeten zwölf schönen Flügelbilder mit brauner Ölfarbe gleichmäßig überstrichen. Beim Abnehmen der letzteren kam an den Skulpturen die Polychromie in guter Erhaltung zum Vorschein, so daß z. B. das Glanzgold nur ganz weniger Ausbesserungen bedurfte. Die Mitra, die von zwei Engeln getragen wurde, fehlt. Leider fanden sich auch die sicherlich mit wertvollen Malereien geschmückten Predellatüren nicht mehr vor.

Im Herbst 1905 wurde auch die nördliche Sakristei instand gesetzt. Unter der Tünche zeigte sich bald die alte Polychromie, welche aufgefrischt wurde. Leider hat die Sakristei, die mit ihrem durch eine durchbrochene Treppe zugänglichen Obergeschoß und dem Kaiserchörlein eine eigenartige reizvolle Bauanlage bildet, früher viele störende Umänderungen erfahren. Die Öffnungen der Treppenwand waren wegen baulicher Mängel vermauert und hätten ohne anderweitige Stützkonstruktionen nicht geöffnet werden können. Eine Tür führt jetzt von der Straße in den ehemals abgeschlossenen intimen Raum. Die Piscina, früher von der Sakristei und vom Chor aus benutzbar, ist mit ihrem

Abzugsgraben noch vorhanden, dient aber jetzt, zum Teil vermauert, als Nische für einen Gasofen. Die alte ehemalige Ofennische wurde an der Ostwand entdeckt und als Bücherschrank verwendet.

Abb. 50. Sakramentshäuschen im Ostchor.

An Stelle der kleinen alten Fenster fanden sich auf der Nordseite große Fenster vor; eine weitere in die östliche A l t a r n i s c h e gebrochene Fensteröffnung nimmt jener alle Stimmung. Andererseits aber hatte die Sakristei zu diesen Änderungen durch ihre Feuchtigkeit und dumpfe Luft Veranlassung gegeben. Rekonstruktionen waren also nicht veranlaßt und die neueren Arbeiten beschränkten sich daher, abgesehen von einigen nötigen Auswechslungen am Mauerwerk und dem Verdichten vieler offener Lagerfugen, auf die Herstellung einer Vertäfelung und eine Verbesserung der Ofenanlage.

Im Chor fanden sich die S t ü h l e Hans Tuchers, Sebald

Schreyers und mehrere andere alte Stühle, welche noch in der Mitte des vorigen Jahrhunderts vorhanden waren, leider nicht mehr vor. Die alten H a n d w e r k e r s t ü h l e (Abb. 125) erfuhren ebenso wie die T u c h e r s c h e n R e n a i s s a n c e s t ü h l e eine gründliche Reparatur, wobei die an den letzteren angebrachten zwei kleinen Schnitzereien, S t . S e b a l d vom ehemaligen Schreyer-Stuhl (Abbildung auf dem Titelblatt) und ein W a p p e n vom Grundherrnstuhl, abgenommen und neben den Hauptaltar versetzt wurden. Heideloffsche Seitenwangen an verschiedenen alten Stühlen wurden entfernt und durch einfache, möglichst indifferente Formen ersetzt.

Besonders schwierig gestalteten sich die Arbeiten an den g o t i s c h e n C h o r s t ü h l e n (Abb. 121, 122, 123), die sehr reich geschnitzt waren und jetzt noch Reste von außerordentlich wertvoller figürlicher Plastik aufweisen. Kein Mobiliargegenstand hatte sich aber, von einzelnen Statuen abgesehen, in einem so zertrümmerten, zusammengeflickten und wieder vernachlässigten Zustand gefunden wie diese Stühle. Zunächst mußten die Originalteile festgestellt werden, dann wurde eine Instandsetzung vorgenommen, bei der die fehlenden Teile in ihren Hauptformen in Eichenholz ergänzt, aber nicht im Detail ausgeschnitzt wurden. Es sollte sich die Restaurierung innerhalb des wiedergewonnenen, würdigen allgemeinen Eindruckes vom alten Original absondern, so daß besonders bei den Figuren keinerlei Vermischung mit neueren Zutaten auftrat.

Das S e b a l d u s g r a b wurde, abgesehen von einigen kleinen Ausbesserungen (Ergänzung von fehlenden silbernen Rosetten), einer sorgfältigen Reinigung unterzogen.

Die beiden barocken S e i t e n a l t ä r e wurden gründlich instandgesetzt und ausgebessert, wobei auch die Malereien auf der Rückseite wieder zur Geltung kamen. War doch sogar das Lorbeerlaub aus Zinn an den Säulen des Tucheraltares (Abb. 51) in früheren Zeiten in Verlust geraten.

Die in der Augsburger Galerie stattgehabte Restaurierung der wertvollen T a f e l b i l d e r, welche im Mai 1906 wieder an ihrem alten Platze aufgestellt werden konnten, war vom schönsten Erfolge begleitet. Außer einer sachverständigen Reinigung hat durch die berufene Hand des Konservators M a y e r eine Abnahme vieler störender Übermalungen zum Teil in ziemlichem Umfange stattgefunden, so daß die ursprüngliche Farbenwirkung in überraschender Weise wieder zur Geltung gelangt ist (Taf. XV).

Eine der hauptsächlichsten Arbeiten im Ostchor wurde zu Anfang des Jahres 1906 begonnen: der Umbau der H a u p t o r g e l.

Die bisherige Hauptorgel von St. Sebald (Abb. 126) ist eine der ältesten und wohl auch interessantesten Bayerns. Sie wurde im Jahre 1444 von Heinrich Traxdorf erbaut und war im Ostchor über dem Trennungsbogen gegen das südliche Seitenschiff angebracht. Sie bestand außer aus einem Podium, welches auf einem hölzernen vorgekragten Gewölbe ruhte und in der Mitte einen kleinen Pfeifenprospekt (sogenanntes Positiv) trug, aus dem eigentlichen Orgelwerk, das fast die ganze Giebelwand bedeckte und von einem zierlichen Gehäuse umschlossen war. Der Blasebalgraum befindet sich hinter der Giebelmauer. Die Verbindung zwischen diesem Raume und dem Orgelpodium bildet eine schmale Tür in der Giebelwand. Vermutlich hatte die alte Orgel schon bemalte Flügel, die zum Schutze der Pfeifen dienten und geöffnet werden konnten. Die K o n s o l e, welche die mittlere Endigung des Holzgewölbes unterhalb der Orgel bildet, hat die Form einer Teufelsfratze mit beweglichem Kiefer, der während des Orgelspieles in Bewegung gesetzt werden konnte. Die beiden seitlichen Konsolen zeigen ein dänisches und ein französisches W a p p e n, die wiederholt in Verbindung mit dem Kirchenpatron in St. Sebald angewendet worden sind. Rings um das Orgelpodium fanden sich zwischen den herabhängenden Maßwerken reizvolle in Holz geschnitzte F i g u r e n, darunter zwei Herolde mit den beiden Nürnberger Wappen. Die übrigen stellen Ritter, Frauen und Bauern dar und sind zum Teil sehr humorvoll gehalten. Die ganze Orgel ist aus Eichenholz hergestellt. Zu beiden Seiten waren auf der Wand teppichartig großzügige O r n a m e n t e in grünem Ton aufgemalt und innerhalb derselben m u s i z i e r e n d e E n g e l dargestellt.

Im Laufe der Jahrhunderte hat die Orgel freilich mannigfache Veränderungen erfahren und zwar in den Jahren 1572, 1658, 1691 und 1827. Im Jahre 1658 erhielt sie neue Malereien von Daniel Preißler auf den wohl schon vorhandenen Flügeln, und zwar eine Reihe Porträts der Pfarrer und Kirchenpfleger, aber auch von Stadtmusikern und ihren Dirigenten. Die gesteigerten musikalischen Ansprüche hatten wiederholt Verbesserungen und Erweiterungen[123]
[124] des Orgelwerkes zur Folge, so daß allmählich auch das Gehäuse eingreifenden Veränderungen unterworfen worden war, wodurch die ursprüngliche Form desselben sehr beeinträchtigt wurde. Unter Heideloff wurde das Podium nach vorn sowohl wie nach beiden Seiten bedeutend erweitert, um für einen größeren Sängerchor Platz zu gewinnen. Die schönen Wandmalereien waren übertüncht und durch Balkenwerk verbaut worden.

Abb. 51. Partie aus dem Ostchor mit Tucheraltar,
Sakramentshäuschen und Petrusaltar.

Beim Abbruch der Orgel ergab sich glücklicherweise aus
der genauen Aufnahme und dem Vergleich der einzelnen
Teile die Möglichkeit, das u r s p r ü n g l i c h e
O r g e l g e h ä u s e von 1444 mit völliger Sicherheit wieder
herzustellen. Daß aber das vielfach ausgebesserte Orgelwerk
den heutigen Ansprüchen nicht mehr genügte, erscheint

253

begreiflich. Die Kirchenverwaltung entschied sich daher für Beschaffung eines neuen Orgelwerkes und billigte auf Grund eines Gutachtens von Hauptprediger Dr. Geyer den Vorschlag des Unterzeichneten, das alte Gehäuse, von allen späteren Zutaten befreit, zu verwenden und in Verbindung mit den Wandmalereien wieder vollständig instandzusetzen. Die Aufgabe, 26 neue Register in dem engen Raum unterzubringen, war nicht leicht, und ein Hinausschieben des ganzen Gehäuses um 15 cm zur Erlangung einer größeren Tiefe konnte nicht umgangen werden. Das Orgelwerk selbst wurde durch Orgelbaumeister S t r e b e l gebaut, während sämtliche Instandsetzungsarbeiten des Gehäuses und das neue Positiv mit den seitlichen Brüstungen in der Werkstätte der Bauhütte hergestellt wurden.

Auch die W a n d m a l e r e i e n zu beiden Seiten der Orgel, die in überraschender Weise zum Vorschein gekommen waren, erfuhren wieder eine Erneuerung.

Bei den Veränderungen, sowohl bei den Statuen wie an Reliefs und sonstigen Skulpturen, welche notwendigerweise vorgenommen werden mußten, hat in den meisten Fällen vorher eine photographische Aufnahme stattgefunden, so daß jederzeit Rechenschaft über den früheren Zustand gegeben werden kann. Die abgenommenen Ergänzungen selbst finden sich in der B a u s a m m l u n g der Kirche aufbewahrt, die auch die gefertigten Hilfsmodelle und Pläne enthält. S e p u l k r e n fanden sich in den Mensen der Altäre an verschiedenen Stellen, jedoch in bereits eröffnetem Zustande; zunächst im Hauptaltar mit einer Konsekrationsurkunde von 1379, ferner in der Mensa des Halleraltares und der südlichen Sakristei. Hier waren die Urkunden nur mehr als Reste vorhanden. Noch schlechter war der Zustand eines Holzkästchens mit vermoderter Einlage im Petrusaltar; im Tucheraltar fanden sich nur geringe Fragmente. Nach Feststellung der Urkunden und photographischer Aufnahme der Funde ließ das Pfarramt die letzteren wieder in ihre Höhlungen einschließen.

Bis zum Juli 1905 war die gefährliche Auswechslung auch des s ü d l i c h e n V i e r u n g s p f e i l e r s glücklich beendet, und es konnte nach Entfernung der Zwischenwände die ganze Kirche dem Gottesdienste wieder übergeben werden.

Bei den mannigfaltigen und auf verschiedenen Gebieten gelegenen Aufgaben, welche die 3-1/2jährige Wiederherstellung mit sich brachte, konnte sich der Unterzeichnete der Unterstützung der schon genannten tüchtigen Mitarbeiter wie auch anderer Fachleute erfreuen.

Das Verhältnis der Bauleitung zur protestantischen K i r c h e n v e r w a l t u n g, unter der Vorstandschaft von Stadtpfarrer J. S c h i l l e r, als der Bauherrin, und zum Bauausschuß, als deren Vertretung, war ein durchaus glückliches.

Der B a u a u s s c h u ß, welcher in vielfachen Sitzungen die Berichte und Vorschläge des Bauleiters entgegennahm, hatte leider mitten in der Arbeit am 2. Juni 1905 seinen Vorsitzenden, den Hauptförderer der Wiederherstellung, Kirchenrat F. M i c h a h e l l e s, 1. Pfarrer an[125]
[126] St. Sebald, verloren. Um ihn, den allverehrten und liebenswürdigen Mann, dem die Durchführung des großen Werkes sowohl durch die unermüdliche Beschaffung der Geldmittel wie durch die sachkundige, geschickte Leitung i n e r s t e r R e i h e zu danken ist, zu ehren, wurde im südlichen Seitenschiff seine wohlgetroffene Marmorbüste von F. Zadow (eine Stiftung von Justizrat Hilpert) aufgestellt. Mitglieder des Bauausschusses waren die Herren Baumeister und Privatier G. Goll, Magistratsrat H. Häberlein, Großhändler A. Heerdegen, Justizrat D. Hilpert, Kunstschlosser und Privatier A. Leibold und Fabriksbesitzer

J. Thäter. Nach einer kurzen Verwesung des Vorsitzes durch Pfarrer Wunderer hatte die Leitung des Bauausschusses Stadtpfarrer Dr. Hagen, 1. Pfarrer an St. Sebald, übernommen und die Arbeiten nach Kräften gefördert und zu Ende geführt.

Abb. 52. Ostchor. Ansicht gegen Westen.

Bei der Beschaffung der Geldmittel stand dem Kirchenrat

Michahelles der Verein für die Restaurierung der Sebalduskirche zur Seite, in dessen Ausschuß als stellvertretender Vorsitzender Justizrat C. Freiherr von Kreß, als Schriftführer Justizrat O. Vollhardt und als Schatzmeister Kommerzienrat C. Schwanhäußer tätig waren.

Die Mittel (Taf. VIII) flossen fast vollständig aus freiwilligen Beiträgen, bei welchen die Patrizierfamilien an erster Stelle standen. Auch die Kirchenverwaltung unterstützte die Wiederherstellung, teils durch größere Beiträge, die sie zur Abstellung der Bauschäden genehmigte, teils zu Zeiten, in denen ein niedriger Kassenstand vorhanden war, durch Vorschüsse.

Allerdings sind die bei der Inangriffnahme der Restaurierung gestellten Aufgaben an St. Sebald noch nicht alle gelöst. Die kostbaren Gobelins (Abb. 132 bis 136) befinden sich auch heute noch in einem traurigen Zustande. Wohl hat die Restaurierung eines kleinen Stückes gewissermaßen als Probestück durch Frau Irmisch in München stattgefunden und berechtigt zu der Annahme, daß auch die weiteren Ausbesserungen nicht wie bisher nur in Paris oder Italien, sondern in Deutschland gemacht werden können. Allein für diese künstlerische und kostspielige Arbeit fehlen vollständig die Mittel. Man mußte sich bei der gegenwärtigen Restaurierung darauf beschränken, die zerrissenen und zerschnittenen Stücke notdürftig wieder zu verbinden und mit Borten und Futterstoff neu zu versehen.

Das gleiche gilt bezüglich der wertvollen und prächtigen Glasmalereien im Ostchor (Abb. 107 bis 109), bei denen an vielen Stellen sich von außen durch die Einwirkungen der Atmosphäre eine dicke undurchsichtige Kruste gebildet hat, während die Schwarzlotaufmalung im Innern sich so abgelöst hat, daß sie sich mit dem Finger, wie der

Kreidestrich auf einer Schiefertafel, wegwischen läßt. Baldige Hilfe tut not, wenn diese unschätzbaren Kunstwerke nicht zugrunde gehen sollen. Andererseits muß mit größter Vorsicht dabei zu Werke gegangen werden. Vielleicht verspricht ein neues Verfahren, welches die Hofglasmalerei Zettler in München gerade mit Rücksicht auf die Glasmalereien von St. Sebald erprobt hat und das in einer durchsichtigen leichten Überglasung der einzelnen Glasstücke besteht, zur Konservierung der Malereien gute Dienste zu leisten.

Die Frage einer Beleuchtung und Beheizung der Kirche ist wiederholt beraten, jedoch noch keiner Entscheidung entgegengeführt worden.

Nürnberg, den 15. Juli
1906.   Prof. J. Schmitz,
                Architekt.

5. Nachtrag vom 15. Januar 1912.

Jedes Gebäude, auch wenn es noch so solid konstruiert ist, verlangt eine Instandhaltung zur Abwehr der regelmäßigen Schäden, die durch Wind und Wetter sowie durch andere äußere und innere Einflüsse hervorgerufen werden. Je zierlicher die Formen und je eleganter die Konstruktionen sind, desto größer ist auch die Gefahr einer Beeinträchtigung. Dazu kommt die bedauerliche Tatsache, daß infolge der heute den zahlreichen Kaminen entströmenden schwefeligen Gase besonders die Sandsteine in oft erschreckender Weise angegriffen werden und verwittern, wovon man sich in Nürnberg allenthalben überzeugen kann.

Die Verwaltung des Vereinigten protestantischen Kirchenvermögens hat sich denn auch der Einsicht nicht verschlossen, daß auch zur Instandhaltung der

Sebalduskirche mit einem regelmäßigen Baubetrag gerechnet werden muß, und bringt mit demselben eine Reihe von kleineren Reparaturen zur Ausführung. Auf diese Weise wird es hoffentlich gelingen, nach und nach auch verschiedene Epitaphien am Äußeren der Kirche, an denen Arbeiten bislang noch nicht vordringlich schienen, die aber allmählich doch zugrunde gehen werden, vor Verfall zu retten. Unterdessen ist ein langgehegter Wunsch der Gemeinde in Erfüllung gegangen: die Kirche hat eine H e i z u n g erhalten. Diese, die erste elektrische Kirchenheizung in Deutschland, hat in weiten Kreisen großes Interesse hervorgerufen (Zentralblatt der Bauverwaltung, Berlin, 1912, S. 58 f.). Aus Rücksicht auf die zahlreichen Kunstschätze der Kirche, bei denen eine Schädigung durch periodische Erwärmung des ganzen Luftraumes befürchtet wurde, entschloß man sich zu einer Fußschemelheizung, die allgemeine Befriedigung gefunden hat. Als ganz besonders erfreulich muß dabei hervorgehoben werden, daß die Erscheinung des Kircheninnern, abgesehen von einigen kleinen nicht störenden Holzkästchen, nicht die geringste Änderung oder Beeinträchtigung erfuhr. Sind die Betriebskosten auch vorläufig noch etwas hoch, so besteht doch die Hoffnung, daß mit einer Verbilligung der elektrischen Kraft in absehbarer Zeit gerechnet werden kann.

Schwieriger scheint die Frage der B e l e u c h t u n g der Kirche sich lösen zu lassen und zwar besonders deshalb, weil die Beschaffung entsprechender, würdiger Beleuchtungskörper große Mittel erfordert. Auch die Instandsetzung der kostbaren Glasmalereien ist bis zum Erscheinen dieses Buches aus dem gleichen Grunde zurückgestellt geblieben.

Tafel XIII.

Zusammenstellung der Einnahmen und Ausgaben

Zusammengestellt bis zum Jahre 1906 von Kirchenrat [illegible]

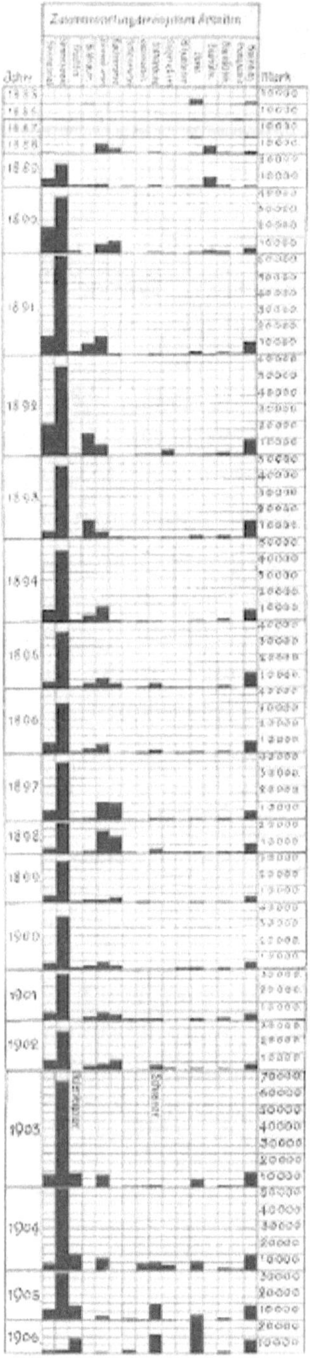

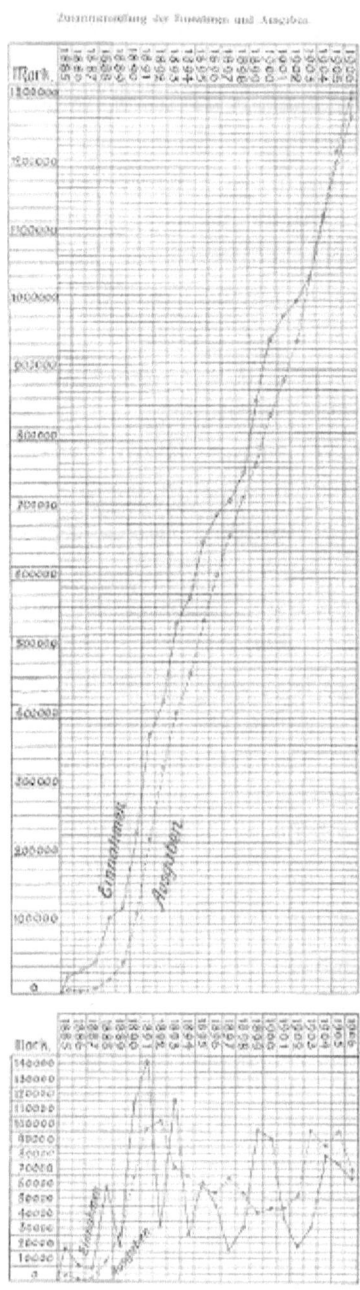

Baukosten der Wiederherstellung der Sebalduskirche.
1885–1906.

Sebaldusgrab von Peter Vischer.

Fußnote:

[VI] Unterdessen ist über diese baulichen Arbeiten in der

„Zeitschrift für Bauwesen" 1908, S. 529 ff. eine mit ausführlichen Zeichnungen versehene Abhandlung des Architekten Professor O tto S c h u l z erschienen.

IV.
Das Inventar der Kirche.

1. Altäre und Kanzel.

Ausstattungs- und Einrichtungsgegenstände der Kirche St. Sebald sind so zahlreich, daß man ihr die nun bald 400 Jahre währende Zugehörigkeit zum Protestantismus kaum anmerkt. Wesentlich dem konservativen Sinn der Nürnberger Patrizierfamilien ist es zu danken, daß die Kirche noch heute eine stattliche Reihe ansehnlicher Werke birgt. Selbstverständlich gab es auch Zeiten, wo das Interesse an der Vergangenheit und ihren Zeugen erlahmte und manches kostbare Stück verloren ging. Die Kirchenreformation im 16. Jahrhundert hatte die Beseitigung einer großen Anzahl von Altären verlangt und die nach der Mitte des 17. Jahrhunderts durchgeführte Neuausstattung im Barockstil kostete ebenfalls mehreren historisch und vielleicht auch künstlerisch bedeutenden Gegenständen die Existenz.

Die Veränderung des Inventars wird jeweils bei den einzelnen Gruppen geschildert.

Die Kirche hatte vor der Reformation 13 A l t ä r e Eine Reihe von geeigneten Plätzen für Altäre war durch die Anlage des Baues gegeben. 3 Ostchornischen, 1 Westchor, 2 Krypten nahmen schon im romanischen Bau 6 Altäre auf, ferner der Platz vor dem Ostchor einen, dann noch einen die Ostkrypta, zusammmen acht. Dazu kamen im Laufe des 14. Jahrhunderts noch 4 Altäre an den Pfeilern des Schiffes und 1 Altar, welcher den Hochaltar des Westchores verdrängte.

Die Altäre am Ende des 15. Jahrhunderts waren:

S e b a l d s a l t a r. Er war der Hochaltar und befand sich im Ostchor des romanischen Baues, von 1372 an im neuen Ostchor an Stelle des jetzigen Hauptaltares. 1379 erneuert und geweiht. Die hierüber ausgestellte Urkunde wurde bei der letzten Wiederherstellung im Sepulkrum der Mensa aufgefunden und nebst den gleichfalls vorgefundenen Reliquien wieder in den Altar eingeschlossen.[VII] Die wohl erhaltene Urkunde hat unter Auflösung der Abkürzungen folgenden Wortlaut (vgl. Abb. 144 auf S. 212):

> Anno domini millesimo trecentesimo septuagesimo nono dedicatum est hoc altare in honore sancti Sewaldi, Fabiani et Sebastiani et quatuor doctorum et sancti Eloy et sancti Seuerij per venerabilem dominum dominum Lampertum episcopum Bambergensem, qui reliquias dictorum sanctorum in dicto altari reclusit indictione secunda quinto kalen. septembris eiusdem anni, in quorum testimonium sigillum dicti domini praesentibus est appensum.

Schopperpfründe, gestiftet am 5. Mai 1337 von Albert Schopper, 1360 neu dotiert durch Friedrich Schopper.

Vorchtelpfründe, gestiftet 1371 von Heinrich Vorchtel, 1425 neu dotiert.

1613 wurde der Altar vom Maler Leonhard Prechtel restauriert. Aus den Schriftstücken hierüber (im Stadtarchiv Nürnberg) geht hervor, daß der Altar ein Flügelaltar war, und daß sich auf den Flügeln Malereien auf Goldgrund befanden. Auf die Predella, die ganz zu erneuern war, malte Prechtel zwei „Historien". Siehe den Hauptaltar, S. 134.

Abb. 53. Petrusaltar (geöffnet).

N i k o l a u s a l t a r . Er stand in der nördlichen Apsis des romanischen Ostchores, dann im neuen Ostchor im nördlichen Umgang als linker Seitenaltar. An seiner Stelle erhebt sich jetzt der 1659 im Barockstil errichtete Nikolaus- oder Tucheraltar (siehe S. 134).

Kandelgießerpfründe, 1406 von Hartmann Kandelgießer gestiftet.

S t e p h a n s a l t a r . Er stand in der südlichen Seitenapsis des romanischen Ostchores. Seit 1372 im südlichen Umgang des neuen Ostchores. An seiner Stelle erhebt sich jetzt der

1663 errichtete Altar (siehe S. 135). 1255 eingeweiht. Ablässe 1448, 1452, 1460, 1479, 1481 und 1487. Drei Pfründen, die des Heinrich von Tuttenstetten, Pfarrer 1300–1307, welche 1364 bestätigt wurde, die des Paul Muffel, deren Stiftungsjahr unbekannt ist, und die Pfründe des Ambrosius Stromer von 1509.

Abb. 54. Petrusaltar (geschlossen).

Der Altar hatte ein auf Holz gemaltes Bild, welches Nikolaus Muffel zwischen 1436 und 1439 für 200 fl. angeschafft hatte. Er kam, als 1663 der Barockaltar errichtet wurde, in die Lorenzkirche.

Petersaltar. Ein Petersaltar stand schon in der alten Peterskapelle. Wahrscheinlich wurde dieser in die romanische Kirche, und zwar in den Westchor transferiert. 1274 wurde er durch einen neuen Altar ersetzt.

1303 Ablaß, 1475 Ablaßbestätigung. 1372 wanderte der Altar in den neuen Ostchor hinter den Hochaltar, an dieselbe Stelle, an welcher jetzt der Ende des 15. Jahrhunderts errichtete Altar steht. Über diesen siehe S. 135. 1378 wird jedoch der Westchor noch Peterschor (neben

Katharinenchor) genannt.

1340 stiftet Otto Kramer von Koburg eine Pfründe, dieselbe wird 1360 bestätigt; 1356 stiftet Adelheid Löhneisen eine Pfründe, 1372 Berthold Pfinzing. Das Jahr der Stiftung der Movendelpfründe der Dorothea Däschin ist nicht bekannt.

Katharinenaltar. Er stand anfangs in der Westkrypta, von der Mitte des 14. Jahrhunderts an schon im Westchor zusammen mit dem Petersaltar.

Ablaßbestätigung 1298. Ablässe 1341, 1342. Pfründen: Schatzpfründe, gestiftet von Konrad Schatz, bestätigt 1360; Kandelgießerpfründe, gestiftet 1386. Siehe den Löffelholzaltar.

Johannisaltar. Dem hl. Johannes dem Evangelisten geweiht. Er stand im Mittelschiff zwischen den zum Chor führenden Stufen (*sub pulpito* oder *quae [ara] in medio ecclesiae sancti Sebaldi locata est*).

Ablaß: 1289. Pfründen: Pömerpfründe, gestiftet 1348 von Heinrich Pömer, und die Fleischmannpfründe, gestiftet von Albert Fleischmann, Pfarrer von 1397 bis 1444.

Der Johannisaltar scheint 1542 mit den beiden Frauenaltären und dem Zwölfbotenaltar beseitigt worden zu sein.

Zwölfbotenaltar. Den zwölf Aposteln geweiht. Er stand an einem Schiffspfeiler.

Ablässe 1352 und 1370. Meintaler-Pfründe, 1352 von Konrad Meintaler gestiftet, 1359 von der Witwe des Stifters neu dotiert.

Er stand zu Beginn des 16. Jahrhunderts an einem der beiden ersten Ostchorpfeiler und hatte 1542 dasselbe Schicksal wie die beiden Frauenaltäre.

Erhardaltar. Er stand im Schiff in der nördlichen Pfeilerreihe. Es ist der jetzige Halleraltar, der zwar noch in der nördlichen Pfeilerreihe steht, aber nicht mehr am alten Pfeiler, wo bis heute eine Erhardstatue verblieben ist (vgl. S. 154). Noch im 17. Jahrhundert stand der Erhardaltar um einen Pfeiler weiter östlich als jetzt. 1336 gestiftet (siehe Urkunde S. 235).

Ablaß: 1360. Pfründen: Nützelpfründe, Stiftungsjahr unbekannt; Hallerpfründe, 1358 von Ulrich Haller gestiftet; Dietleinpfründe, 1363 von Hans Dietlein gestiftet. Siehe den Halleraltar, S. 138.

Kunigundenaltar. Den Heiligen Heinrich, Kunigunde und Otto geweiht. Er stand an einem der Schiffspfeiler.

Dietlerpfründe, 1347 gestiftet von der Hensel Dietler; Tesauruspfründe, 1354 oder vor 1354 gestiftet von Konrad Tesaurus [Schatz]; Hallerpfründe, vor 1383 gestiftet von Ulrich Haller, und die Nützelpfründe, 1389 gestiftet von Elisabeth Haller.

Bartholomäusaltar. Den Heiligen Bartholomäus und Pankratius geweiht. Er stand an einem der Schiffspfeiler.

Ablässe 1460, 1476 und 1477. Pfinzingpfründe, 1435 von Berthold Pfinzing gestiftet.

Marien- und Dreikönigsaltar, gewöhnlich Frauenaltar genannt. „Ad honorem beatae Mariae virginis et trium regum". In der romanischen und gotischen Zeit in der Krypta, d. h. in der Ostkrypta, und zwar in der mittleren Apsis. In der späteren gotischen Zeit ist stets von zwei Frauenaltären die Rede.

Ablässe 1283, 1284, 1289, 1341 (Wandelkerzen), 1370 und 1379. Vier Pfründen: Bretheimpfründe, gestiftet von Konrad

Bretheim 1358, bestätigt 1359; die Teufelpfründe, gestiftet von Konrad Teufel 1359, bestätigt 1370, neu dotiert von Hans Teufel 1440; die Movendelpfründe des Paul Volckamer, deren Stiftungsjahr unbekannt ist, und Kolerpfründe, gestiftet von Elisabeth Koler 1402.

Die beiden Frauenaltäre standen zu Beginn des 16. Jahrhunderts an den beiden ersten Säulen des Ostchores, an denen heute noch Marienstatuen angebracht sind. Sie wurden mit dem gegenüberstehenden Zwölfbotenaltar und dem dazwischen befindlichen Altar, wahrscheinlich dem Johannesaltar, auf Beschluß des Rates 1542 beseitigt, weil die Kirchenbesucher den Geistlichen auf der Kanzel nicht sehen konnten.

J a k o b s a l t a r . Den Heiligen Jakobus, Jodokus, Martinus und Christophorus geweiht. In der Ostkrypta, dem Frauenaltar gegenüber.

1343 gestiftet von Jakob Kramer. Ablässe 1353, 1355 und 1365. Kramerpfründe, 1381 von Bernhard Kramer gestiftet.

[133]
[134]

Abb. 55. Abb. 56. Abb. 57. Kreuzigungsgruppe von Veit Stoß. Über dem Hauptaltar im Ostchor.

Allerseelen-Altar. In der Westkrypta. Ablaßbrief vom 3. Mai 1360, in dem die Krypta als „ergastulum" (also etwa: Verließ, unterirdischer Raum) bezeichnet wird. Vgl. Beilage 28.

Im Liber privilegiorum A des Fürstbischofs Lambrecht von Bamberg (Kreisarchiv Bamberg) findet sich die Abschrift einer Urkunde, nach welcher 1401 am 23. Mai eine Pfründe auf dem Georgsaltar in der Kirche des hl. Theobald in Nürnberg gestiftet worden ist. Jedenfalls ist

Theobald verschrieben für Sebald, allein ein Georgsaltar in der Kirche Sankt Sebald ist sonst nirgends belegt.

Die j e t z i g e n   A l t ä r e der Kirche sind:

Der H a u p t a l t a r. Im Ostchor.

An seiner Stelle stand der zur Barockaustattung der Kirche gehörige, 1663 von Georg Wirsching, Schreiner von Neumarkt i. O., errichtete Hauptaltar als Nachfolger des gotischen, 1379 dem hl. Sebald geweihten Hochaltares (Abb. 30). Der Barockaltar war 1660 für 1000 fl. in Arbeit gegeben worden. Nach der Aufstellung wurden 200 fl. nachbezahlt.

An die Stelle dieses Altars trat 1823 ein nach Zeichnungen Karl Alexander Heideloffs in neugotischem Stil von dem Schreiner Heil und dem Bildhauer Rotermundt ausgeführter Altarbau, an dem die schon am Barockaltar angebrachte Gruppe, Christus am Kreuz mit Maria und Johannes (Abb. 55, 56, 57), lebensgroße, in Holz geschnitzte und farbig gefaßte Figuren des Veit Stoß und seiner Schule, wieder zur Verwendung kam. Der Altar ist abgebildet im Sammler für Kunst und Altertum in Nürnberg, 1. Heft (1824), Tafel zu S. 51. Bei der letzten Wiederherstellung wurde dieser Heideloffsche Altar entfernt und zwischen den mittleren Schiffpfeilern auf einem Tragbalken die Kreuzigungsgruppe wieder angebracht. Bei dieser Gelegenheit wurde die Gruppe von dem ihr anhaftenden dicken Ölfarbenüberzug befreit, die ansehnlichen Reste alter Polychromierung ergänzt und im Innern des Christuskörpers folgende, nur noch zum Teil leserliche, aber die Autorschaft des Veit Stoß bezeugende Urkunde gefunden:

Ihs Maria

Adi 27 Julii 1520 jar

ist diser got auff gericht

durch Nicklos Wickel zw

Nurnberg mit hilff Aug[ustin]

— — — — — und ist gemacht

von Veit Stoss zw Nurnberg

kostet — — — — —.

Die von Stoß herrührende Hauptfigur der Gruppe vom Jahre 1520 soll sich ursprünglich auf einem zwischen zwei Pfeilern eingespannten Bogen über dem Sebaldusgrabe befunden haben. Die Provenienz der Seitenfiguren ist unbekannt. Heideloff ließ durch Bronzierung die alte Fassung der Figuren zudecken.

Nach M. M. Mayer, Die Kirche des hl. Sebaldus (Nürnberg 1831), S. 34, bot der Kurfürst von Mainz 1652 durch den Bildhauer Georg Schweigger dem Rate von Nürnberg 1000 Dukaten für die Gruppe. Vgl. über dieselbe ferner: Denkmalpflege. 1904, S. 96 und 131.

Die Mensa des Altars ist noch die ursprüngliche mittelalterliche und enthält die S. 129 (vgl. Abb. 144) erwähnte Urkunde samt den darin aufgezählten Reliquien.

Der Tuchersche oder Nikolausaltar (Abb. 51). Im Ostchor, und zwar im nördlichen Umgang an Stelle des als linker Seitenaltar verwendeten alten Nikolausaltars (siehe S. 130). 1659 von der Familie Tucher gestiftet.

Der Aufbau besteht aus Rückwand mit Gemälde, zwei flankierenden Säulen und einem von denselben getragenen Giebel. Architektur wie Bildhauerarbeit, von welch letzterer hauptsächlich der Christusknabe auf dem Giebel Erwähnung verdient, stammen von Georg Schweigger. Der Altar gehörte zur ehemaligen Barockausstattung der Kirche. Altarblatt mit einem E c c e   h o m o, Ölgemälde auf Leinwand von Matthäus Merian dem Jüngeren. Unter dem Bilde die Inschrift: Er ist umb unser Sünde willen zerschlagen Esa. 53. Oben das Wappen der Tucher.

Abb. 58. Geburt Christi. Von einem der Flügel des Löffelholzaltars.

**Abb. 59. Legende des heil. Georg. Von einem der Flügel
des Löffelholzaltars.**

Der Muffelsche oder Stephansaltar. Im Ostchor,
und zwar im südlichen Umgang an Stelle des als rechter
Seitenaltar verwendeten alten Stephansaltares (siehe S. 131).
1663 von der Familie Muffel gestiftet, nachdem sein
Vorgänger in die Lorenzkirche transferiert worden.

Gegenstück zu dem Tucherschen Altar und mit diesem der
hauptsächlichste Überrest der Barockausstattung der
Kirche. Altarblatt mit der Auferstehung Christi, Ölgemälde
auf Leinwand von Johann Franziskus Ermel. Unter dem
Bild die Inschrift: Er ist umb unser Gerechtigkeit willen
wieder auferweckt. Rom. 4. Oben das Wappen der Muffel.

Der Petrusaltar. Im Ostchor an der Wand hinter dem Hauptaltar. Flügelaltar aus dem letzten Viertel des 15. Jahrhunderts (Abb. 53, 54).

Im Schrein fünf Holzfiguren, nämlich die lebensgroße Gestalt des thronenden Petrus, zu beiden Seiten zwei Engel und über seinem Haupte zwei schwebende Engel, welche wahrscheinlich die Tiara trugen. Farbig gefaßt. Ein durchbrochenes reiches Stabwerk als Baldachin schließt den Schrein oben ab. An dem feststehenden und an dem beweglichen Flügelpaar zusammen in Tempera zwölf Szenen aus dem Leben des hl. Petrus, Gemälde aus der Schule des Wolgemut.

Die Türen der Predella, ursprünglich wohl mit Gemälden geschmückt, fehlen und sind durch einfache Brettertüren ersetzt. Schon 1572 fand eine Restaurierung des Altares statt. In seinem jetzigen Zustande geht er auf die Restaurierung durch Konservator Andreas Mayer in Augsburg zurück.

Abb. 60. Halleraltar (geschlossen).

Ein Gemälde auf Holz mit den Donatoren, dabei die Wappen der Topler, Haller u. a., früher an der Vorderseite der Mensa, ist jetzt an der Wand des nördlichen Seitenschiffes neben dem Turm angebracht. Eine an der rechten Seite der steinernen Mensa mit Eisen beschlagene alte Holztüre und der Raum, zu dem sie führt, läßt auf eine frühere Aufbewahrung von größeren Reliquien, eines Heiligenschreines oder dergleichen schließen.

Ein Wandgemälde mit Darstellungen aus

der Apostelgeschichte um 1400 (Abb. 106), fand sich bei der letzten Wiederherstellung der Kirche hinter dem Petrusaltar und ließ sich an eine Wand des südlichen Chorumganges übertragen. Vergleiche über das Bild Gebhardt, Die Anfänge der Tafelmalerei in Nürnberg, S. 14 und 20.

Der Katharinen- oder Löffelholzaltar (Abb. 43, 58, 59). Im Westchor. Schrein und Predella um 1453, das übrige des Aufbaues im Empirestil vom Ende des 18. Jahrhunderts.

Abb. 61. Halleraltar (geöffnet).

Im Schrein zwei in Holz geschnitzte und farbig gefaßte Figurengruppen, links wird die hl. Katharina gerädert, rechts wird sie enthauptet. Auf den beiden beweglichen Flügeln vier Gemälde auf Goldgrund, weitere Darstellungen aus dem Leben der hl. Katharina, innen links die Disputation mit den Philosophen, rechts die Verbrennung derselben, außen links die heiligen drei Könige, rechts der hl. Georg. Die Predellanische, ursprünglich mit Holzskulpturen belebt, ist jetzt leer. Auf den Türen der Predella innen, ebenfalls auf Goldgrund gemalt, sechs Halbfiguren, links die Heiligen Heinrich, Kunigunde und Otto, rechts Christus mit Johannes und Thomas, außen die Familienglieder des Stifters und zwar links die männlichen mit den Wappen der Löffelholz, Löffelholz-Dietner und Löffelholz-Stromer-Sachs, rechts die der weiblichen mit den Wappen der Löffelholz-Züngel, Löffelholz-Kreß und Löffelholz-Stromer.

Unten an der Predella die Inschrift: „Anno domini m cccc liii an s. Thomas tag de Aqiin verschied frav Kunigund Wilhelm Loffelholtzin, der got gnadt." In dem Innenraum der Mensa fanden sich einige Knochenreste, eine Gewandspange (?) und kleine ornamentale Bauteile, jetzt im Lapidarium der Kirche. Am Empireaufsatz das Löffelholzsche Wappen.

Bezüglich der Gemälde siehe Thode, Die Malerschule von Nürnberg, S. 118 ff. Gebhardt, S. 145 ff.

Der Halleraltar (Abb. 60, 61). Im Schiff am zweiten Pfeiler der nördlichen Arkadenreihe. Es ist der in den Urkunden des Mittelalters genannte Erhardaltar und stand noch im ersten Drittel des 19. Jahrhunderts am dritten Pfeiler derselben Reihe (siehe S. 132). Flügelaltar von etwa 1440–1450. Mittelbild und Innenseiten des beweglichen Flügelpaares: auf gemustertem Goldgrund Christus am Kreuz mit Maria und Johannes, links die hl. Barbara, rechts die hl. Katharina. Der holzgeschnitzte ornamentale obere Abschluß stammt aus der Zeit der letzten Wiederherstellung.

Auf den Außenseiten des beweglichen Flügelpaares Christus am Ölberg mit den schlafenden Jüngern, unten die Stifter mit den Wappen der Haller und Valzner und den

Wappen der Haller, Koler und Seckendorf. Auf den feststehenden Flügeln zwei heilige Bischöfe, bezeichnet als Erhard (links) und Gori (rechts), vielleicht jedoch Erasmus und Blasius. Vgl. Thode, Die Malerschule von Nürnberg, Frankfurt 1891; Gebhardt, a. a. O., S. 90 ff., hält den Meister des Halleraltars für einen Vorläufer des Meisters des Tucherschen Altars in der Frauenkirche.

Auf dem Altar die minderwertigen holzgeschnitzten Statuetten einer Verkündigung, 1470–1480.

Am zweiten südlichen Chorpfeiler noch ein kleiner Altarschrein mit holzgeschnitzter Gruppe der heiligen Sippe. Außen die Verkündigung. Auf den Innenseiten der Flügel zur Darstellung des Mittelschreines gehörige Sippenbilder. Der Altar wurde bei der letzten Instandsetzung der Kirche durch Konservator Andreas Mayer in Augsburg wiederhergestellt.

In den beiden Sakristeien sind noch die mittealterlichen Mensen vorhanden.

Die Kanzel am südlichen Eckpfeiler von Ostchor und Mittelschiff. 1859 nach Krelings Entwurf von Bildhauer Lorenz Rotermundt im gotischen Stil ausgeführt. Reiche Schnitzereien an Stiege, Korpus und Baldachin. Braun gebeizt, mit reicher Vergoldung der Ornamente. Auf dem Schalldeckel hohe, bis an das Gewölbe reichende Pyramide; an den fünf Seiten des im Grundriß achtseitigen Kanzelmantels die Brustbilder Christi und von vier Aposteln.

In einer Urkunde vom Jahre 1293 wird ein pulpitum erwähnt, das zwischen den westlichen Vierungspfeilern in der Längsachse seinen Platz hatte und sich somit auf dem durch die Ostkrypta bedingten, bis an das Mittelschiff reichenden Hochchor befand. Vor ihm war der

Johannesaltar angebracht.

Von der gotischen Kanzel ist nichts bekannt.

1659 wurde im Zusammenhang mit der Barockausstattung der Kirche eine neue Kanzel errichtet, welche der Leipziger Bürger Benedikt Winkler stiftete und der Schreiner Leonhard Ackermann und der Bildhauer Georg Schweigger ausführten. Von dieser Kanzel hat sich nur die Figur eines auferstandenen Christus erhalten, die ehemals über dem Treppenaufgang angebracht war, auf dem Boden der Nürnberger Königlichen Kunstgewerbeschule wieder aufgefunden wurde und jetzt in einer Nische des Löffelholzchors aufgestellt ist.

2. Plastik.

Einleitung. Der in den vierziger Jahren des 13. Jahrhunderts vollendete spätromanische Bau der Kirche ist auffälligerweise, abgesehen von der ornamentalen Behandlung der Kapitäle und einiger Konsolen, ohne plastischen Schmuck geblieben. Statuen und Reliefs werden nicht nur aus der Zeit der Erbauung, sondern auch aus der nachfolgenden Zeit bis zum beginnenden 14. Jahrhundert überall vermißt. Nirgends eine Spur ehemaliger Befestigung figürlicher Darstellungen und nicht ein einziger Fund, welcher vom alten Bau herzurühren scheint. Die zum Zweck der Feststellung des ersten Grundrisses 1899 vorgenommenen Ausgrabungen waren nach dieser Hinsicht erfolglos. Eine zuverlässige Erklärung des sonderbaren Umstandes ist nicht möglich.

Erst zu Beginn des 14. Jahrhunderts, im engen Anschluß an die Erweiterungsbauten der beiden Seitenschiffe von St. Sebald, entfaltete sich in Nürnberg eine Bildhauerschule und zwar gleich mit emsiger Tätigkeit, denn eine Menge von Aufträgen wurden ihr zuteil. Zunächst waren die beiden

Seitenschiffportale mit Bogenfeldern und das südliche mit den Statuen Katharina und Petrus auszustatten, ferner einige Statuen an den Strebepfeilern des nördlichen Seitenschiffes, die Figuren der Jungfrauen an der Brauttüre und schließlich im Innern die Statuen der zwölf Apostel, des Kaisers Heinrich und der Kaiserin Kunigunde und einige andere Figuren anzubringen. Gewiß ein weites Arbeitsfeld, welches der Schule Gelegenheit bot, ihr ganzes Können zu zeigen. Die wirtschaftlichen Verhältnisse der Stadt hatten sich ebenso wie die politischen sehr zu ihrem Vorteil geändert, und so hielten es die Patriziergeschlechter der Pfarrgemeinde für eine Ehrenpflicht, zur reichen Ausstattung der Kirche ausgiebige Beiträge zu leisten.

Was die Qualität der Werke anlangt, so geht die größere Anzahl über die Mittelmäßigkeit hinaus. Eine Arbeit, die Statue der hl. Katharina (Abb. 137, 138), ist zum Teil von hervorragender Schönheit. Überhaupt ist ein Streben nach Formenschönheit charakteristisch für die Gestaltung fast sämtlicher Bildwerke. Gesichtszüge, Haarlocken, Haltung, Draperie, alles will gefällig erscheinen. Mit jener hl. Katharina zeigt insbesondere ein Kopf am nördlichen Querschiff, möglicherweise das Bildnis des Meisters, sowie das Wappen mit dem sogenannten Jungfrauenadler am gegenüberliegenden Bestelmeyerschen Hause nahe Verwandtschaft. Die Arbeiten gehören stilistisch noch in die Epoche der Hochgotik und zeigen ebenso wie der Neubau der Seitenschiffe verwandtschaftliche Beziehungen zur Freiburger Schule.

Die Lebensfähigkeit der ersten Nürnberger Bildhauerschule währte etwa ein Menschenalter. Vom Ende der dreißiger Jahre an ging die Führung in der Plastik von St. Sebald auf die andere Pfarrkirche St. Lorenz über, es folgten die Frauenkirche und der Schöne Brunnen. An plastischen Arbeiten aus dieser Zeit hat die Kirche St. Sebald nur zwei, die Statuen der Heiligen Helena und Antonius im südlichen Seitenschiff, aufzuweisen, welche mit den Figuren an der Vorhalle der Frauenkirche nahe verwandt erscheinen.

Mit dem Neubau des Ostchores regte sich in der Plastik von St. Sebald wieder neues Leben. Nur war der Umfang der Aufträge diesmal verhältnismäßig gering. Es scheint, daß die unmittelbar vorausgegangenen Bauten und insbesondere der Ostchorbau selbst an den Opfersinn der Bürgerschaft zu hohe Anforderungen gestellt hatten. Und dann machte ein anderes früher in Nürnberg nicht gekanntes Kunstgebiet, das der Glasmalerei, welches zur Ausstattung der hohen Chorfenster Anlaß gab, der Plastik bedeutende Konkurrenz.

So kam es, daß von den zahlreichen zur Aufstellung von überlebensgroßen Statuen geschaffenen Stellen an der Innenseite der Ostchorwand mit ihren originellen Konsolen und Baldachinen nur zwei mit Statuen, den Aposteln Petrus und Paulus, besetzt wurden, den einzigen bedeutenderen Vertretern der figürlichen Plastik dieser Schule. Dagegen fand jetzt das Relief mehr Ausbreitung dadurch, daß außen an jedem Ostchorstrebepfeiler Tafeln mit Passionsdarstellungen angebracht werden sollten. Die neue Schule hat die ihr gestellten Aufgaben mit großem Geschick gelöst. Sie hat es verstanden, einer derb-kräftigen Art in der Charakteristik der einzelnen Gestalten beredten Ausdruck zu verleihen und die Begebenheiten durch klare Disposition anschaulich zu erzählen, und steht damit in innerster Beziehung zur Nürnberger Bildhauerschule um die Wende des 15. Jahrhunderts, die sich ebenfalls hauptsächlich auf dem Gebiete der Reliefkunst betätigt hat und diesen beiden Vorzügen mit ihren Weltruf verdankt.

Zur Schule der Skulpturen am Ostchor zählt auch das überaus eigenartige Gehäuse des Wandtabernakels im Innern.

Polychrom sind fast alle Schöpfungen der ersten Schule: bei den Statuen im Innern auch Konsolen und Baldachine, selbst der Hintergrund ist zuweilen farbig behandelt; die Bogenfelder außen an den Seitenschiffportalen zeigen Spuren von Farbe und Gold. Bunt behandelt ist bei den Werken der zweiten Schule nur das Sakramentshäuschen.

Die Bildhauerschulen von St. Sebald in der Frühzeit und aus den siebziger Jahren des 14. Jahrhunderts repräsentieren die Hauptentwicklungsstufen der Steinplastik Nürnbergs während des ganzen Jahrhunderts, in dessen letzten Jahrzehnten nur noch die Tonplastik eine besondere Blüte erlebt zu haben scheint. Von den Hervorbringungen dieser Kunst bietet der Ostchor von St. Sebald gleichfalls einige bemerkenswerte Proben. Es ist von Interesse zu beobachten, wie jene hauptsächlichsten beiden Schulen, als Anfangs- und Endpunkt einer fortlaufenden Entwicklung, sich trotz aller Ähnlichkeit diametral entgegenstehen. Bei der ersten Schule mußten eben eine Reihe von Anleihen bei einer anderen Schule gemacht werden, welche auf eine große Vergangenheit zurückblicken konnte. Die Abhängigkeit der Nürnberger Schule äußerte sich infolgedessen in der Aufnahme eines ihr fremden Elementes, welches sich nicht einleben wollte. Bei der zweiten Schule ist von fremdartigen Einflüssen keine Spur mehr, die charakteristischen Eigenschaften der Nürnberger Bildhauerkunst bis Adam Kraft, vornehmlich drastische ausdrucksvolle Darstellung, sind hier bereits in die Erscheinung getreten.

Als Arbeiten der Plastik des 15. Jahrhunderts hat die Kirche mehrere gefaßte Holzfiguren aufzuweisen, welche ursprünglich die Seitenaltäre zierten und nach Beseitigung derselben auf die immer noch leeren Konsolen der Ostchorwand gestellt wurden, und dann eine stattliche Anzahl von Epitaphien, welche an der Außenseite in der Nähe der Begräbnisstätten der Stifter eingelassen wurden.

Den Höhepunkt in der Ausstattung des Baues mit Bildwerken bezeichnet das zu Ende gehende 15. und das beginnende 16. Jahrhundert, zu welcher Zeit von den ersten Meistern der Nürnberger Plastik Werke Aufnahme fanden, die an dem Ruhm der Kirche mindestens den gleichen Anteil haben wie der Bau selbst.

Eine zusammenfassende Würdigung dieser Werke unterbleibt hier, da dieselben nicht in Beziehung zur Geschichte des Baues stehen.

Bei dem nun folgenden Inventar der plastischen Werke, das sich auf eine Aufzählung und kurze Erläuterung der einzelnen Skulpturen beschränkt, werden zunächst die Arbeiten am Äußeren der Kirche und alsdann die im Innern derselben in fortlaufender Reihenfolge behandelt werden.

A. Die Plastik am Außenbau.

Am Mittelfenster des Westchors die überlebensgroße Erzstatue des C h r i s t u s a m K r e u z (Abb. 62). 1625 gegossen von Johann Wurzelbauer, dem Sohn des Meisters vom Tugendbrunnen. Ersatz für das von den Gebrüdern Johann und Georg Starck 1482 gestiftete hölzerne Kruzifix, welches zuerst an dem Schwibbogen zwischen Sebalder Pfarrhaus und Moritzkapelle hing und 1543 nach Abbruch des Bogens an den Westchor von St. Sebald verbracht wurde. Der Ersatz war wahrscheinlich infolge starker Verwitterung dieses Kreuzes notwendig. Unten am Kreuz befindet sich eine Messingtafel mit den Anfangsbuchstaben der Stifter: H S G S und eine zweite Messingtafel mit der Inschrift:

Adspicite, o homines! miseranda in imagine Christum,

Adspicite immiti trajectum pectora ferro,

Pectora foedatasque manus perfusaque tabe

Ora cruentatumque caput crinesque revulsos.

Cernite liventes atro squalore lacertos,

Cernite eheu! plenos lacrimarum fundite rivos!

Monumentum hoc, quod prisca Starckiadum pietas dicavit per Johannem et Georgium Starckium, fratres, renovatum est MDCXXV.

Bezüglich der Sage von den „Herrgottschwärzern" siehe M. M. Mayer a. a. O., S. 7.

Abb. 62. Erzkruzifix am Westchor.

E p i t a p h   d e r   K e t z e l von 1453. Steinrelief an der
Nordseite des Westchors. Oben bildliche Darstellung:
Rettung der Seelen aus dem Fegefeuer. Darunter Inschrift:
„Anno domini Mccccxxxiii iar an sontag nach Maria geburt
starb der erber elter Heinrich Ketzell, dem got genad."
Darunter das Wappen der Ketzel und die Zeichen ihrer
Würde als Ritter des Heiligen Grabes (Kreuz von vier

287

kleinen Kreuzen umgeben), als Ritter des „Ordens von der Lilie oder vom Blumentopf" des Ordens der „Equitum ensiferorum Cypri" (Schwert, von einem S umschlungen) und als Ritter der hl. Katharina auf dem Berge Sinai (das halbe Rad der hl. Katharina). Darunter die Inschrift: „Dar nach starb sein sun Heinrich Ketzell am montag nach der heiligen drei kunig dag M cccc liii iar, dem got genad." Dieser Heinrich Ketzel war der erste aus seiner Familie, der zum Heiligen Grabe zog.

Epitaph der Pfinzing von etwa 1480. Steinrelief an der Nordseite des Westchors. Rechts das Wappen Pfinzing-Kreß, links Pfinzing-Lauffenholz, zwischen beiden die kleinen Wappen der Pfinzing und der von Plauen. Über den Wappen Inschrift, welche dahin noch entziffert werden kann, daß ein Berthold Pfinzing 1357, ein anderer Berthold Pfinzing 1479, ferner ein Otto und ein Sebald Pfinzing sowie des letzteren Frau Elisabeth, geb. Mendel, hier begraben wurden. Stark verwittert.

Epitaph der Maurer von etwa 1458. Steinrelief an der Nordseite des Westchors. Christus am Kreuz mit Maria und Johannes nebst den Stiftern. Darunter das Wappen der Maurer und folgende Inschrift: „Von xps gepurt xiii^c und lviii iar an sant Ambrosius tag wart Herman Maurer vnd sein wirtin hie pegraben, des Sebolt Grabners anher. Anno domini xiiii^c lviii iar starb Sebolt Grabner." Kopie. Das Original im Lapidarium der Kirche. Vgl. Redslob in den Mitteilungen aus dem Germanischen Nationalmuseum 1907, S. 54 (doch mit unrichtiger Jahreszahl 1448).

Am ersten Pfeiler des nördlichen Seitenschiffes ein Steinrelief mit Christus am Kreuz, Maria und Johannes. Darüber die Inschrift: „Anno M cccclxjjj jar an sant Barbara tag verschied Burckhart Semler, dem got genedig sey." Mit den Wappen der Semler und Tetzel. Kopie. Original im Lapidarium.

An demselben Pfeiler die lebensgroße Statue der hl. M a r i a mit dem Christuskind und die Statuette des hl. C h r i s t o p h o r u s, Kopien der Neuzeit. Ebenfalls Kopien sind die drei Konsolen mit den Baldachinen (eine Konsole war von jeher leer). 1330–1335. Originale der Figuren im Lapidarium.

Am nördlichen Seitenschiffe zwischen Turm und Portal das F u g g e r s c h e E p i t a p h von 1497. Steinrelief mit dem S c h u t z m a n t e l b i l d M a r i ä Unter dem Mantel Mariä die Familienglieder des Stifters. Darunter ein kreisrundes Medaillon mit dem Wappen der Fugger und der Inschrift: „A. D. 1497 am sontag nach Bartholomei tag starb Peter Fugger von Augsburg, der hier begraben liegt, dem gott gnädig sey. Amen." Siehe Edwin Redslob, a. a. O., S. 57.

Abb. 63. Bogenfeld im Portal des nördlichen Seitenschiffs mit Darstellungen aus dem Marienleben.

Abb. 64. Statue der Eitelkeit der Welt am nördl.
Seitenschiff. Vorderseite.

Abb. 65. Statue der Eitelkeit der Welt am nördlichen
Seitenschiff. Rückseite.

Abb. 66. Eine der klugen Jungfrauen am Brautportal.

Abb. 67. Geißelung Christi. Stationsrelief am Ostchor.

Abb. 68. Kreuztragung. Stationsrelief am Ostchor.

293

Links davon das Hallersche Epitaph. Steinrelief mit Christus am Kreuz, Maria und Johannes. Links das Wappen der Haller, rechts das der Paumgartner. Unten kniende Familienglieder des Stifters mit den Wappen der Haller, Paumgartner und anderer Geschlechter. Um 1420. Stark verwittert.

Nordportal, beziehungsweise nördliches Eingangsportal des nördlichen Seitenschiffes, die sogenannte Anschreibtüre. Bogenfeld mit den Reliefdarstellungen des Todes, Leichenbegängnisses und der Krönung Mariä (Abb. 63), durch eine Querleiste getrennt: unten die beiden erstgenannten, oben die letztgenannte Darstellung. Farbig gefaßt. Um 1310. Von derselben Werkstätte wie das Bogenfeld des Südportales.

Von den Kapitälen der acht flankierenden Säulen an der Portalgewandung sind zwei ornamental bearbeitet. An den übrigen befinden sich kleine menschliche Gestalten, meist in kniender und betender Stellung gegen das Bogenfeld gerichtet. Von der gleichen Hand, jedoch ohne Spuren farbiger Behandlung.

Die zwei Figuren der Verkündigung zu beiden Seiten des Portales stammen aus der Mitte des 14. Jahrhunderts. Dagegen waren die ursprünglichen Konsolen und die Baldachine, jetzt durch Kopien ersetzt, aus der Zeit des Portales.

Am nächsten Strebepfeiler die lebensgroße Statue eines Jünglings, die Eitelkeit der Welt darstellend (Abb. 64, 65). Der Rücken ist entblößt und von Würmern zerfressen; Kröten und Schlangen kriechen daran. Die Figur wird von der Seite gesehen. Aus der Schule der Seitenschiffe. Konsole und Baldachin sind Kopien. Etwa 1310–1315. Die gleiche Vorstellung in einem Liede Walthers von der Vogelweide und dem größeren Gedichte „Der Welt Lohn" von Konrad von Würzburg († 1287). Unter den Werken der Plastik ist unsere Darstellung mit denen am Südportal des Domes zu Worms nah verwandt und auch mit denen an den Münsterkirchen zu Freiburg i. B., Straßburg und Basel zu vergleichen. Zeitlich stellt sie die letztentstandene dieser Figuren dar (vgl. das Referat eines Vortrages über diesen Gegenstand von K. Schaefer im Jahresbericht über das 19. Vereinsjahr des Vereins für Geschichte der Stadt Nürnberg, 1896, S. 9 ff.).

An der Mauer oberhalb des Kaffgesimses ein kleines Kreuzigungsrelief: Der Gekreuzigte mit Maria und Johannes zu seinen beiden Seiten. Inschrift nicht mehr festzustellen. 14. Jahrhundert. Kopie. Das Original nicht mehr vorhanden.

Am ersten Ostchorpfeiler neben der Brauttüre ein Relief mit Christus am Kreuz, Maria und Johannes. Um 1320.

Darunter auf einer Steinleiste drei Wappen: zwischen zwei Wappen der Stromer das Wappen der Haller. Kopie.

An dem gleichen Pfeiler hoch über diesem Kreuzigungsrelief der S. 42 erwähnte Kopf (Meisterkopf?).

Die Brauttüre oder „Ehetür". In den Leibungen des Portales und unmittelbar neben demselben auf Sockeln und Konsolen die halblebensgroßen Figuren der fünf klugen (links) und der fünf törichten Jungfrauen (rechts) (Abb. 66) mit Spuren alter Bemalung. Die letzte der linksstehenden Figuren stammt aus der Neuzeit.

Die Statuen gehören der Schule des Meisters vom südlichen Portal an, ebenso die Tierfiguren an den vier Konsolen. Es zeigt sich noch die Feinheit und der weiche Fluß in der Gewandbehandlung, dagegen bereits

Eintönigkeit in Haltung und Köpfen. Mit Konsolen und Baldachinen aus der Zeit des Portales, etwa 1315 bis etwa 1320.

Derselben Zeit gehören an zu beiden Seiten des Türbogens die halblebensgroßen Figuren des Adam und der Eva, die ersten nackten Gestalten in der Nürnberger statuarischen Plastik, mit den Wappen der Muffel und Vorchtel und am Scheitel des Bogens das Brustbild des segnenden C h r i s t u s. In den Zwickelfeldern P r o p h e t e n g e s t a l t e n in Relief.

Erst gegen Ende der vierziger Jahre des 14. Jahrhunderts wurde die Brauttüre durch ein zwischen die beiden Strebepfeiler eingespanntes M a ß w e r k zu einer Portalhalle umgestaltet.

Die Hauptteile desselben bilden ein Spitzbogen und ein demselben eingefügter Halbkreisbogen, die äußeren Zwickel des Spitzbogens sind rechteckig eingerahmt. Die leeren Flächen sind mit zierlichen, durchbrochen gearbeiteten Ornamenten ausgefüllt und der Halbkreisbogen unten mit einem ebenfalls zierlichen, durchbrochen gearbeiteten Bogenfries besetzt. Das Gesims des Spitzbogens ist mit Krabben besetzt. Weibliche Figuren tragen die Konsolen, auf welchen das Ganze zu ruhen scheint.

Zu beiden Seiten des Maßwerks zwei dreiviertellebensgroße Figuren, neue Kopien von Statuen aus der Zeit um 1430: links die hl. M a r i a mit dem Christuskind, unten das Wappen der Topler, rechts der hl. S e b a l d mit dem Wappen der Schnöden. Die Originale befinden sich im Innern der Kirche.

An der Westwand der großen Sakristei die überlebensgroße Statue eines C h r i s t u s m i t d e n W u n d m a l e n. Christus hält mit der Linken die Mantelenden und weist mit der Rechten auf die

Seitenwunde. An der Konsole halten zwei menschliche Gestalten das Wappenschild der Rieter. Mit Konsole und Baldachin aus der Zeit um 1400. Die Figur ist eine Kopie; das Original befindet sich in der Kirche.

An der Nordseite der Sakristei Darstellung der G r e g o r i u s m e s s e, daneben ein Relief der V e r k ü n d i g u n g M a r i ä mit dem Helmschmuck der Muffel. Beide Reliefs, von denen das erstere heute durch eine Kopie ersetzt ist (Original im Lapidarium), befanden sich bis[145]
[146] zur letzten Wiederherstellung der Kirche in der Nähe des Treppentürmchens am nördlichen Turm.

Links von der Brauttüre um die ganze Sakristei herum die meisten der sogenannten W e t z r i l l e n, über deren Bedeutung sich die Wissenschaft bisher nicht klar ist. Sie finden sich auch sonst an der Kirche, namentlich an den Portalen.[V III]

An den Pfeilern des Ostchores von der nördlichen bis zur südlichen Sakristei zehn Reliefdarstellungen aus der P a s s i o n. Die Enstehungszeit fällt zusammen mit der Erbauungszeit des Chores, demnach in die Jahre 1372–1379. Die Reliefs sind — bis auf eines — aus gleicher Schule, aber nicht von gleicher Hand. Rechteckiges Format und gleiche Größe. Jedes Relief hat einen anderen Patrizier zum Stifter, wie die beigefügten Wappen erkennen lassen.

Abb. 69. Passionsszenen von Adam Kraft. Schreyersches Begräbnis am Ostchor.

Die Darstellungen sind:

1. Einzug in Jerusalem (Kopie aus der Mitte des 19. Jahrhunderts). — Wappen der Welser.

2. Abendmahl. Kopie. — Wappen der Groland.

3. Ölberg. — Wappen der Geuder. Vom Anfang des 15. Jahrhunderts.

4. Gefangennahme. — Wappen der Pfinzing.

5. Christus vor Pilatus. — Wappen der Geuschmid.

6. Geißelung (Abb. 67). — Wappen der Beheim.

7. Dornenkrönung. — Wappen der Sachs.

8. Kreuztragung (Abb. 68). — Wappen der Grundherr.

9. Christus am Kreuz. — Wappen der Beheim.

10. Auferstehung. — Unbekanntes Wappen.

Am Ostchor zwischen den beiden Pfeilern mit dem

Pfinzingschen und dem Geuschmidschen Passionsrelief das Schreyersche Grabmal (Abb. 69). Steinrelief von Adam Kraft, vollendet 1492.

Das Relief ist dem Raum zwischen den zwei Strebepfeilern angepaßt, so daß sich das größere Mittelstück an die Wand und die beiden kleineren Seitenflügel an die Pfeiler anlehnen. Es füllt die Mauerfläche vom Sockel bis zum Gesims der Fensterbank und mißt in der Höhe über 2·50 m, in der Länge beinahe 6 m. In der Mitte vor dem Relief eine eiserne, durchbrochen gearbeitete Laterne als Ewiglichtlampe mit der Jahrzahl 1492. Eine neue kassettierte Holzdecke mit Kupferbedachung schützt das Ganze vor den Unbilden der Witterung, ein eisernes Gitter schließt nach außen ab. Von den Baldachinen, die zu beiden Seiten den Abschluß des Grabmales bilden, ist derjenige rechts erneuert. Original im Lapidarium.

Abb. 70. Konsole mit Mönchen an einem südlichen Pfeiler des Ostchors.

Das Relief enthält vier Darstellungen aus der Passion: auf dem rechten Flügel die Kreuztragung, auf der rechten Hälfte des Mittelteiles die Heimkehr des Volkes vom Richtplatz, auf der linken Hälfte die Grablegung und auf dem linken Flügel die Auferstehung. Die einzelnen Szenen sind nicht streng und auch nicht äußerlich voneinander geschieden, sie gehen mittels eines reichen landschaftlichen Hintergrundes unter Anwendung der Perspektive ineinander über. Die Landschaft steigt fast bis an den oberen Rand empor. Die

Hauptfiguren sind dreiviertellebensgroß. Im Vordergrund unten sind die Familien der Stifter in verkleinertem Maßstab mit ihren Wappen abgebildet; die Wappen sind links Schreyer-Kammermeister, Schreyer-Link, Schreyer, Schreyer-Oertel, Schreyer-Landauer, Schreyer-Marstall, Eyb, Fuchs, Schreyer und Kammermeister, rechts Landauer-Rothenhahn, Landauer, ..?.., Schlüsselfelder-Landauer, Starck-Landauer, Landauer, wiederum Landauer und Rothenhahn. Das ganze Relief zeigt Spuren von Bemalung.

Am 11. September 1490 schloß Adam Kraft mit dem Kirchenmeister Sebald Schreyer und dessen Neffen Matthäus Landauer in Gegenwart zweier Zeugen behufs Übernahme und Ausführung der Bildhauerarbeit einen detaillierten Vertrag ab. Siehe Neudörfer, Nachrichten, herausgegeben von Lochner, 1875, S. 16 ff. und A. Gümbel im Repertorium für Kunstwissenschaft. XXV (1902), S. 360 ff. Es wurde unter anderem die Bestimmung getroffen, daß nur ein guter, ganzer und „unwetteressiger" Stein, bei Vach (1 Stunde nördlich von Fürth) oder anderswo gebrochen, zur Verwendung gelangen und daß die Kosten für die Ausführung 160 fl. nicht übersteigen solllen. Als Zehrgeld während der Arbeit wurden 50 bis 60 fl. ausgemacht. Am 7. Mai 1492 war das Werk vollendet.

Abb. 71. Darstellung des Jüngsten Gerichtes. Schedelsches Relief über der Schautüre.

Das Kraftsche Relief ist von eminent malerisch-dramatischer Wirkung, die figurenreichste und umfassendste Komposition Krafts (vgl. Lübke, Geschichte der Plastik. 1880, II, 722). Nach Lochner hätte Kraft nach einem Gemälde gearbeitet, möglicherweise nach einem Gemälde Wolgemuts, des Freundes von Sebald Schreyer. Die Behauptung scheint der Wahrheit zu entsprechen, da die Kraftschen Schöpfungen sonst nicht in solchem Maße auf malerische Wirkung berechnet sind. Allein der Entwurf für die Komposition selbst scheint Krafts geistiges Eigentum zu sein. In der Ausführung ist den Schülern mitunter manches überlassen worden. Ausführliches bei Daun, Adam Kraft und die Künstler seiner Zeit. Berlin 1897, S. 19 bis 27 und 64.

Abb. 72. Grabrelief der Holzschuher am südlichen Seitenschiff (Kopie aus der Barockzeit).

Schon vor 1453 hatten die miteinander verwandten und befreundeten Familien Schreyer und Landauer ihr Begräbnis an der Stelle des Kraftschen Denkmals. Unten über dem Grabgewölbe liegen noch zwei Grabsteine: links der Grabstein des Hans Schreyer († 1437) mit seinem und den Wappen der Eyb und Fuchs, rechts ein Grabstein mit dem Wappen der Landauer.

Für das von Sebald Schreyer gestiftete Ewige Licht und für das Sakramentshäuschen wurde 1493 ein Ablaß gewährt. 1508 wurde der Ablaß bestätigt.

An den Strebepfeilern des Ostchores waren zwei übereinander liegende Reihen von K o n s o l e n   u n d   P o s t a m e n t e n zur Aufnahme zahlreicher Figuren bestimmt, von denen jedoch nur wenige zur Ausführung gekommen sind. Der oberen Reihe gehören zwei P r o p h e t e n f i g u r e n an, die sich in sehr vergittertem Zustande an einem Strebepfeiler der Nordseite vorfanden und von denen die eine sich jetzt im Germanischen Museum, die andere im Lapidarium der Kirche befindet.

Die untere Reihe von Konsolen ist mit allerlei satirischen und anderen Profandarstellungen, auch naturwahren Tiergestalten usw. in trefflicher Ausführung geschmückt (Abb. 70). Ein Teil derselben ist erneuert (Originale im Lapidarium). Dieser unteren Reihe gehört am siebenten Pfeiler des Ostchores, d. h. an dem Pfeiler, an welchem unten das Relief der Dornenkrönung angebracht ist, oberhalb des Kaffgesimses auf einem Sockel die lebensgroße Statue des hl. S e b a l d an sowie am folgenden Pfeiler die der hl. M a r i a, beide aus der gleichen Zeit wie die Passionsdarstellungen. Die Figuren sind durch besonders reich gebildete Baldachine hervorgehoben; ihre Hintergründe zeigen deutliche Spuren alter Bemalung, von der sich noch Engelsgestalten erkennen lassen. Ein Sockelstück auf dem Fenstergesims zwischen diesen beiden Figuren läßt darauf schließen, daß sie ehemals mit einer Mittelfigur zu einer wirkungsvollen, durch reichen Farbenschmuck ausgezeichneten Gruppe vereinigt waren.

Die neueste Wiederherstellung der Kirche hat die meisten der leergebliebenen Postamente mit Propheten, Aposteln und anderen Heiligengestalten belebt (siehe das Kapitel über die jüngste Restauration S. 90).

Über der Schautüre das eingerahmte Steinrelief des J ü n g s t e n   G e r i c h t e s (Abb. 71). Die Komposition zerfällt in eine obere und untere Hälfte. Oben thront in der Mitte Christus, zu beiden Seiten sitzen in einem Bogen auf Wolken die zwölf Apostel. Die ausgesparten Zwickel über denselben füllen vier schwebende Engel aus, die ursprünglich mit Posaunen ausgerüstet waren. Zu Füßen Christi knien die fürbittenden Maria und Johannes, in die untere Hälfte der Komposition reichend. Diese wird durch eine Inschrifttafel in eine linke und rechte Hälfte zerlegt: hier werden die Auferstandenen von einem Engel in die Himmelspforte, welche Petrus hütet, geleitet, dort von einem Ungeheuer in den Höllenrachen befördert. Über der

Inschrifttafel zwischen Maria und Johannes erheben sich die Toten. Links und rechts von der Tafel der betende Donator und das Wappen seiner Familie, nämlich das der Schedel. Die Inschrift lautet: „Anno domini MCCCCLXXXV die quarta mensis Decembris obiit peritissimvs artivm et medicine doctor Hermannvs Schedel, physicvs Norinbergensis, qui cvm sva familia hic in pace qviescit." Die Gedenktafel ist jedenfalls eine Stiftung des Hartmann Schedel, des berühmten Herausgebers der nach ihm benannten 1493 erschienenen Weltchronik, zu Ehren seines Sohnes. Die Entstehung dürfte in die nächsten Jahre nach 1485 fallen.

Auf einem der Grabsteine befindet sich ein Steinmetzzeichen. Die Komposition ist noch ganz mittelalterlich. Die profilierte Umrahmung ist erneuert (vgl. Redslob a. a. O. S. 58 ff.).

Nach M. M. Mayer, Die Kirche des hl. Sebaldus (1831), S. 15, befand sich früher rechts von diesem Relief eine weitere Gedenktafel der Familie Schedel, nämlich ein eingerahmtes Holztafelgemälde mit der Geburt Christi, darüber in drei Abteilungen die Inschrift: „Hartmannus Schedel, artium ac utriusque medicine doctor, obiit anno domini m. d. xiiii die xxviiii mensis Nouembris. Magdalena Schedlin, filia Antony Haller, obiit Anno domini m. d. v. die xiiii mensis Julii. Anne Schedlin, filia Alberti Heugeli, obiit anno domini M. cccc xi mensis Septe[mb]ris." Das schon zu Mayers Zeit sehr verwaschene Bild war 1888 nicht mehr vorhanden; der Rahmen befindet sich im Lapidarium.

Abb. 73. Bogenfeld im Portal des südlichen Seitenschiffes.

An der Kapelle neben der südlichen Sakristei K r u z i f i x u s   z w i s c h e n   M a r i a   u n d   J o h a n n e s Rundfiguren des 14. Jahrhunderts. An der Konsole des Johannes das Wappen der Groland, unter der Maria das Wappen der Zollner. Kopien. Die Originale der Maria und des Johannes befinden sich in der Kirche.

An dem nun folgenden D r e i k ö n i g s p o r t a l die Rundfiguren der heiligen drei Könige und der Maria mit dem Kinde auf Konsolen. An letzteren die Wappen der Holzschuher, Muffel und Frey (?). Die Figuren stammen aus der Zeit des Portales. Die Tympanonfüllung wird durch die Rückseite des holzgeschnitzten und polychrom behandelten Ebnerschen Reliefs gebildet, das bei der Beschreibung der Denkmäler des Innern näher behandelt wird. Es ist nicht unwahrscheinlich, daß das Relief, um es vor den Unbilden der Witterung zu schützen, umgekehrt worden ist, früher indessen einen Schmuck des äußeren Portals, das in gleicher Weise polychrom behandelt ist, bildete.

Abb. 74. Grabrelief der Pömer am südlichen Treppenturme.

Links vom Dreikönigsportal ein E c c e h o m o mit dem Wappen der Geuschmid.

Zu beiden Seiten des Portals zwei B i s c h ö f e. Kopien. Die Originale in der Kirche.

Am ersten Fenster des Seitenschiffes Doppelrelief: oben K r ö n u n g M a r i ä, unten der u n g l ä u b i g e T h o m a s Das obere Relief ist alt, das untere Kopie (Original im

Lapidarium).

An der anderen Seite des Fensters ein E p i t a p h der
H o l z s c h u h e r, ursprünglich vielleicht aus der Zeit um
1430. Steinrelief mit dem thronenden Gott Vater, den
Gekreuzigten haltend, in der Mitte, mit den hl. Johannes
dem Täufer, Sebald und Paulus auf der linken und Petrus,
Thomas und Christophorus auf der rechten Seite; vor den
Heiligen die Stifter mit den Wappen der Holzschuher und
Pömer links und den Wappen der Holzschuher und
Pfinzing rechts; auf dem steinernen Tragbalken des Reliefs
die Wappen der Holzschuher und Kreß, Holzschuher und
Hummel, Holzschuher und Groland und Holzschuher und
Haller. Offenbar Kopie der Barockzeit (Abb. 72).

An der Wand des nächsten Joches Relief der
A u f e r w e c k u n g d e s L a z a r u s durch zwei Säulen
dreigeteilt. Nach M. M. Mayer, a. a. O., S. 17, trug der obere,
später in Verlust geratene Teil die Jahreszahl 1520 und das
Wappen der Pömer. Kopie, deren oberer Teil frei ergänzt
wurde; Original des unteren Teiles im Lapidarium (Abb.
140). Vermutlich ein Werk des Veit Stoß.

An der Stirnseite des nächsten Strebepfeilers ein kleines
Relief: C h r i s t u s a m Ö l b e r g Kopie. Über die
Ölbergreliefs an St. Sebald und die daran erkennbare
Stilentwicklung handelt im Zusammenhang E. Redslob in
den Mitteilungen aus dem Germanischen Nationalmuseum
1907, S. 14 ff.

Das von M. M. Mayer S. 17 erwähnte schon damals fast
ganz verwitterte Relief mit dem hl. Sebaldus und zwei
anderen Heiligen ist der Zeit zum Opfer gefallen.

Abb. 75. Grabrelief der Haller am südlichen Turm.

S ü d p o r t a l,   beziehungsweise   das   südliche
Eingangsportal des südlichen Seitenschiffes:

Bogenfeld mit der Reliefdarstellung des J ü n g s t e n
G e r i c h t e s (Abb. 73). Aus der mit der Erweiterung der
Seitenschiffe begründeten Bildhauerschule. Um 1310. Der
Darstellung liegt die in der gotischen Zeit übliche
Komposition zugrunde, sie unterscheidet sich jedoch von
den übrigen Darstellungen des 14. Jahrhunderts noch durch
den   Mangel   einer   sichtlichen   Hervorhebung   der

Horizontalteilung sowie durch das Vorhandensein des Erzengels Michael als einer stehenden Figur. Das Relief zeigt ebenso wie die säulenartige Profilierung der Leibungen Reste alter Bemalung.

Bei dem für die Komposition zur Verfügung stehenden engen Raum konnten die sonst nirgends fehlenden E n g e l m i t d e n L e i d e n s w e r k z e u g e n nicht untergebracht werden oder wurden vergessen. Sie erhielten nachträglich in Gestalt von Statuetten ihren Platz zu beiden Seiten in der Bogenleibung auf dem Gesims der Kapitäle.

Außerdem steht noch links auf demselben Gesims die Figur des A b r a h a m m i t d e n S e l i g e n i m S c h o ß Dem Bildhauer schwebte wahrscheinlich die Komposition des Nordportales am Bamberger Dom, der sogenannten Fürstenpforte, vor Augen.

Seitlich des Portales die nahezu lebensgroßen Statuen der hl. K a t h a r i n a (Abb. 137) und des hl. P e t r u s. Beide stammen aus derselben Schule wie die übrigen Figuren und das Relief des Portales. Die Statue der hl. Katharina erinnert in ihrem Kostüm und mehr noch in ihrer vornehmen Haltung und in der Behandlung der Draperie an die Statuen des 13. Jahrhunderts. Der Kopf der Statue (Abb. 138) muß ein Meisterwerk des 14. Jahrhunderts genannt werden. Der Schöpfer dieser Leistung war vielleicht der Begründer der ersten Bildhauerschule von St. Sebald. Kopien. Die Originale in der Kirche.

Konsolen und Baldachine gehören der gleichen Zeit an, die figürlichen Darstellungen an den K a p i t ä l e n der Portalleibungen der gleichen Schule.

Am Treppentürmchen des südlichen Turmes ein Hochrelief mit zwei Darstellungen, oben: C h r i s t u s a m Ö l b e r g (vgl. Redslob, a. a. O., S. 15 ff. und daselbst Tafel I), unten: C h r i s t u s a l s S c h m e r z e n s m a n n, zu beiden

Seiten knien fünf Familienglieder des Stifters, unter diesen sechs Pömersche Allianzwappen (Abb. 74). Die ganze Tafel, die Spuren alter Polychromie zeigt und leider stark verwittert ist, ist von einem kräftig profilierten steinernen Rahmen eingefaßt. Pömersche Stiftung vom Jahre 1396.

Abb. 76. Türklopfer vom Brauttor.

Darunter die Inschrift: „Heinrich Pömer der erste alhier starb an St. Anna tag anno domini m ccc xxxj. Konrat Pömer starb an dem nehsten tag nach Kunigundis in der fasten anno domini m ccc lxj. Friedereich Pömer starb an der eilf tavsent meyd obent anno domini m ccc lxxvjj. Fraw Elspet Jorg Pömerin, her Gotfrid Schoppers tochter, starb am pfinztag nach Kungundis in der fasten anno domini m ccc lxxxxjjj." Ferner die Inschrift: „Steffan Pömer starb am fritag vor Martini anno domini m ccc lxxxxv. Jorg Pemer starb am pfinstag nach obersten im ccc lxvj iar."

Nach Mayer, a. a. O., S. 18, sollen Tafel und Inschriften 1797 restauriert worden sein. Die jetzigen Inschriften sind Kopien.

Daneben eine eingerahmte Tafel mit vier Wappenpaaren übereinander. Links vier Wappen der P ö m e r, rechts von oben nach unten die Wappen der Rummel, Haller, Schmittmaier-Imhoff und Zollner. Um 1400.

Unter dieser Tafel das Wappenschild der Pömer-Eisvogel. Um 1400.

Am südlichen Turm eine Tafel mit zwei Reliefdarstellungen in einem mit Rosetten besetzten Rahmen. Die Tafel wird von einem Zinnenkranz bekrönt (Abb. 75). Oben: C h r i s t u s a m Ö l b e r g, dabei die knienden Familienglieder des Stifters mit den Wappen der Fütterer und Haller. Unten: Die D r e i f a l t i g k e i t mit den Heiligen Philipp und Simon, dabei die knienden Familienglieder des Stifters mit den Wappen der Fütterer, Haller und Derrer auf der linken und den Wappen der Eglofstein und Grundherr auf der rechten Seite. Stiftung der Fütterer, und zwar von zwei verschiedenen Familien dieses Geschlechts. Um 1430.

Im Bogenfeld des südlichen Turmportales das Steinrelief der K r e u z a u ffi n d u n g und Kreuzprobe der K a i s e r i n H e l e n a. Die Heilige steht in der Mitte der beiden figurenreichen Szenen. Rechts wird das gefundene Kreuz weggetragen, links wird durch das Kreuz eine totkranke Frau geheilt. Unten knien rechts und links die Stifter mit ihren Familien; von den Wappen derselben sind noch die der Groß und Oertel zu erkennen. Vorzügliche Arbeit um 1510.

Am südlichen Turm neben dem Portal die überlebensgroße Statue des hl. C h r i s t o p h o r u s. Der Märtyrer, ein Riese von Gestalt, trägt gesenkten Hauptes auf den Schultern das Christuskind, welches sich am Kopfe des Heiligen und an dessen baumähnlichen Wanderstab festhält, und schreitet langsam durch das Wasser. An der Konsole halten zwei Engel das Schlüsselfeldersche Wappen; dabei die Inschrift: „Heinrich Schlüsselfelder anno domini M CCCC

Xlii." Das Werk pflegt man vermutungsweise dem Bildhauer Hans Decker, der 1449 in den Nürnberger Bürgerbüchern erscheint, zuzuschreiben. Es zeigt früh entwickelten Naturalismus. Ein mit Kupfer gedecktes Dach schützt die Statue vor den Unbilden der Witterung.

An der Südwestecke des südlichen Turmes in der Höhe der Glockenstube ein ziemlich roher, etwa lebensgroßer K r u z i f i x u s aus der Zeit um 1400.

Am Löffelholzchor ein kleines Ö l b e r g r e l i e f. 14. Jahrhundert.

Außer dieser Steinplastik wäre am Äußeren der Kirche noch einiger bronzener T ü r k l o p f e r Erwähnung zu tun, dreier prächtiger, den Ring haltender Löwenköpfe des romanischen Stils an der Brauttüre (Abb. 76), der Türe des Dreikönigsportales und der des südlichen Seitenschiffes, eines Türklopfers der Spätrenaissance mit stilisiertem Frauenkopf an der Tür des nördlichen Seitenschiffes.

B. Die Plastik im Inneren.

1. Die Plastik der Westhälfte.

Abb. 79.
Statue des
Apostels
Petrus im
Mittelschif

Abb. 78. Statue des
Apostels Philippus im
Mittelschiff.

Abb. 77. Statue des
Apostels Johannes im
Mittelschiff.

Abb. 81. Statue des Apostels Bartholomäus im
Mittelschiff.

Abb. 82. Statue der hl. Kunigunde im nördlichen Seitenschiff.

Die Apostelstatuen im Mittelschiff (Abb. <u>77</u> bis <u>81</u>). Dieselben sind Ausläufer der mit dem Umbau der Seitenschiffe begründeten Bildhauerschule und zeigen teils noch die Vorteile derselben durch glückliche Übersetzung der charakteristischen Merkmale ins Monumentale, teils auch schon deutlich den Verfall der Schule. Sie gehören der Zeit von etwa 1315 bis 1335 an. Bei der gegenwärtigen Restaurierung wurden sie sämtlich von der dicken Tünchkruste, mit der eine frühere Zeit nicht nur die Wände der Kirche, sondern auch die Statuen überzogen hatte, befreit. Die alte Polychromierung mit reicher Verwendung von Gold und auch die teppichähnlichen Hintergründe kamen hierbei wieder zum Vorschein und wurden von kundiger Hand renoviert.

Die Konsolen, welche die Wappen der Nürnberger Familien Ebner, Schreyer, Tucher, Kreß, Muffel, Knebel, Baumgartner, Neumarkter, Rieter tragen, haben die Gestalt von Kapitälen teils in schlichter Profilierung, teils mit reicher Ornamentik. Nur bei einer Konsole an der südlichen Pfeilerreihe findet sich figürlicher Schmuck: zwei zierliche Engelsfiguren flankieren einen mit Draperie umrahmten weiblichen Kopf.

An einem der Pfeiler des Mittelschiffes anstatt einer Apostelfigur die Statue J o h a n n e s d e s T ä u f e r s aus der gleichen Werkstätte wie die Apostel.

Ebenfalls als Ausläufer der gleichen Schule sind zu betrachten die beiden Statuen der heilige K a i s e r H e i n r i c h und K a i s e r i n K u n i g u n d e (Abb. 82, 83) im nördlichen Seitenschiff. Um 1330; mit den Wappen der Stromer aus der ersten Hälfte des 15. Jahrhunderts. Das Zepter der Kaiserfigur ist neu.

Desgleichen gehört dieser Schule die Statue des hl. Bischofs E r h a r d an einem Pfeiler der nördlichen Reihe an (Abb 84) (vgl. S. 132). Um 1335.

Hierher sind auch zu zählen als letzte und weniger gute Vertreter dieser Schule vier Statuen im Ostchor an der Nordwand desselben, nämlich ein hl. Bischof, ein Jacobus d. Ä. (später abgeändert in Sebald) und ein Apostel (siehe S. 157–159).

Nicht in die Schule der Seitenschiffportale gehört die überlebensgroße Statue eines C h r i s t u s mit den W u n d m a l e n am ersten nördlichen Pfeiler des Mittelschiffes. Die Behandlung des Nackten ist ziemlich flach, die der Draperie dagegen erinnert in ihrer Vornehmheit an die klassizistische Richtung der romanischen Epoche. Mit Konsole und Baldachin aus der Zeit um 1335. An der Konsole das Wappenschild der Holzschuher.

Christus als Schmerzensmann. Überlebensgroße Steinfigur mit Konsole und Baldachin. Im nördlichen Seitenschiff am ersten Pfeiler. Nachbildung des vorigen aus der Zeit um 1380. Mit dem Wappen der Pömer.

Christus als Schmerzensmann. Halblebensgroße Steinfigur, früher am westlichen Pfeiler der südlichen Reihe, jetzt an der Nordwand des Löffelholzchores, aus der Zeit um 1400. Ohne Sockel und Baldachin. Mit dem Wappen der Ebner.

Die hl. Helena (Abb. 85). Lebensgroße Steinfigur im südlichen Seitenschiff am ersten Pfeiler. Mit Baldachin aus der Zeit um 1350. Konsole mit dem Wappenschild der Ebner, welches zwei Knappen halten, aus der Zeit um 1320.

Ebenda Maria mit dem Kinde, durch Krone und Zepter als Himmelskönigin charakterisiert. Lebensgroße Steinfigur aus dem 14. Jahrhundert. Das Zepter ist neu.

Daneben die ebenfalls steinerne Statue der hl. Katharina, in der Gesamtkomposition der früher erwähnten ähnlich, doch roher und von älterem Typus. 14. Jahrhundert.

Der hl. Antonius. Dreiviertellebensgroße Steinfigur im südlichen Seitenschiff am Turmpfeiler, aus der Zeit um 1350. Baldachin fehlt. Konsole mit dem Wappenschild der Ebner, gehalten von zwei Knappen, aus der Zeit um 1320.

Abb. 84. Statue des hl. Erhard im
Mittelschiff.

A
St
hl.

sü
Sei

Abb. 83. Statue
des hl. Kaisers
Heinrich im
nördl.
Seitenschiff.

Abb. 87. Kreuzschleppung von Adam Kraft.

Abb. 88. Eherner Taufkessel im Löffelholzchor.

An dem letzten nördlichen Pfeiler des Mittelschiffes
(zugleich ehemaliger Vierungspfeiler) gegenüber der Kanzel
die Statue des hl. S e b a l d aus der Zeit um 1390 (Abb. 86).
Sebald faßt mit der Rechten den Pilgerstab und hält mit der
Linken das Modell eines gotischen, aus zwei Stockwerken
bestehenden Chores. Stein in[155]
[156] farbiger Fassung. Mit Konsole und Baldachin aus Stein.
Die Konsole wird von einem Engel gebildet, welcher die auf
einem Wappenschilde vereinigten, mit der Legende des
Heiligen verknüpften Wappen von Dänemark und
Frankreich samt den Wappen der Mendel, Volckamer und
Haller trägt.

Am zweiten südlichen Pfeiler des Mittelschiffes ein Steinrelief mit der K r e u z t r a g u n g   v o n   A d a m K r a f t (Abb. 87) aus dem Jahre 1496.[IX] Das Relief war früher an der Stadtgrabenmauer am Steig beim Zeug- oder Kornhaus eingemauert und wurde nach Auflassung des Grabens zu Beginn des 19. Jahrhunderts in die Kirche St. Sebald verbracht, wo es an der bezeichneten Stelle als Altaraufsatz dient.

Komposition wie Ausführung erinnern stark an die Kraftschen Stationen in der Burgschmietgasse und an das Schreyersche Grabmal am Ostchor der Kirche. Der obere Teil des Rahmens ist ornamental behandelt. Höhe 2·30, Breite 1·10 m.

In der Mitte des Westchores ein eherner T a u f k e s s e l (Abb. 88), etwa um 1410 entstanden. Um den Hals sowohl wie um den Kessel laufen in Reliefs Arkadenbögen, dort 12, hier 21, mit ebensovielen Figuren: Christus am Kreuz, Maria, Johannes, Apostel, Propheten und andere Heilige. Die übrigen Teile sind durch Ringe mehrfach profiliert und mit Weinranken verziert. Vor dem Hals stehen auf Postamenten, welche mit dem Fuß des Kessels organisch verbunden sind, in gleichen Zwischenräumen vier männliche Figuren, mit ihrem Häuptern gleichsam den Kessel stützend, von denen drei aus einer und derselben Gußform gegossen zu sein scheinen. Der Innenraum des Halses, der an der Nordseite mit einer Tür versehen ist, war für Heizung eingerichtet, um das für die Taufe bestimmte Wasser an Ort und Stelle wärmen zu können.

Der Taufkessel hatte dadurch historische Berühmtheit erlangt, daß in ihm am 11. April 1361 der nachmalige König Wenzel getauft worden sein und das Taufwasser besudelt haben soll. Dabei kursierte die andere Erzählung, daß man beim Wärmen des Taufwassers im Pfarrhof bei St. Sebald mit dem Feuer unvorsichtig umging, so daß der Pfarrhof abbrannte. Daß der Pfarrhof 1361 abbrannte, ist urkundlich nachweisbar. Beruht auch jene erste Anekdote auf Wahrheit, so hat es sich damals um den jetzt nicht mehr vorhandenen T a u f s t e i n gehandelt, womit dann auch übereinstimmt, daß das Wasser im Pfarrhof vorgewärmt wurde.

Der Taufkessel verdient weniger wegen der Ausführung des einzelnen als vielmehr wegen seiner originellen Gesamterscheinung Beachtung. Er ist das älteste bekannte Denkmal Nürnberger Gießkunst. Sein ursprünglicher Standort war wie der seines aus Stein gefertigten Vorgängers im Schiff der Kirche.

1572 wurde der Kessel gereinigt und unter den Fuß eine Steinplatte gelegt. Der einfach profilierte Holzdeckel stammt aus der Zeit der Spätrenaissance.

Im östlichen Joch des südlichen Seitenschiffes in einer Nische die Büste des Pfarrers an St. Sebald Friedrich Michahelles († 1903), von Fritz Zadow in griechischem Marmor ausgeführt.

2. Die Plastik im Ostchor.

Es folgt zunächst die Beschreibung der Statuen an der Ostchorwand, und zwar derjenigen neben den Fenstern auf den vom Chorbau herrührenden Konsolen in fortlaufender Reihe von der Brauttüre an.

Rechts über der nördlichen Sakristeitüre der Apostel J a c o b u s d. Ä. mit Pilgerhut, Tasche und Stab, lebensgroße Steinfigur. Um 1335. Einer der letzten Ausläufer der mit der Erweiterung der Seitenschiffe gegründeten Schule. Die „Renovierung" der Barockzeit hat den Jacobus durch Beigabe eines Kirchenmodells in einen hl. Sebald verwandelt.

Abb. 89. Der Apostel
Andreas. Holzstatue von
Veit Stoß.

Abb. 90. Statue
Johannes des
Evangelisten im
Ostchor.

Ab
Thoma
von V
im C

Links vom Mendelschen Fenster C h r i s t u s   a l s
W e l t h e i l a n d, die Weltkugel in der Linken, mit der
Rechten segnend. Lebensgroße Holzfigur in der Art des Veit
Stoß. 1657 wurde die Statue „aus dem Werkhaus in der

Karthausen" an den jetzigen Ort verbracht (Rechnungen im Freiherrlich von Tucherschen Familienarchiv). Aus dieser Zeit stammt der in Kupfer getriebene Heiligenschein. An der Konsole das Wappen der Tucher.

Rechts vom Mendelschen Fenster der hl. A n d r e a s mit Kreuz und Buch (Abb. 89). Überlebensgroße Holzfigur, ohne Zweifel von V e i t S t o ß in der Naturfarbe mit leichter Andeutung der Farbe von Lippen und Augen. Um 1495. An der Konsole das Wappen der Tucher.

Links vom Tucherschen Fenster der Apostel J o h a n n e s (Abb. 90), den Giftkelch in der Linken, mit der Rechten segnend. Lebensgroße Figur von gebranntem Ton. Um 1410. Hände und ein Teil der Gewandung sind neu. An der Konsole das Wappen der Tucher.

Rechts vom Tucherschen Fenster der hl. J o h a n n e s d e r T ä u f e r mit Buch und Lamm in der Linken. Überlebensgroße Steinfigur. Um 1430. An der Konsole das Wappen der Tucher.

Links vom Fürerschen Fenster ein hl. A p o s t e l mit einem Buch in der Linken. Lebensgroße Steinfigur. Um 1335. Einer der letzten Ausläufer der mit der Erweiterung der Seitenschiffe gegründeten Schule. Die rechte Hand ist ergänzt.

Rechts vom Fürerschen Fenster der Apostel J o h a n n e s. Lebensgroße Holzfigur. Jedenfalls von einer Kreuzigungsgruppe stammend. Um 1460.

Links und rechts vom Stromerschen Fenster die beiden Holzfiguren einer V e r k ü n d i g u n g, links der E n g e l und rechts M a r i a, kniend. Um 1460. Das Zepter des Engels ist erneuert. Am linken Sockel das Wappen der Starck, am rechten das der Imhoff.

Zu beiden Seiten des Bambergischen Fensters die fast

lebensgroßen Steinfiguren der Heiligen H e i n r i c h (Abb.
48, 49) und K u n i g u n d e. Um 1335. Wiederum letzte
Ausläufer der mit der Erweiterung der Seitenschiffe
gegründeten Schule. Die beiden Statuen waren vor der
letzten Restaurierung bis zur Unkenntlichkeit entstellt. Die
gefundenen Spuren berechtigten zur Ergänzung der
Figuren als Diözesanheilige. Bei Heinrich ist das Modell des
Bamberger Domes, bei Kunigunde das Zepter neu.

Zu beiden Seiten des Maximilianfensters die
überlebensgroßen Steinfiguren der Apostel P a u l u s und
P e t r u s. Um 1375, aus der Zeit der Vollendung des
Ostchorbaues die einzigen Statuen der langen Konsolen-
und Baldachinreihe. Schule des Meisters des
Sakramentshäuschens. Beide Apostel mit ihren Attributen.
Gut erhalten. An der Konsole der Paulusstatue das Wappen
der Usmer.

Abb. 93. Statue des hl. Erasmus im Ostchor.

**Abb. 94. Statue der Maria von der Behaimschen
Heimsuchung.**

Zu beiden Seiten des Markgrafenfensters zwei
überlebensgroße Holzfiguren von V e i t S t o ß aus dem
Jahre 1495 (an den Konsolen bezeichnet und datiert).
C h r i s t u s a l s S c h m e r z e n s m a n n u n d M a r i a a l s
S c h m e r z e n s m u t t e r (Abb. 91, 92). Die Holzfarbe ist
beibehalten. An den Plinten wurden bei der letzten
Wiederherstellung der Kirche das Zeichen des Meisters und
die Jahrzahl aufgedeckt. An der Christusstatue sind eine
Hand und ein Fuß ergänzt. An der Statue der Maria ist der
über den rechten Arm geschlagene Gewandzipfel
nachträglich, vermutlich von Stoß selbst, angefügt. Nach

den Wappen an den Konsolen stellen sich beide Statuen mit den später behandelten drei Passionsszenen darunter als eine Stiftung der Familie Volckamer dar.

Zu beiden Seiten des Pfinzingschen Fensters die unterlebensgroßen Holzfiguren eines hl. P a p s t e s und eines hl. B i s c h o f s aus der Zeit um 1470. Besondere Attribute fehlen. Die Statuen stammen vermutlich von einem der früheren Altäre der Kirche. Hallersche Stiftungen.

Links vom Hallerschen Fenster die lebensgroße Steinfigur eines hl. B i s c h o f s. Attribut zur näheren Bestimmung fehlt. Um 1335. Wiederum einer der letzten Ausläufer der mit Erweiterung der Seitenschiffe gegründeten Schule. Rechte Hand ergänzt. Am Sockel Wappen der Haller.

Rechts vom Hallerschen Fenster die lebensgroße Terrakottafigur eines A p o s t e l s. Attribut zur näheren Bestimmung fehlt. Um 1390. Aus der Schule des Meisters der Tonbildwerke in der Jakobskirche. Ursprünglich für einen anderen Ort bestimmt. Zuletzt neben dem Bamberger Fenster. Rechter Fuß und linke Hand in der Barockzeit mangelhaft ergänzt.

Zu beiden Seiten des Schürstabschen Fensters die überlebensgroßen Holzfiguren des hl. E r a s m u s (Abb. 93) und des hl. S e b a l d. Um 1450. Gegenstücke, vermutlich von dem gleichen Meister. Attribute zum Teile ergänzt. Zu den Füßen beider je ein kleines Lamm, außerdem beim hl. Sebaldus das Wappen der Schürstab-Groß; am Sockel der Erasmusstatue das Wappen der Haller-Tetzel, umgeändert in ein Wappen der Schürstab-Groß.

Zu beiden Seiten des Behaimschen Fensters die überlebensgroßen Steinfiguren einer H e i m s u c h u n g, die Heiligen M a r i a (Abb. 94) und E l i s a b e t h. Um 1420. Ergänzungen an den Händen der Maria und am Gewand der Elisabeth; die Hände der Elisabeth sind neu. An jeder

Konsole das Wappen der Behaim.

Zu beiden Seiten des Volckamerschen Fensters die überlebensgroßen Statuen einer Verkündigung, links der Engel, rechts Maria. Wie die beiden eben aufgeführten Statuen aus der Zeit um 1420 und aus der gleichen Schule. Am Engel sind Hände und Zepter neu, an der Maria nur weniges ergänzt. An jedem Sockel das Wappen der Volckamer.

Verschiedene der erwähnten Konsolen zeigen als figürliche Darstellungen Fratzen, groteske Tiergestalten usf., die von einem freien Spiel der Phantasie zeugen.

An der Wand des Bambergischen Fensters ein Wandtabernakel (Abb. 50) aus der Zeit zwischen 1372 und 1379.[X] Der in die Mauer eingelassene Schrein ist von einem in Relief dargestellten architektonischen Aufbau umgeben, welcher sich aus Strebewerk und Baldachinen zusammensetzt und durch eine Reihe von Figuren belebt ist. Der Aufbau ist symmetrisch, die Figuren korrespondieren. Der Gegenstand der Darstellung ist nicht historischer, sondern repräsentativer Natur. Unterhalb des Schreines die Einbalsamierung der Leiche Christi durch Joseph von Arimathia im Beisein von sechs Jüngern. Zu beiden Seiten dieser Darstellung unter einem Strebebogen je ein kniender leuchterhaltender Engel; darüber links der hl. Petrus, rechts der hl. Sebald; über diesen in Baldachingehäusen sitzend zwei Propheten mit Spruchbändern; in den Zwickeln zwischen der unteren und mittleren Etage ein Pelikan und eine Löwin mit Jungen. In den beiden äußeren niedrigeren Bögen unter Maßwerk oben zwei betende Stifter; über denselben, jedoch ohne organische Verbindung mit ihnen, zwei Baldachine und von hockenden Gestalten gebildete Konsolen mit Engeln, welche die Leidenswerkzeuge halten; unmittelbar unterhalb der Konsolen die Wappen der Stifter, links das der Groland, rechts das der Muffel. Oberhalb des

Schreines die Dreifaltigkeit mit Maria und Johannes dem Evangelisten; über dieser Gruppe, bereits auf der Fensterbank, geschützt durch einen dachartigen, von einer Turmspitze gekrönten Baldachin Christus als Weltrichter mit Maria und Johannes dem Täufer als Fürbittern. Zu beiden Seiten dieser Komposition rechts Christus als Schmerzensmann auf einer Konsole mit einer hockenden Prophetengestalt und unter einem Baldachin, welcher Figur wohl links eine Maria als Schmerzensmutter entsprach, die jedoch nicht mehr vorhanden ist. Erhalten haben sich hier nur die ähnlich gebildete Konsole samt Baldachin.

Abb. 95. Passionsszenen von Veit Stoß im Ostchor.

Abb. 96. Ebnerrelief am Dreikönigsportal im Ostchor.

Das ganze Gehäuse ist farbig gefaßt. Das Eisenbeschläge der Schreintüre ist ornamental behandelt.

Das Ganze ist, wenn auch in der Ausführung kein hervorragendes Kunstwerk, in der Komposition eigenartig. Es ist aus derselben Bildhauerwerkstatt hervorgegangen, wie die Passionsdarstellungen außen an den Ostchorpfeilern. Stiftung der Familien Groland und Muffel.

1514 hatte sich Propst Melchior Pfinzing vergeblich bemüht, das Sakramentshäuschen aus der Kirche zu entfernen. In dem Jahre, in welchem ihm der Rat erlaubte, die Quermauer zwischen der Pfarrkirche und St. Moritz abzubrechen, wollte er ein neues und größeres Sakramentshäuschen über dem St. Nikolaus-Altar errichten und hatte schon Mittel hierfür gesammelt. Allein Jakob Muffel, Jakob und Leonhard Groland als Nachfolger der Stifter des bisherigen Tabernakels widersprachen mit Erfolg und ließen das alte herrichten.

Drei Stufen führen zu dem Wandtabernakel empor; ein fünfteiliges schlichtes Eisengitter schließt das Ganze ab.

Auf dem Petrusaltar steht jetzt die Holzfigur eines C h r i s t u s   a l s   S c h m e r z e n s m a n n aus dem 17. Jahrhundert.

Abb. 97. Madonna in der Glorie. Statue (Birnbaumholz)
im Ostchor.

Abb. 98. Bronzestatuette der Maria von Stephan Godl.

Hinter dem Hauptaltar an der Wand des
Markgrafenfensters, die ganze Breite derselben einnehmend,
ein Steinrelief mit d r e i P a s s i o n s s z e n e n (Abb. 95) in
ebenso vielen gleich großen Feldern von V e i t S t o ß aus
dem Jahre 1499.

Von links nach rechts das Abendmahl, der Ölberg und die
Gefangennahme. Christus und die zwölf Jünger in der
Darstellung des Abendmahls sollen zufolge einer schlecht

334

beglaubigten Tradition Bildnisse der Nürnberger Ratsherren von 1499 sein.

Auf der Säbelscheide des Türken oder Polen in der Darstellung der Gefangennahme das Monogramm des Veit Stoß und die Jahreszahl, die in ihrer Verschnörkelung erst 1863 von einem Maler Alexander Lesser aus Krakau hier entdeckt wurden. Im ersten Feld ist unten links der Stifter Paul Volckamer mit seinen beiden Söhnen und dem Familienwappen, im dritten Felde unten rechts seine beiden Frauen und seine drei Töchter mit den Wappen der Mendel und Haller in kleinem Maßstab angebracht.

Das Relief ist eine der wenigen Steinarbeiten des Veit Stoß.

Im Ostchor an der Wand zu beiden Seiten der Schautüre zwei Steinfiguren in Dreiviertellebensgröße mit Konsole und Baldachin. Die Statue links: C h r i s t u s a l s S c h m e r z e n s m a n n aus der Zeit der Vollendung des Chorbaues mit dem Wappen der Behaim, die Statue rechts, eine w e i b l i c h e H e i l i g emit Buch, aus der Zeit um 1400 mit dem Wappen der Volckamer.

Im Bogenfeld über der Schultüre (Dreikönigsportal, vgl. oben) ein farbig gefaßtes Holzrelief, das die von zwei Engeln gekrönte, das Christuskind säugende M a d o n n a (Abb. 96) darstellt. E b n e r s c h e S t i f t u n gvom Jahre 1429.

Rechts das Bildnis der Nonne Christine Ebner, Äbtissin des Klosters Engelthal, und die Inschrift: „Die selig Cristina Ebnerin wart geborn anno domini M cc lxxvii jar vnd wart lxxix jar alt vnd starb anno domini mccc lvi an sant Johanes tag zv weinachtn vnd lebet seliglich im orden zv Engeltal do liegt sie begraben bitte gott für das geschlecht der Ebner."

Darunter die Bildnisse von fünf Familiengliedern der Ebner mit den Jahrzahlen 1384 bis 1490 und die Inschrift: „Anno domini M cccc xxix Am Erichtag nach St. Paulitag do Starb Albrecht Ebner den gott genad. Anno domini

Mcccc xxix Am Lorentzentag Starb Agnes Pömerin Sein Hausfraw der gott genad." Dabei die eine Renovierung des Reliefs bezeichnende Jahreszahl 1656.

Das Relief ist eine der besten Bildhauerarbeiten der damaligen Zeit (vgl. über dasselbe Redslob, a. a. O., S. 57.)

Am ersten südlichen Chorpfeiler die überlebensgroße Steinfigur einer M a d o n n a aus der Zeit um 1380; das aus Holz geschnitzte Christuskind ist nachträglich angefügt. Mit Konsole und Baldachin. Maria ist als Himmelskönigin mit Krone und Zepter dargestellt. Die Behandlung des nackten Christuskindes, welches einen Granatapfel hält und die Beine übereinander schlägt, weist auf eine etwa 100 Jahre spätere Entstehung.

An dem ersten nördlichen Chorpfeiler die aus Birnbaumholz geschnitzte und farbig gefaßte lebensgroße Statue einer M a d o n n a mit dem Christuskind aus der Zeit um 1410 (Abb. 97). Maria hält mit beiden Armen das nackte Kind, das die Beine übereinander schlägt und mit einem Apfel spielt. Zwei kleine Engel tragen die Krone und zwei Engel schweben um die schalenförmige Mondsichel, auf welcher die Himmelskönigin steht. Eine sternenbesäte Tafel mit großem Strahlenkranze bildet den Hintergrund. Konsole und Baldachin, in Stein gearbeitet, schließen das Ganze nach unten und oben ab. Die Statue zählt zu den besten Arbeiten Nürnbergs im beginnenden 15. Jahrhundert.

Das Bildwerk war ursprünglich als Schrein gedacht, der durch zwei Flügel geschlossen werden konnte. Es wird vermutet, daß die in der Pinakothek zu München befindlichen Tafelgemälde des Hans von Kulmbach mit den Heiligen Joseph und Zacharias die abhanden gekommenen Flügel sind.

Am dritten nördlichen Chorpfeiler die halblebensgroße

Erzfigur einer M a d o n n a (Abb. 98), die als ein Werk von
S t e p h a n G o d l erkannt worden ist. Um 1515. An der
hübschen Holzkonsole, die gleichfalls der Frührenaissance
angehört, das verschränkte Wappen der Eseler und der
Propstei von St. Sebald.

Mitten im Ostchor das S e b a l d u s g r a b[XI] (Taf. XIV;
Abb. 99). Es besteht aus zwei Hauptteilen: 1. dem zur
Aufnahme der Reliquien des hl. Sebald bestimmten Schrein
vom Jahre 1397 und 2. aus dem von Peter Vischer dem
Älteren und seinen fünf Söhnen in den Jahren 1508–1519 in
Erz gegossenen Gehäuse.

1. D e r R e l i q u i e n s c h r e i n v o m J a h r e 1 3 9 7.
Die Form des Schreines ist ähnlich der eines länglichen
Hauses. Eichenholz, verkleidet mit Silberblech, welches
abwechselnd mit dem reichsstädtischen Wappen und dem
des Schultheißen von Nürnberg in Treibarbeit gemustert ist.
[XII] Auf dem First ein durchbrochen gearbeiteter
ornamentaler Fries, welcher zwei Kreuzblumen auf den
Giebeln verbindet.

1379 wurde der Sebaldusaltar durch einen neuen ersetzt.
Auch dieser wird in der Mensa die Gebeine des Heiligen
bewahrt haben. 1397 wurde für dieselben ein eigener
Schrein, eine Art Sarg, beschafft und in der Mitte des Chores
aufgestellt. Anscheinend war auch ein Sockel für denselben
vorhanden. Alle Jahre am Tage des Heiligen (19. August)
wurde der Sarg in feierlicher Prozession in der Kirche
herumgetragen. „In solcher Prozession trugen die Alten
Herren des Rates St. Sebaldi Sarg um, welcher mit
Pappenrosen besteckt war, unter demselben schloff das Volk
hin und wieder, dann sie glaubten: es würde ihnen hernach
weder Kopf noch Rücken wehe tun" (Vgl. M. M. Mayer, a. a.
O., S. 31). In zwei Legaten von 1412 und 1415 hatte Klara
Geuder zwei Lampen beim Sebaldusgrab gestiftet.

1461 wurde an dem Sarg ein Einbruch verübt. Seitdem fanden periodische Besichtigungen der darin enthaltenen Reliquien statt. So 1463, 1482, 1503. Über die 1503 vorgenommene Besichtigung findet sich in einer Chronik vom Ausgange des 16. Jahrhunderts (Kreisarchiv Nürnberg, Msc. XIV½, 106) folgender Bericht: „Nachdem auch in gebrauch gewest, St. Sebalds hailthumb oder gebein bißweilen zu eröffnen und zu besichtigen, als ist solches a° 1503, den 22. tag julii auch geschehen; solcher eröfnung haben beigewohnet die herren älteren des rats, der baumeister, der probst und kirchenpfleger Sebaldi; die zween loßungschreiber haben dabei knieen und ein jeder ein brennende wachskerzen halten müssen; die kirchen ist unterdessen verspert gehalten und ausen mit einer wacht beleget worden; es ist auch der kürchenmeister außer der kirchen herumgegangen, ob sich etwan ein unruhe erregen wolt; so große sorg hat man für St. Sebalds toden-gebain getragen, das ihnen nichts wiederwärtiges wiederfüre, zu dem man doch damahls die zuversicht getragen, daß er jederman helfen könnte. Im sarg sein zwo hölzerne laden gestanden und in jeder zween bündel mit roten zendel eingewickelt gelegen, die man heraus auf eine darzu bereitete tafel gehebt; in deren einer sein 18 stück großer, in der andern 91 stück mittelmäsiger und kleiner gebein, das haupt aber in einen sonderbaren silbern kästlein, in der gestalt eines brustbilds, verspert gewest, welches man zu hohen festtägen hat pflegen auf dem altar zu setzen, wigt an silber 35 mark, ist gemacht worden a° 1425. Auch ist eine ganze bildnuß St. Sebalds vorhanden, die man an festtagen an dem sarg aufgerichtet, wigt 21½ mark. Diese besichtigung diß heiligtums ist damals nicht geschehen gewest seit dem jahr 1482 und derowegen damals für gut angesehen und decretirt worden, hinfüro diese besichtigung alleweg nach verfliesung zwanzig jahren fürzunehmen, das heilthumb zu saubern und mit bisam in neuen zendel einzuwickeln, das ist aber zeit hero gar verblieben, dieweil mit ausgang der 20 jahr die änderung der religion eingefallen."

Abb. 99. Detail vom Sebaldusgrab.

Trotz aller Vorsicht wurde 1506 wieder eingebrochen und gestohlen. Der Einbruch hatte Reparaturen zur Folge. Vermutlich auf diese Renovierung bezieht sich die eine der beiden Inschriften, die sich auf der westlichen Schmalseite am Sockel finden. Sie lautet: „1506 IAR IST DISER SARCH FERNEIT VOR..." Die andere Inschrift berichtet von einer Erneuerung im Jahre 1628: „ANNO DNI MDCXXIIX IST DIESER SARCH VERNEVRT WORDEN."

2. Das Gehäuse aus den Jahren 1508–1519. Höhe 4·30, Länge 2·50 und Breite 1·40 m. Es setzt sich zusammen aus dem für den Sarg bestimmten Sockel und der Sockel und Sarg umschließenden Halle.

Die Halle besteht aus drei nebeneinander stehenden Jochen mit ebensovielen Kuppelgewölben auf acht freistehenden Pfeilern. Halle und Sockel ruhen auf einer oblongen Fußplatte, welche von 16 Schnecken und an den Ecken von 4 Delphinen getragen wird. Die Kuppelgewölbe werden von pyramidenartigen, aus Architekturmotiven komponierten Aufsätzen überhöht. Dem Sockel des Schreines sind zwischen den Pfeilern Kandelaber vorgelegt, von welchen schlanke Säulchen bis zu den Scheiteln der Gewölbebögen reichen. Das Ganze ist mit figürlichem und ornamentalem Schmuck belebt. An den vier Ecken der Fußplatte vor den Säulen sitzen griechische und biblische Helden: Herakles und Theseus, Nimrod und Simson, an der Mitte jeder Seite die Kardinaltugenden Mäßigkeit, Klugheit, Gerechtigkeit und Tapferkeit. Die vier Seiten des Sockels lösen sich in Hallen auf, welche an den beiden Schmalseiten die Statuetten des Meisters und die des hl. Sebald, an den beiden Langseiten vier Reliefs mit Darstellungen aus dem Leben des Heiligen, die wunderbare Füllung des Weinkruges, die Bestrafung eines Spötters, Sebald an brennenden Eiszapfen sich wärmend und die Heilung eines Blinden, enthalten. Vor den Eckpfeilern der Halle sind vier Sirenen, auf Säulchen sitzend, als Leuchterhalter angebracht. In halber Höhe vor den acht Pfeilern der Halle stehen ebenfalls auf vorgelegten, mit Postamenten und

Kapitälen versehenen Stäben die Statuetten der zwölf Apostel, der Hauptfigurenschmuck des Sebaldusgrabes; an den stärkeren Eckpfeilern je zwei, an den übrigen Pfeilern, je ein Apostel, und zwar an der Ostseite Andreas und Petrus, an der Südseite Johannes, Jakobus der Ältere, Philipp und Paulus, an der Westseite Judas Thaddäus und Matthias, an der Nordseite Simon, Bartholomäus, Jakobus der Jüngere und Thomas. Baldachine beschützen die Apostel. Die Pfeiler setzen sich über dem Gewölbeansatz fort und tragen die kleinen Statuetten von Propheten und Kirchenlehrern. Oben auf der mittleren Kuppel steht das Christuskind mit der Weltkugel, eine Nachbildung des gestohlenen Vischerschen Originales vom Ausgang des 18. Jahrhunderts. Im übrigen ist das ganze Denkmal reich mit kleinen figürlichen und ornamentalen Reliefs, mit Putten und allerlei Tierfiguren ausgestattet.

Nach der stilistischen Seite ist das Sebaldusgrab eine Mischung von Gotik und Renaissance. Gotisch ist nicht nur die Gesamtanlage, sondern auch eine Reihe von Architekturteilen, ausgesprochene Renaissance fast die ganze Detailbehandlung und der figürliche Schmuck. Nach der gegenständlichen Seite zeigt sich in der Verwertung antiker mythologischer Gestalten der Einfluß des Humanismus.

In der künstlerischen Behandlung, besonders bei den Reliefs am Sockel und vor allem bei den Apostelstatuen, ist der italienische, hauptsächlich der oberitalienische Einfluß unverkennbar. Echt deutsch ist der Phantasiereichtum. Seiner Originalität verdankt das Denkmal seinen Weltruf. Es ist die bedeutendste Schöpfung der Renaissance auf dem Gebiete des Erzgusses.

Das schlichte spätgotische Gitter ist eine Arbeit des Schlossers Jorg Hames aus der Zeit der Vollendung des Vischerschen Grabmales.

Abb. 100. Gewölbeschlußstein mit der Geburt Christi.
Im nördlichen Seitenschiff.

Abb. 101. Gewölbeschlußstein mit dem hl. Sebald. In

der nördlichen Sakristei.

Die Idee, um den Sarg des hl. Sebald eine Halle zu errichten, hatte bereits der Kirchenpfleger Ruprecht Haller (1474–1489). Er wandte sich an Peter Vischer und dieser lieferte 1488 einen noch rein gotischen, jetzt in Wien befindlichen Entwurf, welcher nur in der Gesamtanlage mit dem später ausgeführten Werke übereinstimmt. Der Plan scheiterte, wahrscheinlich an Geldmangel. Hallers Nachfolger Paul Volckamer (1489–1505) und der rührige Sebald Schreyer, Kirchenmeister von 1482–1503, ließen den Plan nicht fallen. Allein erst unter Anton Tucher und Lazarus Holzschuher im Verein mit Peter Imhoff und Sigmund Fürer kam endlich die Idee zur Verwirklichung. Im Mai 1507 wurde der Beschluß gefaßt, Peter Vischer ging sogleich an die Vorarbeiten. Das Messing wurde von Hans und Andreas Rosner und Sebald Behaim bezogen. Nach Vollendung des Fundamentes kam 1508 die östliche Hälfte der unteren Partie, 1509 die westliche Hälfte zur Ausführung. Die entsprechenden Inschriften lauten: „Ein anfang dvrch mich Peter Vischer 1508" und „Gemacht von Peter Vischer 1509". 1512 war die Halle vollendet, wie aus einer Stelle bei Cochläus, Cosmographia des Pomponius Mela, erschienen 1512, hervorgeht, wo bereits von dem ganzen Kapellenbau die Rede ist. Die Ausführung des figürlichen Schmuckes zog sich bis Frühjahr 1519 hin. Allein jetzt fehlten die Geldmittel, um Peter Vischer bezahlen zu können. In kurzer Zeit waren dieselben aufgetrieben, nachdem Anton Tucher am 17. März einen Aufruf an die leistungsfähigen Bürger erlassen hatte (abgedruckt bei M. M. Mayer, a. a. O., S. 31 f.). Am 19. Juli wurde das Grabmal aufgerichtet. Die Inschrift am Rande der Fußplatte lautet: „Petter Vischer pvrger zv Nurmberg machet das werck mit sein sunne. vn wurd folbacht im jar 1519 vnd ist allein Got dem Allmechtigen zu lob vnd Sanct Sebolt dem Himelfürste zv Eren mit hilff frumer leut vn dem allmossen bezalt." Das Grabmal hatte ein Gewicht von 157 Ztr. 29 lb. Peter Vischer erhielt als Bezahlung 3145 fl. 16 Schilling, also für den Zentner 20 fl. Von den angesehenen Bürgerfamilien hatten Beiträge geleistet Sebald Schreyer und Gesellschaft 117 fl. 12 Heller, Hans Starck 100 fl., Imhoff und Gesellschaft 60 fl., Sigmund Fürer und Gesellschaft 80 fl., Hans Tucher der Ältere für sich und seine Brüder 20 fl. und für seine Gattin und deren Verwandtschaft 20½ fl. usw. Siehe Baader, Beiträge. 1, 53.

Von den Söhnen Peter Vischers des Älteren war Peter der Jüngere am meisten an der Arbeit beteiligt, der möglicherweise auch der hauptsächlichste Vermittler des oberitalienischen Einflusses war, während man eine Beeinflussung durch Vorbilder der römischen Renaissance wohl auf Peters des jüngeren Bruder, Hermann Vischer, hat zurückführen wollen. Siehe Seeger, Peter Vischer der Jüngere. Leipzig 1897, S. 73–121.

1520 wurden an dem Sarg Reparaturen vorgenommen. 1628 fand eine umfassende Renovierung des ganzen Grabmales statt, welche 644 fl. 19 β 8 Heller kostete. „1523 wurde St. Sebaldsfest das letztemal gehalten, und hat zwar der rat wegen St. Sebaldsfest befohlen, den sarch sambt St. Sebalds gepainen allein zum weihbrunnen aus dem chor, in der kirchen herumb vnd wider in den chor zu tragen vnd die andern ceremonien zur vesper mit dem herab und hinauftragen mit den stadtpfeiffern einzustellen. 1524 hat man wohl St. Sebaldsfest in der kirche gefeiert, aber den sarch nit mer wie zuuor vmbgetragen." Die Einstellung der Prozession hing jedenfalls mit der Einführung der Reformation zusammen.

Besondere Beachtung verdienen endlich unter den Werken der Plastik noch die G e w ö l b e s c h l u ß s t e i n e in den Seitenschiffen und im Ostchor. Außer einer Anzahl rein ornamental behandelter Schlußsteine finden wir mehrere, die groteskenartig ein von stilisiertem Blattwerk umrahmtes Menschenantlitz aufweisen; in den westlichen Jochen des südlichen Seitenschiffes ferner eine Darstellung der Kreuzigung mit Maria und Johannes, darüber zwei schwebende Engel und die Symbole der vier Evangelisten, beim Engel des Matthäus auf den Stirnseiten des Schlußsteines noch die Löwin und den Pelikan; sodann im nördlichen Seitenschiff von Osten nach Westen einen bogenschießenden Zentaur, eine reizvolle als Hochrelief behandelte Geburt Christi (Abb. 100) und den Agnus Dei; im Mittelschiff des Ostchores St. Sebaldus, eine Gruppe von vier Wappen (Nürnberger Jungfrauenadler, Reichsschultheißenwappen, einköpfiger und doppelköpfiger schwarzer Adler) und einen bärtigen Kopf mit Heiligenschein (Gottvater?); im Chorumgang nördlich wiederum einen Agnus Dei, südlich eine Madonna in der Glorie und einen Christuskopf. In der nördlichen Sakristei ist die kleine Statue des hl. Sebaldus als Schlußstein bemerkenswert (Abb. 101).

Die gesamte Plastik erwies sich gelegentlich der letzten Instandsetzung der Kirche nach Entfernung mehrfach aufgetragener dicker Tünche als polychrom behandelt. Von dieser ursprünglichen Polychromierung waren überall noch so bedeutende Reste erhalten, daß eine Ergänzung derselben, ein Wiederaufleben der Bildwerke in ihren alten Farben möglich wurde. Beim Tympanonrelief des nördlichen Seitenschiffportales wurde aus archäologischen Gründen von jeder Ergänzung der aufgedeckten alten Polychromie abgesehen; bei einzelnen Skulpturen innerhalb der Kirche, insbesondere der Verkündigungsgruppe an der Nordseite des Ostchores und den plastischen Arbeiten des Petrusaltares, erforderten nur unbedeutende Teile eine geringe Ergänzung.

3. Die Gemälde.

Die Tafelmalerei des Mittelaltares ist in der Kirche nicht durch erstklassige Werke vertreten. Auf diesem Gebiete ist die Sebalduskirche gegenüber ihrer Nebenbuhlerin, der Kirche St. Lorenz, zu kurz gekommen. Was sie aufzuweisen hat, sind nur Ableger der in Nürnberg blühenden Schulen des 15. Jahrhunderts. Um so mehr war die Kirche mit Wandmalereien, und zwar nicht nur mit Malereien von rein dekorativem Charakter, sondern mit einer großen Anzahl von in sich abgeschlossenen figürlichen Darstellungen ausgestattet. Dieselben gehören ebenfalls meist dem 15. Jahrhundert an und sind, was besonders hervorgehoben zu werden verdient, häufig in Öl gemalt.

Abb. 102. Verkündigung. Holztafelgemälde im
Löffelholzchor.

Abb. 103. Krönung der Maria. Holztafelgemälde im Mittelschiff.

Die Tafelmalerei des 16. Jahrhunderts wird durch eine vorzügliche Arbeit der Frührenaissance und die des beginnenden 17. Jahrhunderts durch eine nicht unbedeutende Leistung repräsentiert.

Im Westchor an der Südwand hängen drei gleichgroße Gemälde: die D o r n e n k r ö n u n g mit den Wappen der Löffelholz und Münzmeister (um 1433), die G e i ß e l u n g mit den Wappen der Löffelholz und Hummel (um 1435) und die V e r k ü n d i g u n g (Abb. 102) mit den Wappen der Löffelholz und Zollner (um 1448). Die Darstellungen sind auf Goldgrund gemalt. Auf den Bildern unten die Familienglieder des oder der Stifter. Die angeführten Datierungen beruhen auf den Forschungen Karl Gebhardts (a. a. O. S. 86–88), der die Verkündigung dem gleichen Meister wie das Imhoff-Volckamersche Epitaph mit der Geburt Christi (sieh unten) zuschreibt und geneigt ist, auch die beiden anderen Stücke, Dornenkrönung und Geißelung, diesem „Meister der Sebalder Epitaphien", wie er ihn nennt, zu geben.

Am ersten nördlichen Mittelschiffpfeiler ein Holztafelgemälde mit der K r ö n u n g M a r i ä nach dem Holzschnitte des Marienlebens Dürers von einem seiner Nachahmer (Abb. 103). Unten am Bild die Familienglieder des Stifters mit den Wappen der Imhoff, Tetzel, Holzschuher, Tucher, Löffelholz und Pömer. Um 1525. Imhoffsche Stiftung.

An der entgegengesetzten Seite desselben Pfeilers ein Holztafelgemälde vom Jahre 1478, eine A l l e g o r i e a u f d i e G e b u r t C h r i s t i darstellend. In der Mitte die Anbetung des Christkindes durch Maria, in den Ecken Moses am feurigen Busch, Aaron mit dem blühenden Stab, Gideon mit dem Vließ und die Porta clausa des Ezechiel, ferner in den Zwischenräumen der Pelikan, das Einhorn, der Phönix und der Löwe sowie die vier Evangelistensymbole. Es ist eine Wiederholung der zum Andenken des Professors Friedrich Schon († 1464) gestifteten Darstellung vom Meister des Wolfgangaltares in der Lorenzkirche (Thode, S. 53; Gebhardt, S. 80 ff.; Redslob in den: Mitteilungen aus dem

Germanischen Nationalmuseum. 1907, S. 24 ff., mit Abb.),
nur mit deutschen statt mit lateinischen Inschriften. Oben
am Bild folgende Schrift: „Anno domini milesimo CCCC
vnd in dem lxxviij jare am freitag nach sant Valentins tag
verschied der erbar mann Vlrich Starck der elter dem got
gnedig vnd barmhertzig sei Amen. Vorneurt 1591. 1658."
Starcksche Stiftung vom Jahre 1478. Infolge der inschriftlich
beglaubigten Restaurierungen schlecht erhalten. Unten auf
dem Bild die Familienglieder des Stifters mit den Wappen der
Starck-Pirckheimer und Starck-Neudung.

Am zweiten nördlichen Mittelschiffpfeiler ein
Holztafelgemälde mit der Verkündigung. Von einem
Meister des Überganges, Anfang des 16. Jahrhunderts.
Unten auf dem Bild der Stifter mit seinen Familiengliedern
und die Wappen der Ölhafen und Pfinzing. Stiftung der
Ölhafen.

Am zweiten südlichen Mittelschiffpfeiler Holztafelgemälde
mit der Taufe Christi und anderen Szenen aus dem
Leben Johannes des Täufers. Unten kniende Angehörige der
Örtelschen Familie, dazu rechts das Wappen der Groß, links
das der Örtel, in der Mitte die Inschrift: „Anno 1525 den 21.
Julii Starb der Erbar Sigmund Orttell. Verneut An. 74."
Murr wollte eben dieses Gemälde dem nach dem Zeugnis
Neudörfers von Dürer mit Anerkennung genannten Maler
Sebald Baumhauer, der in seinem Alter Kirchner an St.
Sebald war, zuschreiben, doch, wie es scheint, ohne triftigen
Grund.

An der Ostseite des südlichen Vierungspfeilers ein
Holztafelgemälde mit der Beweinung Christi Genaue
Kopie nach dem Dürerschen Original in der Alten
Pinakothek zu München, vielleicht von Georg Gärtner dem
Jüngeren († 1654). Wie das Original Holzschuhersche
Stiftung.

In den unteren Ecken des Bildes ist der Stifter mit seiner Familie abgebildet: links das Wappen der Holzschuher-Groland-Müntzer-Gruber(?), rechts das Wappen der Gruber. Siehe Thausing, Dürer. II. Aufl., I. Bd., S. 180 ff.

An der Ostseite des nördlichen Vierungspfeilers gegenüber der Kanzel ein Ölgemälde auf Holz, das J ü n g s t e G e r i c h t , freie Kopie nach dem sogenannten Kleinen Jüngsten Gericht von Rubens vom Jahre 1628. Mit Rahmen und einem Aufsatz. I m h o f f s c h e S t i f t u n g .

Auf dem Rahmensockel sind auf Holz gemalt die Bildnisse des Stifters, seiner Ahnherren väterlicherseits mit den Jahrzahlen 1580 und 1628, Willibald Pirckheimers und seiner Gemahlin und Albrecht Dürers mit der Inschrift: „Effigies Alberti Düreri A° 1509“; der Stifter hält eine Tafel mit einem Spruch über die Vergänglichkeit des Lebens. Diesen gegenüber Kreszentia, die Gattin Willibald Pirckheimers, kniend, hinter ihr ihr Gemahl und Albrecht Dürer stehend, letzterer mit einer Tafel, worauf die Inschrift, der zufolge die Gedenktafel Herrn Willibald Imhoff dem Älteren und dessen in Gott ruhenden lieben Voreltern von seinem Sohne Hans Imhoff zu Ehren aufgerichtet worden ist „anno salutis 1. Januarii 1628“. — Auf dem Rahmen über dem Gemälde des Jüngsten Gerichts die Inschrift: „Das Gedechtnuß des Gerechten bleibt im Segen“, auf dem Rahmen unten zwischen diesem Gemälde und der Votivtafel: „Hans Imhoff Fundator“.

Der ebenfalls eingerahmte Aufsatz enthält ein Gemälde auf Leinwand: A l l e g o r i e a u f d i e V e r g ä n g l i c h k e i t (Tod und zwei kräftige Knaben in der Art des Rubens). Auf dem Rahmen oben: „Memento mori“, unten MDCXXVIII.

Zur Seite des Aufsatzes zwei Pyramiden in Holz geschnitzt, oben das Wappen der Imhoff.

Die Gemälde sind wahrscheinlich Arbeiten des J ö r g

Gärtner des Älteren († 1640). Über das Verhältnis dieser Stiftungstafel zu der in der Rochuskapelle von 1624 Ausführliches bei Stegmann, Rochuskapelle. 1885, S. 43 ff.

Im Bogenfelde des nördlichen Seitenschiffportales eine Auferweckung des Lazarus, Holztafelgemälde von Christian Ruprecht aus der Mitte des 17. Jahrhunderts. Unten rechts das Wappen der von Wimpfen. Stifter des Bildes war Johann Friedrich von Wimpfen (hingerichtet zu Nürnberg am 29. August 1668).

Am dritten nördlichen Chorpfeiler ein Holztafelgemälde mit der hl. Anna selbdritt zwischen den Heiligen Nikolaus und Katharina vom Meister des Imhoffschen Altares in der Lorenzkirche. Unten auf dem Bild die Stifterfiguren mit den Wappen der Imhoff und Rothflasch. Von Christian Baer restauriert. Stiftung Konrad Imhoffs aus dem 2. oder dem Beginn des 3. Jahrzehnts des 15. Jahrhunderts. Vgl. Gebhardt, Die Anfänge der Tafelmalerei in Nürnberg, S. 40 ff., wo wesentlich aus diesem Gemälde die Beeinflussung des Meisters des Imhoffschen Altares durch die Kunst des Gentile da Fabriano nachzuweisen versucht wird (vgl. über das Bild auch Redslob, a. a. O. S. 28).

Am zweiten nördlichen Chorpfeiler ein Holztafelgemälde mit der Kreuztragung in der Art des Wolgemut. Figurenreiche Darstellung mit dem an die Altenburg bei Bamberg erinnernden Kalvarienberg nach dem Stiche der Kreuztragung von Martin Schongauer (Thode, a. a. O. S. 193). Unten auf dem Bild die Familienglieder des Stifters mit den Wappen der Ebner, Tucher-Harsdörffer und Tucher-Rieter auf der linken und dem Wappen der Tucher nebst den Insignien des hl. Grabes auf der rechten Seite. Stiftung des Hans Tucher († vom Jahre 1485.

Am dritten südlichen Chorpfeiler ein Holztafelgemälde mit

der Geburt Christi Maria betet vor dem Christuskinde, über welches sich ein Engel beugt; links kniet Joseph, und von rechts kommen zwei Hirten herbei. Stark übermalt. Auf der Predella der Stifter mit seinen Familiengliedern (Frau, vier Söhnen und fünf Töchtern) und die Wappen der Imhoff und Volckamer. Stiftung Konrad Imhoffs wohl aus dem Jahre 1438, dem Todesjahre seiner Frau Klara, einer geborenen Volckamer (vgl. Gebhardt, a. a. O. S. 84 ff.).

An der Wand unterhalb des Mendelfensters, die ganze Breite zwischen den beiden Pfeilern einnehmend, ein Gemälde auf Holz von Hans Sueß, genannt H a n s   v o n K u l m b a c h, die M a d o n n a   m i t   H e i l i g e n. Zum Andenken an Lorenz Tucher, Propst von St. Lorenz, gestiftet von dessen Stiefbruder Martin im Jahre 1513 (Tafel XV).

Das Gemälde ist dreiteilig nach Art der gotischen Flügelaltäre, jedoch als Votivgemälde gestiftet. Im Mittelbild thronend die Madonna mit dem Christuskind, zwei über ihrem Haupte schwebende Engel halten die Krone, zu ihren Füßen fünf musizierende Engel, seitlich des Thrones links die hl. Katharina und rechts die hl. Barbara, hinter derselben ein Schriftband mit dem Monogramm des Meisters und der Jahrzahl 1513. Auf dem rechten Feld die Heiligen Johannes der Täufer und Hieronymus, auf dem linken Feld die Heiligen Petrus und Lorenz, vor letzterem das Bildnis Lorenz Tuchers, dabei das Wappen der Tucher und eine Tafel mit folgender Inschrift:

D · O · M · ET · SS · V · M ·
Lavrencivs Tuchervs, ivr · doc · d · lav
ren · prepo · ratisp · cano · cvstos et vicem
tenens · vir bonvs ervditvs integer ·
anima deo reddita · ossa in sepvl
chro gentilicio sita ·

353

bene valeas et vigila viator qvisqvis
es : bulla es ·
vixit virtvose ann · LV · mens · VII · di · XV .
mori · ann · M · D · III · octavo · calend · april
sola salvs servire deo : svnt
cetera fravdes ·

Die Komposition stammt von einem jetzt in Berlin befindlichen Entwurfe Dürers vom Jahre 1511; der Entwurf ist ziemlich genau, wahrscheinlich auf Wunsch des Bestellers, eingehalten, nur statt des einen musizierenden Engels wurden fünf angebracht. Die venezianische Renaissancestimmung jedoch, die sich hauptsächlich im Kolorit ausspricht, ist auf Kulmbachs Lehrer Jacopo de Barbari zurückzuführen. Das Gemälde gilt in der Kunstgeschichte als eines der besten des Kulmbach. (Siehe Janitschek, Geschichte der deutschen Malerei. 1890, S. 375; Koelitz, Hans Sueß von Kulmbach und seine Werke. 1891, S. 54.).

1572 wurde das Bild von Nikolaus Juvenel restauriert, neuerdings im Auftrage der Freiherrlich von Tucherschen Familie trefflich wiederhergestellt durch den Konservator Andreas Mayer in Augsburg.

Über der Schautüre ein Holztafelgemälde des J o h a n n K r e u z f e l d e r, eines Schülers des Nikolaus Juvenel, vom Jahre 1603 mit Szenen aus dem L e b e n d e r e r s t e n M e n s c h e n (Abb. 104). Das Gemälde nimmt die ganze Breite der Wand mit dem Behaimschen Fenster und den Behaimschen Statuen der Heimsuchung ein. Die eigentliche Bildfläche ist seitlich abgerundet, die seitlichen Raumflächen enthalten, ebenfalls in Tafelmalerei, Stammbäume der Familie Behaim mit Wappen derselben. Am oberen Teil des Rahmens drei runde Medaillons mit Bildnissen dreier männlicher Mitglieder der Familie Behaim. Das Bild selbst zeigt in reicher von allerlei Tieren belebter Landschaft ohne äußerliche Abgrenzung die Erschaffung der Eva, Adam und Eva im Paradies und die Vertreibung aus demselben. Der niederländische durch Juvenel vermittelte Einfluß ist unverkennbar; vorzüglich sind die Akte. Behaimsche Stiftung.

Auf dem unteren Teil des Rahmens: „Gleichwie vor disem Thürlein klein / Das Endt der Welt in Stain gar fein / Ist abgebild als ist nit geringer / Der Welt Anfang durch Malers Finger / Hie fürgestelt das du Mensch dein Leben / Von Anfang mogst betrachten eben / Wie das du nur seist Staub und Erden / Zu der du auch mußt wider werden / Drum leb, auch stirb hie seliglich / So bleibst bei Gott dort ewiglich. Renov. Anno 1774." Mit dem „Endt der Welt in Stain gar fein" vor der Schautüre ist das Relief mit dem Jüngsten Gericht gemeint (siehe S. 148). Die 1774 vorgenommene Renovierung war nicht umfassender Natur. Auf den anderen Teilen des Rahmens: „Paulus, Christophorus, et Fridericus cognomine Behaim, Fratres, Pauli Fridericique filii et nepotes, ob praeclaram in successiuo et duodeno ordine maiorum suorum memoriam, picturam hanc fieri et ceteris familiae suae monumentis affigi curarunt anno reparatae per Christum salutis humanae M. D. C. III. Patriam beat prudentia." Auf dem Rahmen in Holz geschnitzt ein Totenkopf mit einem Schriftband: „Talis terrenae vitae solet exitus esse."

Abb. 104. Darstellung des Paradieses. Holztaf.-Gem. von J. Kreuzfelder.
Abb. 105. Abendmahl und Ölberg. Wandgemälde im Ostchor.

Die ganze Gedenktafel wurde 1904 durch Andreas Mayer restauriert.

Rechts vom Eingang zur südlichen Sakristei ein Holztafelgemälde mit der H i m m e l f a h r t   M a r i ä von einem mittelmäßigen Maler der Dürerschen Gefolgschaft. Im Vordergrunde ein geistlicher Donator mit dem Wappen der Ölhafen. Um die Mitte des 16. Jahrhunderts.

An der Westwand der kleinen Kapelle neben dem Dreikönigsportal ein Holztafelgemälde mit figurenreicher K r e u z i g u n g. Erste Hälfte des 16. Jahrhunderts.

Gegenüber am Chorpfeiler ein kleines ehemals zu einem Almosenstock gehöriges Ölgemälde auf Holz, eine B r o t a u s t e i l u n g unter Krüppel und Arme darstellend.

Die Unterschrift lautet: „Lege[t] ewer heillig almüssen jn dissen stock zu enthaltung der armen leydt so burger jn disser stat werd vnd gostenhof (d. h. in dieser Stadt, Wöhrd und Gostenhof) sind durch gots willen." 16. Jahrhundert.

Auch an alten W a n d m a l e r e i e n besitzt die Kirche noch eine ansehnliche Zahl. Die meisten derselben wurden erst bei der letzten großen Wiederherstellung unter der Tünche aufgefunden und freigelegt. Einige von ihnen mögen wohl während des 14. und beginnenden 15. Jahrhunderts in Verbindung mit Mensen Altäre gebildet haben.

Im südlichen Seitenschiff an der Westwand neben dem Bogen zur Turmhalle die Riesengestalt des hl. C h r i s t o p h o r u s, dazu Angehörige und Wappen der Familie Ebner-Vetter(?). Die Füße des Heiligen sowie die Baumwurzel wurden bei der letzten Restaurierung durch Professor Haggenmiller ergänzt. Dieser Christophorus des 15. Jahrhunderts verdeckt zum größten Teil die noch gewaltigere Darstellung desselben Heiligen aus dem 14. Jahrhundert, die ohne Zweifel künstlerisch weit bedeutender war, wie die oberhalb des späteren Bildes erhaltenen beiden Köpfe noch gut erkennen lassen. Darüber Spuren einer späteren Darstellung des Veronikatuches.

Beim Dreikönigsportal die G r e g o r i u s m e s s e mit Maria und Johannes dem Evangelisten. 15. Jahrhundert.

Am dritten südlichen Mittelschiffpfeiler der T o d M a r i ä, frühes 15. Jahrhundert, dazu Reste dreier älterer Darstellungen aus der Passions- oder Heiligengeschichte, von denen nur der obere Teil einer K r e u z i g u n g genauer zu erkennen ist.

Im nördlichen Seitenschiffe an der aus dem Anfange des 16. Jahrhunderts stammenden hölzernen Empore im Steinton gehaltene M a ß w e r k m a l e r e i e n, zwischen denen sich die Wappen der Haller, Holzschuher und Stromer einfügen.

An Wandmalereien sind im Ostchor noch vorhanden:

Über dem Pfinzingchörlein zwei Prophetengestalten mit Spruchbändern, aus dem ausgehenden 14. Jahrhundert. Die Deckenmalereien im Pfinzingchörlein, Darstellungen des Weltheilands und der vier Evangelistensymbole, gehören wohl erst dem Ende des 16. Jahrhunderts an.

Am Kaiserchörlein oben eine Inschrifttafel mit der auf die Barockausstattung der Kirche bezüglichen Jahreszahl 1657 und ein Veronikatuch, gehalten von den Aposteln Petrus und Paulus, unter denen sich die ursprünglichen Engel befinden, aus dem 15. Jahrhundert.

Als die Kulmbachsche Tafel zum Zweck ihrer Wiederherstellung von der Wand entfernt wurde, fand sich an dieser, die ganze Länge einnehmend, ein Ölgemälde, die Kreuztragung Christi mit der Figur des Herrn in der Mitte und einem figurenreichen Zuge von Gewappneten und Volk sowie den klagenden Frauen, der sich aus einem Tore der links beinahe aus der Vogelschau dargestellten türmereichen Stadt Jerusalem herausbewegt. Daneben war ganz links die Inschrift zu lesen:

[175]
[176]

„Anno dni M.CCCC.lxxiij [1473] An vnser lieben frawen abent würtzweyh verschid frawe barbara karl steilngers [Steinlingers] haußfrawe der got gnedig....

Darnach Anno dni... an sant valenti... [versch]id karl steinlinger dem... nad."

358

**Abb. 106. Darstellungen aus der Apostellegende.
Wandgemälde im Ostchor.**

Die Versuche, die stark abgeblätterte und nur noch lose
anhaftende Ölmalerei von der Wand abzuziehen, mißlangen
leider bei den Resten der eigentlichen Darstellung der
Kreuzschleppung ganz. Dagegen konnte die
Darstellung der Stadt Jerusalem leidlich gut
und vollständig erhalten werden. Vorsichtig auf Leinwand
übertragen hat sie jetzt ihren Platz in der nördlichen
Turmhalle gefunden.

Unter den abgenommenen Resten dieses ganzen
Ölgemäldes wurden endlich noch die zum Teil
wohlerhaltenen Reste eines künstlerisch bedeutsamen
Freskogemäldes entdeckt, das gleichfalls die
Kreuztragung zum Gegenstande hatte und von dem
die besterhaltenen Teile abgezogen und auf eine Mörteltafel
gebracht werden konnten. Völlig unrestauriert sind sie auf
dieser in der Bausammlung der Sebalduskirche, wo auch
Photographien der beiden Kreuzschleppungen aufbewahrt
werden, noch zu sehen. Die Wappen Steinlinger-Muffel, die
sich darunter befinden, lassen erkennen, daß auch diese

ältere Kreuztragung (1. Hälfte des 15. Jahrhunderts) eine Steinlingersche Stiftung war. Unter den übrigen Wappen läßt sich noch ein Großisches und eine weiteres Steinlingersches erkennen.

An der Wand vor dem Tucheraltar wurde die landschaftliche Darstellung eines Wallfahrtsortes mit reicher Staffage an Pilgern und Kranken aufgefunden, die in der Mitte einen unbemalten Raum als Hintergrund für eine Heiligenstatue aufweist. Dieses dem 15. Jahrhundert entstammende Wandgemälde wurde von der Wand abgezogen und auf eine Mörtelplatte gebracht. Es befindet sich jetzt im Chorumgang an der rechten Seite des Petrusaltars.

An der Wand bei dem Tucheraltar, zum Teil von diesem verdeckt, die wirkungsvollen Gestalten der hl. Elisabeth und des hl. Martin, 15. Jahrhundert.

Hinter dem Tucheraltar unter dem Stromerfenster ein Wandgemälde in Öltechnik mit zwei Kompositionen (Abb. 105). Links Abendmahl und Fußwaschung; auf diesem Bilde links der kniende Stifter mit seinem Familienwappen, darüber die Inschrift: „Anno dm Mcccclxxlll Jar starb hanß starck vlrich starcken pruder am Donrstag vor dem heilighen Kristag dem got gnedig sei. amen. Anno 1627 durch Hanß Starken wieder verneurt worden, seines Aldters 79 Jahr.“[XIII] Rechts Christus am Ölberg; unten auf dem Gemälde in der Mitte die Wappen der Starck und Voit. Starcksche Stiftung von 1423.

Seit 1627 bis zur Unkenntlichkeit übermalt, wurden die Bilder bei der letzten Wiederherstellung der Kirche durch Konservator A. Mayer wieder instandgesetzt.

An der Wand hinter dem Petrusaltar aufgefunden gut erhaltene, künstlerisch wie kunsthistorisch gleich wertvolle Freskodarstellungen aus der Apostellegende (Abb.

106), die dem Anfange des 15. Jahrhunderts angehören (siehe oben).

Das Gemälde wurde von der Wand abgezogen, auf eine Mörtelplatte übertragen und im Chorumgang an der Wand rechts vom Petrusaltar angebracht. Die Restaurierung des Bildes besorgte Kunstmaler Pfleiderer in München. Eine Photographie von dem Zustande vor der Restaurierung befindet sich in der Bausammlung.

Rechts von diesem Bilde die Reste eines Wandgemäldes mit der K r e u z s c h l e p p u n g. Links vom Eingang zur südlichen Sakristei und vermutlich mit Bezug auf die Volckamersche Matronenstatue zwei S t i f t e r f i g u r e n mit den Wappen der Behaim und Ortlieb auf gemustertem Hintergrunde, in Ölmalerei ausgeführt.

In der Kapelle neben dem Dreikönigsportal zeigt die Ostwand rechts einen J o h a n n e s E v a n g e l i s t a unter Architektur, links eine w e i b l i c h e H e i l i g e, von der jedoch nur noch der Oberkörper erhalten ist.

An der Hochwand über dem Trennungsbogen zum südlichen Seitenschiff zu beiden Seiten der Orgel reiches grünes R a n k e n o r n a m e n t, d a z w i s c h e n m u s i z i e r e n d e E n g e l, aus der Zeit der Erbauung des alten Orgelgehäuses.

An verschiedenen Wänden und Pfeilern, zum Teil hinter Statuen, zum Teil hinter den Standorten ehemals vorhandener Statuen, g e m a l t e W a n d b e h ä n g e mit Granatapfel- und anderen Musterungen.

In der farbigen Behandlung der Wände und Gewölbe lassen sich drei verschiedene Arten feststellen. Eine noch romanische Polychromie zeigt der Löffelholzchor. Die Wände haben Steinton, die Gurten und Rippen sind in Quader geteilt, hauptsächlich in roter und grauer Farbe. Die Kappenflächen sind durch schwarze Linien so geteilt, daß ein Mauerwerk aus Steinen in Ziegelgröße vorgetäuscht wird. Die Schäfte der Zwergsäulchen sind schwarz getönt. Diese letztere Tönung ist auch im Mittelschiff noch sichtbar. Im übrigen haben aber hier und in dem Seitenschiffe wohl in der ersten Hälfte des 14. Jahrhunderts die Gurten und Rippen hauptsächlich in der Nähe der Schlußsteine farbige Linienornamente in abwechselnder Form und manchmal flammender Bewegung erhalten. Die Schlußsteine selbst sind polychrom und zum Teil vergoldet.

Diese Art der farbigen Behandlung scheint nach Fertigstellung des Ostchores auch für den letzteren vorbildlich gewesen zu sein. Schlußsteine und Rippen sind — es handelt sich hier um die dritte Art der Bemalung — ähnlich behandelt. Bei den Fenstern ist jedoch eine gemalte rote Steinumrahmung dazu getreten und auf den Kappen ist an den Rippen und Gurten eine schwarze Begleitlinie gezogen; auch die Kappenscheitel sind durch eine solche Linie betont.

4. Die Glasgemälde.

Ähnlich dem Entwicklungsgang der Plastik scheint auch auf dem Gebiete der Glasmalerei anfangs nichts oder wenigstens nicht viel geleistet worden zu sein. Kein einziges Stück Glasgemälde aus der Zeit des romanischen Baues ist erhalten. Erst seit dem Anfang des 14. Jahrhunderts, als die gotischen Seitenschiffe gebaut und im romanischen Querhaus die schmalen Fenster in breitere Maßwerkfenster umgewandelt wurden, läßt sich eine Glasmalerschule in noch erhaltenen Denkmälern nachweisen. Diese breitete sich weiter aus, als mit dem Neubau des Ostchores (1361–1379) wiederum Gelegenheit zur Anbringung von Glasgemälden gegeben wurde. Eine Reihe von Patrizierfamilien hatte die Schmückung der einzelnen Wandabteilungen übernommen, besonders diejenigen Familien, die ihre Grabgrüfte am Chor, sei es innerhalb, sei es außerhalb desselben, hatten. Über die Hälfte der Ostchorfenster sind Erzeugnisse dieser um 1380 tätigen Schule.

Von 1380 an trat eine Pause von über 100 Jahren ein. Die späteren Glasgemälde sind vereinzelte Stiftungen und hängen nicht mit einer baulichen Veränderung zusammen. In die Erzeugnisse dieser neuen von 1490 bis 1520 währenden Blütezeit teilen sich jetzt mehrere Kirchen; insbesondere St. Lorenz mit seinem eben vollendeten Chor hat die Hauptleistungen der ersten Zeit an sich genommen. Das Bambergische und das Volckamersche Fenster (datiert 1488) in St. Sebald repräsentieren die erste noch den spätgotischen Stilcharakter tragende Epoche des Aufschwungs. Wolfgang Katzheimer ist der Meister. Eine weitere Entwicklungsphase in der Geschichte der Glasmalerei Nürnbergs bezeichnen die drei Fenster des berühmten Veit Hirschvogel: das Maximilians-, Markgrafen- und Pfinzingsche Fenster mit ihren prächtigen Gestalten der Frührenaissance und mit ihrer den Dürerschen und Kulmbachschen Werken nahe verwandten Formensprache. Sie zählen unstreitig zu den kostbarsten Kunstwerken, die die Kirche birgt.

Einen Beleg für die Existenz und künstlerische Bedeutung der Nürnberger Glasmalerschule noch zu Beginn des 17. Jahrhunderts bildet das in seiner Architekturzeichnung an die Spätrenaissanceformen des Pellerhauses erinnernde Imhoffsche Fenster.

Die übrigen Fenster der Kirche sind meist nur mit Wappenschilden von Geschlechtern zum Andenken an verstorbene Angehörige geschmückt. Der Zweck der Stiftung deckte sich ungefähr mit dem bei den Totentafeln von Holz.

Westchor. Im e r s t e n F e n s t e r links C h r i s t u s a m

K r e u z mit Maria und Johannes. Darunter die Schrift: „Für uns Er trug vnser Krankheit vnd lude auf sich unsere schmertzen. Esaiae am LIII Cap." Ferner Rundscheibe mit dem Allianzwappen der Stockamer und Groland.

Im z w e i t e n F e n s t e r im Maßwerk Wappen der Ayrer, unten zwei Allianzwappen der Stockamer und Dietherr. — Die Glasgemälde mit den Heiligen J a k o b u s und B a r t h o l o m ä u s und die beiden Rundscheiben mit Evangelistensymbolen wurden 1903 nach Entwürfen von Friedrich Wanderer von Zettler in München ausgeführt.

Im d r i t t e n F e n s t e r S t. L o r e n z u n d S t. S e b a l d sowie drei Löffelholzische Wappen, alles von Wanderer-Zettler, 1903.

Im v i e r t e n F e n s t e r Wappen der Unterholzer(?) sowie zwei Allianzwappen der Dietherr. Dazu S t. J o h a n n e s E v. u n d S t. E g i d i u s sowie die Rundscheiben mit Evangelistensymbolen von Wanderer-Zettler, 1903.

Die Heiligen in dem 2., 3. und 4. Fenster stellen die Patrone der Nürnberger Kirchen dar und wurden von den freiherrlichen Familien der Kreß und Tucher (2. Fenster), Löffelholz (3. Fenster), Haller und Scheurl (4. Fenster) gestiftet.

Im f ü n f t e n F e n s t e r Wappen der Löffelholz und zwei Gammersfeldersche Allianzwappen.

Im F e n s t e r d e r s ü d l i c h e n T u r m h a l l e Wappen der Paumgärtner-Haller.

Nördliches Seitenchor. Im e r s t e n F e n s t e r oben sechs Allianzwappen der Nützel.

Im z w e i t e n F e n s t e r, dem kleinen Fenster über der Anschreibtüre, die Wappenschilde der Schlüsselfelder und Allianzwappen der Held.

Im dritten Fenster ein hl. Bischof und St. Blasius mit Konrad und Wolf Haller von Hallerstein als Donatoren und zwei zugehörigen sowie zwei weiteren Wappenschilden der Haller.

Im vierten Fenster die Heiligen Sebald und Petrus, dazwischen zwei Wappenschilde der Holzschuher. Im Maßwerk eine Verkündigung Mariä und darüber ein Engel mit dem Holzschuherschen Wappen. Alle diese Glasgemälde wohl aus der gleichen Zeit, eines derselben von 1503 datiert.

Im fünften Fenster unten die hl. Barbara, darüber das Wappenschild der Nützel mit der Inschrift: „H. Carl Nützel Ritter Rö. Kay. May. Rath Starb den 18. Novem 1614." Oben vier Ölhafensche Allianzwappen.

In dem Treppenfenster neben der Querschiff- bzw. Ostchormauer drei kleine Wappen der Nützel.

Es folgt die Beschreibung der Fenster im Ostchor in fortlaufender Reihe vom ersten Fenster der Nordwand neben der alten Querschiffmauer an:

Ostchor. 1. Das erste Fenster im Ostchor. Um 1360. Zweifellos noch vor Beginn des Ostchorumbaues vollendet. Die Gemälde umfassen die fünf unteren Reihen. Die Gliederung der architektonischen Umrahmung, noch mehr der Zusammenhang der einzelnen Darstellungen sind unklar. Von den letzteren sind nur drei der Sockelreihe ihrem Inhalte nach zu erkennen, nämlich Christus in der Vorhölle, Grablegung und die Ausgießung des heiligen Geistes.

Abb. 107. Detail vom Bamberger Fenster.

Die obere Reihe zeigt unter Baldachinarchitektur links
einen Verkündigungsengel, im zweiten Felde dem Engel
zugewendet einen bärtigen Mann (Verkündigung
Johannis?), im dritten Felde einen hackenden Mann, im
vierten eine spinnende Frau, vor ihr eine Wiege mit Kind
(Adam und Eva nach dem Sündenfall?). In der mittleren
Reihe links eine gekrönte Heilige und zwei andere nicht
genauer zu deutende Figuren; im zweiten Feld zwei
weibliche Heilige mit dicken Büchern in den Händen; im
dritten und vierten Felde vornehme Gesellschaft im
Zeitkostüm, von fraglicher Bedeutung. Am ganzen Gemälde
ist im Laufe der Zeit viel verändert worden.

Im oberen freien Teil des Fensters zwei runde Medaillons mit Wappen der Geuder.

2. Das Grundherrsche Fenster. 1372–1379. Das Gemälde umfaßt die sechs unteren Reihen. Durch Versetzung mehrerer Felder in der Gesamtkomposition entstellt. Das Fenster muß sich ursprünglich an anderer Stelle befunden haben und wurde hierher versetzt, als man das Imhoffsche Fenster, dessen Maßwerkmalereien an ihrer alten Stelle verblieben, von hier auf die gegenüberliegende südliche Seite des Ostchors überführte. Die Stifterfiguren der äußeren Felder der unteren Reihe gehören der spätmittelalterlichen Zeit an. Im übrigen enthalten die zwei mittleren Felderreihen in achtpaßförmigen Kartuschen Darstellungen aus der Marienlegende, unten, jetzt in der zweiten Reihe, die Donatoren, in den äußeren Bahnen Heilige mit Attributen oder Schriftbändern.

In den freien Teilen des Fensters acht runde Medaillons mit drei Grundherrschen Wappen und den Wappen der Kreß, Ebner und? (Baumstamm mit roten Lindenblättern auf silbernem Grunde).

Im Maßwerk, eigentlich zu dem Imhoffschen Fenster gehörend, zwei Engel mit Blasinstrumenten in Wolken, darüber das Imhoffsche Wappen. 17. Jahrhundert.

In den beiden Fenstern der Pfinzingempore 2 größere und 30 kleinere Rundscheiben mit Pfinzingwappen.

Im Maßwerk des Fensters über der großen Sakristei zwei große Schreyersche Allianzwappen.

3. Das Mendelsche Fenster. 1372–1379.

Das Glasgemälde umfaßt die unteren sechs Reihen und enthält neun Darstellungen aus dem Marienleben. Die dritte und sechste Reihe und die mittleren Felder der fünften Reihe sind mit Architektur ausgefüllt, die Sockelfelder weisen viermal das Wappen der Mendel auf.

Im oberen freien Teil des Fensters zwei runde bekränzte Wappen der Tucher aus dem 16. Jahrhundert.

4. Das Tuchersche Fenster. 1372–1379.

Es umfaßt sieben Querreihen mit Darstellungen aus der Passion:

1. Reihe (von unten): Tuchersches Wappen von etwa 1550, der Stifter, dessen Frau, dann ein Pfinzingsches Wappen von etwa 1550.

2. Reihe: Christus vor Pilatus (4. Feld), Dornenkrönung (1., 2. und 3. Feld).

3. Reihe: Kreuztragung (4 Felder).

4. Reihe: Christus wird ans Kreuz genagelt (4 Felder, die, offenbar bei einer späteren Reparatur, unrichtig angeordnet wurden).

5. und 6. Reihe: Kreuzigung (8 Felder).

7. Reihe: Architekturaufsatz.

5. Das Fürersche Fenster. 1372–1379.

Ursprünglich das Fenster der Geuschmid. Die beiden Fürerschen Allianzwappen in den mittleren Feldern der zweiten Reihe stammen erst aus dem 16. Jahrhundert. Sie tragen die Unterschriften „Sigmund [Füerer der] Ellter..." und „Christann Füerer Anno dm 1325".

[181]
[182]

Abb. 108. Detail vom Maximiliansfenster.

Das Glasgemälde umfaßt sechs Reihen und greift mit der
Bekrönung in die siebente Reihe über. Die Sockelreihe

369

enthält die Wappen der Eysvogel, Geuschmid, Gruber und Ebner, die übrigen Reihen, abgesehen von den zwei erwähnten Feldern, 14 Heilige und legendarische Darstellungen.

Darüber, innerhalb der Butzenverglasung, ein Scheurl-Tuchersches Allianzwappen mit der Jahreszahl 1480.

6. Das Stromersche Fenster 1372–1379, mit späteren Zutaten aus verschiedenen Zeiten.

Das alte Glasgemälde umfaßt die Reihen 4 bis 9 und enthält in der untersten Reihe in den beiden mittleren Feldern zwei Stromersche Allianzwappen, dazu links ein Pfinzingsches, rechts ein Kolersches Wappen; in den nächsten vier Reihen 16 Figuren, nämlich zehn Apostel und sechs Propheten, alle mit Schriftbändern in den Händen, in der obersten Reihe einen schlichten architektonischen Abschluß, innerhalb desselben zwei kleine Engelsfiguren.

Die Reihe 3 wurde um 1500 mit 2 Pfinzingschen Wappen sowie 4 Stromerschen und 2 Kolerschen Allianzwappen in reicher spätgotischer Ornamentik ausgestattet. In der 2. Reihe außer 3 kleinen Pfinzingschen Allianzwappenscheiben eine große rechteckige Scheibe mit Kolerschen Allianzwappen von 1568, von denen die größten von einer um die Mitte des 19. Jahrhunderts schlecht erneuerten Engelsfigur gehalten werden. Innerhalb des Rahmens einer Schrifttafel finden sich an Stelle derselben zwei kleine, feine, offenbar profane Kabinettmalereien roh eingesetzt: Begegnung zweier Männer und eine allegorische Frauenfigur (die Hoffart?).

In der untersten Reihe wiederum 3 kleine Pfinzingsche Allianzwappen (6 Rundscheibchen), ein Wappen des Baumeisters Wolf Jakob Stromer von 1589 und ein Wappen seiner Frau Sabina W. J. Stromerin (einer geb. Scheurl) von

1582 sowie ein Kolersches Allianzwappen mit der Unterschrift: „Hieronimus Koler anno 1592".

7. Das Bambergische Fenster. 1501 gemalt von Wolf Katzheimer (Abb. 107).

Die Glasmalerei bedeckt vier Querreihen:

1. Reihe (von oben): Vier Bekrönungen nach Art der ornamentalen Schnitzereien bei Altaraufsätzen.

2. Reihe: Bischof Lambert von Bamberg 1374, hl. Kaiser Heinrich, hl. Kunigunde und Bischof Philipp von Bamberg 1475.

3. Reihe: Hl. Bischof (?), hl. Petrus, hl. Paulus und hl. Georg.

4. Reihe: Bischof Heinrich von Bamberg 1487, zwei Wappen von Bamberg und Bischof Veit von Bamberg 1501.

Im linken Feld der Sockelreihe: Albrecht Dürer in ganzer Figur von C. A. Heideloff.

8. Das Maximiliansfenster (Abb. 108). 1514 von Veit Hirschvogel gemalt. Von Heideloff restauriert. Es befindet sich in der Mitte des Ostchores, d. h. an der vornehmsten Stelle desselben, sichtbar durch das Mittelschiff bis zum Westchor.

Das Glasgemälde nimmt, vom Fenstersockel an gerechnet, zehn Reihen ein und reicht mit dem halbkreisförmigen Aufbau, nach welchem das Ganze scheinbar als Nische gedacht ist, noch in die elfte Reihe hinüber. In den beiden unteren Reihen Butzenverglasung zwischen drei Säulen, in der dritten Reihe eine Rolle mit Inschrift. Die Reihen 4 bis 9 zeigen abwechselnd zwölf Wappen der Länder des Hauses Habsburg in Deutschland und Spanien, zwei fürstliche

Ehepaare und vier Heilige, und zwar:

[183]
[184]

9. Reihe: Wappen des Königreichs Kroatien, des Erzherzogtums Österreich, des Herzogtums Steier und des Herzogtums Brabant.

8. Reihe: Die Heiligen Jakobus d. Ä., Andreas, Kaiser Heinrich und Georg.

7. Reihe: Wappen des Königreichs Ungarn[XIV], Dalmatiens, Tirols und des Herzogtums Kärnten.

6. Reihe: Wappen des Hauses Habsburg, Kaiser Maximilians I., dessen Gemahlin Maria von Burgund[XV] und das Wappen von Burgund.

5. Reihe: Das vereinigte Wappen von Kastilien, Österreich, Leon, Bourbon, Granada und Burgund mit Grafenkrone[XVI], Philipp I. der Schöne, König von Spanien, dessen Gemahlin Johanna die Wahnsinnige[XVII] und das vereinigte Wappen von Kastilien, Leon, Neapel, Sizilien und Granada mit der Königskrone.

4. Reihe: Wappen des Königreichs Leon, der Grafschaft Granada[XVIII], des Königreichs Neapel und des Königreichs Sizilien.

3. Reihe mit der Inschrifttafel: „Maximilianvs cristianorvm imperator ac septem regnorvm rex heresque archidvx avstriae plvrivm evropae provinciarvm princeps potentissimvs. f. f." Darüber die Jahrzahl MCCCCCXIIII.

Abb. 109. Detail vom Markgrafenfenster.

Stilistisch interessant durch den Wechsel von Spätgotik und Frührenaissance: Renaissancekostüm fast bei allen

Figuren, gotisches Kostüm bei der Maria von Burgund, ausgesprochene Renaissance in der Architektur und in der Majuskelinschrift, dagegen noch vollständig gotisch der gemusterte Hintergrund bei Wappen und Figuren.

Das Glasgemälde wurde hergestellt im Auftrage des Kaisers Maximilian I. für den Preis von 200 fl.

9. Das M a r k g r a f e n f e n s t e r[XIX] (Abb. 109). 1515 von Veit Hirschvogel d. Ä. wahrscheinlich nach einem Entwurf des Hans von Kulmbach gemalt.

Das Gemälde nimmt vom Sockel an neun Fensterreihen ein. Das Ganze ist als ein architektonischer Aufbau gedacht. Der Sockel in den beiden untersten Reihen ist durch Fenster und Nische belebt und zeigt eine Inschrifttafel. Darüber erheben sich sechs Etagen mit durchlaufenden Wandpfeilern in den äußeren Bahnen; in der obersten Etage ist den Wandpfeilern je eine Säule vorgelagert, welche zugleich als Stütze für den reich ornamentierten bekrönenden Giebel und dessen seitliche, Engel tragende Aufsätze in der letzten Reihe dient. Die mittleren Bahnen der Reihen 3 bis 8 enthalten 12 figürliche Darstellungen, in den äußeren Bahnen der Reihen 3 bis 7 sind 10 Wappen angebracht. Figuren und Wappen sind:

8. Reihe: Die H e i l i g e n M a r i a u n d J o h a n n e s d e r T ä u f e r, die Schutzpatrone des Hauses Hohenzollern.

7. Reihe: Wappen von Brandenburg, F r i e d r i c h d e r Ä l t e r e, M a r k g r a f v o n B r a n d e n b u r g - A n s b a c h u n d - K u l m b a c h, d e s s e n G e m a h l i n S o p h i e v o n P o l e n, Wappen von Polen.

6. Reihe: Wappen des Landes der Kassuben und Wenden, M a r k g r a f K a s i m i r, M a r k g r a f J o h a n n, nachmals Vizekönig von Valencia,

Wappen des Landes der Kassuben und Wenden.

5. Reihe: Wappen von Pommern, M a r k g r a f A l b r e c h t, Hochmeister des Deutschen Ordens, nachmals Herzog in Preußen, M a r k g r a f G e o r g d e r F r o m m e, Wappen von Pommern.

4. Reihe: Wappen des Burggrafen von Nürnberg, M a r k g r a f F r i e d r i c h, Domprobst zu Würzburg, M a r k g r a f W i l h e l m, nachmals Erzbischof von Riga, Wappen von Rügen.

3. Reihe: Wappen von Hohenzollern, M a r k g r a f J o h a n n A l b r e c h t, nachmals Erzbischof zu Magdeburg und Bischof von Halberstadt, M a r k g r a f G u m b e r t, unkenntliches Wappen.

2. Reihe mit der Inschrifttafel: „Friderich von gottes gnaden marggraff zu Brandenburg zu Stetin Pomern der Cassuben vnd Wenden herczog burggraff zu Nürnberg und fürst zu Rügen 1. 5. 15."

Die acht Markgrafen in den Reihen 6 bis 3 sind die acht Söhne Friedrichs und seiner Gemahlin Sophie in der Reihenfolge ihres Alters.

In den äußeren Feldern der Sockelreihe befanden sich ursprünglich zwei Engel, ähnlich den oberen Engeln auf der Bekrönung. 1817 mußten dieselben zwei schlechten Medaillons mit den Bildnissen Melanchthons und Luthers weichen.

10. Das P f i n z i n g s c h e F e n s t e r. 1515 gemalt von Veit Hirschvogel d. Ä.

Es umfaßt acht Querreihen: Architektur mit zwei Stockwerken. Im oberen Stockwerk d i e H e i l i g e n C h r i s t o p h , S e b a l d , M a r i a m i t d e m

Christuskind und Anna selbdritt. Im unteren Stockwerk der Stifter und seine Gemahlin mit den Wappen der Pfinzing und Grundherr, darunter knieend acht Familienangehörige beiderlei Geschlechts mit ebensovielen Pfinzingschen Wappen. In der untersten Reihe Inschrifttafel: „Siegfridus Pfinzing sibi suisque MDXV." Darunter zwei Wappen (Pfinzing-Harsdorf). Einzelne Stellen, hier und da sogar mit Schriftscheiben, ziemlich barbarisch geflickt.

11. Das Hallersche Fenster. 1372–1379.

Es umfaßt 6 Querreihen:

1. Reihe (von unten): 4 Hallersche Wappen.

2. Reihe: Legende des hl. Georg

3. Reihe: Ein heiliger Mönch mit Buch und zangenartigem Gerät, St. Leonhard, St. Sebastian und ein heiliger Fürst (Hermelinüberwurf) mit Palmwedel und Reichsapfel.

4. Reihe: Die Heiligen Katharina, Anna selbdritt, Ursula und Elisabeth.

5. Herodes und der betlehemitische Kindermord.

6. Reihe: schlichter Architekturaufsatz.

In der 7. Reihe zwei Hallersche Wappen (im 1. und 4. Feld) vom Jahre 1494.

Abb. 110. Fenster über dem südlichen Seitenschiffportal.

12. Das S ch ü r s t a b s c h e F e n s t e r. 1372–1379.

Es umfaßt 7 Querreihen:

1. Reihe (von unten): Lamm Gottes, zum Schürstabschen Wappen gehörig, und drei Schürstabsche Allianzwappen.

2. Reihe: Hl. S e b a l d, ein kniender, den Heiligen verehrender R i t t e r mit dem Schürstabwappen und zwei kniende F r a u e n mit Stromerschen Wappen und Wappen der Graser (?).

3. Reihe: C h r i s t u s i n d e r V o r h ö l l e (2 Felder), d e r A u f e r s t a n d e n e e r s c h e i n t d e n h e i l i g e n F r a u e n (2 Felder).

4. Reihe: Kreuzabnahme oder richtiger P i e t à; G r a b l e g u n g (je 2 Felder).

5. Reihe: H i m m e l f a h r t, T o d M a r i ä (je 2

377

Felder).

6. und 7. Reihe: Architektur.

In der 8. Reihe (1. und 4. Feld) zwei Schürstabsche Wappen von 1493, über jedem das Lamm Gottes.

13. Das B e h a i m s c h e F e n s t e r. 1372–1379.

Das Glasgemälde umfaßt die sechs unteren Reihen und greift mit der Bekrönung in die siebente Reihe über. Die mittleren Felder der Sockelreihe enthalten zwei Behaimsche Allianzwappen, in den Feldern daneben kniende Familienangehörige mit Behaimschen Allianzwappen. Die mittleren Bahnen sind kompositionell zusammengefaßt, und zwar sind die Reihen 2 bis 7 in drei Etagen gegliedert, welche von unten nach oben die V e r k ü n d i g u n g (eine starke gelbe Röhre vermittelt den hl. Geist, eine Taube, vom Munde Gott Vaters dem Ohr der Maria), G e b u r t C h r i s t i und die K r ö n u n g M a r i ä zeigen. In den übrigen seitlichen Feldern, abgesehen von den erwähnten Wappenfeldern, neben der Verkündigung zwei weitere Anbetende, eine männliche und eine weibliche Figur mit Allianzwappen, zu den beiden Seiten der Geburt und Krönung vier musizierende Engel.

Im Maßwerk Medaillons mit dem zwei Behaimsche Allianzwappen, je von einem Engel gehalten, aus dem 16. Jahrhundert.

14. Das V o l c k a m e r s c h e F e n s t e r. Etwa 1490–1500.

Es umfaßt 6 Querreihen:

1. Reihe (von oben): Reiche gotische Baldachinarchitektur als Bekrönung.

2. Reihe: Von den Darstellungen, die diese Reihe enthielt, der V e r k ü n d i g u n g und G e b u r t, ist nur mehr je eine Hälfte vorhanden, nämlich die

Maria von der Verkündigung und der hl. Joseph von der Geburt. Sie nehmen die beiden mittleren Felder ein. An die Stelle der abhanden gekommenen anderen Hälften wurden ein Volckamersches und ein Gärtner-Schürstabsches Wappen in die Butzenverglasung der beiden seitlichen Felder eingefügt.

3. Reihe: Anbetung der heiligen drei Könige.

4. Reihe: Beschneidung und Darstellung im Tempel

5. Reihe: Kniende männliche und weibliche Familienangehörige mit Volckamerschen Allianzwappen.

6. Reihe: In den mittleren Feldern zwei Wappen der Volckamer mit der Inschrift: „Anno domini 1488", zu den Seiten männliche und weibliche Anbeterfiguren mit Spruchbändern und den Wappen der Stromer, Volckamer (2), Ebner und Schürstab.

15. Das Imhoffsche Fenster. Vom Jahre 1601 (links unten in der zweiten Reihe datiert), die beiden untersten Wappenpaare vom Jahre 1641. Von Jakob Sprüngli oder Christoph Maurer (1558–1614), ebenfalls einem geborenen Schweizer.

Das Glasgemälde umfaßt das ganze Fenster. Wirkungsvoller architektonischer Aufbau in kräftigen Renaissanceformen mit reichen Zutaten von Puttenfiguren, Festons usw. in den beiden äußeren Bahnen, oben die allegorischen Figuren Glaube und Liebe; in den beiden mittleren Bahnen 20 Einzelwappen und Allianzwappen der Imhoff, teils mit Wappenzier, teils von Kränzen umrahmt. Die zu diesem Fenster gehörigen Glasmalereien des

Maßwerks sind bei der Versetzung des Fensters an dessen ursprünglichem Ort, nämlich in dem an der Nordseite des Ostchores gerade gegenüberliegenden Fenster zurückgeblieben (siehe oben).

16. Das letzte Fenster im Ostchor. Um 1360. Das Glasgemälde war wie das im gegenüberstehenden Fenster befindliche wahrscheinlich schon vor Beginn des Ostchorneubaues vorhanden.

Das Fenster ist entweder eine Paumgärtnersche Stiftung oder eine Stiftung der Familien Pirckheimer, Paumgärtner und Grabner, deren Wappen die Sockelreihe aufweist. Was die Komposition anlangt, so sind die beiden mittleren Bahnen zusammengefaßt und in drei Etagen mit je drei Feldern abgeteilt, wobei in den jeweiligen Bekrönungen zwei Giebel mit einem Rundbogen abwechseln; unten die Anbetung der heiligen drei Könige, in der Mitte die Darbringung im Tempel, zu beiden Seiten weibliche Figuren mit Tauben, darüber Propheten, oben der zwölfjährige Jesus bei den Schriftgelehrten, zu beiden Seiten Engel.

Südliches Seitenschiff. Im ersten Fenster von der alten Querhausmauer an ein größeres Welsersches Wappen und vier kleinere runde Welsersche Allianzwappen, bei deren einem das heraldisch rechte Wappen durch buntes Glas ersetzt ist.

Im zweiten Fenster ein größeres Behaimsches, drei kleinere runde Welsersche und ein ebensolches Ölhafensches Allianzwappen.

Im dritten Fenster Christus am Kreuz mit Maria und Johannes, darüber prächtig stilisiert Helm, Helmdecke und Zimier zu einem jetzt fehlenden Ölhafenschen Wappen, außerdem vier kleine Rundscheiben mit dem Wappen der Gutschneider, Koler-Kreß, Ölhafen-

Volckamer und Welser-Nützel.

Im vierten Fenster, dem kleinen Fenster über dem Südportal, das Wappenschild der Pömer und ein Spruchband, auf dem M. M. Mayer noch die jetzt fast verschwundene Inschrift las: „Heinrich Pömer Starb Anno 1331", darunter zwei Donatoren (bezeichnet als Friedrich und Konrad Pömer) mit zwei Pömerschen Allianzwappen (Abb. 110).

Im fünften Fenster befinden sich jetzt sechs kleine Rundscheiben mit Allianzwappen der Familien Dietherr, Kreß, Harsdorf, Ölhafen und Rohleder sowie einem Pömerschen Wappen.

5. Gedenktafeln, Totenschilder, Stuhlwerk, Orgeln und Glocken.

Gedenktafeln. Diejenigen Geschlechter, deren Begräbnisstätten in der Kirche lagen oder welche sich durch hervorragende Stiftungen ausgezeichnet hatten, besaßen das Recht, große Tafeln mit Verzeichnissen der Vorfahren zum Andenken an dieselben in der Nähe der gestifteten Gegenstände aufzuhängen. Die Sitte kam zwar schon zur Zeit der Spätgotik auf, allein erst mit der um die Mitte des 17. Jahrhunderts durchgeführten Barockausstattung wurde vielfach Gebrauch davon gemacht. Die uns erhaltenen Gedenktafeln gehören den Patrizierfamilien Ebner, Fürer, Holzschuher, Kreß, Löffelholz, Pfinzing, Pömer, Scheurl, Tucher und Volckamer an.

Der Inhalt der Tafeln hat lediglich familiengeschichtliches Interesse. Von künstlerischem Wert sind nur einige Tafeln durch reichere Gestaltung der holzgeschnitzten Rahmen, insbesondere der die Tafeln bekrönenden Aufsätze und Wappenschilder. Von den der Mitte des 17. Jahrhunderts angehörigen Gedenktafeln verdienen hervorgehoben zu

werden die der L ö ff e l h o l z im Westchor, die der K r e ß mit
dem Holztafelgemälde des segnenden Weltheilandes und dem
Wappenschilde aus der Rokokozeit (Abb. 111) und die der
V o l c k a m e r im Ostchor vor dem Muffelschen Altar (Abb.
112); von den ein Jahrhundert jüngeren Tafeln im
ausgesprochenen Rokokostil die der E b n e r beim
nördlichen Turm (Abb. 113), die der H o l z s c h u h e r im
südlichen Seitenschiff und die der F ü r e r im Ostchor beim
Muffelschen Altar. In die Renaissancezeit fällt eine der vielen
T u c h e r s c h e n T a f e l n, welche im Ostchor an der Wand
des Tucherfensters hängt (Abb. 114). Sie zeichnet sich
dadurch aus, daß in ihrer Mitte ein aus dem Beginn des 16.
Jahrhunderts stammendes Ölgemälde aus Holz eingelassen
ist, darstellend den Tod vor offenem Grabe mit Schriftband:
„Was ir seit, das was ich, vnd was ich bin, das wert ir.“

**Abb. 111. Detail vom Rahmen der Kressischen Totentafel
im Ostchor.**

382

Abb. 112. Detail vom Rahmen der Volckamerschen Totentafel im Ostchor.

Abb. 113. Rahmen der Ebnerschen Totentafel im nördlichen Seitenschiff.

Auf einer anderen Tucherschen Gedächtnistafel im nördlichen Chorumgang hinter dem Hochaltar C h r i s t u s a l s W e l t e n r i c h t e r, auf dem Regenbogen thronend. 17. Jahrhundert.

Abb. 114. Details vom Rahmen der Tucherschen
Totentafeln.

Abb. 115. Löffelholzische Totenschilder.

Abb. 116. Kressisches Totenschild (des Stifters der
Kirche in Kraftshof).

Abb. 117. Hallersche Totenschilder.

Abb. 118. Hallersches Totenschild.

Abb. 119. Ebnersches Totenschild.

Abb. 120. Stromersches Totenschild.

Abb. 121. Details von den Chorstühlen im Ostchor.

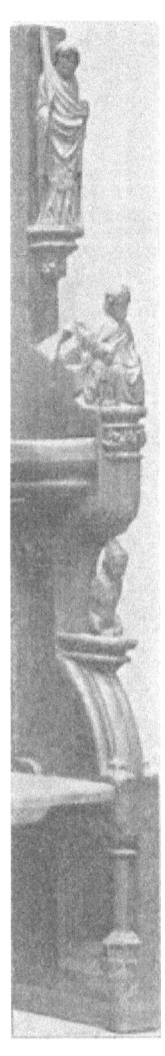

Abb. 122. Details von den Chorstühlen im Ostchor.

Abb. 123. Details von den Chorstühlen im Ostchor.

Abb. 124. Hallerscher Kirchenstuhl.

Abb. 125. Kirchenstuhl im Löffelholzchor.

Abb. 126. Orgel im Ostchor.

Abb. 127. Eisenbeschlag vom Brauttor.

Abb. 128. Eisenbeschlag vom Brauttor.

T o t e n s c h i l d e r. Zum Inventar der Kirche zählen nunmehr auch eine große Anzahl von alten Totenschildern verschiedener Patrizierfamilien. Die früher in der Kirche aufgehängten Schilder wurden zu Beginn des 19. Jahrhunderts bis auf das unten erwähnte Stromersche, das auf seinem alten Platz oberhalb der Stromerschen Empore im nördlichen Seitenschiff verblieb, den Stiftern zurückgegeben. Wie weit die jetzigen Schilder mit den früheren identisch sind, dürfte sich schwerlich feststellen lassen. Von den Totenschildern, von denen manche, insbesondere ein Hallersches, sowohl nach der künstlerischen wie nach der technischen Seite von Interesse sind und bei deren Herstellung teilweise mit den einfachsten Mitteln (Roßhaare, vergoldete Hanfstricke usw.) gearbeitet worden ist, gehören 21 der L ö ff e l h o l zschen (Abb. 115), 7 der K r e s s ischen (Abb. 116), 12 der H a l l e rschen (Abb. 117, 118), 11 der H a r s d ö r f e rschen, 4 der E b n e rschen (Abb. 119) (hievon 2 neu) und 1 (siehe oben) der S t r o m erschen Familie (Abb. 120) an. Sie stammen aus der Zeit vom 14. bis zum 18. Jahrhundert und hängen im Westchor, im Mittelschiff und im nördlichen Seitenschiff in der Nähe der Grabstätten der Stifterfamilien.

K i r c h e n s t ü h l e u n d a n d e r e s M o b i l i a r . Das in Eichenholz ziemlich derb geschnitzte C h o r g e s t ü h l i m Mittelschiff des Ostchores zwischen den Pfeilern stammt aus der Zeit der Vollendung des Chorneubaues zwischen den Jahren 1372 und 1379 (Abb. 121, 122 und 123). Die Seitenteile der Stühle sind mit ornamentalen, durchbrochen gearbeiteten und mit figürlichen Schnitzereien, Propheten, Apostel sowie andere Heilige und phantastische Tiergestalten darstellend, ausgestattet. An den Rückwänden der Chorstühle zu beiden Seiten des Altares sind jetzt zwei runde holzgeschnitzte Medaillons angebracht: links der heilige Sebald in einem Renaissanceraum, zu seinen beiden Seiten die Wappen von Dänemark und Frankreich, zu seinen Füßen das Schreyersche Wappen (vgl. Titelvignette), auf der anderen (rechten) Seite in Hochoval das Grundherrsche Wappen. Beide Medaillons rühren vermutlich von früheren Kirchenstühlen (einem Schreyerschen und einem Grundherrschen?) her.

Im südlichen Seitenschiff an der Westwand neben der Turmhalle ein zweisitziger K i r c h e n s t u h l ohne besondere Dekoration, ebenfalls aus Eichenholz mit zwei eingeschnittenen Wappen der H a l l e r (Abb. 124).

Im Löffelholz- oder Westchor ein im frühen Barockstil reichgeschnitzter S t u h l vom Jahre 1627 (Abb. 125).

Ihm gegenüber einfach geschnitzter S t u h l d e s H a n d w e r k s d e r H o l z - u n d B e i n d r e c h s l e r mit deren Wappen auf vergoldetem Kupfer von 1738.

Im nördlichen Seitenschiff an der Turmwand hübsch ornamentierter S t u h l aus dem Anfang des 17. Jahrhunderts.

Neben dem Eingange des nördlichen Seitenschiffes einfach geschnitzter S t u h l d e s H a n d w e r k s d e r B ä c k e r. 17. Jahrhundert.

Außerdem noch zwei ganz einfache K i r c h e n s t ü h l e in der nördlichen Turmhalle und beim Eingange des südlichen Seitenschiffes; letzterer mit reicherem barockem Aufsatz mit den Emblemen des S c h u h m a c h e r h a n d w e r k s. Ferner mancherlei kräftig geschnitztes Stuhlwerk an den Wänden der Kirche aus verschiedenen Epochen: an der Südwand des Ostchors einfaches g o t i s c h e s C h o r g e s t ü h l, gegenüber an der Nordwand die T u c h e r s c h e n C h o r s t ü h l e unter den Gedenktafeln des Tucherschen Geschlechts aus der Zeit der Spätrenaissance. Der gleichen Zeit gehören auch die beiden T u c h e r s c h e n P a r a m e n t e n s c h r ä n k e an, die sich jetzt hinter dem Altare befinden. Weitere C h o r - u n d H a n d w e r k e r s t ü h l e mit einfach ausgeschnittenen Stuhlwangen in verschiedenen Teilen der Kirche.

Hinter dem Hochaltar zwei mit Schnitzerei verzierte S ä n g e r p u l t e aus dem 17. Jahrhundert mit drehbaren Aufsätzen.

Die einfachen C h o r s c h r a n k e n rühren vermutlich von der Restaurierung um die Mitte des 17. Jahrhunderts her.

Neben dem Eingange zur südlichen Sakristei und in der Pömerkapelle je ein g o t i s c h e s W a n d s c h r ä n k c h e n mit hübscher holzgeschnitzter Tür und den alten Eisenbeschlägen.

Die Laienstühle der Kirche aus der Mitte des 19. Jahrhunderts wurden bei der letzten Restaurierung derart umgeändert, daß die in plumpen pseudogotischen Formen gehaltenen Wangen durch einfach ausgeschnittene Bretter ersetzt und so dem vorhandenen alten Gestühl angepaßt wurden.

Schließlich sei noch ein neuer Paramentenschrank in einfachen gotischen Formen erwähnt, der von Hauberrisser entworfen wurde und neben der südlichen Turmwand seinen Platz gefunden hat.

Beim Muffelaltar ist in die Wand eine Steinplatte eingelassen, in der oben in einer kleinen Nische das Erzschildchen eingemauert ist, das 1882 hinter einem Baldachin des Ostchors gefunden wurde. Wie die 1906 angebrachte Inschrifttafel besagt, handelt es sich bei dem Zeichen auf diesem alten Schildchen offenbar um das Meisterzeichen des bisher noch unbekannten Erbauers des Ostchors. Vgl. Abb. 26.

Die eisernen Türen neben dieser Steinplatte, die als Verschluß von Wandschränken dienen, sind alt (15. Jahrhundert) und zeichnen sich durch schön ornamentierte Schloßschilde und geschmackvoll geformte Griffe aus. Die Wandschränke beim Petrus- und Tucheraltar wurden nach diesem Muster mit neuen eisernen Türen versehen. Ebenfalls eine Arbeit der Neuzeit ist der eiserne Opferstock im Mittelschiff vor dem Löffelholz-Chor.

Orgeln. Die große Orgel im Ostchor (Abb. 126) wurde 1444 von Heinrich Traxdorf für 1150 fl. erbaut. Von dem Pfeifenwerke dieser gotischen Orgel sowie von den im Laufe der Jahrhunderte hinzugekommenen Registern hat sich nichts erhalten. Bei der letzten Restaurierung (1905) wurde ein der modernen Orgeltechnik entsprechendes Werk aufgestellt und zum Teil dem alten Gehäuse eingefügt. Aber auch mit diesem waren im Laufe der Zeiten bereits verschiedene Veränderungen vorgenommen worden. Während eine Anzahl urkundlich bezeugter Verbesserungen (1480/81, um 1520, 1572 usw.) sich wesentlich auf das Werk bezogen zu haben scheinen, das 1691 von Georg Siegmund Leyser, Orgelbauer in Rothenburg o. T., erneuert wurde, hatten die Umbauten und Reparaturen von 1658 und 1827 auch bedeutende Umformungen des Gehäuses zur Folge. 1658 wurde die Orgel der barocken Kirchenausstattung angepaßt, wobei Daniel Preißler die Flügel mit den Bildnissen der Scholarchen und Geistlichen an der Kirche und der damaligen Stadtmusiker schmückte. Diese Flügel haben sich indessen nicht erhalten. Bei der Ausbesserung des Werkes durch den Orgelbauer Augustin Ferdinand Bittner im Jahre 1827 wurden jene barocken Teile durch gotisch stilisierte, nach Plänen Heideloffs ausgeführte Teile ersetzt. Hiebei wurde nicht nur ein neues Positiv angebracht, sondern auch die Galerie für den Sängerchor nach beiden Seiten hin erweitert und mit einer hölzernen, mit gotischen Maßwerken versehenen Brüstung abgeschlossen.

Bei der letzten Wiederherstellung der Kirche ließ sich das ursprüngliche Gehäuse der Orgel noch zum größten Teil aus den späteren Zutaten wieder herausschälen und bietet sich jetzt wesentlich in seiner alten Gestalt dem Auge dar. Das in Eichenholz kräftig und wirkungsvoll geschnitzte alte Gehäuse zeichnet sich durch reichen ornamentalen und figürlichen Schmuck aus. Es sei dabei einerseits auf die reizvolle und eigenartige Bildung der Wimperge mit ihren trefflich geschnitzten Krabben und Kreuzblumen, andererseits auf die figuralen Darstellungen, die sich in das abschließende Maßwerk der vorkragenden Sängerbühne einfügen, besonders hingewiesen: nicht nur Adam und Eva, sondern auch Wappenhalter mit den Nürnberger Wappen und allerlei Gestalten aus dem Volke, Ritter, Knechte, Bauern usw., finden sich hier in bunter Reihe angebracht. Die beiden unteren Konsolen tragen wiederum die beiden in Verbindung mit dem heiligen Sebaldus so oft wiederkehrenden Wappen; am Scheitel des Gewölbes, gewissermaßen als Schlußstein eine Teufelsfratze mit einer Zunge aus Leder, einem Bart aus Roßhaaren und einem Unterkiefer, der heute noch, wie ehedem, durch das Orgelwerk in Bewegung gesetzt wird.

Die Ergänzungen, die bei der letzten Restaurierung nötig wurden, beschränken sich in der Hauptsache auf die Bretterbrüstung zu beiden Seiten des gleichfalls neuen Positivs, bei dem indessen einzelne alte Teile zur Verwendung kommen konnten, und auf die schmalen Maßwerkfüllungen unterhalb der großen seitlichen Register.

Über die Wandmalerei zu beiden Seiten der Orgel, die mit dieser inhaltlich in Beziehung steht, ist oben bereits gehandelt worden.

Die k l e i n e O r g e l im Westchor ist 1732 am 13. Oktober gestiftet von Konrad Nikolaus Overdik und dessen Gattin Ursula, geb. Ebermayr, „als Haus Orgel zu Unterhaltung der Andacht bey der heil. Comunion in dem Chor nach St. Sebald". Die Geschichte der Orgel ist übrigens bisher nicht völlig klargestellt. Heute wird sie von einem Muffelschen Wappen bekrönt, zu dessen beiden Seiten man die Jahreszahl 1776 liest. Auch die beiden vergoldeten Monogramme auf der Rückseite der Orgel scheinen auf die Patrizierfamilie Muffel hinzudeuten.

Sonst ist von Orgeln nur bekannt, daß 1447 eine kleinere Orgel gestiftet, 1570 aber wieder entfernt wurde. Auch zum Jahre 1517 wird von der Stiftung einer kleineren Orgel durch Hans Stauber berichtet.[XX] Von den Silberdrahtziehern soll 1657 eine kleine Orgel gestiftet worden sein.

Glocken. Im nördlichen Turm:

1. Die Betglocke Von Johann Weißenburger in Nürnberg 1391 gegossen.

Halsinschrift:

O REX GLORIE VENI CVM PACE LVCAS MARCVS MATHEVS JOHANNES AVE MARIA GRACIA PLENA DOMINVS TECVM BENEDICTA TV IN MVLIERIBVS ET BENEDICTVS FRVCTVS VENTRIS TVI AMEN VITA ✢ INTER NATOS MVLIERVM NON SVRREXIT MAIOR IOHANNE BAPTISTA QVI VIAM DOMINO PREPARAVIT IN HEREMO FVIT HOMO MISSVS A DEO CVI NOMEN IOHANNES ERAT ORA P_NOBIS BT̄E AG.

Fußinschrift:

ANNO DOMINI MCCCLXXXXI HEC CAMPANA EST CXXXXVIII CENTENARIIS ACTA PER IOHANNEM WYSSENBVRGER IN NV̊RBERG IN VIGILIA ST̄I LAVRENCII MR̄IS A DOMINO HEINRICO PREPOSITO DE VESTENBERG GENITO CONPARATA REX KASPAR REX BALTHEZAR REX MELCHIOR DEVS P͟P͟I͟CIVS ESTO P͟INTCESSIONEM BT̄I AVGVSTI ✢.

Höhe (ohne Krone) 1·30 m.

Die Betglocke heißt in den Chroniken wie ihre Vorgängerin auch „Benedicta". Im Jahre 1600 sollte die jetzige Betglocke durch eine neue ersetzt werden. Eine Ausbesserung war jedoch noch möglich. Im Laufe des 18. Jahrhunderts fanden mehrere Reparaturen statt.

Nach Städtechroniken I, 357 wäre die alte Glocke erst 1392 „an unsers herrn leichnames abent" [12. Juni] geweiht worden.

2. Eine Glocke aus dem zweiten Drittel des 14.

Jahrhunderts.

Halsinschrift:

AVE MARIA GRACIA PLENA DOMINVS TECVM BENEDI. ✝.

Höhe (ohne Krone): 0·88 m.

3. Eine G l o c k e vom Jahre 1418.

Halsinschrift:

Anno domini mccccxviii anno gloria patri et filio et spiritvi sancto et Mariae ✝.

Höhe (ohne Krone) 0·65 m.

4. Eine G l o c k e aus dem ersten Drittel des 14. Jahrhunderts.

Halsinschrift:

MATHEVS MARCVS LVCAS IOHANNES MARIA ✝.

Höhe (ohne Krone): 0·56 m.

Die an zweiter Stelle angeführte Glocke des nördlichen Turmes, deren Inschrift den Englischen Gruß enthält, dürfte identisch sein mit der in den Chroniken genannten „Garausglocke", eine von den beiden kleinen Glocken desselben Turmes mit dem „Vesperlein".

Im s ü d l i c h e n T u r m 1. Die C h o r g l o c k e. 1324 gegossen.

Halsinschrift:

ANNO DNI MCCCXXIIII VOX EGO SVM VITE VOCO VOS ORARE VENITE XPO REGNAT ✝.

Höhe (ohne Krone): etwa 1·20 m.

2. Die S t u r m g l o c k e. Aus dem 14. Jahrhundert.

Halsinschrift:

403

TITVLVS TRIVMPHALIS NRI SALVATORIS IHC NAZARENVS REX JVDEORVM ✠.

Höhe (ohne Krone): etwa 1·20 m.

3. Die Stundenglocke, auch Schlag- oder Uhrglocke genannt. Im unteren Durchbruch des Helms. 1482 von Konrad Glockengießer gegossen.

Halsinschrift: „sant sebolcz schlach glock pin ich hern ruprecht haller hern niclas grosen vnd hern gabriel nvczel den obersten haubtlevten gebart ich maister cvnrat glockengisser gos mich anno domini 1482 ✠".

Höhe (ohne Krone): 1·60 m.

Gotteshauspfleger Ruprecht Haller der Ältere, Hans Tucher der Ältere und Kirchenmeister Sebald Schreyer hatten mit Meister Konrad dem Glockengießer vereinbart, daß er für den Zentner der Glocke 10½ fl. rhein. erhalten und den Zentner der alten gesprungenen Uhrglocke für 8 fl. nehmen solle. Er erhielt 1055 fl. rhein., nach Baader, Beiträge, I, 61 im ganzen 1380 Pfund 5 Schilling 8 Haller. Die Glocke wurde am 20. Juni 1483 gewogen und hatte ein Gewicht von 100 Zentnern 56 lb. Näheres bei Baader, ferner in den Städtechroniken, V, 480 ff. und in dem Manuskript XL, 3 im Stadtarchiv Nürnberg.

Die Uhrglocke hatte zwei Vorgängerinnen. Die ältere wurde 1383, als der Turm oberhalb der Sturmglocke einer Ausbesserung bedurfte, ausgebessert und ist 1396 gesprungen. Die jüngere wurde von Meister Heinrich Grünwalt noch in dem gleichen Jahre gegossen und hatte ein Gewicht von 64 Zentner 66 lb; sie zersprang am 4. Mai 1482 ebenfalls. Ihre Inschrift lautete: „Ich Orglogck pin · des · Rats · zu · Nürmberg · eigen · hat · mich · erzeugt · als man · zalt · nach · Christj · geburt · M°CCC° · vnd · in dem · lxxxxvj Jar · in dem · Mayen · hat mich · begabt · Heinrich · grünwalt · herr · got · hilff · mir · zu · Dir · ✠".

4. Die Viertelstundenglocke. Im oberen Durchbruch des Helmes. Laut Inschrift, welche nur bruchstückweise entziffert werden konnte, 1494 in Landshut gegossen.[XXI]

Höhe (ohne Krone) etwa 0·50 m. Unter dem „Zeigerlein" der Chroniken wird diese kleine Uhrglocke zu verstehen sein.

Hier mögen schließlich die schönen Kunstschmiedearbeiten an den barocken Holzportalen Erwähnung finden (Abb. 127 und 128).

6. Altargeräte, Wandteppiche, Paramente.

Die mit Einführung der Reformation veränderten liturgischen Verhältnisse ließen einen großen Teil des alten Kirchenschatzes überflüssig erscheinen. Bei dieser Gelegenheit verschwanden wohl eine Reihe von kostbaren Paramenten und Altargeräten. Denn daß solche in Menge vorhanden waren, wird man bei dem auf allen Gebieten der Kunst und des Kunstgewerbes betätigten Stiftersinn der Nürnberger Geschlechter ohne weiteres annehmen dürfen. Indessen blieb der gesamte Kirchenornat, d. h. die Meßgewänder — also das Überflüssigste bei Ausübung der neugestalteten Gottesdienste — ungeteilt erhalten. Erst 1810 hat in Nürnberg die protestantische Geistlichkeit den aus der vorreformatorischen Zeit herübergenommenen Kirchenornat mit dem schwarzen Talare vertauscht. Eine weitere Reduzierung des Kirchenschatzes wurde schon 1552 vorgenommen; es bezeugt dies ein im Kreisarchiv Nürnberg aufbewahrter „Bericht wegen derer silberner vnd guldener clainodien, so in S. Sebalts, Laurenzen vnd vnser frauen kirchen gewesen a° 1552 verschmelczt vnd dann das gold vnd silber verkauft worden." Auch diesmal blieb der Ornat noch verschont. Dagegen wurde zu Ende des 18.

Jahrhunderts, sei es aus Mangel an Interesse, sei es aus Geldverlegenheit, gründlich mit dem Kirchenschatz aufgeräumt und nur das Allernotwendigste behalten. Selbst der vorgesetzten Behörde ging dieses Vorgehen zu weit. Das Ende langwieriger, fast fünfmonatlicher Verhandlungen vom 12. Oktober 1797 bis zum 3. Februar 1798, welche die Aufsichtsbehörde mit den für die Veräußerungen verantwortlichen Stellen führte, war eine Rüge, die sich Losungsamt und Rat gefallen lassen mußten. Damals waren auch die Meßgewänder abhanden gekommen.[XXII]

Abb. 129. Silbervergoldeter gotischer Kelch mit
durchbrochenen Ornamenten.

Von den auf uns gelangten Altargeräten sind
hervorzuheben:

Meßkelch mit Patene (Abb. 129). Kelchhöhe = 22 cm,
Patenendurchmesser = 16·5 cm. Silber, vergoldet. Um 1500.
Fuß sechspaßförmig mit abgestuftem Rand. Bis herauf zur
Mitte der Cuppa mit durchbrochen gearbeiteten gegossenen
Blattwerkornamenten überzogen und mit Steinen besetzt.

An den schmalen freigebliebenen Teilen des Halses oberhalb und unterhalb des Nodus gravierte Ornamente. Kostbare Arbeit.

Meßkelch mit Patene. Kelchhöhe = 19·5 cm, Patenendurchmesser = 15·5 cm. Silber, vergoldet. Tuchersche Stiftung vom Jahre 1522. Nodus mit getriebenen und eingravierten Ornamenten. Fuß sechsblattförmig mit Horizontalprofilierung. Am Hals oberhalb und unterhalb des Nodus die Inschriften graviert: JHESUS und MARIA. An der Innenseite des Fußes das Wappen der Tucher mit der Jahrzahl 1522 graviert. Mit dem Beschauzeichen Nürnberg, ohne Marke. Siehe Marc Rosenberg, Der Goldschmiede Merkzeichen, 2. Aufl. 1911. Nr. 3059 o.

Zwei Kannen. Höhe je 16 cm. Silber, vergoldet. 1643. Datierung an den kleinen Wappen am Ende des Griffes. Auf dem Deckel das Nürnberger und Grundherrsche Wappen. Beschauzeichen Nürnberg und Marke. Siehe Rosenberg a. a. O. Nr. 3226 a und b.

Zwei Kannen. Höhe je 33 cm. Silber, vergoldet. Laut Inschrift 1658 zum Abendmahlsgebrauch gestiftet von Wolfgang Endter dem älteren. Die betreffende Inschrift hat folgenden Wortlaut:

„Wolfgang Endter der Elter, Buchhändler alhier übergiebt diese Zwo kannen sampt einem Kelch Paten, und oblaten schächtelein Zum Gebrauch des Heiligen Abendmahls, der jüngst verneüerten Kirchen zu S. Sebald mit Herzlichem wunsch das Gott die reine seligmachende Religion bei uns, bis an der welt ende unverfälscht erhalten wolle.

Gott! Deine Gnad hat mir beschert
Was ist zu Danckbarkeit verehrt.
Am Palmsonntag im Jahr Christi 1658."

Beschauzeichen Nürnberg und Marke. Siehe Rosenberg, a. a. O. Nr. 3226 e und f.

Abendmahlskelch mit Patene. Kelchhöhe 25·5 cm, Patenendurchmesser 17·5 cm. Silber, vergoldet. Gestiftet von Wolfgang Endter dem Älteren 1658 (siehe oben). Fuß sechsblattförmig mit Horizontalprofilierungen. Am Nodus und am Fuß Gravierungen: am Nodus Blumenornamente, am Fuß Engelsköpfe, außerdem Blattfriese und Fruchtkränze. Auf dem Boden des Kelches eingraviert die Wappen des Stifters und seiner Ehegattin, gehalten von einem Engel, darüber die Jahrzahl 1658.

Mit dem Beschauzeichen Nürnberg und Marke. Siehe Rosenberg, a. a. O. Nr. 3226 g.

Auf der Rückseite der Patene ist, von einem Kranz umrahmt, das Wappen des Stifters graviert, auf dem Rande ein Kreuz.

Abb. 130. Sanduhr (ehemals an der Kanzel).

Krankenkelch mit Patene. Kelchhöhe 17 cm,

Patenendurchmesser 10 cm. Silber vergoldet. Gestiftet von Joachim Kern und dessen Ehefrau 1675. Fuß sechsblattförmig. An der Rückseite des Fußrandes die eingravierte Inschrift: „Joachim Kern und dessen Ehewürthin Catharina 1675."

Beschauzeichen Augsburg und Marke JV (oder M?).

E t u i mit L ö ff e l. Etuilänge 17 cm, Breite 4·5 cm. Beides Silber, teilweise vergoldet. Um 1700. An der Seite und am Deckel des Etuis gepunzte Darstellungen der Leidenswerkzeuge, ferner auf dem Deckel getriebenes Kruzifix, wovon der rechte Arm fehlt. Darüber in Gravierug der Hahn.

Beschauzeichen Nürnberg und eine Meistermarke, die sich aus einem I, V und N zusammenzusetzen scheint.

K l i n g e l b e u t e l. An der Vorderseite die Gruppe Christus am Kreuz mit Maria Magdalena aus gegossenem und ziseliertem Silber. An der Rückseite rundes Schild von Silberblech, darauf das Monogramm AMM (ineinandergestellt) und die Jahrzahl 1723 graviert. Durchmesser des Schildes 6 cm. Beutel von neuem rotem Samt.

H o s t i e n b ü c h s e, rund. Durchmesser 13·5 cm, Höhe 9·5 cm. Silber, vergoldet. Auf dem Deckel eingraviert das Bild des hl. Sebald und: 'M. M. W. 1744.'

Beschauzeichen Nürnberg und undeutliche Marke.

Z w e i A b e n d m a h l s k e l c h e mit P a t e n e n. Kelchhöhe 28 cm, Patenendurchmesser 18 cm. Silber, vergoldet. Rokoko. Getriebene wellenförmige Ornamente an Cuppa, Nodus und Fuß. Fußrand mit Horizontalprofilierungen. Um 1755.

Beschauzeichen Nürnberg und Marke. Siehe Rosenberg, a. a. O. Nr. 3275 b und c.

Abb. 131. Leuchterengel (Hauptaltar).

Taufbecken mit Kanne. Taufbecken oval 46·5 × 34·5 cm, Kannenhöhe 21 cm. Silber. Um 1755. Mit getriebenem Wellenornament.

Beschauzeichen Nürnberg und Marke. Siehe Rosenberg, a. a. O. Nr. 3204.

Sanduhr. (Abb. 130.) Viereckiger Behälter mit vier

411

Uhren: ¼, ²⁄₄, ¾ und ⁴⁄₄. Gehäuse 32 × 26 cm. Silber. Mit zwei Holzschuherschen Wappen. Oben und unten:

"17 Fr. M. M. M. H. v. H. 81"
und "17 Fr R. H. H. v. H. 81".

Die Ornamente gegossen und zieliert, das übrige getrieben. 1906 auf der Historischen Ausstellung der Stadt Nürnberg, vgl. Katalog Nr. 166.

K a n n e, den beiden 1658 von W. Endter gestifteten Kannen nachgebildet. H. 34 cm. Silber, vergoldet. Laut Inschrift 1838 gestiftet von Therese Rohrmann, Witwe des Kaufmanns und Marktadjunkten Georg Peter Rohrmann. Vorne Spruch Joh. XV, 5.

Beschauzeichen Nürnberg und Marke G (?).

Ferner befinden sich in der südlichen Sakristei noch zwei kleine alte M e s s i n g l e u c h t e r ohne künstlerische Bedeutung.

I n   d e r   n ö r d l i c h e n   S a k r i s t e i

Z w e i   A l t a r l e u c h t e r . H. 76·5 cm. Silber. Modern gotisch um 1830. Basis sechseckig, auf sechs Drachen ruhend. Schutzteller mit Zinnen, von Krabben getragen.

A u f   d e m   H a u p t a l t a r.

A l t a r k r u z i f i x . H. 1·28 m. Der Kruzifixus aus Silber gegossen und zieliert, Kreuz und Sockel Holz. Um 1700. Vorzügliche Arbeit.

Z w e i   A l t a r l e u c h t e r   i n   G e s t a l t   v o n   K e r z e n   h a l t e n d e n   E n g e l n (Abb. 131). Höhe der Figuren ohne Leuchter und Flügel 39·0 und 39·5 cm. Gegossen, massives Silber, vergoldet. Auf jedem das Volckamersche Wappen. Kostbare Arbeiten aus der Zeit um 1490.

412

Zwei Paare gedrechselter und ein Paar zum Teil gedrechselter, zum Teil gegossener Messingleuchter; das letztere Paar aus der Barockzeit.

Auf den Rückwänden zu den Seiten des Hauptaltares zwei holzgeschnitzte und bemalte, insbesondere reich vergoldete knieende leuchtertragende Engel auf Postamenten, der eine eine vortreffliche Arbeit aus der Zeit um 1500, der andere (rechts vom Hochaltar) eine moderne Kopie von jenem im Gegensinne.

Auf dem Löffelholzaltar.

Altarkruzifix. H. 1·31 m. Der Kruzifixus aus gegossenem und ziseliertem Silber, Kreuz und Sockel Holz mit reichem Silberbeschlag, an der Vorderseite ein sich aus M und W zusammensetzendes Monogramm. Gute Arbeit aus der Mitte des 17. Jahrhunderts.

Vier messinggedrehte Leuchter, darunter zwei gleiche mit Löffelholzischen Allianzwappen und der Jahreszahl 1696 (auf einem querovalen Schildchen am Fuße).

Auf dem Muffelaltar ein Paar kräftige gedrehte Messingleuchter, je mit dem Muffelschen Wappen am Fuße.

Auf dem Petrusaltar ein Paar einfache gedrechselte Messingleuchter.

Auf dem Tucheraltar ein Paar gedrungene messinggedrechselte Leuchter mit dem Wappen der Schnecken (2 gekreuzte Lanzenspitzen) je an ihrem Fuße.

Auf dem Halleraltar und gegenüber vor der Adam Kraftschen Kreuzschleppung vier gleiche einfach gedrechselte Messingleuchter.

Besonders hervorzuheben ist hier sodann noch die über

der Tucherschen Begräbnisstätte, vor den Gedenktafeln dieses Geschlechtes aufgehängte E w i g l i c h t l a m p e aus Messing, deren Körper durchbrochen gearbeitet und mit schön stilisiertem Blattwerk und drei Tucherschen Wappen reich graviert ist. Drei groteskenartige weibliche Halbfiguren, ebenfalls aus Messing gegossen, stellen die Verbindung zwischen dem Körper der Lampe und dem Gehänge her. 16. Jahrhundert.

Einige hölzerne B a r o c k k r u z i f i x e u n d   s o n s t i g e A l t a r g e r ä t e sind von keiner künstlerischen Bedeutung.

I m   G e r m a n i s c h e n   N a t i o n a l m u s e u m endlich wird heute aufbewahrt:

Der „D i l h e r r s c h e" P o k a l. Vom Jahre 1635 (?). Silber, vergoldet. H. mit Deckel 47·5 cm. Am Fuß, an der Cuppa und am Deckel getriebene Blumen- und Rankenornamente, an der Cuppa außerdem noch Engelsköpfe und in Medaillons drei figürliche Darstellungen des Sündenfalles. Den Hals bildet die gegossene und ziselierte Figur eines Engels, welcher einen Totenkopf hält. Auf dem Deckel die Erdkugel mit Schlange, darauf der auferstandene Christus. Inschriften sind über den ganzen Pokal verteilt. Der Pokal soll ein Geschenk des Rates der Stadt Nürnberg an den Pfarrer J. M. Dilherr von St. Sebald sein.

Ausführliche Beschreibung bei Essenwein, Einige Gold- und Silbergefäße aus dem Schatze im Germanischen Museum. In den „Mitteilungen aus dem Germanischen Nationalmuseum". II, 1887, S. 45. Vgl. auch Rosenberg, a. a. O. Nr. 3188 d.

Wandteppiche.

Ein weitaus besseres Schicksal als die Paramente erfuhren die Wandteppiche, mit denen die Kirche reich ausgestattet war. Außer den vorhandenen zehn Gobelins existiert noch einer vom Jahre 1477 aus dem ehemaligen Kirchenbesitz, der auf Umwegen wieder in die Hände der Stifterfamilien gelangt ist[XXIII]; und noch zwei weitere Stücke dürften sich[201]

[202] im 15. Jahrhundert den übrigen angereiht haben: eine Fortsetzung der Katharinenlegende und ein Gegenstück zum Sebaldusgobelin.

Abb. 132. Gobelin mit Darstellungen aus der Legende des hl. Sebald.

Abb. 133. Gobelin mit Darstellungen aus der Legende des hl. Sebald.

Die Darstellungen sind meist dem Marienleben und den Legenden der beliebtesten Heiligen der Kirchengemeinde Sebald, Katharina und Helena, entnommen; ein Wandteppich erzählt vom „Verlorenen Sohn", einer vom alten Testament.

Der Entstehungszeit nach zerfallen die Teppiche bis auf einen 1497 gestifteten Gobelin in zwei Hauptgruppen. Zur ersten Gruppe aus dem Beginne des 15. Jahrhunderts, für welche außer der charakteristischen Formensprache in der

415

Regel eine stärkere Belebung des Hintergrundes mit Architektur und Landschaft bezeichnend ist, zählt auch als später Ausläufer der um 1450 entstandene Mariengobelin. Der zweiten Gruppe nach der Mitte des 15. Jahrhunderts ist bei klarer Disposition der Figuren dunkelfarbiger Hintergrund mit ornamental stilisierten Blumen und Pflanzen eigen.

Über den Entstehungsort ist nichts Bestimmtes bekannt. Er ist jedenfalls in Nürnberg zu suchen, vermutlich in einem der beiden Frauenklöster St. Klara und St. Katharina. Auffällig ist, daß nachweisbar drei Teppiche der zweiten Gruppe allein von den Tuchern gestiftet worden sind.

Wandteppich mit sieben Darstellungen aus der Legende des hl. Sebald (Abb. 132, 133). Um 1410. Mit Inschrift über den Darstellungen: der Leichnam des hl. Sebald schlägt einem Mönch, der ihn verhöhnt, ein Auge aus: „hi... ein münch sant sebolt tod leichna slug Ī ē aug aus"[XXIV]); einer Frau, welche eine abgebrochene Kerze an der Bahre des hl. Sebald wieder aufrichtet, springt der zur Buße um den Arm getragene Ring: „hie pring ē fraw sant sebolt kertzē die eise... fiellē ir ab"; die Leiche des hl. Sebald wird von Ochsen gefahren: „hi zichē ochsē S sebolt leichnā von poppēreut gē nurberg"; der vertauschte Käse, welchen eine Frau am Grabe des hl. Sebald opfert, wird in einen Stein verwandelt: „hie verwexelt fraw ē kes der wardt zu ē stain"; Pilger nehmen die sie überfallenden Räuber gefangen mit nach Rom: „hie fiengē pilgerē die rauber und prochtens mit in gen rom"; die Räuber überfallen die Pilger wiederholt, aber St. Sebald lähmt sie: „hie wollen sie die pilger beraubt haben do erkrumpt sie"; St. Sebald erscheint Schiffbrüchigen: „hie wollten leut ertrincken do kam in S sebolt zu hilf". Die Reihe der Darstellungen hat sich ursprünglich noch fortgesetzt. L. 7·28 m, H. 1·01 m. Als Hintergrund

Architektur und Landschaft. Die Darstellungen sind äußerlich nicht getrennt. Mäßig gut erhalten, doch, insbesondere die braunen Fäden, durch Insekten zum Teil herausgefressen. Zu diesem Gobelin hat wahrscheinlich einer mit Darstellungen der Wunder des hl. Sebald vor seinem Tode als Gegenstück existiert.

Wandteppich mit sechs Darstellungen aus dem Alten Testament. Um 1410. Darstellungen: Adam und Eva im Paradies, Vertreibung aus dem Paradies, Samson bezwingt den Löwen, Samson wird von Delila überlistet, Bathseba und David, David und Michal(?). Ohne äußerliche Trennung. L. 4·30 m, H. 0·63 m. Hintergrund blau mit Architektur und Landschaft.

Zwei Wandteppiche mit Darstellungen aus der Legende der hl. Katharina. Um 1420. Die Schrift über den Darstellungen teilweise erhalten. 1. Acht Darstellungen: Wunderbare Erscheinung des Kreuzes: „hi sahen die heinischen (!) meister ein czeichen am himel"; Opferung von Weihgeschenken: „dez heiligen creuz daz erten si mit güter"; Geburt der Katharina: „hi wart sancta katterina geporn"; religiöse Erziehung: „hi bart si gelert daz si dem kreuczigten got solt din"; Unterricht durch den Einsiedler: „hie lert si der einsidel daz si xpm..."; Maria mit dem Jesuskind (Fragment); Taufe der Katharina; mystische Verlobung mit dem Jesuskind. Die erste Darstellung ist möglicherweise nicht der Anfang des Ganzen, denn vor der Schrift jener Darstellung finden sich die Worte: „[St. Cath]erina lebē". L. 7·43 m, H. (mit Schrift) 0·92 m. 2. Vier Darstellungen: Katharina vor dem Kaiser Maxentius, Disputation mit den Philosophen, Katharina tröstet die wegen ihrer Bekehrung zum Feuertode verurteilten Weisen, Katharina wird gegeißelt. Fragment. Schrift fehlt. L. 4·95 m, H. 0·82 m. Hintergrund blau mit Architektur und Blumen. Die Darstellungen sind äußerlich

getrennt. Gut erhalten, doch das Braun wiederum zum Teil
herausgefressen.

Abb. 134. Gobelin mit Darstellungen aus dem Marienleben.

Wandteppich mit zwei Darstellungen der Kreuzauffindung durch die hl. Helena. Rummelsche Stiftung. Um 1420. Darstellungen: Die hl. Helena in Gegenwart des Kaisers Konstantin und des Gefolges bezeichnet den Platz, wo gegraben werden soll; von den drei gehobenen Kreuzen wird das Kreuz Christi an der Wunderwirkung der Auferstehung eines Toten erkannt. Unten links das Wappen der Rummel, rechts das Wappen der Haller. L. 1·80 m, H. 0·85 m. Hintergrund dunkelblau, mit ornamentierten Zweigen belebt; im Vordergrund Blumen. Die beiden Szenen sind äußerlich nicht getrennt.

Wandteppich mit drei Darstellungen aus dem Marienleben (Abb. 134). Um 1450. Hallersche Stiftung. Links Verkündigung, in der Mitte Heimsuchung, rechts Geburt Christi. Äußerlich abgeteilt. L. 1·81 m, H. 0·88 m. Architektur und Landschaft als Hintergrund. Das Allianzwappen der Haller mit dem der Pfinzing und Schürstab in der mittleren Darstellung. Weniger gute Arbeit.

Zwei Wandteppiche mit Darstellungen aus der Parabel des Verlorenen Sohnes.

419

Tuchersche Stiftung. Um 1460. 1. Fünf Darstellungen: Der Jüngling auf schlechtem Lebenswandel (?), er wird von Weibern fortgejagt, weibliche allegorische Figur mit den Wappen der Tucher und Stromer, der Jüngling hütet Schweine, er kehrt zurück. L. 3·85 m, H. 0·63 m. 2. Vier Darstellungen: Zu Ehren des Wiedergefundenen wird ein Kalb geschlachtet und ein Festmahl gehalten, der vom Feld heimkehrende ältere Bruder erkundigt sich bei Zimmerleuten nach dem Vorfall und weigert sich, an dem Festmahl teilzunehmen. Auf der letzten Darstellung rechts oben das Tuchersche und unten das Stromersche Wappen. L. 3·14 m, H. 0·63 m. Hintergrund dunkelblau mit Bäumen und anderen stilisierten Pflanzen, im Vordergrunde Blumen. Die Darstellungen sind durch Säulen getrennt. Vorzügliche Arbeit.

Abb. 135. Gobelin mit Darstellung der Geburt Christi, 1495.

Abb. 136. Mittelstück des Gobelins von 1495.

Wandteppich mit zwei Darstellungen der Grablegung einer Heiligen (Katharina?). Um 1460. Tuchersche Stiftung. Links: der Leichnam wird von schwebenden Engeln gebracht; rechts: der Leichnam wird von den Engeln ins Grab gesenkt. Ohne äußerliche Trennung. L. 1·72 m, H. 0·78 m. Hintergrund blau mit Blumen und Bäumen. Unten in der Mitte die Wappen der Tucher und Stromer.

Wandteppich mit der Darstellung der Geburt Christi und vier Heiligen (Abb. 135, 136) über dem Hauptaltar. Laut Inschrift vom Jahre 1497. Die Darstellung der Geburt Christi mit Anbetung der Hirten und Engel in der Mitte, seitlich abgeschlossen durch je eine[205]
[206] Säule, links die Heiligen Barbara und Johannes der Täufer, rechts ein heiliger Mönch mit Stock und Buch und die hl. Katharina. L. 3·04 m, H. 0·85. Als Hintergrund reiche Landschaft. Starke Verwendung von Gold. Oben rechts die Buchstaben D. S. Vorzügliche Arbeit. Der Gobelin soll ursprünglich beim Muffelschen Altar an der Wand

gehangen haben.

Abb. 137. Katharinenstatue. Vom Portal des südlichen Seitenschiffes.

Abb. 138. Kopf der Katharinenstatue vom Portal des
südlichen Seitenschiffes.

Abb. 139. Lapidarium in der westlichen Krypta.

Kanzelbekleidung: L. 3·47 m, H. 1·13 m. Seide. Karmoisin, klein gemustert. Unten Ornamentstreifen (H. 17 cm) und in der Mitte Wappenschild (H. 48·5 cm, Br. 45·5 cm) mit Auferstehung Christi. Applikationsstickerei. Vom Jahre 1643. Auf der Rückseite Pergament aufgenäht: „Achatius Hilling von Elnbogn Burger vnd Handelsmann in Nürnberg vnd Sabina deßen Ehew: eine geborne Waldmannin, verehrten auß Gottseel: Eifer in die Pfarrkirch S: Sebaldi dieße Cantzeldeck, d. 21. Dec: Ao. 1643". Mit zugehörigem Überhangstreifen aus dem gleichen Seidenstoff. 3·50 m lang, 0·30 m hoch.

Kanzelbekleidung: L. 3·40 m, H. 1 m. Grüner, klein gemusterter Seidendamast mit grünen Seidenfransen. In der Mitte ein Kruzifixus in reicher farbiger, zum Teil in Gold gehaltener, sehr erhabener Applikationsstickerei. 17. Jahrhundert. Hierzu ein Überhangstreifen aus dem gleichen Seidenstoff, ebenfalls mit Fransen. 3·75 m lang, 0·30 m hoch.

Antependium zum Tucheraltar: L. 2 m, H. 0·80 m. Großes rotes Rankenornament auf orangefarbenem, klein gemustertem Seidenstoff. 18. Jahrhundert; wohl italienische Arbeit. Unten rechts ist ein kleines, altes gesticktes Tucherwappen aufgenäht. Stiftung des Freiherrn Heinrich von Tucher.

Antependium zum Hauptaltar: L. 4·30 m, H. 0·95 m. Roter Seidendamast mit großem Granatapfelmuster und rotem Fransenbesatz. Italienisch, 19. Jahrhundert. Links unten das Tuchersche Wappen zwischen den Buchstaben C und T und die Jahreszahl 1897 in Stickerei. Stiftung des Freiherrn Christoph von Tucher.

Antependium vom Muffelaltar: L. 2·40 m, H. 0·75 m. Schwerer roter Seidendamast mit Blumenmuster und rotseidenem Fransenbesatz. Italienisch, 17.–18. Jahrhundert. In der Mitte unten ist ein auf Pergament gemaltes Muffelsches Allianzwappen mit der Jahreszahl 1704 aufgeklebt.

Zwei Stücke eines Altarbehanges Je 2·50 m lang und 0·80 m hoch. Buntfarbige Seidenstickerei mit in Wellenlinien angeordneter Musterung und breiter Borte, die durch stilisiertes Blumen- und Rankenwerk gemustert ist. Bunte Seidenfransen. 18. Jahrhundert. Hierzu noch ein Stück der gleichen Borte. 1·85 m lang; 0·30 m breit.

Antependium am Löffelholzaltar. L. 2·90 m,

H. 0·80 m. Roter Sammet mit Goldborte. In der Mitte unten ein Löffelholzisches Allianzwappen und die Jahreszahl 1772 in Stickerei.

Antependium am Halleraltar. L. 2 m, H. 0·90 m. Roter verschossener Seidendamast mit großen Blumen gemustert. In der Mitte unten ein Allianzwappen und die Jahreszahl 1746 in Stickerei.

Antependium an der Mensa unterhalb der Kraftschen Kreuztragung: L. 1·90 m, H. 0·90 m. Ähnlicher verschossener roter Seidendamast mit Blumengirlanden als Muster. In der Mitte unten die gleichen Wappen, doch umgestellt, und die Jahreszahl 1743 in Stickerei.

Antependium am Tucheraltar. L. 2·30 m, H. 0·85 m. Roter Sammet mit Goldborte. In der Mitte unten ein Wappen der Tucher in Stickerei. Stoff und Borte 18. Jahrhundert.

[207]
[208]

Antependium am Petrusaltar. L. 3·60 m, H. 1·05 m. Grüngelber, klein gemusterter Seidendamast mit Fransenbesatz. In der Mitte unten Endter-Allianzwappen und die Jahreszahl 1753 in Stickerei.

Antependium am Muffelaltar. L. 2·30 m, H. 0·85 m. Bordeauxfarbiger, klein gemusterter Seidendamast mit Fransenbesatz. In der Mitte unten ein Kressisches Allianzwappen und die Jahreszahl 1753 in Stickerei.

Außer diesen Paramenten werden in der Kirche noch einige Reste von älteren Damaststoffen und Sammeten sowie Borten aufbewahrt. Zur Bekleidung des Hauptaltares und der Kanzel außerhalb der Festzeiten dienen neuere Behänge aus rotem Sammet.

7. Sammlung alter Skulpturen und Baureste. —

Büchersammlung.

Die Sebalduskirche besitzt eine S a m m l u n g   v o n
a l t e n   S k u l p t u r e n,   B a u r e s t e n   u n d
t e c h n i s c h e n   M o d e l l e n, die während der letzten
Wiederherstellung von Prof. Schmitz angelegt wurde und
zu ihr in Beziehung steht. Die Gegenstände sind an drei
verschiedenen Orten untergebracht.

Zunächst beanspruchen unsere Aufmerksamkeit mehrere
zum Teil überlebensgroße Steinfiguren im nördlichen
Seitenschiff neben der Turmhalle. Es befinden sich darunter
Sebaldus und Maria vom Brauttor, Petrus und Katharina
(Abb. 137, 138) vom südlichen Seitenschiffportal sowie
andere Statuen aus Stein, die teils wegen ihrer
fortgeschrittenen Verwitterung, teils, weil ihre Verwitterung
in Bälde zu befürchten war, an diesen geschützten Ort
verbracht und am Gebäude selbst durch Kopien ersetzt
wurden.

Das Lapidarium in der westlichen Krypta (Abb. 139)
enthält sodann eine große Anzahl originaler Steinreste,
welche ebenfalls für die während der Wiederherstellung
erneuerten Bauteile als Vorbilder und Anhaltspunkte
dienten. Aus der romanischen Zeit finden sich Kapitäle,
Bogenfriese, Säulen und andere zum Teil reich skulptierte
Werkstücke, aus der gotischen Zeit eine Reihe von sehr
wertvollen Konsolen, Kapitälen, Baldachinen und anderen
architektonischen[209]
[210] Details. Daneben sind die Originale verschiedener
erneuerter Epitaphien (darunter die Auferweckung des
Lazarus von Veit Stoß) sowie mehrerer kleinerer
Steinfiguren aufgestellt, auch andere interessante alte
Bauteile, als Dachendigungen, Dachdeckungsmaterialien,
der Rest eines romanischen Fußbodens sowie merkwürdige
Probestücke mittelalterlicher Bautechnik wie späterer

427

Restaurationen.

Abb. 140. Auferweckung des Lazarus. Relief vom
südlichen Seitenschiff (jetzt in der Bausammlung).

Abb. 141. Übermalter Holzschnitt in einem der Exemplare
des „Liber missalis", Bamberg 1490.

Abb. 142. Randverzierung in Miniaturmalerei in einem
der Exemplare des „Liber missalis", Bamberg 1490.

**Abb. 143. Miniaturmalerei in einem der Exemplare des
„Liber horarum", Bamberg 1501.**

Eine Fortsetzung findet diese Sammlung in den im
Obergeschoß der nördlichen Sakristei in Schränken und
Vitrinen aufgestellten Gegenständen. Hier sehen wir
zunächst kleinere Fundstücke, u. a. einen in der
Türmerstube aufgefundenen Frauenschuh des 15.
Jahrhunderts (Duplikate desselben besitzen das
Germanische Museum und das Bayrische Nationalmuseum
in München), altes Steinwerkzeug sowie sehr wertvolle
Reste von mittelalterlichen Freskomalereien, welche ehemals
die Wand hinter dem Marienbilde Hans von Kulmbachs
oberhalb der Tucherschen Chorstühle schmückten (s. o., S.
176).

Handelt es sich bisher um Originalstücke, so reiht sich
diesen nunmehr im gleichen Raume neben einer Anzahl von

Plänen und Photographien eine Sammlung von künstlerischen und technischen Modellen der letzten Wiederherstellung an. Die 1899 erfolgte Ausgrabung der Ostchorkrypta ist in einem Modell anschaulich dargestellt. Von den ausgeführten schwierigen konstruktiven Arbeiten dieser Zeit geben diese in kleinem Maßstabe als Studienmodelle sehr sorgfältig gefertigten Darstellungen ein interessantes und übersichtliches Bild. Da sie für eine Reihe von Detailfragen der Denkmalpflege die seitens der wiederherstellenden Architekten gewählte Methode zeigen, so bilden sie gewissermaßen ein kleines, aber eigenartiges Denkmalpflegemuseum, in dem für andere Fälle schätzenswerte Erfahrungen aufgehoben sind.

Gelegentlich des Denkmalpflegetages 1905 war die Sammlung in der Moritzkapelle, die sie ganz ausfüllte, vereinigt und erfreute sich eines regen Interesses der sachverständigen Teilnehmer. Ein erläuterndes Schriftchen dazu verfaßte Dr. E. Reicke, Kustos an der Stadtbibliothek und am städtischen Archiv zu Nürnberg. Druck von J. L. Stich.

Erscheint es durchaus veranlaßt, daß sowohl die alten wie die neuen Teile der beschriebenen Sammlung in der Kirche selbst — zu der sie in engster Beziehung stehen — verbleiben, so muß doch bedauert werden, daß es an einer Pflege der Sammlung, welche vor allem katalogisiert werden sollte, fehlt. Es ist zu fürchten, daß die in der Krypta und Sakristei untergebrachten Gegenstände über kurz oder lang in Verlust geraten oder verkommen.

Außerdem befindet sich im Besitz der Kirche noch eine **Büchersammlung** von einigen hundert Bänden, die an vier verschiedenen Orten: im Pfarrhaus (der größte und wichtigste Teil der eigentlichen Kirchenbücher), im

Muffelschen Altar (auch im wesentlichen Kirchenbücher, darunter auch einige Bände „Verkündigungen" und „Kindertüchlein"-Bücher), in der nördlichen Sakristei und in einem Schrank des kleinen Museums über dieser Sakristei (Sebald Schreyersche Manuskripte, alte Drucke usw.) aufbewahrt werden.

Die Ehebücher beginnen bei St. Sebald mit dem Jahre 1524, die Taufbücher 1533, die Totenbücher 1547. Die letzteren liegen etwa vom Ende des 17. Jahrhunderts an größtenteils in zwei Niederschriften vor und ihr Inhalt wiederholt sich außerdem noch einmal in den Totenbüchern des Königlichen Kreisarchivs.

Unter den übrigen Handschriften sind von erheblichem historischem Interesse namentlich noch die Rechnungsbücher, die Sebald Schreyer als Kirchenmeister von St. Sebald geführt hat. Zwei derselben betiteln sich: „Einnemen S. Schreyers der zins vnd gült"; das eine reicht von 1482 bis 1491, das andere von 1491 bis 1503. Ein drittes inhaltlich besonders interessantes Manuskript ist überschrieben: „Rechnung einnemens und ausgebens S. Schreyers von 1482 jar untz in das 1494 jar". Es ist ein Folioband, während jene Schmalfoliobände sind. Alle drei Bücher sind in Schweinsleder gebunden, mit Granatapfelmusterpressung verziert und mit Messingecken und hübschen Messingschließen versehen.

Ein Perpamentmanuskript, das die Legende des hl. Sebald enthält, gepreßter Schweinslederband in 2° mit zwei Ketten, auf der ersten Seite eine gute, doch etwas verdorbene Miniatur (St. Sebald darstellend), Ende des 15. Jahrhunderts, sowie ein Buch mit Gebeten und Hymnen, 1534 geschrieben, Klein-2°, sind von geringerer Bedeutung.

Auch unter den Drucken sind die auf Sebald Schreyer zurückgehenden, d. h. durch eine Stiftung dieses bedeutenden Kunstfreundes an die Kirche gekommenen die wertvollsten. Es sind ausweislich der kalligraphisch eingeschriebenen Widmungen:

„Liber missalis". Bamberg, Johann Sensenschmidt und Heinrich Petzensteiner, 1490, 2°. Drei auf Pergament gedruckte und mit Initialen (auf Goldgrund) in Handmalerei (Abb. 141, 142) auf das reichste geschmückte vortrefflich erhaltene Exemplare. Gleichzeitige gepreßte braune Ledereinbände mit Messingbeschlägen.

„Liber horarum" (Pars maioris breviarii hyemalis). Bamberg, Joh. Pfeyl, 1501, 2°. Drei ebensolche Exemplare (Pergamentdrucke) mit reichem handgemaltem Initialenschmuck (Abb. 143), deren jedes überdies auf dem Widmungsblatte noch eine treffliche, etwa dreiviertel der Seite einnehmende Miniaturmalerei aufweist, zweimal Paul Volckamer als Mitstifter und Sebald Schreyer zu den Seiten des heiligen Sebald, im dritten Exemplar Sebald Schreyer und seine Frau im Gebet vor einem geöffneten Flügelaltar knieend, der die Madonna zwischen den Heiligen Rochus und Sebald einerseits, Lorenz und Sebastian andererseits und in der Bekrönung den Evangelisten Johannes zeigt. Gleichzeitige Pergamenteinbände mit gepreßten Mustern und ornamentierten Messingbeschlägen.

Von den übrigen Drucken seien noch folgende zum großen Teil mit Holzschnitten geschmückte kurz angeführt:

„Psalterium Romanorum" mit dem Wappen des Kardinals Albrecht von Brandenburg in Holzschnitt von 1520. O. O., J. (1520) und Dr. Pergamentdruck in Imperial-2° von prächtigster Erhaltung. Der Einband von 1655 mit den drei nürnbergischen und dem Imhoffschen Wappen sowie der Bezeichnung „Bib. Nor." in Goldpressung und mit Messingbeschlägen.

Die Propheten alle Deutsch. D. Mar. Luth. Wittenberg,

Hans Lufft, 1532, 2°.

Dasselbe in der Ausgabe 1536.

Desgleichen in der Ausgabe von 1571.

Biblia. Doct. Mart. Luth. Wittenberg, Hans Lufft, 1571, 2°.

Psalterium Davidis. Noribergae. In officina typographica Valentini Neuberi. 1583, Klein-8° (drei Exemplare).

Veit Dieterich, Summaria über die ganze Bibel. Nürnberg, Paul Kauffmann, 1597, 2°.

Biblia. Frankfurt a. M., Johann Saur, 1606, 2°.

Biblia. Wittenberg, Zacharias Schürer, 1621, 2°.

Biblia. Lüneburg, Johann und Heinrich Stern, 1656, 2°.

u. s. w.

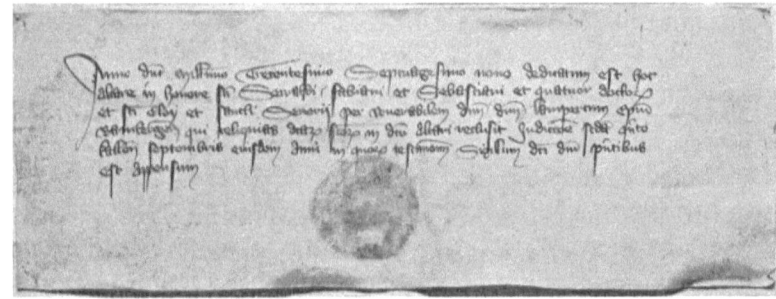

Abb. 144. Konsekrationsurkunde des Hochaltares von 1379.

Tafel XV.

Thronende Maria mit Heiligen.
Tafelgemälde von Hans von Kulmbach (Tuchersche Stiftung).

Fußnoten:

[VII] Ebenso wurden im Petrusaltar und im Sakristeialtar nicht mehr mit Sicherheit zu entziffernde Urkunden samt Reliquien vorgefunden und mit diesen wieder in die betreffenden Altäre eingeschlossen.

[VIII] Über die Wetzrillen an der Sebalduskirche vgl. Otto Schulz in der Denkmalspflege. III (1901), S. 651.

[IX] Das bei Daun, Adam Kraft und die Künstler seiner Zeit, Berlin 1897, S. 79, erwähnte Entstehungsjahr 1506 findet sich nirgends belegt. Nach 1500 könnte das Relief auch stilistich gar nicht mehr entstanden sein. Es ist mit den Stationen und namentlich, was den Hintergrund anlangt, zu nahe mit dem Schreyerschen Grabmal verwandt, als daß es zeitlich so weit von denselben abgerückt werden dürfte. Auch nach der kostümlichen Seite gehört die Darstellung in die neunziger Jahre des 15. Jahrhunderts. Es ist somit kein Grund vorhanden, an der Richtigkeit der überlieferten Jahrzahl 1496 zu zweifeln.

[X] Rée (Nürnberg, Berühmte Kunststätten, Nr. 5, 3. Aufl., S. 43, vgl. auch S. 61) datiert das Sakramentshäuschen annähernd richtig. Daun, a. a. O., S. 10, setzt es an den Anfang des 15. Jahrhunderts ohne nähere Begründung, Pückler (Die Nürnberger Bildnerkunst) gar erst in die Zeit von 1430 bis 1442. Er erklärt diese Zeitangabe nicht nur mit stilistischen Gründen, sondern auch damit, daß in den beiden Stiftern Peter Groland und Jakob Muffel dargestellt sind, welch letzterer 1442 „anscheinend schon als älterer Mann" verschied. Pückler hält nämlich die Heiligenfigur auf der Seite mit dem Muffelschen Wappen für Jacobus den Älteren, während dieselbe doch als Sebald genau zu erkennen ist. Es sind eben die beiden Hauptheiligen der Kirche Petrus und Sebald dargestellt ohne weitere Bezugnahme auf die Vornamen der Stifter. — Übrigens ist der Stil der Figuren um 1440 gar nicht mehr möglich.

[XI] Über dasselbe vergleiche insbesondere Bergau in Dohme, Kunst und Künstler. Bd. II, 2, Leipzig 1858; Lübke, Geschichte der Plastik. 1880, II; Bode, Geschichte der deutschen Plastik. 1885; Autenrieth, Das Sebaldusgrab Peter Vischers, historisch und künstlerisch betrachtet. Ansbach 1887; Rée, Nürnberg. S. 102 ff.; Daun, Adam Kraft und die Künstler seiner Zeit. S. 115 ff. Zusammenstellung der Literatur über Peter Vischer und auch über das Sebaldusgrab findet sich bei Th. Hampe, Nürnberger Ratsverlässe. 1904, Bd. I, S. 50 ff. Ganz neuerdings erschien: Alexander Mayer, Die Genreplastik an Peter Vischers Sebaldusgrab. 1911. 2[0].

[XII] P. J. Rée, a. a. O., S. 65, will das Silberblech des Sarges erst 1506 hergestellt sein lassen, und zwar nach dem Vorbilde des mit Silberplatten belegten Schreines des 15. Jahrhunderts, in welchem in der Spitalkirche zum Heiligen Geist die Reichskleinodien aufbewahrt wurden und welcher sich jetzt im Germanischen Nationalmuseum befindet. Daran ist gar nicht zu denken. Das Verhältnis ist umgekehrt.

[XIII] Hans Starck, der 1627 dieses Gemälde restaurieren ließ, ist derselbe, der 1625 das hölzerne Kruzifix am Westchor durch einen Bronzeguß ersetzte.

[XIV] Ungarn war 1514 noch nicht im Besitze des Hauses Habsburg, erst seit 1526.

[XV] Maria von Burgund war bereits 1482 gestorben. Allein die spätgotische Tracht (die Kopfbedeckung der Maria ist der Hennin) und das daneben befindliche Wappen von Burgund-Österreich lassen es als ausgeschlossen erscheinen, daß mit der Dargestellten die zweite Gemahlin Maximilians, Bianca Maria Sforza von Mailand, gemeint ist. Die Darstellung der ersten Gemahlin, der Mutter des in der nächsten Reihe dargestellten Königs Philipp, geschah jedenfalls auf besonderen Wunsch des Kaisers.

[XVI] Die Grafenkrone ist nicht verständlich. Kastilien war damals schon lange Königreich. Übrigens trägt das andere vereinigte Wappen derselben Reihe, bei welchem Kastilien mit Leon die bevorzugte Stelle im linken oberen Feld einnimmt, die Königskrone.

[XVII] Es kann nur der Sohn Maximilians, wenn auch schon seit 1506 verstorben, und seine Gattin in Frage kommen. Hierfür sprechen in erster Linie die beigefügten Wappen, in zweiter Linie der Umstand, daß Maximilians Enkel, Philipps Sohn, der nachmalige Kaiser Karl V., damals erst 14 Jahre alt und natürlich auch nicht verheiratet war. In der Literatur werden die beiden fürstlichen Personen gewöhnlich als Karl V. und Isabella von Portugal bezeichnet, bei M. M. Mayer sogar als Kaiser Maximilian und Gemahlin, während das darüber stehende Paar Karl V. und Gemahlin genannt wird.

[XVIII] Granada war damals Königreich.

[XIX] Vgl. über das Fenster namentlich Friedrich H. Hofmann, Das Markgrafenfenster in St. Sebald zu Nürnberg. Im Hohenzollern-Jahrbuch. 1905, S. 67 ff.

[XX] Vgl. Hampe, Nürnberger Ratsverlässe. Bd. 1. Nr. 1101. 1108, 1109.

[XXI] Über die Einführung des Viertelstundenschlagwerkes durch Ulrich Grundherr vgl. Vereinsmitteilungen. VII, S. 224. — Zu dem Schießen des Jahres 1493 in Landshut, so erfahren wir daselbst aus Kunz Has' Gedicht, hatte der Rat Herzog Georg zu Ehren die freiwilligen Nürnberger Schützen mit einem roten Kleid bedacht. Sie zogen aus unter der Führung des Schützenhauptmanns Ulrich Grundherr, eines der sieben Älteren Herren, der das Schlagwerk, wahrscheinlich als Preis, mit heimbrachte. Wie aus einem Ratsverlaß vom 8. Oktober 1493 hervorgeht, beschloß der Rat „ein neues slahglöcklein, das zu einer jeden stund viermaln slahe", gießen und bei St. Sebald aufrichten zu lassen, dann beschloß er am 19. Oktober, „ein zimeln [kleine Glocke] 5 oder 6 zentnern swer... machen ze lassen und oben in sant Sebolts turn uber die slagglocken ze henken und zu dem slahen der vierteil einer hore zu gebrauchen"... und endlich am 29. Januar 1494 „ein gut hell slahglocklein von gutem zeug zu bestellen und in den turn zu s. Sebald zu henken". Es wurde demnach 1494 das neue Viertelschlagwerk, wohl nach Muster des in Landshut erschossenen, errichtet.

[XXII] In den Akten über diese Verhandlungen ist ein interessantes Schriftstück enthalten, eine „Copia Commissions-Decrets an das Löbl. Losungsamt d. d. 12. Dez. 1797". Das Dekret lautet:

Commissioni subdelegatae ist zu wissen erforderlich, welche Objecta seit dem unterm 10^{t}en Decbr. 1790 ergangenen höchst erforderlichen Reichshofraths-Concluso veräußert, welcher modus bei der Veräußerung beobachtet, ob der Erlöß noch vorhanden oder wozu derselbe verwendet worden, auch ob — und welche annoch weiteres zu veräußern räthlich und thunlich sein mögte?

Worüber ein löbl. Losung-Amt den ungesäumten Bericht zu

erstatten, auch, wie sich nunmehr von selbst verstehet, ohne
Anfrage bei der Kaiserl. Commission und deren ausdrückliche
Erlaubnis eine weitere Veräußerung nicht vorzunehmen hat!

N ü r n b e r g, den 12. Dczbr.   Von Kaiserl.
1797.   Subdelegations-
                                    Commissions
                                    wegen.
                                    S c h r o d t
                                    Kaiserl. Subdel.
                                    Kommiss.
                                    Secretair.

[XXIII] Von einem der Teppiche, welche zur Schmückung
der Gräber vorhanden waren, erzählt Baron Christoph v.
Tucher a. a. O. S. 55: „Die Grabteppiche anlangend findet sich
im Salbuch Hans VI. Tuchers de A^o 1477, welches in seinem
vierten Teil sich ebenfalls über die von dem ältesten Tucher
auszurichtenden Stiftungen verbreitet, am Schluß eine
eigenhändige Notiz des Besitzers von folgendem Wortlaut:

„Anno MCCCCLXXVII ad XXVI matzo so haben wir Pertold
und Hans Tucher senior geprüder und Anthony und Langhans
Tucher von unser geselschaft gekauft ein grabtebich mit dem
englischen grus, der kost hott 14 guld. rh. und für das Tucher
wappen darauf und zu füttern kost 2 gulden. Den thebich soll
fürpaß albeg der eltist Tucher, der die jartag ausricht, pei
seinen handen gehalden zu denselben jahrtagen."

„Dieser Teppich kam im Jahre 1884 in den Besitz der
Antiquitätenhändler Rösch und Zimmermann dahier, wo ich ihn
sah und für meinen Bruder Heinrich [Heinrich Freiherr v.
Tucher Exzellenz, jetzt K. Bayer. Gesandter in Wien] um 4000
M kaufte. Dieser ließ ihn in den Werkstätten (fabbrica degli
arrazzi) des Vatikans unter Cavaliere Centili für 1250 Lire
renovieren und hat mit dem ehrwürdigen Familienmonument
von wunderbarer Schönheit eine Wand seines Arbeitszimmers
verkleidet. Heute ist der Teppich unter Kennern gewiß 20.000
M. wert."

[XXIV] Siehe Cod. lat. 901, f. 118–135 und Cod. lat. 23.877,
f. 182 ff. der Kgl. Hof- und Staatsbibliothek in München.

Urkundliche Beilagen.

Die folgenden Urkunden und Urkundenauszüge sind bei der besonderen Wichtigkeit, die sie vom Standpunkte der historischen und kunsthistorischen Forschung für die Geschichte der St. Sebaldkirche beanspruchen dürfen, ausgewählt worden. Je nach Bedeutung und Bedürfnis sind die einzelnen Stücke entweder in ihrem ganzen Umfange oder im Auszuge wiedergegeben oder ihr Inhalt nur in aller Kürze hervorgehoben worden. Die Originale der Urkunden bis zum Jahre 1401 sind sämtlich im Königlichen Allgemeinen Reichsarchiv zu München aufbewahrt.[XXV] Von einer ganzen Reihe weiterer Urkunden sind kurze Regesten in der chronologischen Übersicht (siehe S. 234) gegeben.

1.   *Nürnberg 1255, Juli 29.*

Bischof H[einricus] von Samland verleiht ... omnibus cum
debita devotione venientibus ad dedicationem altaris sancti
Stephani siti in parrochia[XXVI] sancti Sebaldi in Nurenberc
penitentibus et confessis *40 Tage Ablaß der schweren, ein Jahr
der läßlichen Sünden und eine halbe Carina[XXVII] von der ihnen
auferlegten Buße.*

Datum Nurenberc anno domini 1255 in festo prenotato
[sancte Margarete].

Original-Pergament. — Siegel abgefallen.

2.   *Nürnberg 1256, Oktober 1.*

*Bischof Heinrich von Bamberg verleiht allen Christgläubigen,
welche die Pfarrkirche zu St. Sebald in Nürnberg in die*
dedicacionis — *am Kirchweihtage — und an den Festtagen der
Apostel Petrus und Paulus und des hl. Sebald besuchen und ihre
Almosen darreichten, einen Ablaß von 40 Tagen und einer Carrina.*

Datum Nurenberc 1256 in die sancti Remigii.

Original-Pergament. — Siegel abgefallen.

3.   *Bamberg 1273, August 8.*

Bischof Berthold von Bamberg ermahnt alle Christgläubigen —
cum igitur ecclesia sancti Sebaldi in Nurenberch in vitris et
in quibusdam allis ad suum ornamentum et decorem
necessariis defectum paciatur —, *zum Nachlaß ihrer Sünden
für die Herstellung jener Bedürfnisse ihre hilfreiche Hand
darzubieten, und erläßt allen wahrhaft Reumütigen nach abgelegter
Beichte und Darreichung ihres Almosens 40 Tage Ablaß von den
schweren und ein Jahr von den läßlichen Sünden und verleiht den
Pfarrkindern, welche den Gottesdienst daselbst fleißig besuchen,
denselben Ablaß.*

Datum apud Babenberch anno domini millesimo
ducentesimo septuagesimo tercio in die beate Afre.

Original-Pergament mit an rotweißer Seidenschnur

anhangendem kleinem Fragment des bischöflichen Siegels.

4. *1274, August 17.*

Bischof Berthold von Bamberg verleiht, nachdem er am 10. September 1273 — hinc est, quod ob dilectionem et precum instanciam honorabilium virorum Chunradi buttugelarii, Marquardi sculteti et universitatis civium in Nurenberg in dominico die post nativitatem gloriosissime virginis Marie consecravimus chorum et altare parrochialis ecclesie sancti Seboldi — *Chor und Altar der Pfarrkirche St. Sebald eingeweiht, allen wahrhaft Reumütigen, welche gebeichtet haben und dort ihre Almosen am Jahrtage der Einweihung des Chores und des Altares und in den einzelnen Monaten des Jahres spenden, je 40 Tage Ablaß von den schweren und ein Jahr von den leichten Sünden und ermahnt die Vorgenannten, von ihren Gütern* ad monasterium sancti Sebaldi, *wo ein solcher Ablaß in jedem Jahre und zu den verschiedenen Zeiten gefunden werde, ihre Almosen darzureichen.*

Datum et actum anno domini 1274 16. kal. sept.

Original-Pergament mit an gelbvioletter Seidenschnur anhangendem beschädigtem bischöflichem Siegel.

5. *Nürnberg 1274, November 22.*

Bischof Leo von Regensburg verleiht allen Christgläubigen, welche die Kirche St. Sebald in Nürnberg an den Festen der Reinigung, der Verkündigung, der Himmelfahrt und der Geburt Mariens, am Feste des hl. Sebald und am Jahrestag der Einweihung — ac in anniversario ipsius ecclesie — *in Andacht besuchen und zur Kirchenfabrik mit zerknirschtem Herzen und nach abgelegter Beichte Beiträge spenden, einen Ablaß von 40 Tagen von den schweren und von 80 Tagen von den läßlichen Sünden nach vorausgegangenem Konsens des Diözesanbischofs.*

Datum Nu^erenberch anno 1274 10. kalend. decembr.

Original-Pergament mit anhangendem Fragment des bischöflichen Siegels.

6. *Nürnberg 1275, Mai 24.*

Bischof Heinrich von Trient, kaiserlicher Protonotar, ermahnt, da die ehrbaren Bürger und das Volk zu Nürnberg die schöne Kirche daselbst bauen — cum igitur honorabiles viri burgenses et populares opidi Nurenbergensis ecclesiam ibidem pulchram construant, sicut fide didicimus oculata — *alle Christgläubigen, von ihren Gütern zu dem genannten Werke fromme Almosen zu spenden, und verleiht allen, welche zerknirschten Herzens und nach abgelegter Beichte zur Kirchenfabrik Almosen geben, einen Ablaß von 40 Tagen nach Zustimmung des Diözesans.*

Datum Nûrenberg anno domini 1275 in crastino ascensionis domini.

Original-Pergament mit anhangendem bischöflichem Siegel.

7. *Bamberg 1283, November 17.*

Bruder Inzilerius vom Orden des hl. Augustinus, Bischof zu Budua, verleiht omnibus corde contritis et confessis, qui cum candelis accensis in criptam Nurenberg ad altare beate virginis iter suum direxerint, cum sacerdotes, clerici et scolares constituti ibidem pernunctiant laudem siue antyphonam de canticis cantant eiusdem gloriose virginis, *Ablässe von 40 Tagen von den tödlichen und einem Jahr von den läßlichen Sünden nach erfolgter Zustimmung des Bischofs Berthold von Bamberg.*

Datum in Babenberg anno domini 1283 15. kal. decembr.

Original-Pergament mit an gelber Wollenschnur anhangendem Siegel.

8. *Nürnberg 1284.*

Bischof Gottfried von Passau verleiht allen Christgläubigen, requirentibus siue visitantibus aut recipientibus qualibet noctium ad laudem beate virginis seu mane ad missam, *wenn sie reumütig sind und gebeichtet haben, Ablässe von 40 Tagen von den tödlichen und von einem Jahr von den läßlichen Sünden, insbesondere aber denen*, qui veniunt prenotalis temporibus in criptam gloriose virginis Marie ecclesie sancti Seboldi Nurenbergensis.

Datum ibidem anno domini 1284.

Original-Pergament. Siegel abgefallen. Nur noch die weißroten Fäden vorhanden.

9.   *Heilsbronn 1284, April 26.*

Bischof Reinboto von Eichstätt verleiht allen wahrhaft Reumütigen, die nach abgelegter Beichte an den Marienfesten den Marienaltar in cripta monasterii sancti Sebaldi in Nu^erenberch *in Andacht besuchen, Ablässe von 40 Tagen von den tödlichen und von 100 von den läßlichen Sünden, die Zustimmung des Diözesans vorausgesetzt.*

Datum apud Halsbrvnne anno domini 1284 6. kaln. maji.

Original-Pergament mit an grünweißgelber Wollenschnur anhangendem bischöflichem Siegel.

10.   *Rom 1290.*

Die Erzbischöfe Bonaventura Ragusinus *[Ragusa] und* Petrus Arborensis [*Arborea*], *die Bischöfe* Petronus Larinensis [*Larino*], Guilhelmus Dignensis [*Digne*], Petrus Tirasonensis [*Tarazona*], Jacobus Treventinus [*Trivento*], Theobaldus Canensis [*Canossa*], Guillelmus Callensis [*Cagli*], Marcellinus Turtibulensis [*Tortiboli*], Waldebrunus Avellonensis [*Avellino*], Egidius Urbinas [*Urbino*], Romanus Crohensis [*Croja*], Bonus Johannes Esculanus [*Ascoli*] *verleihen allen Christgläubigen, welche wahrhaft reumütig sind, gebeichtet haben und an einem der vielen namentlich genannten Festtage der Kirche St. Sebald* causa devocionis seu peregrinacionis accesserint aut qui ad fabricam seu reparationem, luminaria, ornamenta uel ad alia necessaria dicte ecclesie manus porrexerint adiutrices *oder in der letzten Not der Kirche von ihrem Vermögen etwas vermachen, Ablässe von 40 Tagen, die Zustimmung des Diözesans vorausgesetzt.*

Datum Rome anno domini 1289[XXVIII] pontificatus domini Nicolai pape quarti anno tertio.

Original-Pergament. Von den ursprünglich zwölf anhangenden Siegeln das zweite abgefallen.

11.   *Rom 1290.*

Dieselben Erzbischöfe und Bischöfe ohne Guillelmus Callensis verleihen allen wahrhaft Reumütigen und Beichtenden, welche den Altar der h. Jungfrau Maria in der Krypta und den des h. Evangelisten Johannes unter dem Lettner (sub pulpito) *in Andacht besuchen und die Messen an diesen Altären hören und diese an deren Patronatsfesten in Andacht oder auf der Wallfahrt besuchen usw. (wie in der vorhergehenden Urkunde) den gleichen Ablaß.*

Datum Rome anno domini 1289[XXVIII] pontificatus domini Nicolai pape quarti anno tertio indictione 3ª.

Original-Pergament mit 13 an rotgelben Seidenschnüren anhangenden, zum Teil nur mehr fragmentarisch erhaltenen Siegeln.

12.   *Ulm 1290.*

Bischof Incelerius von Budua bestätigt in Vertretung des Bischofs von Bamberg einen von sechs Bischöfen zugunsten der Kirche St. Sebald in Nürnberg erteilten Ablaß und gewährt weitere 40 Tage Ablaß von den schweren und ein Jahr von den läßlichen Sünden allen Christgläubigen, welche reumütig und nach abgelegter Beichte ihre Almosen spenden.

Ad ampliorem huius rei certitudinum sigillum nostrum presentibus est appensum.

Datum fehlt.

Original-Pergament mit abhangendem Siegel.

13.   *Bamberg 1291 Dezember 13.*

Bischof Arnold von Bamberg bestätigt sämtliche von katholischen Bischöfen zugunsten der Kirche St. Sebald in Nürnberg erteilten und zu erwartenden Ablässe.

Datum Babenberch anno domini millesimo ducentesimo

nonagesimo primo in die beate Lucie.

Original-Pergament mit abhangendem Siegel.

14. *Bamberg 1298, Juli 3.*

Bischof Leopold von Bamberg bestätigt alle von Erzbischöfen und Bischöfen zugunsten der Kirche St. Sebald in Nürnberg und des Altares der hl. Katharina in derselben erteilten Ablässe.

Presens scriptum super eo dedimus sigilli nostri robore conmunitum. Actum et datum Babenberch anno domini millesimo ducentesimo nonagesimo VIĬI quinto non. julii, pontificatus nostri anno secundo.

Original-Pergament mit anhangendem beschädigtem Siegel.

15. *Anagni 1299, Oktober.*

Die Bischöfe Landulphus von Brixen, Stephanus von Oppido, Nicolaus von Capri, Nicolaus von Turibia und Romanus von Croja verleihen allen wahrhaft Reumütigen, welche nach abgelegter Beichte die Kirche des hl. Sebald jährlich an namentlich genannten Festtagen in Andacht besuchen und Almosen spenden uel quomodolibet de bonis ipsorum pro fabrica, luminariis et aliis dicte ecclesie ornamentis dederint uel miserint seu in extremis legaverint, ac omnibus, qui ter orationem dominicam siue pater noster supra dicte ecclesie cimiterium et pro animabus mortuorum Christi fidelium in eo sepultorum devote dixerint, *einen 40tägigen Ablaß.*

In cuius rei testimonium nostra sigilla duximus presentibus apponenda. Datum Anagnie anno domini millesimo ducentesimo nonagesimo nono mense octobris, pontificatus domini Bonifacii pape octaui anno quinto.

Original-Pergament mit den anhangenden Siegeln der sechs Aussteller.

16. *1303, Juli 25.*

Bischof Petrus von Basel verleiht allen wahrhaft Reumütigen, die nach abgelegter Beichte an namentlich genannten Festtagen am St. Petersaltar im Chor der St. Sebaldkirche das hl. Amt der Messe in

Andacht hören — ad altare sancti Petri in choro ecclesie sancti Sebaldi missarum officia deuote audierint — *einen 40tägigen Ablaß.*

Datum anno domini 1303 octauo kalendis augusti.

Original-Pergament mit an rotweißer Seidenschnur anhangendem Siegel des Ausstellers.

17.   Nürnberg 1307, November 19.

Bischof Wulfing von Bamberg bestätigt sämtliche von katholischen Vätern, Patriarchen, Erzbischöfen und Bischöfen zugunsten der Kirche St. Sebald in Nürnberg erteilten Ablässe.

Datum Nu^eremberch anno domini 1307. XIII. kalen. decembr.

Original-Pergament mit anhangendem Siegel des Ausstellers.

18.   Nürnberg 1309, Februar 14.

Vor dem Schultheißen Sigfrid vom Kammerstein und den Schöffen zu Nürnberg verkauft Friedrich Holzschuher, Gotteshauspfleger bei St. Sebald, ein in Nürnberg bei den Fleischbänken gelegenes, der Kirche St. Sebald gehöriges Haus an Herdegen Holzschuher.

Ich Sifrit vom Kammerstein, der schultheiz, vnd wir di schepphen der stat zu Nu^eremberg veriehen vnd tun kunt offenlich an disen briefe, daz fu^er vns chom in gericht der ersam man her Friederich Holtschuher, des gotshovs ze sente Sebolt phleger, vnd derzevget, als recht was, daz er geheizen wer von den purgern, von dem rate vnd von den schepphen, daz er verkovfen scholt des selben gotshovs gut, swa^e daz wer, durch des newen powes wegen an sente Sebol[t]s kirchen, daz man den dest baz mo^echt volbringen an den apseiten. Vnd do er daz also wol derzevget, do gie dar der selbe her Friederich Holschuher mit gewaltiger hant, als er geheizen was, vnd gab hern Herdegen dem Holschuher vnd sinen erben recht vnd redelich ze kovfen daz aigen, daz des gotschovs ze sente Sebolde was, das da

446

ligt vor der batstuben bi dem fleischpenken an dem ecke, ze rechtem aigen ze habenne ewichlich. Vnd des kovfes sind geladen gezevg her Levpolt Holschuher vnd her Albrecht Ebener. Vnd di sagten auch vf ir ait fu^{e}r vns in gericht, daz her Friedrich Holschuher hern Herdegen dem Holschuher daz vorgenant aigen also ze kovfen hete geben im vnd sinen erben ze rechtem aigen ze habenne ewichlich. Vnd des ze eynem vrkunde, daz sin nicht vergezzen werde vnd auch also furbaz stete blibe, so ist geben mit vrteil von gericht dirre brief versigelt mit des schultheizen insigel vnd mit der stat insigel ze Nu^{e}remberg, di bede dar an hangent. Des sind gezevg di ersam levte her Otte Muffel, her Heinrich Eisfogel, her Heinrich Holschuher, her Heinrich Wigel vnd ander genvg. Der brief ist geben, do man zalt von gots geburt drevzehenhundert iar vnd in dem nev[n]ten iare an sente Valentins tag.

Original-Pergament mit dem Schultheißensiegel und dem Nürnberger Stadtsiegel.

19.   *Mainz 1310, Januar 4.*

Erzbischof P[etrus] von Mainz verleiht allen wahrhaft Reumütigen, welche nach abgelegter Beichte an namentlich genannten Festtagen die Kirche St. Sebald zu Nürnberg in Andacht besuchen und Almosen spenden, einen 40tägigen Ablaß.

Datum Nurenberg anno domini MCCC decimo pridie non. januarii.

Original-Pergament mit anhangendem Siegel des Ausstellers.

20.   *Avignon 1324.*

Die Erzbischöfe Guillermus Soltaniensis [*Saltania*] *und* Andreas Antisbarensis [*Antivari*], *die Bischöfe* Robertus Connerensis [*Connor*], Guillermus Sagonensis [*Sagona*], Gregorius Feltrensis [*Feltre*] et Bellonensis [*Belluna*], Thomas Ythmarensis [*Imeria?*], Venutus Cathacensis [*Catanzaro*], Johannes Rosquillensis [*Roeskilde*], Nicolaus

Dirivascensis [?], Stephanus Lubucensis [*Lebus*], Franciscus Cenetensis [*Ceneda*], Franciscus Ravellensis [*Ravello*], Domnius Cathavensis [*Catharensis = Cattaro?*] *verleihen allen wahrhaft Reumütigen, welche die Kirche St. Sebald an namentlich genannten Festtagen besuchen oder den Leib Christi und das hl. Öl, wenn es zu den Kranken getragen wird, begleiten oder bei den Exequien und Leichenbegängnissen in der Kirche oder auf dem Kirchhofe zugegen sind oder auf dem Sterbebette von ihrem Vermögen der Kirche etwas vermachen oder beim Abendläuten kniefällig dreimal ein Ave Maria beten,* necnon qui ad fabricam, luminaria, ornamenta et alia dicte ecclesie necessaria manus porrexerint adjutrices, *für jedes Mal einen 40tägigen Ablaß.*

In cuius rei testimonium presentes litteras sigillorum nostrorum iussimus appensione muniri. Datum et actum Auinione anno a nativitate domini millesimo trecentesimo vicesimo quarto indictione septima, die [*Lücke*] mensis [*Lücke*] sanctissimi patris et domini nostri Johannis, diuina prouidencia pape XXij. amen.

Original-Pergament. Von den 13 Siegeln nur noch 8 an Seidenschnüren anhangend.

21.   Rom 1333, März 26.

Die Bischöfe Jacobus von Metz, Jacobus von Castro, Benedictus sancte Prisce *und* Thomas Lauerienis [*Lavaur?*] *verleihen den gleichen Ablaß unter denselben Voraussetzungen.*

Datum Rome in palatiis nostris anno domini millesimo trecentesimo tricesimo tertio pontificatus domini Johannis, pape 22., mensis martii die 26., indiccione prima.

Original-Pergament. Von den an weißblauen oder weißbraunen Seidenschnüren anhangenden Siegeln die beiden ersten zerbrochen, die andern abgefallen.

22a.   Rom 1336, März 21.

Die Bischöfe Johannes von Anagni, Jacobus von Castro, Franciscus von Castellana und Thomas Laueriensis [*Lavaur?*]

verleihen auf Bitten des Konrad Cres [*Kreß*] *von Nürnberg den gleichen Ablaß.*

Datum Rome in palaciis nostris anno domini millesimo 36, mense martii, indictione quarta, pontificatus domini Benedicti 12. pape anno secundo, mensis martii die 21.

Mit den anhangenden Siegeln der vier Bischöfe.

22b.   *1338, März 3.*

Bischof Leopold von Bamberg bestätigt unten an der Urkunde den von den vier Bischöfen erteilten Ablaß.

Datum anno domini 1338, feria secunda ante Kunegundis, beate virginis, in quadragesima.

Original-Pergament mit den anhangenden Siegeln des Bischofs Leopold von Bamberg und der vier ausstellenden Bischöfe, ersteres an einem Pergamentstreifen, die übrigen drei an blaubraunweißen Seidenlitzen. Die drei letzteren stark beschädigt.

23.   *1337, Mai 26.*

Die Bischöfe Alamannus Luanensis, Petrus Calliensis [*Cagli*], Johannes Bregerensis [*ob Bracharensis = Braga in Spanien?*], Andreas Coronensis [*Coron*], Petrus Montismaranus [*Montemarano*], Nicholaus Nazariensis [*Nazareth*], Vincencius Perensis [*Perri*], Raymundus Cathaniensis [*Catania*], Sergius Pollensis [*Pola*], Jacobus de Vallona [*Valanea*], Bernardus Ganensis [*Ganos in Thracien*] *und* Paulus Fulginensis [*Foligno*] *verleihen den gleichen Ablaß unter den fast gleichen Voraussetzungen. Es heißt nach der Anführung der zum Ablaß berechtigenden Feiertage*: causa deuocionis, oracionis aut peregrinacionis accesserint, seu qui missis, predicacionibus, matutinis, vesperis aut aliis quibuscumque diuinis officiis ibidem interfuerint aut corpus Christi etc.

Datum Avinione 26. die mensis maii anno domini 1337 et pontificatus domini Benedicti, pape XII., anno tertio.

Original-Pergament mit an grünen Seidenschnüren anhangenden

Siegeln, ursprünglich 12, von denen das erste abgefallen und die übrigen mehr oder weniger beschädigt sind. Durch Randmalereien verziert. Oben in der Mitte Christus mit erhobenen Fingern, links davon Petrus, rechts Paulus, weiter links der hl. Laurentius, Maria mit dem Christuskinde auf dem Arme, neben ihr ein Betender knieend. Die drei letzten Personen in ganzer Figur. Unter den Betenden am Rande links ein Bischof (Nikolaus?), ebenso rechts ein Heiliger mit aufgerafftem Gewande [Johannes Baptista]. Das Ganze in Deckfarben gemalt.

24. Rom 1343, April 9.

Die Bischöfe Raymundus von Rieti, Angelus von Viterbo und Toscanella, Jacobus von Castellacio und Jacobus von Nepi verleihen auf Bitten des Nürnberger Bürgers Konrad Cresse den gleichen Ablaß unter den gleichen Voraussetzungen und Bischof Leopold von Bamberg bestätigt denselben.

Datum Rome in palatiis nostris anno domini millesimo 343, indictione 11., mensis aprilis die 9., pontificatus domini Clementis pape VI. anno eius primo.

Original-Pergament mit fünf anhangenden Siegeln. Die der ausstellenden Bischöfe an weißbraunen blaugeränderten Seidenborten, das nachträglich angehängte Siegel des Bischofs Leopold von Bamberg an einem Pergamentstreifen.

25a. Rom 1343, April 9.

Die Bischöfe Johannes von Bagnorea, Mannus von Amelia und Nicolaus von Orti verleihen auf Bitten des Nürnberger Bürgers Sifrid Schürstab den gleichen Ablaß wie in der Urkunde vom 26. März 1336.

Datum Rome in palatiis nostris anno domini millesimo 350, pontificatus domini Clementis pape sexti, indictione tertia, mensis [Lücke], anno eius octavo.

25b. 1353, August 24.

Bischof Leopold von Bamberg bestätigt unter obiger Urkunde diesen Ablaß.

Datum anno domini millesimo 353 in die sancti Bartholomei apostoli.

Original-Pergament mit den an weißbraunen (ursprünglich weißroten) Seidenborten anhangenden Siegeln des Bischofs von Bamberg und der drei italienisnen Bischöfe, von denen das zweite und vierte beschädigt sind.

26. *Altenburg 1356, Juni 10.*

Bischof Leopold von Bamberg bestätigt alle von Erzbischöfen und Bischöfen zugunsten der Kirche St. Sebald in Nürnberg und des Katharinenaltares in derselben erteilten Ablässe.

Actum et datum castro nostro Altenburg anno domini millesimo trecentesimo quinquagesimo sexto feria sexta proxima ante festum penthecostes.

Original-Pergament mit dem anhangenden Siegel des Ausstellers.

27. *Altenburg 1358, Februar 23.*

Bischof Leopold von Bamberg verleiht allen wahrhaft Reumütigen, die nach abgelegter Beichte der Pfarrkirche St. Sebald in Nürnberg, que reformacione seu reedificacione indiget necnon in libris, calicibus ceterisque ecclesiarum ornamentis defectus manifestos patitur nec ipsi ecclesie pro restauracione predictorum sufficiunt proprie facultates, nisi deuotorum hominum piis subsidiis adiuuetur, *ihre Almosen spenden, Liebesgaben darreichen und ihre hilfreiche Hand bieten, 40 Tage Ablaß der schweren und ein Jahr der läßlichen Sünden und verzeiht* vota fracta, si ad ea redierint, peccata oblita, si memores fuerint, confiteantur, offensas patrum et matrum, si absque enormi fuerint lesione, juramenta non corporaliter, sed ex animi leuitate prestita. *Er befiehlt den Rektoren der Kirchen und Kapellen, daß sie den Boten von St. Sebald, der in den Kirchen, Kapellen und den ihnen zustehenden Orten Almosen heischt, treulich bei ihren Untergebenen fördern und nicht einen Teil der Almosen von ihm erpressen.*

Datum Altenburch anno domini millesimo trecentesimo quinquagesimo octavo, feria sexta proxima post dominicum inuocavit.

Original-Pergament mit dem anhangenden Siegel des Ausstellers.

28. *Avignon 1360, Mai 3.*

Die Bischöfe Raphahel Archadiensis [*Arkadi*], Francisus Lapsacensis [*Lampsacus*], Girardus Arrigensis [*ob Ariensis, Ario?*], Albertinus Surmanensis [*Sirmium*], Lazarus Botrociensis [*Butrinto, Vucindro*], Johannes Veglegensis [*Veglia*], Johannes Agitonensis [*Agadonensis = Ardferten (Kerry) in Irland*], Andreas Balazensis [*Balezo*], Petrus Calligencis [*Cagliari*], Intardus Tartopolensis [*Tortiboli*], Avancius Sanxensis [*?*], Johannes Tarmopolensis [*ob Termolensis, Termulanus (Termoli)?*], Franciscus Huroensis [*?*], Johannes Curoensis [*?*], Johannes Carminensis [*Carmium*], Bertoldus Cisopolensis [*Sizebolu*], Augustinus Salubrensis [*Soliwri*], Philippus Lauadensis [*?*], Ricardus Naturensis [*Athyra in Thrazien*] *verleihen allen wahrhaft Reumütigen, die nach abgelegter Beichte an namentlich angeführten Tagen* ergastulum uel altare ibidem, quod est consecratum in honore omnium animarum sub turri in ecclesia sancti Seboldi in Nurenberch *in Andacht besuchen oder an anderen angeführten Gottesdiensten teilnehmen und besondere Gebete und fromme Werke verrichten*, necnon, qui ad fabricam dicti ergastuli seu altaris luminaria, libros, calices seu queuis alia ornamenta manus porrexerint adiutrices ac qui eidem ergastulo seu altari aurum, argentum uel aliquid suarum facultatum in suis testamentis uel extra donauerint seu donari procurauerint et qui pro salubro statu domini episcopi Babenbergensis et pro Seyfrido Mavrer, ciuis in Nvrenberch, impetratoris seu prouisoris dicti ergastuli, et qui pro animabus vxoris legitime et liberum suorum et qui pro Vlrico Weylerio presbytero uel qui missam huius uel horas canonicas audierit, qui hanc litteram portauerit et ordinauerit Auinione, *einen 40tägigen Ablaß von den schweren Sünden.*

Datum Avinione anno domini millesimo trecentesimo sexagesima, tertia die mensis maii, pontificatus domini nostri innocencii, pape sexti anno octavo.

Original-Pergament mit 20 anhangenden Siegeln, sämtlich stark beschädigt. Die Urkunde ist auf den Seiten und oben links und unten rechts von Weinlaub mit Trauben umrahmt, eine etwas unbeholfene aber doch charakteristische Malerei. Die erste Zeile: Uniuersis sancte matris ecclesie *in verlängerter Schrift, der Buchstabe N in Uniuersis und die Anfangsbuchstaben S, M, E in roter Farbe ausgeführt, die Initiale U aber durch eine Maria-Schutz mit den armen Seelen unter ihrem Mantel ausgefüllt. Zwischen den Worten* Uniuersis *und* sancte: *der hl. Sebald, nach* sancte: *der hl. Petrus und nach* matris: *der hl. Leonhard.*

29.   *Altenburg 1360, Mai 6.*

Bischof Leopold von Bamberg gestattet den Umtausch eines Hauses am Friedhof von St. Sebald im Eigenbesitz des Egidienklosters gegen ein Haus des Kirchenvermögens St. Sebald bei den Fleischbänken.

Datum Altenburch feria quarta proxima post Walpurgis anno domini millesimo tricentesimo sexagesimo.

Original-Pergament mit anhangendem Siegel.

30.   *1360, Dezember 15.*

Papst Innozenz VI. verleiht zugunsten der Pfarrkirche St. Sebald, quam venerabilis frater noster Lupoldus, episcopus Bambergensis, et nonnulli comites, barones et nobiles illarum parcium ac delecti filii magistri ciuium, consules totaque communitas dicte ville ad honorem dei et eiusdem confessoris de bonis propriis sollenniter construxisse et competenter dotasse..... dicuntur, *einen jährlichen Ablaß von einem Jahr und 40 Tagen an namentlich genannten Festtagen.*

Datum Avinione XVIII. kalendas januarii, pontificatus nostri anno octauo.

Original-Pergament mit an gelbroten Seidenfäden anhangender päpstlicher Bulle.

31. *Altenburg 1362.*

Bischof Leopold von Bamberg verleiht den wahrhaft Reumütigen und Beichtenden, qui ad novam structuram parrochialis ecclesie sancti Sebaldi in Nûrenberg suas largiti fuerint elemosinas necnon eidem caritativa subsidia et manum porrexerint adiutricem quique eciam personaliter laboraverint in eadem, *einen Ablaß von 40 Tagen der schweren und von einem Jahre der läßlichen Sünden.*

Datum Altenburg anno domini 1360 secundo.

Original-Pergament mit anhangendem Siegel.

32. *Nürnberg 1364, April 30.*

Revers des Pfarrers Albert Krauter, den Friedhof von St. Sebald nicht gegen das Rathaus zu erweitern.

Nouerint vniuersi presencium inspectores, quod ego Albertus dictus Kravter, plebanus ecclesie parrochialis sancti Sebaldi opidi in Nuremberg Bambergensis dyocesis. Licet gracia dei ac erogacione elemosine a piis fidelibus et precipue parrochianorum meorum ac aliorum incolarum dicti opidi ecclesia mea prefata aucta sit secundum longitudinem per edificacionem noui kori, inter quem korum et domum olim Chunradi dicti Zenner, nunc vero Johannis Ebner, est quoddam spacium siue planicies empta de bonis ecclesie mee predicte et eidem debita excepto vno spacio vie publice, que ab antiquo in medio predicte planiciei solita et debita erat esse, et in eadem planicie cimiterium reuerendi in Christo patris ac domini mei domini... episcopi Bambergensis ac opidanorum sepedicti opidi consensibus accedentibus posset augeri. Tamen quod predicta planicies est satis modica, in quantum pertinet ecclesie mee, et ex opposito est pretorium et domus multe, in quibus continue sunt habitatores honesti et nonnunquam principes, duces, barones et nobiles aduene, quibus horror posset insurgere, si in sepedicta planicie eis tam vicina corpora mortuorum sepelirentur, nomine mei ac ecclesie mee prefate annui et volui ac presentibus ordino et volo, vt eadem planicies ad cimiterium non conuertatur nec dedicetur, sed antiquum cimiterium, quo ad istum respectum in suis finibus sit et maneat, donec ego vel alter meus successor et consules opidi antedicti aliter duxerint simul ordinandum. Volo tamen, quod sepedicta planicies via publica, que per eam transire ad cimiterium debet, excepta, quo ad proprietatem et omnem vsum ac comodum, si quod exinde euenire posset, pertineat, prout de iure debet, ad ecclesiam meam supradictam. Et hec omnia per reuerendum in Christo patrem ac dominum meum dominum Fridericum, dei gracia dignum episcopum ecclesie Bambergensis, desidero et exopto confirmari. In quorum testimonium presentes sigilli mei munimine consignaui. Datum Nuremberg anno domini millesimo trecentesimo sexagesimo quarto in vigilia apostolorum beatorum Phylippi et Jacobi.

Unten oberhalb des Bugs von anderer Hand, aber ziemlich gleichzeitig: Consimilem litteram habent ciues sub sigillis pendentibus domini episcopi et plebani.

Original-Pergament mit dem anhangenden Siegel des Pfarrers Albert von St. Sebold [Pfarrsiegel].

Stadtarchiv Nürnberg. Abgedr. Städtechroniken. I, 422 ff.

33.   *Bamberg 1370, Juli 3.*

Bischof Ludwig von Bamberg bestätigt auf Bitte des Berthold Teufel die von dessen Vater Konrad, Bürger zu Nürnberg, gestiftete Pfründe auf dem Marienaltar in der Krypta von St. Sebald zu

Nürnberg — quoddam altaris seu prebende beneficium in altari eiusdem beatissime Marie virginis sito in cripta parrochialis ecclesie sancti Sebaldi — *und befreit sie von aller Last weltlicher Gewalt.*

Datum et actum Bamberge anno domini 1370 feria quarta post diem beatorum Petri et Pauli apostolorum.

Original-Pergament. Siegel abgefallen.

34.   *Nürnberg 1379, Juni 5.*

Kardinal Pileus verleiht — cum igitur dilectus in Christo magister fabrice ecclesie sancti Sebaldi Nurembergensis Bambergensis diocesis totaque communitas ibidem ad ipsam ecclesiam Nurembergensem specialem gerant deuocionem et affeccionem ipsamque reparare et sustentare, sicut accepimus, intendant, ad cuius perfeccionem eiusdem ecclesie non suppetunt facultates sintque ad hoc Christi fidelium suffragia necessaria et eciam oportuna — *allen wahrhaft Reumütigen und Beichtenden, welche die Kirde St. Sebald an besonders genannten Festtagen besuchen und hilfreiche Hand bieten, Ablässe von einem Jahr beziehungsweise von 100 Tagen.*

Datum Noremberg dicte diocesis nonis junii pontificatus sanctissimi in Christo patris et domini nostri domini Vrbani, divina providencia pape VI., anno secundo.

Original-Pergament mit an verblichener (ursprünglich roter) Kordel anhangendem Siegel.

35.

Pau der türn zu sand Sebolt de anno 1481 in annum 1490.[XXIX]

Datum Noremberg dicte diocesis nonis junii pontificatus sanctissimi in Christo patris et domini nostri domini Vrbani, divina providencia pape VI., anno secundo.

Erhöhung beder türn Sebaldi. Kirchenmaister Sebolt Schreyer, angefangen anno domini 1481, volbracht anno domini 1499.[XXX]

1481. Item nach dem als man zalt von Cristi unseres lieben herren geburt vierzehenhundert und im ainundachzigisten jar, in ainem erbern rat verlassen ist, beide türn des gotzhauß der pfarrkirchen zu sand Sebolt zuerhöhen vnd zuverneuen, also und daruff sind dieselben mit gepeuen fürgenommen worden, und wie wol die vor und ee dann Sewolt Schreyer zu kirchenmaister gesetzt ist und nemlichen bei Hansen Haller, dazumalen kirchenmaister, zupauen angefengt sind, so ist doch solicher bau durch und bei dem gemelten Schreyer volbracht und verrechet worden. Demnach hat er zu jüngst den ganzen pau, als der zu ende kummen ist, zu allen seinem einnemen und ausgeben in ain rechnung gebracht und gezogen, alles, wie hernach begriffen ist. Und zu denselben zeiten sind oberst hauptleut diser stat Nurmberg gewesen her Ruprecht Haller, der alt, zu der zeit auch oberster pfleger des gemelten goczhaus, her Niclas Groß, der alt, und her Gabriel Nüczel.

Item demnach und erstlich ist beschriben und verrechnet das einnemen soliches paus in mainung, so hernach volgt:

Bl. 10': Summa summarum, das ich uberal eingenommen hab, als davor geschriben stat.

Item aus der losungstuben entlehnet	novilb	10.187 β	4 hlr.	—	
Item aus allerlei zeg gelöst	„	1057 „	14 „	8	
Item von geschicken und almusen	„	184 „	14 „	2	
Item von der kirchen gelt dar zu eingenommen	„	774 „	12 „	1	
Summa alles einnemens	„	12204 „	4 „	11	

Bl. 122': Summa summarum, das ich uberal ausgeben hab, als davor beschriben stet.

Item maister Ekarius,	novilb	52 β 10 hlr.	—

457

zimmerman	novilb	52 β 10 hlr. —	

Item den zimmergesellen ausgeben	„	816	„ 16	„	—
Item maister Hainreichen Kugler, steinmeczen	„	145	„ 18	„	—
Item den parlieren hab ich ausgeben	„	39	„ 10	„	—
Item steinmeczengesellen	„	1584	„ 10	„	2
Item hantlangern oder taglonern	„	346	„ 1	„	—
Item deckern und iren gesellen	„	47	„ 4	„	8
Item klaibern und iren gesellen	„	11	„ 4	„	10
Item tunchern und iren gesellen	„	6	„ 8	„	6
Item dem kirchner hab ich ausgeben	„	34	„ 10	„	—
Item schreinern	„	16	„ 6	„	2
Item glasern	„	7	„ 9	„	2
Item fur den ofen von kupfer	„	60	„ 6	„	—
Item fur den schlot von kupfer	„	34	„ 18	„	10
Item fur die rinnen von kupfer	„	42	„ 18	„	—
Item kandelgiessern	„	4	„ 15	„	10
Item rotschmiden	„	17	„ 16	„	—
Item trechslern	„	1	„ 14	„	8
Item wagnern	„	4	„ 1	„	—
Item putnern	„	3	„ 10	„	—
Item segern	„	15	„ 10	„	4
Item sailern ausgeben	„	187	„ 5	„	10
Item maister Erharten, schmid	„	138	„ 19	„	2
Item maister Niclasen Greiner, schlosser	„	113	„ 19	„	6

schlosser	„	11	„ 17	„	10
Item maister Matenckhofer, schlosser	„	43	„ 18	„	—
Item maister Peteter, statschmid	„	17	„ 16	„	8
Item Hansen Pulman, hammerschmid	„	69	„ 6	„	8
Item Wilbolten Plancken, eisenmann	„	70	„ 15	„	4
Item Gorgen Köppel, eisenmann	„	36	„ 12	„	—
Item für allerlei ander eisenwerk	„	30	„ 1	„	8
Item schleifern ausgeben	„	2	„ 3	„	2
Item fur pretter	„	134	„ 14	„	2
Item fur thillen	„	9	„ 12	„	4
Item fur allerlei holzwerk	„	360	„ 2	„	6
Item fur reuhelbergstein [Reuhelberg im Lorenzerwald bei Steinbrüchlein]	„	1012	„ 5	„	2
Item fur kornpergstein [bei Kornburg]	„	14	„ 14	„	8
Item fur ziegelstein	„	54	„ 1	„	10
Item fur kalk ausgeben	„	57	„ 8	„	8
Item fur parstein [Gips] ausgeben	„	—	„ 13	„	8
Item fur harz ausgeben	„	—	„ 8	„	10
Item fur öl ausgeben	„	6	„ 7	„	—
Item fur unslit, schmer und schmir	„	2	„ 6	„	3
Item kernern von kot, sand und ziegel zu fürn	„	86	„ 14	„	—
Item fur allerlei uncost	„	32	„ 8	„	4
Item fur voraus und trinkgelt	„	17	„ 11	„	10

Item fur voraus und trinkgelt	„	17 „ 11 „ 10		
Item von turndeckers arbeit zuwegen tragen und zufürn	„	12 „ 18 „ 10		
Item des turndeckers belonung von beiden türn	„	490 „ 4 „ —		
Item fur plei ausgeben	„	12 „ 16 „ 4		
Item fur zin ausgeben	„	3157 „ 6 „ 10		
Item fur die eisine spieß oder spicz ausgeben	„	25 „ 10 „ 10		
Item fur die kupferin knöpf	„	55 „ 12 „ 8		
Item dem goldschmid die knöpf zu vergulden	„	252 „ 6 „ —		
Item fur die fannen	„	12 „ 7 „ —		
Item den malern	„	10 „ 11 „ 2		
Item fur di orglogken [Schlaguhr]	„	2221 „ 7 „ —		
Item von der orglogken zu fürn und zu heben	„	9 „ 19 „ —		
Item fur das schlahwerk ausgeben	„	131 „ 4 „ —		
Item fur den wecker der turner ausgeben	„	5 „ 17 „ —		
Summa alles ausgeben	„	12204 „ 4 „ 11		

S. 124: Item die vorgemelt summa ist ausgeben und verpaut worden in sechs jaren und in jedem derselben jar ausgeben, wie hernach:

Item im 81. jar ausgeben novilb	72 β 15 hlr. —			
Item im 82. jar ausgeben	„	2537 „ 10 „ 10		
Item im 83. jar ausgeben	„	5680 „ 19 „ 7		
Item im 84. jar ausgeben	„	3778 „ 15 „ 4		

Item im 86. jar ausgeben   „   35 „ 6 „ 8

Summa   „   12204 „ 4 „ 11

Item zuwissen, das die obgemelt verpaut summa der 12.204 lb. novi 4 β 11 hlr. zu gold angeschlagen und 2 lb. novilb 2 β, das ist 8 lb. alt 12 ꝺ fur 1 guldin reinisch landswerung, inmassen der guldin rinisch zu den selben zeiten golten hat, gerechet, bringt oder tut 5811 gulden rinisch landswerung und 11 β in gold.

1489 wird der südliche Turm neu mit Zinn und Blei gedeckt.

Bl. 126': Losungstuben und sunst.

Summa summarum, das ich uberal eingenommen hab, als obgeschriben steet, tut novilb 1406 β 4 hlr. —.

Bl. 135': Summa summarum, das ich uberal ausgeben hab, als davor geschriben steet.

Item zu abdecken des zins und pleis	novilb	13	β	—	hlr.	—
Item gewicht und brob des abgedeck[t]en zins	„	2	„	1	„	2
Item gewicht des abgedeck[t]en pleis	„	—	„	12	„	8
Item zimergesellen zu rüsten	„	28	„	1	„	4
Item zimergesellen abzurusten	„	13	„	14	„	8
Item holzwerk zu dem gerüst	„	24	„	19	„	—
Item fur mit rustholz und prettern	„	1	„	3	„	—
Item allerlei uncost	„	10	„	1	„	10
Item neuerkauft zin	„	963	„	6	„	4
Item neuerkauft plei	„	51	„	15	„	6
Item maister Ulrichs arbait mit giessen des zins	„	7	„	13	„	10
Item maister Ulrichs arbeit mit giessen des pleis	„	2	„	4	„	8

giessen des pleis

Item belonung maister Ulrichs	„	262 „ 10	„	—
Item für nägel ausgeben	„	25 „ —	„	—
Summa alles ausgebens	„	1406 „ 4	„	—

Item zu wissen, das die obgemelt verpaut summa der 1406 lb. novi 4 hlr. zu gold angeschlagen und 2 lb. novi 1 β 8 hlr., das ist 8 lb. alt 10 Ꝺ fur 1 guldin r. landswerung, inmassen der guldin zu denselben zeiten golten hat, gerechet, bringt und tut 674 guldin rinisch landswerung 19 β 6 hlr. in gold.

1490 Eindecken des nördlichen Turmes.

Bl. 136': Losungstuben und sunst:

Summa summarum, das ich uberal eingenommen hab, als obgeschriben stet, tut novilb 312 β 10 hlr. —.

Bl. 144': Summa summarum, das ich uberal ausgeben hab, als davor geschriben stet.

Item zu abdecken des zins	novilb	12 β 10 hlr.	—			
Item gewicht und brob des abgedeckten zins	„	— „	9	„	2	
Item zimmergesellen zu rüsten	„	34 „	4	„	8	
Item zimmergesellen abzurusten	„	13 „	2	„	—	
Item holzwerk zum gerüst und andern	„	3 „	5	„	—	
Item fur mit rüstholz und andern	„	2 „	—	„	—	
Item für nägel ausgeben	„	18 „	7	„	6	
Item schlossern ausgeben	„	3 „	12	„	2	
Item sailern und schreinern ausgeben	„	8 „	6	„	10	
Item allerlei uncost	„	9 „	10	„	6	
Item maister Ulrichs arbeit mit giessen des zins	„	110 „	7	„	—	

Item maister Ulrichs arbeit mit giessen des pleis	„	—	„	1	„	4

Item belonung maister Ulrichs „ 197 „ 10 „ —

Summa alles ausgeben „ 310 „ 18 „ 8

umgewandelt in fl. rhein.: 149 fl. 5 β in gold [2 lb. n. 1 β 8 hlr (8 lb. alt 10 d) = 1 fl. rh. Landeswähr.].

145[b]: Item so die rechnung mit dem tecken beder turn erschaut werden, so erfindet sich, das Cristof Lilgenweis dem goczhaus am giessen des zins und tecken der türn mit seiner untreu schaden zugefügt hat, nemlich am ersten turn am zin bei oder ob 142 guld. rh. und am plei ob 12 fl. r., ut fo. 128 hievor begriffen.

Wer an dem andern turn ob 278 fl., ut fo. 138 hievor begriffen. Summa 432 fl. rh. ausserhalb des schadens, so auf die gemelten turn gangen ist, die anderwaid zu decken.

Obwohl ihn der Rat im Loch gefangen setzte und mit ernstlicher Frage angriff, benannte er doch nicht mehr als 56 fl. rh. Da man damals von dem großen Schaden keine Kenntnis hatte, wurde er auf Fürbitte von Bamberg und anderen Enden ausgelassen, doch sollte er solchen bekannten Schaden an St. Sebald und 10 fl. an St. Lorenz ausrichten, wofür sein Vater und Weib Bürge wurden, laut Gerichtsbuch Cons. D. fol. 285 (auch an dieser Stelle eingetragen). Sabbato post Francisci anno 86.

Item und als aber der obgemelt Lilgenweis gehort und vermerkt hat, daß der erst turn anderwaid zudecken maister Ulrichen Hubner von Bamberg verlassen und im entwert worden was, hat er sich vor und ee man den abgedeckt hat, von hinnen getan, villeicht aus ursachen, das er sich besorgt hat, so man sein untreu dermaß und so groß erfinden wurd, er mochte wider angenommen und nach seinem verdienen gefertigt werden.

146[b]: Suma was der ganz pau cost hat.

Die Seiten 146[b]-149[b] enthalten nur Zusammenstellungen der vorerwähnten Einnahmen und Ausgaben.

Kgl. Kreisarchiv Nürnberg.

36.

Bedenken, welcher gestalt der chor und umbgang uf sant Sebalds kirchen möcht zu pessern sein.

Actum den 27. maij 1561.

Kgl. Kreisarchiv Nürnberg. Abgedruckt in den Mitteilungen des Vereines für Geschichte der Stadt Nürnberg, VIII, 246 ff., wo auch noch zwei einschlägige Ratsverlässe und der kurze Bericht aus den Annalen des Ratschreibers Johannes Müllner wiedergegeben sind.

37.

A c t a   d i e   S e b a l d e r - K i r c h - T h u r n - R e p a r a t u r b e t r . V o n a 1769 in 1770.

25. März 1768: Relation über den Befund des schadhafften Thurns an der St. Sebalds Kirch. *Besichtigung des Turmes am 23. März 1768 durch Scholarch Paul Karl Welser mit dem Stadtalmosenamtspfleger Volckamer, Bauinspektor Stettner und Almosenamtszimmermeister Schwammbach. Der Dachstuhl des Helmes war, sowohl „Geschwölle" wie „Legsparren" zum großen Teil zusammengefault.*

Das Waldamt Laurentii und das Sebaldi werden vom Stadtalmosenamt ersucht um

1. 21. $\frac{\text{März}}{1768}$ 20 Stämme [Laurentii]

2. 7. $\frac{\text{April}}{1768}$ 8 Eichen [Laurentii]

3. 2. $\frac{\text{August}}{1768}$ 3 Eichen je 24 Schuh lang [Sebaldi]

4. 5. $\frac{\text{Mai}}{1769}$ 4 {fichtene Baumstämme 80 Schuh lang Gratsparren

fichtene Baumstämme je 50 Schuh lang, 10 Zoll

4 fichtene Baumstämme je 50 Schuh lang, 10 Zoll
im Quadrat zu Schiftsssparren [Laurentii].

1769 Mai 24.: *Das Stadtalmosenamt ersucht*:

Das löbl: Rugs Amt wird hiemit höfl. requirirt, denen Geschwornen der Flaschnerprofession zu intimiren, daß von denen auf der Herberg ankommenden und Arbeit suchenden Gesellen dem Flaschner Grübel Meldung getan werde, um einen tüchtigen Pursch, der zu der Sebalder-Kirch-Thurn-Reparatur zu gebrauchen ist, aussuchen zu können.

1769 Juli 19. schießt das Landalmosenamt 1000 fl. vor.

1769 November 7. schießt das Landalmosenamt 1500 fl. vor.

Vom Dezemzer 1769 liegt eine Liste vor, enthaltend die Berechnung der bisherigen Kosten und ein Verzeichnis des verwendeten Baumaterials:

Berechnung

des Sebalder Kirchthurmsbaues vom 24. Octobris 1768 biß 2. Dec. 1769, sowohl was an Taglohn und Meisterconti, als auch an Baumaterialien ausgeleget und verbraucht worden ist.

Denen Zimmerleuten vom 24. October bis 19. November 1768 für Taglohn	fl.	37	23	—
Vom 3. April 1769 bis 2. Decber 1769 für Taglohn denen Zimmerleuten, Flaschner- und Tünchersgesellen samt Meistergebühr bezahlt	„	1477	11	—
Dem Meister Schwambach Douceur	„	11	—	—
Denen Zimmergesellen und Tünchern Trankgeld	„	10	—	—
Für 29 Fuhren à 24 kr. dem Kärner	„	11	36	—
Dem Wagner für 2 Leitern	„	3	—	—
Dem Seiler für das Seil und Stangen	„	183	53	—

Dem Schlosser Bauer für Arbeit	„	88 48	—

Dem Schlosser Bauer für Arbeit „ 88 48 —

Den beeden Waldämtern Laurenzii et Sebaldi
für 8 Eichen und 20 Stämm, Holzpfandung, „ 67 44 2
Fuhrlohn, Anweis und Trankgeld

Dem Waldamt Laurenzii für 8 Fiechten zu
denen 4 Grad- und 4 Schiftsparren Fuhrlon „ 38 30 —

Dem Schmid Klöpfel für Arbeit „ 36 25 —

Dem Flaschner Griebel für mößinge Haften
und Blei zum Löten „ 103 47 —

Dem Orgelmacher Küttelmann für 284
Blatten zu gießen à 20 kr „ 94 40 —

An erkauften Zinn, nemlich 3 Centner à 50
fl., 2½ Centner à 49 und 14 Centner 47½ lb. à „ 1167 32 2
48 fl.= 19 Ct. 97 lb. u. an Geld

An erkauften Blei, nemlich 2 Centner à 13
und 4 Centner 85 lb. à 12½ = 6 Cent. 85 lb. „ 86 37 2
und an Geld

————————————————

fl. 3586 46 2

Auf zweimal empfangen „ 2500 — —

Mehreres ausgegeben fl. 1086 46 2

Verzeichnus

derjenigen Baumaterialien, welche zum Sebalder Kirchturn
verbraucht worden vom 3. April bis 9. December 1769, als

An Eichen-Holz

8 Fenster-Benke, 3 dreizöllige Stollen, 3 vierzöllige Stollen,
4 Gesims-Hölzer, 176 Bretten zum zu schallen

An weichen Holz

16 Stämm Brettenholz, 16 Stämm Riegelholz, 3 zweizöllige
Dillen, 1 zweizöllige Dille, 9 Schu lang, 4 Gradsparrn von
69 Schu, 4 Schiftsparrn von 50 Schuh, 226 Bretter zum
Rüsten, 109 Latten zum Rüsten, 4 vierzöllige Stollen.

An Eisen und Nägeln

122 Klammern von unterschiedlicher Länge, 42 Rund- und halbköpfige Nägel, 128 Nägel zweierlei Sorten, 25 große Nägel, 20 große Nägel anderer Gattung, 1200 Bodnägel, 500 Biennägel, 700 Rinneneisen, 6400 Schollennägel, 3600 kleine und große Blattennägel, 30 Stück andere, 172 Läut-Sträng, das Gerüst anzubinden.

In diesem Verzeichnis sind die Preise nicht eingesetzt.

Die vorhandenen Mittel von 2500 fl. reichten so nicht aus. Allein das Stadtalmosenamt hatte selbst nichts, und so wandte es sich durch das Losungsamt an derer Herren Aeltern Hochwohlgebornen Herrlichkeiten *am 27. Dezember 1769 und legte die oben stehende Liste bei. An dem langsamen Gange der Arbeit sei die Witterung und die* viele Zeit erforderliche schwere und vierfache Zusammenfügung der Blatten *schuld. Die* gänzliche Blattenzuschlagung *müßte bis künftiges Frühjahr hinausgeschoben werden. Bis jetzt müßten noch 1086 fl. 46 kr. 2 ₰ nachbezahlt werden und für die Vollendung der Arbeit einschließlich von etwa 10 bis 11 Zentner erforderlichen Zinnes wäre noch ein Kapital von 2000 fl. nötig. Dieser Vorschuß könnte vielleicht dem Land Almosamt oder denen sämtlich geistlichen Aemtern per repartitionem abgereichet werden.*

Die vorgeschlagene Repartition wurde durch Ratsverlaß vom 9. Januar 1770 genehmigt.

Repartitio

bezahlt den 17. Februar 1770	Löbl.	Spital- und Kloster St. Catharina	fl. 1200·-
bezahlt den 24. Januar 1770	„	Closter Amt St. Clara	„ 900·-
bezahlt den 3. Februar 1770	„	Landalmoßamt	„ 1000·-
		Stadtalmoßamt	„ 400·-
den 3. Februar 1770	„	Marthaspital	„ 25·-

den 24. Januar 1770 bezahlt	"	Mendel XII- Brüderstiftung	" 400·-
bezahlt den 26. Januar	"	Geistl. Güter auf dem Land	" 500·-
d. 24. Jan. 1770 Jobst- Stiftung zalt			
d. 25. D. 1770 St. Peter u. Paul Stift zalt d. 25. Jan. z. St. Leonh do. St. Joh. u. Sonder Siechen-St.		Vier Siechköbel und Sondersiechen à 30 fl.	" 150·-
1770 d. 24. Jan. zalt		Heil Kreuzstiftung "	25·-

Summe fl. 4600·-

Losungamt den 18. Januar 1770

Städt. Archiv Nürnbeg.

468

Fußnoten:

[XXV] Siehe im übrigen den Schluß der Vorrede.

[XXVI] Statt: in parrochiali ecclesia.

[XXVII] Carina, carena, quadragena, Buße durch 40tägiges Fasten.

[XXVIII] Das dritte Regierungsjahr Papst Nikolaus' IV. reicht vom 15. Februar 1290 bis zum 15. Februar 1291. Auf das Jahr 1290 weist auch dasselbe Regierungsjahr Papst Nikolaus' IV. in Verbindung mit der Rechnung nach der dritten Indiktion hin.

[XXIX] Auf dem Einbanddeckel.

[XXX] Auf dem Vorsetzblatt.

Anmerkungen.

[1] Urkunde Kaiser Heinrichs IV. vom 19. Juli 1062, wodurch er den Kanonikern zu Bamberg den von seinem Vater an Nürnberg übertragenen Markt mit dem Zoll und der Münze an Fürth zurückgibt. Mon. Boic. XXIX, Nr. 406.

[2] Die zuerst von Baader in seinen Beiträgen zur Kunstgeschichte Nürnbergs, I (Nördlingen 1860), S. 49, aufgestellte, dann von der kunsthistorischen Lokalforschung aufgenommene und von dieser in die allgemeine Kunstgeschichte übergegangene Behauptung, die Kirche St. Sebald sei 1256 in ihrem Hauptteile fertiggestellt und geweiht worden, erweist sich als nicht stichhaltig, da dies aus der Ablaßurkunde des Bischofs Heinrich von Bamberg vom 1. Oktober 1256 nicht geschlossen werden darf. Vgl. hierüber außer Baader insbesondere noch Sighart, Geschichte der bildenden Künste im Königreich Bayern, München 1862, S. 235, ferner Schnaase, Geschichte der bildenden Künste im Mittelalter, Düsseldorf 1872, Bd. III, S. 348, B. Riehl, Kunsthistorische Wanderungen in Bayern etc., München und Leipzig 1888, S. 154 und Dehio und Bezold,

Die kirchliche Baukunst des Abendlandes, Stuttgart 1892, 1, S. 500. Beim Dom zu Bamberg, mit welchem St. Sebald in engem baugeschichtlichem Zusammenhang steht, hat man in der Datierung einen ähnlichen Fehler begangen und eine Ablaßurkunde von 1274 dahin gedeutet, als sei zu dieser Zeit noch an der Vollendung des Domes gearbeitet worden. Bezüglich der Einweihungsurkunde vom 17. August 1274 siehe das folgende Kapitel sowie Beilage 4. Den Inhalt der Urkunde vom 1. Oktober 1256 gibt Lang, Reg. B. III, 83, kurz wieder mit: „Henrici episcopi Babenbergensis indulgentiae pro ecclesia parochiali sancti Sebaldi in Nuremberg. Dat. die sancti Remigii (1. Oktober)", spricht demnach nicht von einer Einweihung.

[3] Über die Kapelle St. Peter wurde urkundliches Material nicht gefunden. Nur spätere Chroniken berichten von ihr in der bekannten sagenhaften Art und abweichend voneinander. Über die ehemalige Existenz der Kapelle jedoch — darin stimmen alle Chroniken überein — besteht kein Zweifel. Möglicherweise hat sie an Stelle des jetzigen Peters- oder Westchores gestanden.

[4] Vgl. Otto Schulz, Die romanischen Bauteile von St. Sebald und ihre Instandsetzung, in der Zeitschrift für Bauwesen, Berlin 1908, S. 529 f., sowie bezüglich der während der letzten Restaurierung gemachten baugeschichtlichen Feststellungen: Derselbe, Die Wiederherstellung der St. Sebaldkirche in Nürnberg 1888–1905 in den Mitteilungen des Vereins für Geschichte der Stadt Nürnberg. 1905.

[5] Anderweitiger Schmuck war nur spärlich vertreten. Im Mauerwerk des jetzigen Ostchors befinden sich Steine, welche vom romanischen Bau stammen. Dieselben zeigen den Zahnschnitt. Ein auf dem Dachboden gefundener, jetzt im Lapidarium (ehem. Westkrypta) aufbewahrter Stein hat Flechtwerk.

[6] Für den nachträglichen Anbau der beiden Portale an die Turmhallen hat Prof. Schmitz nachfolgende Gründe geltend gemacht: 1. Das Mauerwerk der Portale hat einen auffallend weiten Vorsprung vor die Mauerflucht der Türme. 2. Der Steinverband zeigt, daß ein organischer Zusammenhang zwischen dem Mauerwerk der Portale und dem der Türme nicht besteht. 3. Das südliche Portal steht nicht in der Achse des alten Seitenschiffes. 4. Die Segmentbögen über den Türöffnungen im Innern haben dieselbe Form wie die der Portale an den gotischen Seitenschiffen. 5. Die Steinquadern der Dachschrägen der Portale haben sich bei der Abnahme anläßlich der jetzigen Restaurierung als auf allen Seiten sauber behauen erwiesen, was nur damit erklärt werden kann, daß sie von einem anderen Bau herrühren. 6. Die Bogenquadern zeigen an den Fugenkanten Beschädigungen, welche nicht auf Verwitterung, sondern auf einen stattgehabten Abbruch oder Transport deuten. 7. Die Profilierung des Dachgesimses ist gotisch. 8. Die Risse im Mauerwerk über den Segmentbögen weisen auf ein späteres Einsetzen der Portale hin.

[7] Weese, Die Bamberger Domskulpturen, Straßburg i. E. 1897, S. 3 ff., und derselbe in der geschichtlichen Einleitung zu Aufleger, Der Dom zu Bamberg, München 1898, hat das einschlägige Urkundenmaterial in der Hauptsache zusammengestellt.

[8][8] Näheres bei B. Riehl, Kunsthistorische Wanderungen durch Bayern, Bayerisch-Schwaben, Franken und die Pfalz, München und Leipzig 1888, S. 50 ff., S. 65 ff. und S. 147 f., und bei Dehio und Bezold, Die kirchliche Baukunst des Abendlandes, Stuttgart 1892, Bd. I, S. 176 ff.

[9] Bei den doppelchörigen Anlagen mit westlichem Querschiff, wie sie den vorhin erwähnten Bauten, den Domen von Mainz und Worms einerseits, dem Augsburger

Dom, St. Emmeram und Obermünster zu Regensburg und dem Dom zu Bamberg andererseits, eigen sind, war der Westchor fast regelmäßig dem hl. Petrus geweiht. Bezüglich der Sage des hl. Sebald siehe die ausführliche Wiedergabe der Legende bei Reicke, Geschichte der Reichsstadt Nürnberg, Nürnberg 1896, S. 20 ff.

[10] Die Kleeblattblendbögen unter den Ostchorfenstern und an den Ostchorschranken des Bamberger Domes bleiben hier außer Betracht, da sie einer viel früheren Zeit, nämlich dem Bau von 1186–1201, angehören.

[11] Die Maße sind selbstverständlich abgerundet. Genau betragen dieselben in Metern ausgedrückt bei Bamberg 24,8 : 12,6 und bei Nürnberg 19,75 : 7.

[12] Dehio und Bezold, a. a. O. 1, 517 ff.

[13] Siehe Städtechroniken: Nürnberg, Bd. I, S. 320. Verschiedene Angaben über die Geschichte des Klosters Ebrach beruhen auf freundlicher Mitteilung seitens des kgl. protestantischen Pfarrers am Zuchthause Ebrach, Herrn Dr. Jäger, welcher inzwischen seine Forschungen über das Kloster in einer umfassenden Arbeit niedergelegt hat: Die Klosterkirche zu Ebrach. Ein kunst- und kulturgeschichtliches Denkmal aus der Blütezeit des Zisterzienserordens. Von Dr. Johannes Jäger. Würzburg 1903, Stahelsche Verlagsanstalt.

[14] Hier muß wiederholt betont werden, daß die Blendarkaden im Bamberger Ost- oder Georgenchor nichts mit denen in Ebrach zu tun haben, da sie einer früheren Zeit angehören. Es ist somit irrig, wenn Weese, Bamberger Domskulpturen, S. 10, sagt, das Innere des Georgenchores bilde mit der Michaelskapelle eine Gruppe, in der durchgehende Züge nicht zu verkennen seien. Es soll damit nicht bestritten werden, daß die ersten Kleeblattblendbögen in Bamberg von Zisterziensern vermittelt wurden, nur war

eben nicht das Ebracher Kloster der Ausgangspunkt.

[15] So M. M. Mayer, a. a. O. S. 5. Nach ihm hätte Friedrich Holzschuher etliche Zinse, von der Kirche an seinen Vater Herdegen Holzschuher verkauft, um die baufällige Kirche — die eine (vielleicht nördliche) Seite war baufällig geworden — mit dem Erlös wieder herstellen zu lassen. Auch Baader, Beiträge, I, 50, sagt, 1309 hätte eine der beiden Abseiten einzufallen gedroht, allein ein edler Bürger, Friedrich Holzschuher, hätte sich mehrerer Güter entäußert und mit dem gelösten Geld den Baufall gewendet. Baader weiß also nicht einmal, daß Friedrich Holzschuher Pfleger bei St. Sebald war und daß er ein Haus, dessen Besitzerin die Kirche war, als Gotteshauspfleger verkaufte. Baader und Mayer scheinen auf die gleiche Quelle, etwa auf eine Chronik, zurückzugehen, da beide von der Baufälllgkeit nur e i n e s Seitenschiffes wissen. Rée, Nürnberg (in den Berühmten Kunststätten, Nr. 5), 3. Aufl. 1907, S. 39 ff. gibt bereits richtig die engen Raumverhältnisse als Grund für den Umbau an.

[16] Siehe Mummenhoff, Altnürnberg (Bayerische Bibliothek, Bd. 22). Bamberg 1890. S. 71 ff.

[17] Vgl. M. von Kramer, Die Umbauten am nördlichen Seitenschiff der Sebalduskirche zu Nürnberg. In der Zeitschrift für Geschichte der Architektur, III. Jahrgang (1909), S. 35 ff.

[18] Städtechroniken, Bd. I, Einleitung; auch für das Folgende.

[19] Mummenhoff, Altnürnberg, Bamberg 1890.

[20] Ablaßurkunde des Bischofs Leopold von Bamberg vom 23. Februar 1358 (nicht 16. Februar, wie in den Städtechroniken, Bd. I, Beil. II, zitiert wird) im K. Bayer. Allgem. Reichsarchiv, St. Sebald Nr. 79: „... (ecclesia) que reformacione seu reedificacione indiget necnon in libris,

calicibus ceterisque ecclesiarum ornamentis defectus manifestos patitur nec ipsi ecclesie pro restauracione predictorum sufficiunt proprie facultates ..." — Ablaßurkunde des Bischofs Leopold von Bamberg vom 21. September 1358 im Reichsarchiv, St. Sebald Nr. 82: „... Cum igitur, sicut accepimus, parrochialis ecclesia sancti Sebaldi predicta in edificiis et aliis ornamentis ecclesiasticis defectus notabiles patiatur nec eidem pro restauracione predictorum proprie sufficiunt facultates ..."

[21] Bischof Leopold von Bamberg gestattet den Umtausch. Urkunde im Reichsarchiv, St. Sebald Nr. 96 vom 6. Mai 1360.

[22] Städtechroniken, I, 353: „Item in derselben jarzal des kunigs gepurt (1361) in demselben sumer da ward sant Seboltz chor angefangen" (Chronik bis 1434) und III, 155: „Auch kürzlich darnach (nach dem Ausbau und der Bemalung des Rathauses unter Ludwig dem Bayern) wart sant Sebolts kor angefangen und etlich grunft [=Gruft] abgetan und geebnet, da nun alter steent" (Meisterlin). Ferner Städtechroniken IV, 126: „In demselben jar (1361) wart sant Seboltz kor angefangen" (Jahrbücher des 15. Jahrhunderts). Vgl. auch Städtechroniken, IV, 61, Anm. 3.

[23] Ablaßurkunde des Bischofs Leopold von Bamberg vom Jahre 1362 im Reichsarchiv, St. Sebald Nr. 100: „... qui ad novam structuram parochialis ecclesie sancti Sebaldi in Nurenberg suas largiti fuerint elemosinas necnon eidem caritativa subsidia et manum porrexerint adiutricem quique etiam personaliter laboraverint in eadem ..."

[24] Städtechroniken, I, Beil. II, wo die Urkunde, Reichsarchiv, St. Sebald Nr. 107, abgedruckt ist. Siehe auch Mummenhoff, Das Rathaus in Nürnberg, Nürnberg 1891, S. 12, wo für „im Osten des Rathauses" „im Westen des Rathauses" zu lesen ist.

[25] Urkunde vom 17. Dezember 1364 im Reichsarchiv, St. Sebald Nr. 109.

[26] Urkunde vom 23. Oktober 1365 im Reichsarchiv, St. Sebald Nr. 115: Bischof Friedrich von Bamberg bestätigt den für den Jakobsaltar präsentierten Vikar Priester Ulrich Kemnater.

[27] Urkunde vom 3. Juli 1370 im Reichsarchiv, St. Sebald Nr. 124, laut welcher Bischof Ludwig von Bamberg die Stiftung einer Pfründe „in altari eiusdem beatissime Marie virginis s i t o i n c r i p t a parrochialis ecclesie sancti Sebaldi" bestätigt.

[28] Siehe die Urkunden im Reichsarchiv, St. Sebald Nr. 125 vom 4. Juli 1370 (Bestätigung einer Pfründe auf den Zwölfbotenaltar), Nr. 128 vom 11. Dezember 1371 („Consens vnd ordinacion der Vörchtelpfrund auf Sant Sebalds altar"), Nr. 129 vom 11. Dezember 1371.

[29] Urkunde im Reichsarchiv, St. Sebald Nr. 152, laut welcher Kardinal Pileus einen Ablaß für die Messe des Marienaltares erteilt.

[30] Urkunde im Stadtarchiv Nürnberg, St. Sebald Nr. 39, 132 vom 20. Dezember 1372: Die Witwe Margareta Has erhält für ihre abgebrochene Brotbank eine andere an einem Pfeiler des St. Sebaldchores unter der Bedingung, den jährlichen Zins wie zuvor an die Deutschherren zu entrichten und für den Fall, daß die Kirchenverwaltung von St. Sebald oder der Rat die Brotbank erwirbt, ihre Rechte für 80 fl. abzutreten. Urkunde ebenda, Nr. 40, 134, vom 15. Oktober 1372: Die Kirchenpfleger von St. Sebald, Michael Grundherr und Heinrich Semler, verpflichten sich, die Brotbänke, welche die Pächter für die abgebrochenen Bänke an den Pfeilern des Sebalduschores erhielten, wenn notwendig, einzulösen.

[31] Urkunde im Reichsarchiv, St. Sebald Nr. 146: „Cum

igitur dilectus in Christo magister fabrice ecclesie sancti Sebaldi in Nurenberg Bambergensis diocesis totaque communitas ibidem ad ipsam ecclesiam Nurembergensem specialem gerant devocionem et affectionem ipsamque reparare et sustentare, sicut accepimus, intendant, ad cuius perfectionem eiusdem ecclesie non suppetunt facultates, sintque ad hoc Christi fidelium suffragia necessaria et etiam oportuna ..." Siehe auch Städtechroniken I, Beil. II. Ferner Urkunde vom 18. Juni 1379 im Reichsarchiv, St. Sebald Nr. 149, laut welcher Kardinal Pileus mehrere Ablässe bestätigt.

[32] Städtechroniken, I, 354: „Item in derselben jarzal (1379) am suntag nach Bartholomei des selben jars da weihet man sant Seboltz chor" (Chronik bis 1434), III, 290: „darnach am suntag noch Bartolomei (1379) ward der neu kor an sant Sebolts kirchen zu Nuremberg geweiht" (Meisterlein). Siehe auch Städtechroniken, I, Beil. II. Bezüglich der Baukosten: Städtechroniken, IV, 126: „Der (sant Seboltz kor) kostet 24.000 gulden on die suppen" (Jahrbücher des 15. Jahrhunderts). Es können natürlich nur Goldgulden gemeint sein.

[33] In verschiedenen Baubeschreibungen der Kirche heißt es: 7 Seiten des Vierzehnecks. Infolge der Unregelmäßigkeiten im Chor führt eine Nachmessung nicht zu einem bestimmten Ergebnis; jedoch spricht die Konstruktion mehr für das Sechzehneck, und dem regulären Achteck des Binnenchores kann auch nur dieses entsprechen.

[34] Die Schautüre wurde erst 1480 ausgebrochen: „Item in dem jar (1480) da macht man die neu kirchtür zu sant Sebolt gegen dem rathaus und hieb pei 14 tagen hindurch." Städtechron. IV, 361 (Jahrbücher des 15. Jahrhunderts).

[35] Hinter der Chorgalerie befand sich rings um das Dach herum ein Gang, von dem aus die Stadtpfeifer bei

festlichen Gelegenheiten spielten: „Und unser pfeifer 3 und 1 pusauner gingen auf sant Sebald kor und pfiffen auf 2 ort zu freuden oben umb den gank" (1433). Städtechron. II, 24 (Endres Tucher). Ferner: „der stat pfeuffer waren auf dem chor sant Sebolt an sant Peter und Paulus tag" — zur Feier des Krönung Sigmunds (in Rom) 1433, Städtechron. IV, 19 (Tuchersches Memorialbuch 1386 bis 1454). — Ob sich die Chorgalerie an der Westwand fortgesetzt hat, ist zweifelhaft. Wenigstens wurden von der alten Galerie, wenn eine solche hier wirklich vorhanden war, Reste nicht aufgefunden. Dagegen ist ein Mauerabsatz vorhanden. Es ist noch zu bemerken, daß die aufgesetzte gotische Giebelwand bedeutend geringere Stärke hat als die alte romanische Querschiffwand.

[36] Dehio und Bezold, Die kirchliche Baukunst des Abendlandes, II, 333 f. Max Bach im Repertorium für Kunstwissenschaft, XXIII, S. 377 ff. — Bei Dehio und Bezold wird der Bau der ganzen Kirche in die Zeit von 1351–1414 gesetzt. Die Inschrift am nördlichen Chorportal spricht aber ausdrücklich von der im Jahre 1351 erfolgten Inangriffnahme des Chorbaues; andererseits besteht über die frühere Entstehungszeit des Langhauses kein Zweifel, dessen Westportal auf Vergleiche mit Eßlingen, Reutlingen und Freiburg hin bestimmt in die zwanziger Jahre des 14. Jahrhunderts zu setzen ist. Die Angabe Bachs, daß in den Jahren 1326 und 1327 Altäre in der Kirche bestanden hätten, beweist für die Entstehungszeit des Langhauses nichts, da dieselben auch in dem damals noch vorhandenen romanischen Chor gestanden haben können, wie ja auch die romanischen Türme an den beiden Langseiten bis zu dem 1497 erfolgten Einsturz beibehalten worden sind.

[37] Das Inventarwerk des Königreichs Württemberg nimmt drei Bauperioden an (Band Neckarkreis, S. 183 f.): 1324–1332 der Chor, 1350–1360 die drei östlichen Schiffjoche

und 1400–1420 die drei westlichen und der Turmunterbau.

[38] Vgl. für das Folgende: Neuwirth, Die Wochenrechnungen und der Betrieb des Prager Dombaues in den Jahren 1372–1378, Prag 1890, und Neuwirth, Peter Parler von Gmünd, Dombaumeister in Prag, und seine Familie. Prag 1891.

[39] Neuwirth gibt in seinen Wochenrechnungen (S. 401) noch das Jahr 1333 als Geburtsjahr des Peter Parler an, entscheidet sich aber in seiner späteren Publikation (Peter Parler und seine Familie) für 1330.

[40] Vgl. vor allem die ausführliche Abhandlung von Albert Gümbel, Meister Heinrich der Parlier der Ältere und der Schöne Brunnen, im 53. Jahresbericht des Historischen Vereins von Mittelfranken (1906). Von besonderem Interesse sind in dieser Abhandlung auch die Ausführungen und Nachweise über das Parlieramt, das Amt des städtischen Parliers („der stat parlirer") im 14. und zu Beginn des 15. Jahrhunderts in Nürnberg.

[41] Es muß hier der Aufsatz von Karstanjen, Zur Verwandtschaft der Gmünder und Prager Meister, Repertorium für Kunstwissenssenschaft XVI, S. 344 ff., erwähnt werden. Karstanjen selbst sagt, daß Heinrich Parler als Angehöriger der Familie Parler auf seinen Familiennamen nicht wohl verzichten konnte, und bestreitet daher die von Neuwirth behauptete Identität des Heinrich Parler mit Heinrich von Gmünd, andererseits aber bezeichnet er ganz gegen diese Auffassung einen Johannes von Gmünd und einen Michael von Freiburg als Mitglieder der Parlerfamilie. Bezüglich des Heinrich Parler, von dem er nicht weiß, wo sein Wirkungskreis vor 1378 lag, kommt er zu dem Schluß, derselbe gehöre der dritten Generation der Parlerfamilie an.

[42] Vgl. Gümbel, a. a. O. S. 77. Thieme und Beckers

Allgemeines Künstler-Lexikon, III.

[43] Chronik bis 1434 (1441). In den Städtechroniken, I, 349. Ferner in der Chronik, XIV½ 106, Manuskripte 52 des Kreisarchives Nürnberg: „Der andere turn an St. Sebalds kirch gegen der vesten oder dem pfarrhof ist gebauet worden anno 1345. Ist zu desselben bedachung gebraucht worden 104 zentner und 79 lb. zinn und 47 centner blei"... Die beiden Angaben differieren also nur in der Anzahl der verwendeten Zentner Blei.

[44] Chronik, XIV½, 106, Manuskripte 52 im Kreisarchiv Nürnberg.

[45] Belege dafür, daß der südliche, also der der Stadt zu gelegene Turm, eine Wächterstube hatte, sind u. a.: Octbr. (1377): „lt. ded. ½ lb. hl. von einem stübel und einem ofen zu pessern uff sand Seboldsturn" [= 2 Fl. 50 Kr, in G. oder 2 Fl. in S.] (Ulman Stromer in Beilage XI B der Städtechron. I, 261). „lt. ded. (1388) dem türner uff sant Sebolts turne 2½ β hl. von dem glokhause zu pezzern, do die orglok in hangt." „lt. ded. ei iterum 8½ β hl. von der orgloken zu pezzern." (Ebenda, I, 268/269). Vgl. auch die Urkunde vom 23. Dezember 1474, Kreisarchiv Nürnberg, S I, L 113, N 17, in welcher der Bischof von Bamberg Absolution für die Sebalder Kirche erteilt wegen auf dem Turm zwischen den Wächtern verübten Totschlags.

[46] So heißt es beispielsweise in der Ablaßurkunde vom 3. Mai 1360: „... ad ergastulum vel ad altare ibidem, quod est consecratum in honore omnium animarum s u b t u r r i in ecclesia sancti Seboldi in Nurenberch ..." Es ist also hier, wie auch anderwärts, nur von e i n e m Turm die Rede.

[47] „Wer sant Sebolcz zben türen gesehen hat, ee sie hoher gepaüt sein worden, das noch nit dreisig jar lang ist, der hat wol gesehen, das sie haüben weis gedegt waren mit zin wie ein pfifferling, das ein gute anzeigüng gab ires

großen alters" Originalhandschrift des Lazarus Holzschuher im Besitze der Freiherrl. von Holzschuherschen Familie, Blatt 113^b, in den Städtechroniken, I, 349.

[48] „In demselben jar (1361) wart sant Seboltz kor angefangen. Der kostet 24.000 gulden on die suppen. und so ist auf dem untern turn 100 und vier zentner zins und 69 lb. und 18 lb. bleis." Jahrbücher des 15. Jahrhunderts in den Städtechroniken, IV, 126/7. Nach der Chronik bis 1434 (1441) in den Städtechroniken, I, 349 soll es der nördliche Turm gewesen sein.

[49] „Desselben jahrs (1447) 24 september decket man sant Sebolts turn mit zin und machet den vergulten knopf darauf." Jahrbücher des 15. Jahrhunderts in den Städtechroniken, IV, 168.

[50] Die Angabe ist insofern unrichtig, als der südliche Turm erst im kommenden Frühjahr abgebrochen wurde: „Item 1482 nach den osterfeirtagen da prach man den untern turn sant Seboltz unterm dach ab und prach 12 wochen daran ab." Jahrbücher des 15. Jahrhunderts in den Städtechroniken, IV, 367. Ferner: „Item adi 27. abrill (1482) prach man den turn gegen der wag ab, als man die alten stain noch sieht." Tuchersche Fortsetzung zu den Jahrbüchern in den Städtechroniken, V, 476.

[51] „Des jars (1482) da ward der unter turn zu sant Sebolt oben erhöht und gemaurt umb Martini und darnach umb pfingsten unten das alt herab gepikt in zwaien körben." Jahrbücher des 15. Jahrhunderts in den Städtechroniken, IV, 368. „Item 1482 jar warn die zwen türn zu sant Sebolt angefangen zu pauen und am 13. tag monats marci hub man an zu fahen stain zu hauen und wart von rats wegen darzu geben die ped herrn die losunger her Ruprecht Haller und her Niclas Groß und Hanns Tucher

der elter am Milchmarckt mit sampt dem kirchenmaister Sebolt Schreier." Aus der Tucherschen Fortsetzung zu den Jahrbüchern in den Städtechroniken, V, 475.

[52] Baader folgt, wie bereits Städtechroniken, IV, 475, Anm. 1, ausführlich nachgewiesen, den Aufzeichnungen des Kirchenmeisters Sebald Schreyer (Kirchenmeister seit 24. September 1482).

[53] Nach Baader bis 1486, Tuchersche Fortsetzung und Chronik im Nürnberger Kreisarchiv XIV½ 106, Manuskripte, 1485.

[54] M. M. Mayer, Die Kirche des hl. Sebaldus, Nürnberg 1831, S. 6.

[55] „Item 1400 und 95 jar da machet man am ersten die virtailorglock auf sant Sebolt turn an sant Francißen obent." Heinrich Deichslers Chronik in den Städtechroniken, V, 584, dagegen: „Anno 1493, hat man auf diesen (untern) thurn ein viertel-stund-glocken gehangen,"… Chronik im Nürnberger Kreisarchiv, XIV½, 106: Manuskripte 52. Weder die eine noch die andere Jahreszahl ist übrigens richtig, es ist vielmehr 1494 zu setzen, wie es auf der Glocke selbst steht und durch die Ratsverlässe bestätigt wird. Vgl. S. 174, Text und Anmerkung. — Auch die 1577 erfolgte Erneuerung der Gänge bezog sich nach jener Chronik im Kreisarchiv nur auf den südlichen Turm.

[56] S. Christian Mayer, Die Stadt Nördlingen, ihr Leben und ihre Kunst im Lichte der Vorzeit, Nördlingen 1876 und 1877, 2, S. 132 ff. Jedoch mit der Berufung Kuglers nach Nürnberg zum Zweck der Vollendung des Augustinerklosters hat Mayer, wie es scheint, unrecht. Denn Mayer berichtet ausdrücklich, daß Kugler anfangs der achtziger Jahre nach Nürnberg ging und aus dieser Zeit ist von einer Vollendung oder sonstigen wichtigeren

Bauvornahmen am Augustinerkloster nichts bekannt. Die Nachricht dürfte demnach auf einem Irrtum, beziehungsweise auf einer Verwechslung beruhen.

[57] Chr. Mayer, a. a. O. 2, S. 131 f.

[58] Tuchersche Fortsetzung der Jahrbücher bis 1469 in den Städtechroniken, V, 505. Die dort beigefügte Anmerkung lautet: In den Band III, 339 ff. angeführten Schreyerschen Handschriften der Nürnberger Stadtbibliothek Will. II, 1353, finden sich Blatt 83–97 nach Geschlechtern geordnet verzeichnet: „Etlich gedechtnuß und totten oder leichschilt, so im 1493. jar zu sant Sebolt, alß man den core und kirchen hat weißen wollen, gehangen sind, die dann Sebolt Schreyer, dazumaln kirchenmeister, hat wegen des weißens abnemen lassen und nach dem weißen wider aufzuhohen verordnet."

[59] Baader, Beiträge, 2, 27.

[60] Einnahmen und Ausgaben bei der Renovierung der Kirche St. Sebald in den Jahren 1657–1664. Ambergersammlung 270 im Stadtarchiv Nürnberg. Die meisten Angaben beziehen sich auf das Inventar der Kirche.

[61] „Item in dem jar (1480) da macht man die neu kirchtür zu sant Sebolt gegen dem rathaus und hieb pei 14 tagen hindurch." Jahrbücher des 15. Jahrhunderts in den Städtechroniken, IV, 361. Die Lage ist hier ungenau angegeben. Hierzu die Anmerkung 3. Die Lage ist genauer bezeichnet im Ratsmanual (1480, März 23): „Item ein neue tür zu prechen aus dem chor zu s. Sebolt neben sant Pangratzen cappell unter der Beheim venster. Her Karl Holtschuher, H. Im Hof daz bestellen zu beschehen." Die kleine, noch jetzt vorhandene Pforte (später Schautüre geheißen) ist schmucklos. Unverletzt sind die prächtigen Glasmalereien der (an den Wappen kenntlichen) Behaimschen Fenster erhalten, während die St.

Pankratiuskapelle in eine Sakristei verwandelt wurde.

[62] „Des jars Marie opferung abent smorgens unter der laudas metten, da pran es zu sant Sebolt hinten pei den glocken: kom aus in der meßnerknecht stublein, im slot." Heinrich Deichslers Chronik in den Städtechroniken, V, 554.

[63] Ob eine Galerie, wie sie anläßlich der gegenwärtigen Restaurierung am Westgiebel des Ostchores angebracht wurde, ursprünglich vorhanden war, läßt sich nicht feststellen. Das in Beilage 36 zitierte Gutachten vom 27. Mai 1561 wurde schon mehrmals in der Literatur und sonst veröffentlicht oder behandelt, so in den Mitteilungen des Vereines für Geschichte der Stadt Nürnberg, 8. Heft, 1889, S. 246 ff. Mummenhoff, Die 1561 abgebrochene Galerie an der St. Sebalduskirche, in dem von Hauberrisser und Essenwein unterzeichneten Gutachten über den gegenwärtigen Zustand der St. Sebalduskirche zu Nürnberg und die daraus sich ergebenden Arbeiten, Nürnberg 1882, Bibliothek des Germanischen Nationalmuseums in Nürnberg, G. 8001, 4°, usw. — Bezüglich der Stadtpfeifer siehe u. a. Städtechron., I, 449 (Chronik bis 1434): „lt. ded. 8 lb. 8 β hl, das der freuden tanz gekost hat und daz man gab umb wein und den pfeifern und mesnern und den turnern Sebaldi, als man alle glocken hie in der stat leutet und die pfeifer und trometer auf sant Sebalds kirchen pfiffen und man freudenfeur machet allumbundumb in der stat"... (Kaiserkrönung Sigmunds, 29. Juni 1433) und Städtechroniken, IV, 19 (Tuchersches Memorialbuch 1386–1454): „Item 1433 jar am pfingsttag ward kunig Sigmund gekrönt zu kaiser zu Rom und man tanzt auf dem markt umb das freuden feuer und der stat pfeufer warn auf dem chor sant Sebolt an sant Peter und Paulus tag, und des andern tags tanzt man auf dem haus" (Rathaus).

[64] Das einschlägige Material im Stadtarchiv Nürnberg, XL, 19: Sebalder Schlag-Thurn. Varia de variis annis, den

Sebalder Schlagthurn betr. etwa 1550–1616 und XL, 20: Sebalder Schlag Thurn, die Reparation des Sebalder Schlagthurns A° 1647 betr.

Um 1560: D e n   g a n g   a u f   s.   S e b a l d s   t u r n b e l a n g e n d:

Erbar weiser und gonstiger lieber herr paumeister. So der gangk zu s. Sewolt widerumb von stainwerk, in massen wie er itzo vor augen (und dann der ander auch also ist) gemacht werden, so muß man darzu haben 16 stuck von guttem stain, einß 6½ statschuh reichlich lang und 3½ statschuh reichlich hoch und 14 stat zol dieck, mer 1 st. 2½ statschuh reichlich lang und in gemelter hoch und diecke, mer 1 st. 2 statschuh lang auch in erst gemelter hoch und diecken. Dieser letzten zweier stuck dorft man nicht besteln, sint meines bedunken vor verhanden, und so solicher gangg ye von stainwerk, wie obgemelt, gemacht solte werden und mit plei außgegoßen und versetzt wurde, so achte ich gentzlich, ime solt der schwank nichts mehr than vom leüten, wann ime ist eben, als wann ir einen stain one plei auf ein puxen schrauft, so pricht er oder zerspringt paldt, also do auch, wann der morther oder zeug (wie dann geschehen) auß den fugen kumbt, so muß das steinwerck auch prechen, wie dann solichs am andern thurn auch schein ist.

E. E. W. W. diener. Jorg Ungr.

Ohne Zweifel 1561 oder kurz vorher.

Auf vorstehendes Schriftstück beziehen sich offenbar die beiden in dem Akt befindlichen und mit den Nummern 4 und 5 versehenen Zeichnungen. Nr. 4: „Gang auf s. Sebald schlag turn"; etwa 1 : 10; Zeichnung einer halben Seite des Ganges. Nr. 5: Durchschnitt des Ganges mit Maßangabe; etwa 1 : 20; in entsprechender Größe liegt dieser Zeichnung die eines Geländerquadrates mit Ornament bei. Unter der großen Zeichnung: „Item die zwo seiten des gangs auf sant Sebalts schlag durn ein jede gegen aufgang und nidergang ist die leng 26 stadtschuh weniger 3 zoll. Item die andern zwo seiten gegem mittag und miternacht ist ein jede 25 stadtschuh lang weniger 3 zoll".

Bei beiden großen Zeichnungen ist auf jedes Eck des Geländers eine Kugel von dem Durchmesser der Geländerstärke (= 10") gezeichnet.

1571: Unvollendetes Schriftstück. Cuntz Helzner, Parlier und Steinmetz, besichtigt am 5. Januar das „gelen[der]" des Schlagturms.

1591, 4. Sept. Besichtigung des Schlagturmes. Dach über den Schlagglocken schlecht infolge des Hereinregnens ist das Gebälk angefault. Der Schlot ebenfalls „bußwirdig".

M. Mathes Herdegen schlägt das Rüsten und die Ausbesserung des Schlotes (abgesehen vom Dach und Gebälk) auf etwa 20 fl. an.

1609, 13. Mai: Besichtigung des Sebalder Schlagturmes: Die Dachbleche oberhalb der Schlagglocke waren sehr löcherich und bußwürdig, sodaß durch den eingedrungenen Regen das Gebälk angefault war. Auch die drei Sonnenuhren an den drei Seiten wurden für schlecht befunden, sie waren „sehr abgewaschen und verdunkelt, daß die zal und stunden nicht wol mehr daran zue sehen"; es wurde vorgeschlagen, die Uhren mit Ölfarben zu „verneuern".

Durch Ratsverlaß vom 18. Mai wurde die Ausbesserung des Dachstuhles und die Verneuerung der Sonnenuhren mit Ölfarbe befohlen.

1613, 8. Jan.: Ratsverlaß: „Uff das mündlich fürbringen, daß ein nagel, damit die knopffstangen an dem einen turn gegen der wag zue s. Sebalds kirchen angehefftet gewest, durch die große bewegung des winds herab gefallen und zu besorgen, das vielleicht gefahr dabei sein möchte, ist bevohlen, dieweil albereit der augenschein eingenommen worden, solches mit geringen uncosten ins werk zuerichten. Actum freitags den 8. januarii anno 1613.

Herrn paumeister".

Außerdem steht noch am Rand, offenbar auf den Turm bezüglich: „welchen der baumeister ampts halber zue underhalten schuldig."

Ferner: 1613. „Wegen des gerüsts uffm Sebalter schlagturn:

Verzeichnus, was für personen vergangenen 11. januarii bis uff 16 dito wegen der zweier in der helmstangen ausgefallener keil halber uffm Sebalter schlagturn rüsten und dasselb wider abbrechen helfen.

M. Georg Harsch, dachdecker, hat das gerüst gemacht,

Michel Schwob Cunz Scheffer	deckersgesellen, haben auswendig rüsten helfen,
Melchior Schuler Hainrich Rödl	zimmergeselln, haben auch auswendig hierzu geholfen,

M. Wolf Seyfert, düncher,

Hannß Zehenter Georg Haidenreich	dünchersgesellen, haben sampt iren maister inwendig hinaus zugelangt.

E. E. und H.

underteniger

David Rupprecht
anschicker".

Schließlich Bericht einer Besichtigung des Daches und Dachstuhles des Schlagturmes durch den Baumeister Wolf Jakob Stromer, den Anschicker David Rupprecht und 3 Stadtmeister vom 15. Januar. Die „seuln" bei der Viertelglocke seien vor der Zeit „auch mit zin und plei under einander vermengt gewesen". In dem langen Bericht wird hauptsächlich der schlechte Zustand der Bedachung und des Gebälks hervorgehoben und die „elende besserung" gerügt.

1616, 28. Mai: Ratsverlaß: „Das abgerissene zihen [Zinn] vom Sebalder turn widerumb bessern zu lassen.

Hansen Hegel, Friderich Schwarzpecken und Nicodemum Kraußn, alle drei turner auf s. Sebalds turn, soll man ungeachtet ihrer entschuldigung ins loch gehen lassen, mit dem eltisten einen anfang machen und nachmals auch die andern hinab schaffen und auf das abgerissene zihn vom turn zu red halten, sonsten aber, was schadhaft worden, fürderlich wider bessern lassen und hinfüro monatlich eine besichtigung der türn fürnemen, damit dergleichen schad nit mehr geschehe; weil auch die turner so gar geringe besoldung haben, soll man bedacht sein, wie inen dieselbe zu bessern. Actum erichtags den 28. mai a° 1616.

Die herren schöpffen
herrn paumeister."

Dazu Ratsverlaß vom 30. Mai:

„Hansen Hegel, turner auf s Sebalds turn, auslassen, wie auf seiner sag verzeichnet, und dieselbe dem herrn paumeister und anschicker fürhalten, auch den augenschein einnemen und, was an den fenstern und sonsten zu bessern ist, bessern, auch ihnen ein sail, ihr speis und trank daran hinauf zu zihen, geben lassen. Actum donnerstags den 30. mai anno 1616.

Herrn ⎡ H. J. Pömer,
⎣ paumeister."

1647. Ausführlicher Akt betreffs Restauration des Sebalder Schlagturmes. Es handelt sich um Bedachung mit Kupfer, da das Zinn 1593, 1613 und 1616 habe ausgebessert werden müssen und nun schon wieder der Reparatur bedürfe. Die Verhandlungen beginnen mit dem 20. Mai. Ein Überschlag über die Bedachung mit Kupfer wurde gefertigt und alles in allem mit 914 fl. 50 kr. berechnet, während bei Bedachung mit Zinn 60 Ztr. nötig wären, welche allein schon eine Summe von 1380 fl. geben würden (an Kupfer seien höchstens 20 Ztr. erforderlich). Dem Akt liegt eine Zeichnung des Turmdaches (etwa 1 : 80) bei, auf welcher angegeben ist, wie und mit welchem Metall die einzelnen Teile bedacht, wie hoch dieselben sind und was nun damit zu geschehen hat. Ferner liegen Wagzettel über verkauftes Zinn und angekauftes Kupfer bei.

Das Jahr 1577, in welchem die Erneuerung der Kranzgalerie vorgenommen worden sein soll, findet sich unbeglaubigt bei M. M. Mayer, Die Kirche des heiligen Sebaldus, Nürnberg 1831, S. 6: 1496 wurden die beiden zierlich durchbrochenen Gänge gemacht, welche man aber 1577 wieder neu bauen mußte. — Bezüglich des Jahres 1591 siehe auch Stadtarchiv Nürnberg, LXXVIII, 267[b], den Ratsverlaß vom 4. Oktober, durch welchen die Ausbesserung der Mängel auf St. Sebalds Schlagturm anbefohlen wird. Von den darin enthaltenen vier Anordnungen kommt hier die zweite in Betracht: „Die fürgebrachten mengel auf s. Sebalds schlagturn, soll man mit ehestem bessern und renofieren lassen, ehe grosserer schaden geschicht per herr baumeister montags 4. octobris 1591."

[65] Aus der „Untertänigen Anzeige" des Almosenamtes an das Bauamt, welches die Baupflicht von „solchen Gebäuden" hat und das Weitere zu verfügen ersucht wird, vom 4. August 1754. Stadtarchiv Nürnberg, Sebalder Kirche: Acta, die Reparatur der Beschädigung durch Einschlagen des Blitzes 1754. Ferner Stadtarchiv Nürnberg, XL, 18: Sebalder Kirch. Die Reparatur des durch das Wetter Einschlagens allda verursachten Schadens 1754 betr. Außerdem siehe ebenda den Ratsverlaß vom 5. August an das Bau- und das Stadtalmosenamt, welche aufgefordert werden, die Reparatur sobald wie möglich vorzunehmen, und den anderen Ratsverlaß vom 5. August ähnlichen Inhalts an das Bauamt.

[66] Kreisarchiv Nürnberg, IV, 12/I, 248. Rentkammer-Akten 45: Akta, die Reparatur der Helmstange auf dem Sebalder Kirchturm betr. 1804 und 1805, enthaltend die amtlichen Vorverhandlungen und den auf 299 fl. 20 kr. berechneten Kostenvoranschlag des Tünchermeisters Ott. Ferner: Acta, Reparatur des Sebalder Kirchturms betr. 1805, mit der Rechnung Otts und XL, 35: Acta, die Sebalds Kirche betr. 1805–1807. Im städtischen Archiv unter Stadtalmosenamt Nr. 1972 noch ein weiterer Akt dieses Betreffs vom Jahre 1805, worin die Rüstung des Turms auf 299 fl. 20 x. und die Baumaterialien auf 142 fl. 40 x. veranschlagt werden.

[67] Kreisarchiv Nürnberg, IV, 12/I, 255. Rentkammer-Akten 45, enthaltend: Akta, die Reparatur-Kosten des Sebaldus-Kirchen-Daches und eines Braukessels im Waizenbierbrauhause betr. vom Jahre 1807.

[68] Siehe auch Otto Schulz, Die Wiederherstellung der Sebalduskirche in Nürnberg 1888–1905. Herausgegeben vom

Vereine für Geschichte der Stadt Nürnberg. Nürnberg 1905.

[69] Siehe die Artikel im Fränkischen Kurier über die Restauration der St. Sebalduskirche von Gustav von Bezold. 1904, Nr. 183 und 1906, Nr. 355.

[70] Siehe Emil Reicke, Die Sammlung technischer Modelle und Pläne zu den Wiederherstellungsarbeiten an der Sebaldus- und Lorenzkirche in der Moritzkapelle. Nürnberg 1905.

Chronologische Übersicht.

m 1230–1273: Erbauung der doppeltürmigen
Sebalduskirche.

255, 12. Juli: Ablaß für den Stephansaltar.   M. R. A.

256, 1. Oktober: Ablaß für die Kirche.   M. R. A.

273, 7. August: Ablaß für die Ausstattung der
Kirche.   M. R. A.

m 1230–1273: Erbauung der doppeltürmigen
Sebalduskirche.

274, 17. August: Ablaß für die Ausstattung der
Kirche.   M. R. A.

274, 9. September: Einweihung des Westchores
und des Altares in derselben zu Ehren des hl.
Petrus.   M. R. A.

274, 22. November: Ablaß für die Ausstattung der
Kirche.   M. R. A.

275, 24(?). März: Ablaß für die Ausstattung der
Kirche.   M. R. A.

283, 17. November: Ablaß für den Marienaltar in
der Krypta.   M. R. A.

284, 26 April: Ablaß für den Marienaltar in der
Krypta.   M. R. A.

284 [26. April?]: Ablaß für den Marienaltar in der
Krypta.   M. R. A.

290: Ablaß für den Marienaltar in der Krypta und
für den Johannesaltar unter der Kanzel.   M. R. A.

290: Ablaß für das Vermögen, die Reparaturen, den
Schmuck und andere Bedürfnisse der Kirche.   M. R. A.

m 1290: Ablaß für die Kirche.   M. R. A.

291, 13. Dezember: Ablaßbestätigung für die
Kirche.   M. R. A.

293 soll die Kirche ausgeweißt worden sein. N. K. A.

[XXXII]

297, 30. Mai: Die Brotbank des Hermann von Stein
an der Kirche wird dem Kloster Engelthal
vermacht. N. St. A.

[XXXIII]

298, 3. Juli: Ablaßbestätigung für den
Katharinenaltar. M. R. A.

299, Oktober: Ablaß für das Vermögen und die
Ausstattung der Kirche. M. R. A.

300–1307: Stiftung einer Pfründe für den
Stephansaltar durch Pfarrer Heinrich von
Tuttenstetten. N. K. A.

303, 25. Juli: Ablaß für den Petersaltar. M. R. A.

307, 17. November: Ablaß für die Kirche. M. R. A.

309, 14. Februar: Gotteshauspfleger Friedrich
Holzschuher verkauft ein der Kirche gehöriges
Haus, dessen Erlös für den Neubau der
Seitenschiffe verwendet wird. M. R. A.

on 1309 an: Erweiterung der Seitenschiffe.

310, 4. Januar: Ablaß für den Bau der Kirche.

twa 1310–1315: Die Steinfigur der „Eitelkeit" am
nördlichen Seitenschiff.

twa 1315–1320: Brauttüre, Gewände mit den
Figuren der Jungfrauen.

m 1320: Steinrelief mit der Kreuzigungsgruppe
neben der Brauttüre.

m 1320: Die Konsole mit dem Wappen der Ebner,
welche die Steinfigur des hl. Antonius trägt, im
südlichen Seitenschiff.

m 1320: Die Konsole mit dem Wappen der Ebner,
welche die Steinfigur der hl. Helena trägt, im
südlichen Seitenschiff.

324: Ablaß für die Kirche. M. R. A.

324 wird die Chorglocke gegossen. N. St. A.

twa 1315–1335: Die Steinfigur Johannis des
Täufers im Mittelschiff.

twa 1315–1335: Die steinernen Apostelstatuen im
Mittelschiff.

m 1330: Die Steinfiguren des Kaisers Heinrich und
der Kaiserin Kunigunde im nördlichen
Seitenschiff (Stromersche Stiftung).

twa 1330–1335: Steinfiguren der Madonna und des
hl. Christophorus am ersten Pfeiler des
nördlichen Seitenschiffes. Kopien der Neuzeit.

331 (?): Wappen der Pömer mit Inschrift im Fenster
über dem südlichen Portal des südlichen
Seitenschiffes.

332–1340 wird das Rathaus bei der Kirche erbaut.
Mummenhoff, Rathaus.

333, 26. März: Ablaß für die Kirche. M. R. A.

m 1335: Die Steinfiguren im Ostchor: Jakobus der
Ältere neben der Brauttüre, ein anderer Apostel
neben dem Fürerschen Fenster, Kaiser Heinrich
und Kaiserin Kunigunde neben dem
Bambergischen Fenster und ein Bischof neben
dem Hallerschen Fenster.

m 1335: Steinfigur des Christus mit den
Wundmalen (Holzschuhersche Stiftung) im
Mittelschiff.

m 1335: Die Steinfigur des hl. Erhard im
Mittelschiff.

336: Stiftung des Erhardaltars. N. K. A.

336, 21. März: Ablaß für die Kirche. M. R. A.

336, 26. September: Berthold Pfinzing der Alte

493

verleiht Fr. Vorchheimer die Brotbank unter dem Brothaus bei der Kirche. N. St. A.

337 wird die Schule bei St. Sebald erbaut. B. N. M.
[XXXIV]

337, 5. Mai: Stiftung einer Pfründe für den Sebaldusaltar durch Albrecht Schopper. M. R. A.

337, 26. Mai: Ablaß für die Kirche und den Marienaltar. M. R. A.

338, 4. Oktober: Ditel Hornlein verkauft an Berthold Tucher sein Erbe an der Brotbank bei S. Sebalds Kirchhof zwischen der Deutschherren und des Hallers Bänken. N. St. A.

339, 9. Juni: P. Pinzberger verkauft seine Bank, gelegen zwischen seiner Mutter und der Deutschherren Bank, an Frau Gayseln. N. St. A.

340: Stiftung einer Pfründe für den Petersaltar durch Otto Kramer von Koburg. N. K. A.

m 1340: Brauttüre, Maßwerkbogen.

341: Ablaß für den Katharinenaltar. N. K. A.

341, 11. Dezember: Stiftung, betreffend Beleuchtung des Frauenaltars in der Gruft. M. R. A.

342 werden neue Brotläden an der Kirche errichtet. N. St. A.

342: Ablaß für den Katharinenaltar. M. R. A.

342, 23. April: Stiftung eines Jahrtages bei den Augustinern. Wird der Jahrtag nicht gehalten, so fällt der gestiftete Betrag der Kirche St. Sebald für ihren Bau zu. M. R. A.

342, 13. Dezember: Stiftung einer Wandelkerze für den Frauenaltar. M. R. A.

343, 9. April: Ablaß für die Kirche. M. R. A.

343, 12. Juli: Jakob Kramer stiftet den Jakobsaltar in der Ecke gegenüber dem Frauenaltar. M. R. A.

344, 18. Januar: Otto von Heydeck vertauscht an
den Pfleger der S. Sebaldkirche die Kräme am
Kirchhof, welche Pfinzingsches Erbe sind, und
den Gaden unter den Köchen am Kirchhof,
welcher das Erbe Ulrich Kundorfers ist, gegen
vier Häuser an der Schmidgasse.   N. St. A.

347, 6. Februar: Stiftung einer Pfründe für den
Kunigundenaltar durch Hensel Dietlerin.   M. R. A.

347, 18. Juli: Das Klarakloster vertauscht an Sankt
Sebald einen Gaden bei St. Sebalds Kirchhof
gegen ein Haus in der Ledergasse.   N. St. A.

348, 19. Februar: Thomas Köchel verkauft sein
Erbe an einem Gaden unter den Köchen an den
Brotbänken an die Pfleger von St. Sebald.   N. St. A.

348, 25. Juni: Stiftung einer Pfründe für den
Johannesaltar durch Heinrich Pömer.   M. R. A.

350, 24. August: Ablaß für die Kirche.   M. R. A.

m 1350: Die Steinfigur des hl. Antonius im
südlichen Seitenschiff (Ebnersche Stiftung).

m 1350: Die Steinfigur der hl. Helena im südlichen
Seitenschiff (Ebnersche Stiftung).

352: Ablaß für den Zwölfbotenaltar.   M. R. A.

352, 12. Juli: Gottfried Grafe verkauft seine am
Kirchhof von St. Sebald gelegene Brotbank, die
der Quetrerin und ihrer Erben Erbe ist, an
Kunrad Pretheim.   N. St. A.

352, 21. Dezember: Einrichtung der von Konrad
Meyrntaler für den Zwölfbotenaltar gestifteten
Pfründe.   M. R. A.

353: Ablaß für den Jakobsaltar.   N. K. A.

354, November: In einem Testament dieses Datums
ist die von Konrad Tesaurus für den

Katharinenaltar gestiftete Pfründe erwähnt. M. R. A.

355, 2. Januar: Ablaß für den Jakobsaltar in der
Kirche. M. R. A.

355, 6. März: Merkel Rotensteiner gibt das Erbe,
das seine Frau an der Bank hat, die unter der
oberen Brotlaube zunächst dem Huter liegt, auf
und verleiht dieselbe an Erhard von Heydeck. N. St. A.

355, 5. Juli: Ablaß für den Jakobsaltar in der
Kirche. M. R. A.

355, 20. November: Heinrich Grabner stiftet ein
Licht in die Kirche „vor unsers Herrn Leichnam" M. R. A.

356, 10. Juni: Bestätigung der für die Kirche und
den Katharinenaltar von auswärtigen Bischöfen
gewährten Ablässe. M. R. A.

356: Stiftung einer Pfründe für den Petersaltar
durch Adelhaid Löhneisen. N. K. A.

357, 2. (21?) Juni: Dietrich Pfützinger von
Rothenburg und seine Frau verkaufen an die
Pfleger von St. Sebald ihre Rechte an der Kammer
beim Kirchhof von St. Sebald. M. R. A.

357, 3. Juni: Kunigund, Witwe des Otto von
Forchheim, stiftet ein Ewiges Licht vor unseres
Herrn Leichnam im Katharinenchor der Kirche. M. R. A.

358, 23. Februar: Ablaß für die Kirche, weil sie
eines Neubaues bedarf. M. R. A.

358, 28. Mai: Konrad Kötzler begibt sich aller
Ansprüche auf den Kram, den Konrad Praun
erkauft. N. St. A.

358, 21. September: Ablaß für den Bau und die Zier
der Kirche. M. R. A.

358: Stiftung einer Pfründe für den Marienaltar
durch Konrad Bretheim und seine Ehefrau. N. K. A.

358: Stiftung einer Pfründe für den Erhardaltar
durch Ulrich Haller. N. K. A.

359: Stiftung einer Pfründe für den Marienaltar
durch Konrad Teufel. N. K. A.

359, 29. Juni: Bernhard von Neumarkt stiftet u. a.
ein Ewiges Licht auf das Grab seiner Ahnen vor
dem Katharinenchor der Kirche. M. R. A.

359, 15. Juli: Erneute Dotation der von Konrad
Mayentaler für den Zwölfbotenaltar gestifteten
Pfründe durch die Witwe des Stifters. M. R. A.

359, 23. August: Kunigunde Kudorferin und ihre
Söhne verkaufen ihr Erbe unter den Köchen,
zunächst an Hermann des Grundherrn Gaden
gelegen, den Pflegern Heinrich Vörchtel und Seitz
Maurer. N. St. A.

359, 22. Oktober: Bestätigung der von Konrad
Bretheim und seiner Ehefrau für den Frauenaltar
gestifteten Pfründe. M. R. A. N. K. A.

359, 31. Oktober: Hermann Koburger verkauft an
St. Sebald zwei Leibgedinge, die er auf seinen und
seines Sohnes Leib, an der Brotbank auf St.
Sebalds Kirchhof unter der Stiege gelegen, hatte. N. St. A.

360: Ablaß für den Allerseelenaltar in der
Westkrypta. N. K. A.

360 wird die für den Sebaldusaltar gestiftete
Schopperpfründe durch Friedrich Schopper neu
dotiert. N. K. A.

360: Bestätigung der für den Katharinenaltar
durch Konrad Schatz gestifteten Pfründe. N. K. A.

360 wird St. Sebalds Pfarrhof erbaut. N. K. A.

360: Ablaß für den Erhardsaltar. N. K. A.

360, 12. März: Bestätigung der von dem

Nürnberger Bürger Otto Kramer von Koburg für den Petersaltar gestifteten Pfründe. M. R. A.

360, 3. Mai: Ablaß für die Allerseelengruft und ihren Altar in der Kirche. M. R. A.

360, 6. Mai: Der Bischof von Bamberg gestattet den Umtausch eines Hauses am Kirchhof von St. Sebald im Besitz des Egidienklosters gegen ein Haus in Besitz der Sebalduskirche. M. R. A.

360, 15. Dezember: Ablaß für die Kirche. M. R. A.

m 1360: Die Glasgemälde in den beiden ersten Fenstern des Ostchors nächst den Seitenschiffen.

360 wird der alte Chor abgebrochen N. K. A.

361, 25. Mai: Das Egidienkloster vertauscht die Eigenschaft zweier Häuser, bei dem Rathaus gelegen, gegen ein dieser Kirche gehöriges Haus bei den Fleischbänken. N. St. A.

362: Ablaß für den Bau der Kirche. M. R. A.

362, 1. Februar: Der von Jakob Haslacher besessene Kram, bei dem Kram des Mellwers gelegen, wird dem Konrad Süzzel, dessen Frau Agnes und ihren Erben zu Erbrecht übergeben. N. St. A.

362, 24. September: Dem Hans Ebner fällt des Seitz Weigels Eigen neben des Eisvogels Haus am Kirchhof zu St. Sebald zu. N. St. A.

363: Stiftung einer Pfründe für den Erhardsaltar durch Hans Dietlein. N. K. A.

364: Bestätigung der Tuttenstetterpfründe des Stephansaltars. N. K. A.

364, 10. März: Ablaß für die Kirche. M. R. A.

364, 13. Mai: Der Revers des Pfarrers Albrecht Krauter, den Friedhof von St. Sebald nicht zu erweitern, wird durch den Bischof von Bamberg bestätigt. N. St. A.

365: Ablaß für den Jakobsaltar. N. K. A.

365, 17. April: Aus einem Kaufbrief dieses Datums
geht hervor, daß der Besitzer des dem Verkaufe
unterstellten Hauses und Gartens am Sand eine
Lampe im Katharinenchor der Kirche vor dem
Leichnam Christi zu beleuchten hatte. M. R. A.

369, 10. Februar: Dem Prant Groß wird das
Erbrecht an seiner eigenen Brotbank, zunächst
am Schurstab, übertragen, welches er an Konrad
den Wolfen und dessen Ehefrau Mechtild und
deren Erben verleiht. N. St. A.

369, 29. September: Pfarrer Albrecht Krauter
verzichtet auf alle Ansprüche und Forderungen
auf den Hof, die Häuser, Stadel und Garten vor
dem Neuen Tor gelegen, das alles Friedrich
Derrers Erbe ist. N. St. A.

370, 5. Dezember: Die Pfleger Michel Grundherr
und Heinrich Semmler verleihen das Erbe an
einem Haus und Garten an Konrad Eberspeck
und dessen Frau Gertraud, wofür diese auf St.
Kathrein Chor vor unsers Herrn Leichnam das
Ewige Licht zu unterhalten haben. N. St. A.

370: Bestätigung der von Konrad Teufel für den
Marienaltar gestifteten Pfründe. N. K. A.

371, 18. Dezember: Stiftung der Heinrich
Vörchtelpfründe für den Sebaldusaltar. N. K. A.

372 wird der Petersaltar vom Westchor in den
Umgang des neuen Ostchores an seine jetzige
Stelle verbracht. N. K. A.

372 wird der Sebaldusaltar aus dem Ostchor des
romanischen Baues im neuen Ostchor an der
Stelle des jetzigen Hauptaltars errichtet. N. K. A.

372: Stiftung einer Pfründe für den Petersaltar
durch Berthold Pfinzing. N. K. A.

372, 15. Oktober: Die Pfleger Grundherr und
Semler erklären sich bereit, die Brotbänke, welche
den Leuten zwischen den Pfeilern für andere
abgebrochene gegeben worden waren,
einzulösen, wenn es erforderlich oder geraten
sein würde. N. St. A.

372, 20. Dezember: Margaret, des Eberhart Hasen
sel. Witwe, erhält für ihre abgebrochene
Brotbank eine andere an einem Pfeiler des Chores. N. St. A.

twa 1372–1379: Acht Fenster mit Glasgemälden im
Ostchor, und zwar die Fenster der Grundherr, der
Mendel, der Tucher, der Fürer, der Stromer, der
Haller, der Schürstab und der Behaim.

m 1375: Wandtabernakel im Ostchor unter dem
Bambergischen Fenster, Groland-Muffelsche
Stiftung.

m 1375: Die Steinfiguren der Madonna und des hl.
Sebald auf der Ostseite des Ostchores.

m 1375: Die Steinreliefs mit Passionsdarstellungen
an den Ostchorpfeilern, gestiftet von
verschiedenen Familien.

m 1375: Die Steinfigur des Thomas-Christus im
Ostchor neben der Schautüre, Behaimsche
Stiftung.

m 1375: Die Steinfiguren der Apostel Petrus und
Paulus im Ostchor neben dem
Maximiliansfenster.

m 1375: Das Chorgestühl im Ostchor zwischen
den Pfeilern. M. R. A.

m 1375: Kirchenstuhl der Haller im südlichen
Seitenschiff an der Westwand.

500

379 wird der Sebaldusaltar erneuert und geweiht.

379, 5. Juni: Ablaß für die Vollendung des Baues
der Kirche.   M. R. A.

379, 18. Juni: Bestätigung von Ablässen.   M. R. A.

379, 10. Juli: Ablaß für den Marienaltar.   M. R. A.

379 wird der Sebaldusaltar durch einen neuen
Altar ersetzt.   N. K. A.

380, 1. Februar: Ablaß für die Kirche.   M. R. A.

m 1380: Die Steinfigur der Madonna im Ostchor
am ersten südlichen Pfeiler.

m 1380: Die Steinfigur des Thomas-Christus im
nördlichen Seitenschiff, Pömersche Stiftung.

m 1380: Die Steinfigur des Christus mit den
Wundmalen im nördlichen Seitenschiff.
Pömersche Stiftung; Nachbildung des
Holzschuherschen Christus.

381: Stiftung einer Pfründe für den Jakobsaltar
durch Bernhard Kramer.   N. K. A.

383: Stiftung einer Pfründe für den
Kunigundenaltar durch Ulrich Haller.   N. K. A.

385, 29. März: Das der Pfründe des
Zwölfbotenaltars gehörige Gut zu Steinbach wird
der Pfründe des Stephansaltars überwiesen.   M. R. A.

m 1385: Die Steinfigur eines Thomas-Christus am
Wandtabernakel im Ostchor.

386: Stiftung der Kandelgießerpfründe des
Katharinenaltars.   N. K. A.

389, 10. Dezember: Stiftung der Nützelpfründe für
den Kunigundenaltar durch Elisabeth, Witwe des
Heinrich Haller, Schwester des Peter Nützel.   N. St. A.

m 1390: Steinfigur des hl. Sebald im Mittelschiff
mit mehreren Wappen.

m 1390: Die Tonfigur eines Apostels im Ostchor
neben dem Hallerschen Fenster.

391 wird die alte Betglocke gegossen.   N. St. A.

392 wird die große Glocke Benedicta geweiht.   N. K. A.

396: Epitaphium der Pömer, Steinrelief am
Treppentürmchen des südlichen Turms.

396 wird die alte Schlagglocke gegossen.   N. K. A.

397 wird der silberne Ring des hl. Sebald gefertigt.   N. K. A.

wischen 1397 und 1444: Stiftung einer Pfründe für
den Johannisaltar durch Pfarrer Albrecht
Fleischmann.   N. K. A.

m 1400: Wappen der Pömer, Steinreliefs am
Treppentürmchen des südlichen Turmes.

m 1400: Die Steinfigur einer weiblichen Heiligen
im Ostchor neben der Schautüre, Volckamersche
Stiftung.

m 1400: Steinfigur des Christus mit den
Wundmalen im nördlichen Seitenschiff,
Ebnersche Stiftung.

m 1400: Steinfigur des Christus mit den
Wundmalen an der nördlichen Sakristei. Kopie
der Neuzeit. Rietersche Stiftung.

l02: Stiftung einer Pfründe für den Marienaltar
durch Elisabeth Koler.   N. K. A.

l06: Stiftung einer Pfründe für den Nikolaus-
(späteren Tucher-)Altar durch Hartmann
Kandelgießer.   N. K. A.

m 1410: Eherner Taufkessel im Westchor.

m 1410: Die Holzfigur der Madonna im Ostchor
am ersten nördlichen Pfeiler.

m 1410: Die Tonfigur des Apostels Johannes im
Ostchor neben dem Tucherschen Fenster.

Tuchersche Stiftung.

m 1410: Wandteppich mit Darstellungen aus dem
Alten Testament.

m 1410: Wandteppich mit Darstellungen aus der
Legende des hl. Sebald.

l12: Einrichtung von „heimlichen Gemachen". N. K. A.

l12: Legat der Klara Geuder für die Stiftung einer
Lampe am Sebaldusgrab. N. K. A.

l14: Die Häuser am Weinmarkt unter dem
Kirchhof dürfen nicht höher gebaut werden. N. K. A.

l15: Zweites Legat der Klara Geuder für die
Stiftung einer zweiten Lampe beim Sebaldusgrab. N. K. A.

m 1420: Zwei Wandteppiche mit Darstellungen
aus der Legende der hl. Katharina.

m 1420: Wandteppich mit zwei Darstellungen der
Kreuzauffindung durch die hl. Helena,
Rummelsche Stiftung.

m 1420: Zwei Steinfiguren einer Verkündigung im
Ostchor neben dem Volckamerschen Fenster,
Volckamersche Stiftungen.

m 1420: Zwei Steinfiguren einer Heimsuchung im
Ostchor, neben dem Behaimschen Fenster,
Behaimsche Stiftungen.

m 1420: Epitaph der Haller, Steinrelief am
nördlichen Seitenschiff.

l23: Das Wandgemälde mit dem Abendmahl, der
Fußwaschung und dem Ölberg im Ostchor hinter
dem Tucheraltar, Stiftung des Hans Starck.

l24: Stiftung für den Stephansaltar. N. K. A.

l25 wird die für den Sebaldusaltar gestiftete
Vörchtelpfründe neu dotiert. N. K. A.

l29: Holzrelief der Madonna im Ostchor über der

Schultüre, Ebnersche Stiftung.

m 1430: Epitaph der Fütterer, Steinrelief am
südlichen Turm.

m 1430: Die Steinfigur des hl. Johannes des
Täufers im Ostchor neben dem Tucherschen
Fenster, Tuchersche Stiftung.

m 1430: Die Steinfiguren der Madonna und des hl.
Sebald an der Brauttüre. Kopien der Neuzeit.

m 1430: Epitaph der Holzschuher, Steinrelief am
südlichen Seitenschiff.

m 1433: Holztafelgemälde mit der Dornenkrönung
im Westchor. Löffelholzische Stiftung.

135: Stiftung einer Pfründe für den
Bartholomäusaltar durch Berthold Pfinzing.   N. K. A.

m 1435: Das Holztafelgemälde der Anna selbdritt
im Ostchor, Stiftung der Familie Imhoff.

m 1435: Holztafelgemälde mit der Geißelung
Christi im Westchor. Löffelholzische Stiftung.

wischen 1436 und 1439: Stiftung eines
Holztafelgemäldes für den Stephansaltar durch
Nikolaus Muffel.   N. K. A.

140: Die von Konrad Teufel 1359 für den
Marienaltar gestiftete Pfründe wird durch Hans
Teufel neu dotiert.   N. K. A.

twa 1440–1450: Halleraltar.

142: Steinfigur des hl. Christophorus am südlichen
Turm, vielleicht von Hans Decker.

144 wird die große Orgel im Ostchor von Heinrich
Traxdorf gebaut und die Wand daneben mit
Malereien ausgestattet.   N. K. A.

144: Stiftung für den Petersaltar.   N. K. A.

147 wird eine kleinere Orgel gebaut. 1570 wird

dieselbe wieder entfernt.   N. K. A.

1448: Ablaß für den Stephansaltar.   N. K. A.

m 1448: Holztafelgemälde mit der Verkündigung im Westchor. Löffelholzische Stiftung.

1450: Stiftung des Ewigen Lichts über dem Volckamerschen Grab.   N. K. A.

m 1450: Wandteppich mit Darstellungen aus dem Marienleben, Hallersche Stiftung.

m 1450: Die Holzfiguren des hl. Sebald und des hl. Erasmus im Ostchor neben dem Schürstabschen Fenster, Hallersche und Schürstabsche Stiftungen.

m 1450: Das Holztafelgemälde der Geburt Christi im Ostchor, Stiftung der Familie Imhoff.

1452: Ablaß für den Stephansaltar.   N. K. A.

1452: Stiftung für den Erhardsaltar.   N. K. A.

1453: Epitaph der Ketzel, Steinrelief an der Nordseite des Westchors.

1453: Errichtung von Schrein und Predella des Katharinen- oder Löffelholzaltars.

m 1455: Die Holzfigur eines leuchtertragenden Engels neben dem Hauptaltar im Ostchor.

1458: Epitaph der Maurer, Steinrelief an der Nordseite des Westchors.

1460: Ablaß für den Stephansaltar.   N. K. A.

1460: Ablaß für den Bartholomäusaltar.   N. K. A.

m 1460: Wandteppich mit Darstellungen der Grablegung einer Heiligen, Tuchersche Stiftung.

m 1460: Zwei Wandteppiche mit Darstellungen aus der Parabel vom verlorenen Sohn, Tuchersche Stiftung.

m 1460: Zwei Holzfiguren einer „Verkündigung"
im Ostchor neben dem Stromerschen Fenster,
Stiftungen der Familien Starck und Imhoff.

m 1460: Die Holzfigur des Apostels Johannes im
Ostchor neben dem Fürerschen Fenster.

l61: Diebstahl aus dem Sarg des Sebaldusgrabes.   N. K. A.

l63: Epitaph der Semler, Steinrelief am ersten
Pfeiler des nördlichen Seitenschiffes.

l63: Visitation des Bestandes im Sarg des
Sebaldusgrabes.   N. K. A.

l64–1466: Mehrere Ablässe für die St.
Pankratiuskapelle in der Kirche.   N. K. A.

l68: Errichtung von Kasten in der Kirche zur
Geldsammlung gegen die Hussiten.

m 1470: Die Holzfiguren eines hl. Papstes und
eines hl. Bischofs im Ostchor neben dem
Pfinzingschen Fenster, Hallersche Stiftungen.

l73: Das Wandgemälde mit Kreuzschleppung im
Ostchor unter dem Gemälde des Hans von
Kulmbach, Steinlingersche Stiftung.

l75: Ablaßbestätigung für den Petersaltar.   N. K. A.

l76: Ablaß für den Bartholomäusaltar.   N. K. A.

l77: Ablaß für den Bartholomäusaltar.   N. K. A.

l77 kaufen Berthold, Hans, Anton und Langhans
Tucher einen Grabteppich mit der Darstellung des   Tucher-
englischen Grußes.   Archiv.

l78: Das Holztafelgemälde der Allegorie auf die
Geburt Christi im nördlichen Seitenschiff;
Stiftung der Familie Starck.

l79: Ablaß für den Stephansaltar.   N. K. A.

l80: Ausbruch der Schautüre im Ostchor.

m 1480 wird die Holzfigur des Christuskindes der

Madonnenstatue im Ostchor am ersten südlichen
Pfeiler angefügt.

m 1480: Epitaph der Pfinzing, Steinrelief an der
Nordseite des Westchors.

l81: Ablaß für den Stephansaltar. · · · · · · · · · · N. K. A.

l81–1490: Erhöhung der Türme. · · · · · · · · · · · N. K. A.

l82: Die Brüder Johann und Georg Starck stiften
ein hölzernes Kruzifix an dem Schwibbogen
zwischen dem Sebalder Pfarrhaus und der
Moritzkapelle.

l82: Wiederholte Visitation des Bestandes im Sarg
des Sebaldusgrabes. · · · · · · · · · · · · · · · · · N. K. A.

l82 wird die Uhr- oder Schlagglocke gegossen. · · N. St. A.

l83 wird die Uhr- oder Schlagglocke aufgehängt. · N. St. A.

l83: Stiftung für den Erhardsaltar. · · · · · · · · · · N. K. A.

l85: Das Holztafelgemälde der Kreuzigung im
Ostchor, Stiftung des Hans Tucher.

m 1485: Petersaltar im Ostchor.

ach 1485: Epitaph der Schedel, Steinrelief des
Jüngsten Gerichts am Ostchor über der
Schautüre.

ɔr 1487 wird der Petersaltar im Ostchor auf
Veranlassung des Nikolaus Topler restauriert.

l87: Ablaß für den Stephansaltar. · · · · · · · · · · N. K. A.

l88: Erster Entwurf des Peter Vischer für das
Sebaldusgrab. · N. K. A.

l90, 20. November: Morgens bricht in der
Wächterstube des südlichen Turmes Feuer aus.

m 1490: Zwei Altarleuchter in Gestalt von
kerzentragenden Engeln, massives Silber.

m 1490: Die Holzfigur des Christus als

Weltheilandes in der Art des Veit Stoß im Ostchor neben dem Mendelschen Fenster, Tuchersche Stiftung.

192 vollendet Adam Kraft das Schreyersche Grabmal am Ostchor.

193 werden in das Schürstabsche Fenster im Ostchor zwei Wappen der Schürstab eingesetzt.

193 wird die Viertelstundenglocke aufgehängt.   N. K. A.

193: Ablaß betreffend das von Sebald Schreyel gestiftete Ewige Licht und Sakramentshäuslein.   N. K. A.

193, 19. August wird die erste beglaubigte Restaurierung der Kirche („geweist und verneut inwendig") vollendet.

195: Die Holzfiguren des Thomas-Christus und der Maria als Schmerzensmutter von Veit Stoß im Ostchor neben dem Markgrafenfenster Volckamersche Stiftungen.

m 1495: Die Holzfigur des Apostels Andreas, wohl von Veit Stoß, am Ostchor neben dem Mendelschen Fenster, Tuchersche Stiftung.

196: Steinrelief der Kreuztragung von Adam Kraft im Mittelschiff.

197: Epitaph des Peter Fugger von Augsburg, Steinrelief am nördlichen Seitenschiff.

197: Wandteppich mit der Darstellung der Geburt Christi mit vier Heiligen.

199: Steinrelief mit drei Passionsszenen von Veit Stoß im Ostchor unter dem Markgrafenfenster.

m 1500: spätgotischer Prachtkelch mit Patene von vergoldetem Silber.

501: Das Bambergische Fenster im Ostchor, gemalt von Wolf Katzheimer.

501: Erste Renovierung des von der Familie Starck 1578 gestifteten Holztafelgemäldes, Allegorie auf die Geburt Christi, im nördlichen Seitenschiff.

502: Titelblätter, gemalt zu den von Paul Volckamer und Sebald Schreyer 1501 gestifteten Exemplaren des Liber horarum (Bamberg, Joh. Pfeyl, 1501).

503: Wiederholte Visitation des Bestandes im Sarg des Sebaldusgrabes.   N. K. A.

m 1505: Das Holztafelgemälde der Verkündigung im südlichen Seitenschiff, Stiftung der Familie Oelhafen.

506: Zweiter Einbruch in den Schrein des Sebaldusgrabes.   N. K. A.

508: Bestätigung des 1493 für das Schreyersche Ewige Licht und Sakramentshäuschen gewährten Ablasses.   N. K. A.

508–1519: Herstellung des Sebaldusgrabes durch Peter Vischer und seine Söhne.

509: Stiftung einer Pfründe für den Stephansaltar durch Ambrosius Stromer.   N. K. A.

m 1510: Steinrelief der Kreuzauffindung und Kreuzprobe der Kaiserin Helena im südlichen Turmportal.

512: Vollendung des Sebaldusgrabes ohne den figürlichen Schmuck durch Peter Vischer.

513: Das Holztafelgemälde der Madonna mit Heiligen von Hans von Kulmbach im Ostchor, Stiftung des Martin Tucher.

m 1513: Stiftung der Tucherschen Familientafel mit dem Bild des Todes im Ostchor.

514: Das Maximiliansfenster im Ostchor, gemalt

von Veit Hirschvogel.   N. K. A.

514 will Probst Melchior Pfinzing das
Wandtabernakel im Ostchor durch ein größeres
Sakramentshäuschen über dem Nikolausaltar
ersetzen.

m 1515: Die Erzfigur der Madonna von Stephan
Godl im Ostchor am dritten nördlichen Pfeiler.

515 erlaubt der Rat dem Michael Behaim, die
Kramerkapelle in der Kirche am Gewölbe und an
den Fenstern und Altartafeln restaurieren zu
lassen.

515: Das Markgrafenfenster im Ostchor, nach
einem Entwurf des Hans von Kulmbach gemalt
von Veit Hirschvogel.

515: Das Pfinzingsche Fenster im Ostchor, gemalt
von Veit Hirschvogel.

520: Reparaturen am Sarg des Sebaldusgrabes.   N. K. A.

522: Meßkelch mit Patene von vergoldetem Silber,
Tuchersche Stiftung.

523: Letzte Prozession am Sebaldusfest.   N. K. A.

m 1525: Das Holztafelgemälde der „Krönung
Mariä" im Mittelschiff, Stiftung der Familie
Imhoff.

526: Die Kreuzigungsgruppe aus Holz von Veit
Stoß im Ostchor.

542 werden auf Beschluß des Rates die beiden
Frauenaltäre, der gegenüberstehende
Zwölfbotenaltar und der dazwischen befindliche
Altar, wahrscheinlich der Johannisaltar, beseitigt,
weil die Kirchenbesucher den Geistlichen auf der
Kanzel nicht sehen konnten.   N. K. A.

543: Das von den Gebrüdern Starck an dem

Schwibbogen beim Sebalder Pfarrhaus 1482
gestiftete hölzerne Kruzifix wird nach Abbruch
des Bogens an den Westchor der Kirche
verbracht.

m 1550: Erneuerung des untersten Teiles des
Tucherschen Fensters im Ostchor.

552 werden Gold- und Silbergeräte des
Kirchenschatzes eingeschmolzen.   N. K. A.

561: Ausbesserung des Ostchores und Abnahme
seiner schadhaften Galerie.   N. K. A.

570 wird die 1447 gestiftete kleine Orgel entfernt.   N. K. A.

571 wird die Beseitigung der baufälligen
Kranzgalerie des südlichen Turmes geplant.   N. St. A.

571: Reparaturen an den Türmen.   N. St. A.

572 wird die große, 1444 von Heinrich Traxdorf
erbaute Orgel renoviert.   N. K. A.

572: Renovierung des von Martin Tucher 1513
gestifteten Hans von Kulmbachschen
Holztafelgemäldes der Madonna mit Heiligen im
Ostchor durch Nikolaus Juvenel.

572 wird der Petersaltar im Ostchor renoviert.   N. K. A.

574 werden acht verschiedene Wappen in das
Grundherrsche Fenster im Ostchor eingesetzt.

591: Reparaturen an den Türmen.   N. K. A.

591 wird zum ersten Mal der schlechte Zustand des
Zinndaches am südlichen Turm festgestellt.   N. St. A.

591: 4. Oktober. Durch Ratsverlaß wird die
Ausbesserung auf St. Sebalds Schlagturm
befohlen.   N. St. A.

593: Ausbesserung des Zinnes am Schlagturm.   N. St. A.

500 wird die neue Betglocke gegossen   N. St. A.

501: Das Imhoffsche Fenster im Ostchor, gemalt

von Jakob Sprüngli oder Christoph Maurer.

503: Das Holztafelgemälde mit Szenen aus dem Leben der ersten Menschen von Johann Kreuzfelder im Ostchor, Stiftung der Familie Behaim.

509: Zweite Besichtigung und Ausbesserung des schadhaften Zinndaches am südlichen Turm.   N. St. A.

513: Ausbesserung des Zinns am Schlagturm.   N. St. A.

513: Erneute Besichtigung und Ausbesserung des schadhaften Zinndaches am südlichen Turm.   N. St. A.

513 wird der Sebaldusaltar durch Maler Leonhard Prechtel restauriert.   N. K. A.

514: Wappen der Nützel mit Inschrift, im fünften Fenster des nördlichen Seitenschiffes eingesetzt.

514: Reparaturen am Sebaldusaltar durch Maler Leonhard Prechtel.   N. St. A.

516: Erneute Besichtigung und Ausbesserung des schadhaften Zinndaches am südlichen Turm.   N. St. A.

516: Ausbesserung des Zinns am Schlagturm.   N. St. A.

525 wird auf Veranlassung des Hans Starck das eherne Kruzifix am Westchor von Johann Wurzelbauer, dem Sohne des Meisters vom Tugendbrunnen, gegossen als Ersatz für das Starcksche hölzerne Kruzifix vom Jahre 1482, welches 1543 an die jetzige Stelle transferiert worden war.

527: Renovierung der drei von Hans Starck 1423 gestifteten Wandgemälde des Abendmahles, der Fußwaschung und des Ölberges im Ostchor auf Veranlassung des jüngeren Hans Starck.

528: Umfassende Renovierung des ganzen Sebaldusgrabes.   N. K. A.

528: Das Holztafelgemälde des Jüngsten Gerichtes im Ostchor, freie Kopie nach Rubens, wahrscheinlich von Jörg Gärtner dem Älteren († 1648), Stiftung der Familie Imhoff.

529: Kirchenstuhl mit reichen Schnitzereien im Westchor.

541 werden in das Imhoffsche Fenster im Ostchor zwei Wappenpaare eingesetzt.

543: Zwei Abendmahlskannen von vergoldetem Silber, Grundherrsche Stiftung.

543: Seidene Kanzelbekleidung mit Applikationsstickerei, gestiftet von Achaz Hilling von Elnbogen und seiner Ehefrau.

547: Neubedachung des mit Zinn gedeckten südlichen Turmes mit Kupferplatten.   N. St. A.

547: Restaurierung des Schlagturmes.   N. St. A.

552 läßt der Kurfürst von Mainz durch Bildhauer Georg Schweigger dem Rat von Nürnberg 1000 Dukaten für die Kreuzigungsgruppe von Veit Stoß im Ostchor bieten.

or 1654: Das Holztafelgemälde mit der Beweinung Christi im Ostchor, Kopie nach Dürer, wahrscheinlich von Georg Gärtner dem Jüngeren († 1654), Stiftung der Familie Holzschuher.

556 wird das von der Familie Ebner 1429 gestiftete Madonnenrelief im Ostchore über der Schultüre renoviert.

556 und 1657: Unbedeutende Renovierung des Inneren der Kirche und Abänderung der Emporkirche (Engelschor).   N. St. A.

557 wird von den Silberdrahtziehern eine kleine Orgel im Ostchor gestiftet.

557 und folgende Jahre wird die Kirche nach dem Muster des Bamberger Domes von Tünchermeister Jakob Fuchs renoviert. N. St. A.

557: Das Wandgemälde einer Inschrifttafel im Ostchor über dem Kaiserchörlein.

557: Eröffnung der „Geheimen Versperr". N. K. A.

557–1664: Renovierung und Barockausstattung der Kirche. N. St. A.

558 wird die große, 1444 von Heinrich Traxdorf erbaute, 1572 renovierte Orgel im Barockstil umgebaut. N. K. A.

558: Zweite Renovierung des von der Familie Starck 1478 gestifteten Holztafelgemäldes einer Allegorie auf die Geburt Christi im nördlichen Seitenschiff.

558: Abendmahlskelch mit Patene und zwei Abendmahlskannen von vergoldetem Silber, gestiftet von Buchhändler Wolfgang Endter dem Älteren.

559: Errichtung des neuen Nikolaus- oder Tucheraltars mit dem Ecce-Homo-Bild von Merian. N. K. A.

559 wird im Zusammenhang mit der Barockausstattung der Kirche die neue Kanzel errichtet. N. K. A.

m 1660: Die Geschlechtertafeln der Löffelholz im Westchor, der Kreß und der Volckamer im Ostchor beim Muffelschen Altar.

m 1660: Altarkruzifix von massivem Silber mit dem Monogramm M. W.

560–1663 erbaut Georg Wirsching den Hauptaltar an Stelle des gotischen Hochaltars. N. K. A.

563: Errichtung des neuen Stephans- oder Muffelschen Altares. Das Bild des alten Altares wird in die Lorenzkirche verbracht. N. St. A.

575: Abendmahlskelch mit Patene von vergoldetem Silber, gestiftet von Joachim Kern und dessen Ehefrau.

591 wird das Werk der großen Orgel vom Jahre 1444 im Ostchor von Georg Sigmund Leyser, Orgelbauer in Rothenburg a. T., erneuert. N. K. A.

700–1759. Unbedeutende Reparaturen an der Betglocke, dem Vesperlein, dem Zeigerlein und der Garausglocke. N. St. A.

m 1700: Etui mit Löffel von vergoldetem Silber, Altargerät.

m 1700: Altarkruzifix von massivem Silber.

712: Aus Anlaß der Anwesenheit Karls VI. in Nürnberg wird die kaiserliche Küche vor der Kirche aufgeschlagen. N. St. A.

723: Klingelbeutel mit der Gruppe Christus am Kreuz und Maria von massivem Silber und mit dem Monogramm M. M.

732, 13. Oktober wird die Overdiksche Orgel im Ostchor gestiftet. Sie wird später auf den sogenannten Engelschor verbracht. N. K. A.

744: Hostienbüchse von vergoldetem Silber, gestiftet von M. M. W.

754, 3. August entsteht durch Blitzschlag auf dem Dachboden über dem Westchor Brand. N. St. A.

754, 16. September: Ratsverlaß, die der Reparatur bedürftigen Bäckerläden bei St. Sebald betreffend. N. St. A.

m 1755: Taufbecken mit Kanne von Silber.

m 1755: Zwei Abendmahlskelche mit Patenen von

vergoldetem Silber.

m 1755: Die Geschlechtertafeln der Ebner im nördlichen, der Holzschuher im südlichen Seitenschiff und der Fürer im Ostchor beim Muffelschen Altar.

768–1769: Ausbesserung des Dachstuhles des nördlichen Turmes und Neubedachung mit Zinnplatten.   N. St. A.

769–1770: Reparaturen an den Türmen.   N. St. A.

774: Renovierung des von der Familie Behaim 1603 gestifteten Kreuzfelderschen Holztafelgemäldes mit Szenen aus dem Leben der ersten Menschen im Ostchor.

781: Sanduhr mit Gehäuse von Silber, Holzschuhersche Stiftung.

784–1785: Verhandlungen über Aufführung eines neuen Stockwerks im Sebalder Pfarrhof.   N. St. A.

790: Ausbesserung eines Fensterpfeilers in der Kirche.   N. K. A.

m 1790: Umbau des Katharinen- oder Löffelholzaltares.

797, 12. Oktober bis 1798, 3. Februar: Verhandlungen, die unberechtigte Veräußerung von Kirchengeräten und Meßgewändern betreffend.   N. K. A.

797 soll das 1396 gestiftete Pömersche Epitaph am südlichen Treppenturm restauriert worden sein.

798: Reparatur der Bet- und Chorglocke.   N. St. A.

798: Reparatur in der Senioratswohnung.   N. St. A.

798: Ofenreparatur in der großen Sakristei.   N. St. A.

800: Reparaturen an den Wappenschilden der Kirche.   N. St. A.

300–1806 wird der Musikchor aus der
Frauenkirche in die Sebalduskirche transferiert. N. K. A.

302: Reparatur in der Diakonatswohnung. N. K. A.

304 und 1805: Reparatur der Helmstangen auf den
Kirchtürmen. N. K. A.

305: Wiederholte Reparatur an der Fahnenstange
auf dem südlichen Turm. N. St. A.

307: Ausbesserung des 1647 gedeckten
Kupferdaches am südlichen Turm. N. St. A.

307: Reparatur des Kirchendaches. N. K. A.

317 werden in das Markgrafenfenster im Ostchor
zwei Medaillons mit den Bildnissen Luthers und
Melanchthons eingesetzt.

323 wird nach den Plänen K. A. Heideloffs ein
neuer Hauptaltar an Stelle des Barockaltares vom
Jahre 1663 errichtet.

327 wird das Werk der großen Orgel vom Jahre
1444 im Ostchor wiederum repariert durch den
Orgelbauer Augustin Ferdinand Bittner und das
Gehäuse nach den Plänen Heideloffs umgebaut.

m 1830: Zwei große Altarleuchter von Silber.

338: Abendmahlskanne von vergoldetem Silber,
gestiftet von der Kaufmannswitwe Therese
Rohrmann.

359 baut Bildhauer Lorenz Rotermundt nach
Krelings Entwurf die Kanzel.

388–1906: Umfassende Restaurierung der Kirche
und ihres Inventars unter Leitung der
Architekten G. v. Hauberrisser und J. Schmitz.

Fußnoten:

[XXXI]

M. R. A. = Münchener Reichsarchiv.

[XXXII]

N. K. A. = Nürnberger Kreisarchiv.

[XXXIII]

N. St. A. = Nürnberger Stadtarchiv.

[XXXIV]

B. N. M. = Bayrisches Nationalmuseum.

Verzeichnis der Abbildungen.

Tafeln.

Textabbildungen.

Verzeichnis der Personen, Orte und wichtigsten Sachen.

Verfaßt von **Dr. Alfred Graf**.

A.

Abendmahl (Darstellung) 115, 146, 162, 176, 238, 241.

Abendmahlskelche 198, 241.

Abraham (Darstellung) 151.

Ackermann, Leonhard 138.

Adam und Eva (Darstellung) 48, 144, 172, 179, 192.

Alamannus Luanensis, Bischof 217.

Albertus, Bischof von Sirmium 218.

Albrecht, Markgraf von Brandenburg 185, 212.

Allerseelenaltar 134, 236.

Almosenamt, siehe Landalmosenamt.

Altarbehänge 206.

Altargeräte 196 ff., 241.

Altarleuchter 199, 239, 242.

Altenburg 171, 218, 219.

Amelia 218.

Anagni (Bischof Johannes) 217.

Andreas, hl. 118, 158, 166, 184, 239.
   Bischof von Balezo 218.
     Coron 217.
   Erzbischof von Antivari 216.

Angelus, Bischof von Viterbo und Toscanella 217.

Anlage, siehe Plandispositionen und Grundrisse.

Anna, hl. 171, 185, 238.

Annaaltar 114.

Anschreibtüre 76, 94, 95, 142, 143.

Antependien 206, 208.

Antivari (Bischof Andreas) 216.

Antonius, hl. 112, 139, 154, 234, 235.

Apostel (siehe auch ihre einzelnen Namen sowie
Apostelgeschichte) 81, 104, 111, 114, 117, 118, 132, 138,
139, 148, 153, 158, 159, 166, 182, 188, 234, 235, 237.

Apostelgeschichte (Darstellung aus der) 115, 136, 137,
176.

Apsiden 19, 20, 23, 30, 31, 32, 49, 99, 130, 131, 132.

Arbeitslöhne (siehe auch Baukosten) 70, 71, 72, 75.

Arborea (Erzbischof Petrus) 215.

Ardferten in Irland (Bischof Johannes) 218.

Avignon 219.

Avio (Bischof Girardus) 218.

Arkadi (Bischof Raphael) 218.

Arnold, Bischof von Bamberg 215.

Aschaffenburg 88.

Ascoli (Bischof Bonus Johannes) 215.

Athyra in Thrazien (Bischof Ricardus) 218.

Auferstehung (Darstellung) 114, 135, 146, 206.

Auferweckung des Lazarus (Darstellung) 105, 106, 150,
170, 210.

Augsburg 11, 29, 105, 114, 120, 122, 136, 138, 142, 172,
198, 227, 239.

Augustinerkloster 230.

Augustinus, Bischof von Soliwri 218.

Ausgießung des hl. Geistes (Darstellung) 179.

Avancius Sannensis, Bischof 218.

Avellino (Bischof Waldebrunus) 215.

Ayrer (Familie) 178.

B.

Baden 88.

Bagnorea (Bischof Johannes) 218.

529

Balezo (Bischof Andreas) 218.

Balier, siehe Behaim, Balier.

Bamberg 11, 13, 14, 15, 28 ff., 33, 34, 36, 37, 38, 71, 72, 75, 129, 134, 151, 159, 160, 177, 182, 212 ff., 223, 226, 227, 228, 236, 239, 241.

Bambergisches Fenster 182, 239.

Bär, Christian 114, 171.

Barbara, hl. 138, 171, 178, 206.

Barfüßerkloster 42, 66.

Barth & Cie. 108.

Bartholomäus, hl. 132, 166, 178.

Bartholomäusaltar 132, 238, 239.

Basel 143, 216.

Bathseba und David (Darstellung) 202.

Bauamt 233.

Bauausschuß 86, 88, 94 ff., 100, 102, 104, 110, 113, 124, 126.

Bauer, Schlosser 224.

Bauhütte 86, 88.

Baukosten (siehe auch Arbeiterlöhne) 120 ff., 228, 230, 233.

Baumaterial 50, 54, 71, 72, 78, 79, 81, 83, 87, 88, 90, 94, 95, 96, 97, 98, 108, 111, 113, 122, 147, 222, 224, 230, 233.

Baumeister (siehe auch Parler) 42, 44, 62, 64, 90.

Baumgartner, siehe Paumgartner.

Baumhauer, Sebald 170.

Bausammlung 85, 90, 94, 100, 103, 104, 116, 124, 137, 141, 142, 144, 146, 148, 149, 150, 176, 208 ff., 226.

Bauschulen 28, 32, 33, 36, 42, 61.

Bayern 11, 58, 61, 74, 105, 122.

533

Crucifixus 101, 102, 134, 138, 140, 141, 142, 143, 146, 149, 152, 168, 178, 187, 190, 198, 200, 206, 239, 240, 241.

D.

Ebner, Familie 48, 111, 112, 149, 153, 154, 162, 163, 171, 174, 180, 182, 187, 188, 216, 234, 235, 237, 241.
    Albrecht 163, 216.
    Christine 162.
    Johannes (Hans) 219, 236.

Ebrach 32, 33, 34, 36, 37, 38, 227.

Ecce homo (Darstellung) 113, 135, 150, 241.

Egidienkirche 26, 28.

Egidienkloster 28, 49, 219, 236.

Egidius, St. 178.
    Bischof von Urbino 215.

Eglofstein, Familie 152.

Ehebücher 211.

Ehetür, siehe Brautportal.

Eichstätt 28, 214.

Einbalsamierung (Darstellung) 160.

Einweihung 13, 226.

Einzug in Jerusalem (Darstellung) 146.

Eisvogel, Familie 152, 182, 216, 236.

Eitel Fritz, Prinz von Preußen 95.

Eitelkeit der Welt (Darstellung) 143, 234.

Ekarius 221.

Elisabeth, hl. 120, 160, 176, 185.

Endler, Familie 197, 198, 208, 241.

Engel (Darstellungen) 151, 153, 160, 174, 177, 179, 180, 182, 185, 186, 238, 239.

Engelschor 23, 25, 75, 102, 109, 111, 113, 241.

Engelthal 162, 163, 234.

Englischer Gruß (Darstellung) 239.

Enrico da Gamodia 63, 65.

Grünwalt, Heinrich 196.

Gumbert, Markgraf 185.

Gutschneider, Familie 187.

H.

Häberlein, Hans, Magistratsrat 104, 126.

Habsburg, Haus 182, 184.

Hagen, Dr., Stadtpfarrer 126.

Haggenmiller, Professor 112, 174.

Haidenreich, Georg 232.

Halberstadt 185.

Haller, Familie 106, 112, 113, 119, 120, 124, 132, 136,
138, 142, 143, 150, 152, 156, 159, 160, 162, 174, 178, 185,
188, 189, 200, 203, 206, 235, 236, 237, 238, 239.
Anton 149.
Elisabeth 132.
Hans 68, 220.
Rupprecht 68, 71, 167, 220, 230.
Ulrich 132, 236.

Halleralter (Erhardaltar) 106, 113, 124, 132, 138, 200,
206, 235, 236, 238, 239.

Hallersches Fenster 113, 185, 237.

Handschriften 211.

Hans von Kulmbach (Hans Sueß) 113, 114, 117, 163,
171, 172, 174, 178, 184, 210, 239, 240.

Harsch, Georg 232.

Harsdörffer (Harsdorf) Familie, 112, 171, 185, 187, 188.

Has, Kunz 196.
Margareta 228, 237.

Haslacher, Jakob 236.

Hauberrisser, Georg von, Professor 7, 80, 86, 87, 88, 89,
91, 103, 104, 105, 190, 231, 242.

Hostienbüchse <u>198</u>, <u>241</u>.

Hubner (Hübner), Ulrich <u>72</u>, <u>223</u>.

Hupfauf, Erhard <u>70</u>.

Hussiten <u>239</u>.

I (J).

Jacobus, Bischof von Castelazio <u>217</u>.

      Castro <u>217</u>.

      Metz <u>217</u>.

      Nepi <u>217</u>.

      Trivento <u>215</u>.

      Valanea <u>217</u>.

Jacopo de Barbari <u>172</u>.

Jakobsaltar <u>132</u>, <u>228</u>, <u>235</u>, <u>236</u>, <u>237</u>.

Jakobskirche <u>160</u>.

Jakobus d. Ä. <u>117</u>, <u>118</u>, <u>132</u>, <u>157</u>, <u>160</u>, <u>166</u>, <u>178</u>, <u>184</u>, <u>235</u>.

Jakobus d. J. <u>166</u>, <u>178</u>.

Jerusalem <u>115</u>, <u>176</u>.

Jesus, siehe <u>Heiland</u>.

Jesus im Tempel,187.

Imeria (Erzbischof Thomas),216.

Imhoff, Familie,118, <u>152</u>, <u>159</u>, <u>168</u>, <u>169</u>, <u>170</u>, <u>171</u>, <u>180</u>, <u>187</u>, <u>212</u>, <u>231</u>, <u>238</u>, <u>240</u>, <u>241</u>.

   Hans <u>170</u>.

   Klara <u>171</u>.

   Konrad <u>171</u>.

   Peter <u>167</u>.

   Wilibalt <u>170</u>.

Imhoffsches Fenster <u>180</u>, <u>187</u>, <u>240</u>, <u>241</u>.

Ingolstadt <u>74</u>.

Initialen <u>212</u>.

Innozenz VI., Papst <u>219</u>.

Jüngstes Gericht (Darstellung) 148, 149, 151, 170, 172, 239.

Juvenel, Nikolaus 172, 240.

K.

Kaiserchor 114, 120, 174, 241.

Kaiserkapelle 26.

Kamin 95.

Kammermeister, Familie 146.

Kammerstein, Siegfried von 39, 216.

Kandelgießer, Hartmann 130, 237.

Kannen 197, 198, 199, 241, 242.

Kanzel 19, 75, 84, 105, 116, 129, 132, 138, 206, 208, 241, 242.

Kanzelbekleidung 206, 208, 241.

Karl IV., Kaiser 48, 63, 65.

Karl V., Kaiser 184.

Karl VI., Kaiser 241.

Kärnten 184.

Karter, Hans 71.

Kaschendorfer, Stephan 71.

Kasimir, Markgraf 185.

Kassuben 185.

Kastilien 184.

Katharina, hl. 112, 137, 138, 139, 141, 151, 154, 171, 185, 202, 203, 204, 206, 208, 215, 238.

Katharinenaltar (Löffelholzaltar) 105, 113, 131, 137, 199, 206, 215, 218, 234, 235, 236, 237, 238, 242.

Katharinenchor 131, 236.

Katharinenkloster 202, 225.

Katzheimer, Wolfgang 178, 182, 239.

L.

von Burgund 184.

Markgrafenfenster 159, 162, 178, 184, 240, 242.

Markt 48.

Marquardus, scultetus 214.

Marstall, Familie 146.

Marthaspital 225.

Martinus, hl. 132, 176.

Matenckhofer, Schlossermeister 221.

Matrone (Statue) 120, 177.

Matthias von Arras 63.

Mauern (Mauerwerk) 20, 22, 31, 36, 42, 56, 57, 79, 89, 95, 108, 109, 177, 226.

Maurer, Familie 141, 238.
   Christoph 187, 240.
   Seyfried (Seitz) 218, 236.

Mayentaler (Meyrntaler), Konrad 235, 236.

Maxentius, Kaiser 203.

Maximilian I., Kaiser 182, 184.

Maximilianfenster 178, 182, 184, 240.

Mayer, A., Konservator 105, 113, 114, 115, 122, 136, 138, 172, 174, 176.

Meintaler, Konrad 132.

Meisterlin 228.

Mela, Pomponius 167.

Melanchthon 81, 96, 98, 185.

Mendel, Familie 156, 162, 180, 237.
   Elisabeth 141.

Mendelsches Fenster 180, 237.

Mendelsche Zwölfbrüderstiftung 225.

Merian 114, 135, 241.

N.

Pinakothek in München 117, 163, 170.

Pinz, Hans 70.

Pinzberger, P. 235.

Pirkheimer, Familie 170, 187.

Plandispositionen 29, 30, 31, 32, 38, 104.

Planck, Wilbolt 221.

Plauen, v., Familie 141.

Pola (Bischof Sergius) 217.

Polen 185.

Pömer, Familie 111, 132, 150, 152, 154, 169, 188, 232, 234, 237, 242.

   Agnes 163.

   Elspet 152.

   Friedrich 152, 187.

   Heinrich 132, 151, 187, 235.

   Jorg 152.

   Konrad 187.

   Steffan 152.

Pömerkapelle 52, 75.

Pommern 185.

Poppenreuth 12, 14.

Porkirche 75.

Prag 63, 64, 65, 66, 229.

Prämonstratenser 33.

Praun, Konrad 236.

Prechtel, Leonhard 130, 240.

Preißler, Daniel 122, 191.

Pretheim, Konrad 235, 236.

Propheten 81, 90, 144, 148, 166, 182, 188.

Psalterium Davidis 212.

Romanorum 212.

Pulman, Hans 221.

Roeskilde (Bischof Johannes) 216.

Rohleder, Familie 187.

Rohrmann, Therese und Georg Peter 199, 242.

Rom 12, 215, 217, 218, 229, 231.

Romanus, Bischof von Croja 215.

Rösch, Antiquitätenhändler 200.

Rosner, Andreas und Hans 167.

Rotensteiner, Merkel 235.

Rotermundt, Lorenz 134, 138, 242.

Rothenburg o. T. 191, 241.

Rothenhahn, Familie 146, 147.

Rothflasch, Familie 171.

Rubens 170, 241.

Ruedorfer, Franz 108.

Ruf, Nagler 224.

Rügen 185.

Rummel, Familie 150, 152, 169, 203, 238.

Rupprecht, David 232.
    Ingenieur 86, 104.

Ruprecht 106.

S.

Sachs, Familie 137, 146.

Sagona (Bischof Guillermus) 216.

Sakramentshäuschen 118, 119, 120, 140, 148, 159, 160, 162, 239, 240.

Saltania (Erzbischof Guillermus) 216.

Salvator (Darstellung) 118.

Samson (Darstellung) 166.
    bezwingt den Löwen (Darstellung) 202.
    wird von Delila überlistet (Darstellung) 202.

Sanduhr 199, 242.

Sängerbühne 94, 95, 124, 192.

Sängerpulte 189.

Saur, Johann 212.

Schatz, Konrad 131, 132, 236.

Schautüre 52, 76, 92, 162, 172, 228, 231, 239.

Schedel, Familie 149, 239.
    Anne, Hermann, Hartmann und Magdalena 149.

Scheffer, Cunz 231.

Scheurl, Familie 113, 178, 182, 188.

Schiller, Julius, Stadtpfarrer 104, 124.

Schlagglocke, siehe Stundenglocke.

Schlagturm 78.

Schlüsselfelder, Familie 147, 152, 178.

Schmidgasse 235.

Schmittmaier 152.

Schmitz, Joseph, Professor 80, 104, 105, 124, 126, 208, 226, 242.

Schnöd, Familie 144.

Schon, Friedrich, Professor 169.

Schöner Brunnen 65, 139, 229.

Schongauer, Martin 171.

Schopper, Albrecht 130, 235.
    Friedrich 236.
    Gotfried 152.

Schränke 210.

Schreier, Familie 146, 147, 148, 153, 156, 180, 188, 230, 239.
    Sebald 68, 71, 72, 121, 147, 148, 167, 195, 211, 220.

Schreiersches Grabmal 94, 146, 156, 239.

Schrodt 197.

Schwabach 74.

Schwaben 11, 58, 61, 66, 74.

Schwäbisch-Gmünd 58, 66.

Schwammbach, Almosenamtszimmermeister 223, 224.

Schwanhäuser, Kommerzienrat 104, 126.

Schwarzpeckh, Friedrich 232.

Schweigger, Georg 134, 135, 138, 241.

Schwab, Michel 232.

Schule bei St. Sebald 235.

Schuler, Melchior 232.

Schultüre 76, 162, 241.

Schürer, Zacharias 212.

Schürstab, Familie 120, 160, 186, 187, 203, 236, 237, 238, 239.
   Sifrid 218.

Schürstabfenster 186, 237, 239.

Sebald, hl. 11, 13, 14, 29, 30, 48, 90, 99, 119, 120, 121, 122, 129, 134, 144, 148, 154, 156, 157, 160, 163, 164, 166, 167, 178, 185, 188, 192, 198, 202, 208, 212, 219, 237, 238.

Sebald, St., Pfarrei, Kirchenverwaltung 39, 48, 49, 80, 81, 85, 86, 87, 88, 103, 104, 124, 126, 140, 156, 163, 186, 211, 219, 220, 228, 236, 242.

Sebaldsfriedhof, St., siehe Friedhof von St. Sebald.

Sebaldusaltar 129, 130, 164, 228, 235, 236, 237, 238, 240.

Sebaldusgrab 99, 122, 134, 163 ff., 238, 239, 240, 241.

Sebastian, hl. 129, 185, 212.

Seckendorf, Familie 138.

Semler, Familie 142, 237, 238.
   Burckhart 142.
   Heinrich 228, 236.

Steier 184.

Steigerwald 33.

Stein, Hermann von 234.

Steinbach 237.

Steinlinger, Familie 239.
  Barbara 115, 176.
  Karl 176.

Steinmetzzeichen 31, 34, 63, 66, 90, 149, 190.

Stephansaltar, siehe Muffelaltar.

Stephanus, Bischof von Lebus 216.
      Oppido 215.

Stern, Heinrich und Johann 212.

Stettin 185.

Stettner, Bauinspektor 223.

Stich 211.

Stockamer, Familie 178.

Stoß, Veit 84, 105, 116, 118, 119, 120, 134, 150, 157, 158, 159, 162, 210, 239, 240, 241.

Straßburg 44, 47, 143.

Strebel 113, 124.

Stromer Familie, 137, 143, 154, 174, 182, 186, 187, 188, 203, 204, 234, 237.
  Ambrosius 131, 240.
  Jakob 232.
  Ulmann 229.
  Wolf 232.

Stromersches Fenster 182, 237.

Stundenglocke (Schlag- oder Uhrglocke) 195, 229, 237, 239.

Sturmglocke 195.

Sueß, Hans, siehe Hans von Kulmbach.

Sündenfall (Darstellung) 200.

Süzzel, Konrad 236.

T.

Tarazona (Bischof Petrus) 215.

Tauber, Magistratsrat 104.

Taufbecken 199, 241.

Taufbücher 211.

Taufe Christi (Darstellung) 170.

Taufkessel 156, 157, 237.

Taufstein 156, 157.

Termoli (Bischof Johannes) 218.

Tesaurus (Schatz), Konrad 132, 235.

Teufel, Berthold 220.
    Hans 132, 236, 238.
    Konrad 220.

Tetzel, Familie 120, 142, 160, 169.
    Joachim 76.

Thäter, Fabrikbesitzer 104, 126.

Theobald, hl. 134.

Theobaldus, Bischof von Canosa 215.

Theseus 166.

Thomas (Apostel) 137, 150, 166.
    Bischof von Imeria 216.

Thomas-Christusstatue 96, 111, 112, 119, 120, 237, 239.

Thomas Laueriensis, Bischof 217.

Thracien 217, 218.

Tirol 184.

Tod Mariä (Darstellung) 106, 112, 174, 186.

Topler, Familie 136, 144.
   Nikolaus 239.

Tortiboli (Bischof Marcellinus) 215.
   (Bischof Intardus) 218.

Toscanella (Bischof Angelus) 217.

Totenbücher 211.

Totenschilder 105, 112, 114, 188.

Traxdorf, Heinrich 122, 191, 238, 240, 241.

Trient 214.

Trivento (Bischof Jacobus) 215.

Tucher, Familie 113, 118, 134, 135, 153, 157, 158, 169, 171, 172, 178, 180, 182, 188, 189, 197, 202, 203, 204, 206, 210, 229, 230, 231, 237, 238, 239, 240.
   Anton 167, 239.
   Berthold 235, 239.
   Christoph, Freiherr v. 200.
   Endres 228.
   Hans 68, 71, 121, 168, 195, 230, 239.
   Heinrich, Freiherr v. 206.
   Langhans 239.
   Lorenz 171, 172.
   Martin 171, 240.

Tucheraltar (Nikolausaltar) 113, 114, 115, 122, 124, 130, 134, 135, 162, 176, 191, 200, 206, 237, 241.

Tucherfenster 118, 180, 237, 240.

Tuchersches Familienfenster 157, 158.

Waldebrunus, Bischof von Avellino 215.

Waldmannin, Sabina 206.

Wallfahrtsort (Darstellung) 176.

Walther von der Vogelweide 143.

Wandbrunnen 83.

Wanderer, Friedrich, Professor 113, 178.

Wandmalereien 24, 83, 84, 105, 106, 108, 112, 114, 115, 124, 168, 169, 174 ff., 192, 210, 238, 239, 241.

Wandschränkchen 189, 190, 191.

Wandtabernakel 140, 160, 162, 237, 240.

Wandteppiche 84, 196, 200 ff., 202, 203 ff., 238, 239.

Weber, Otto 110.

Weigel, Seitz 236.

Weinmarkt 238.

Weißenburger, Johann 193.

Weiße Turm 39, 48.

Weizenbierbrauhaus 78, 233.

Welser, Familie 187.
    Paul Karl 223.

Wendelstein 83, 87, 88, 94, 99, 111, 113.

Wenden 185.

Wenzel, König 156.

Westfalen 57.

Wetzrillen 146.

Weylerius, Ulricus 219.

Wickel, Nikolaus 134.

Wien 167.

Wigel, Heinrich 216.

Wilhelm II., Deutscher Kaiser 80.

Wilhelm, Markgraf 185.

www.ingramcontent.com/pod-product-compliance
Lightning Source LLC
Chambersburg PA
CBHW021937110726
47901CB00003B/870